中国古典文学名著丛书

二十年目睹之怪现状

上

吴趼人 著

黑龙江出版集团
黑龙江美术出版社

中国古典文学名著丛书

出品人：
李久军

编辑委员会（按姓氏笔画）：
于晓北 于茂昌 李正刚 衣国强 陈 澈
步庆权 金海滨 林洪海 赵云长 梁 昌

责任编辑：
陈颖杰 郭建廷

藏

书

票

装帧设计：
滕文静

编 务：
于 澜

电脑制作：
杨 鑫 郭志芹 李 莹

是为序

乾隆盛世注定要在中国古代文学发展历程上留下深深的印迹——不仅代表中国古典长篇小说写实主义高峰的《红楼梦》在这个时期问世，而且还孕育、产生了伟大的讽刺小说《儒林外史》。伟大作家吴敬梓创作的长篇小说《儒林外史》不仅同《红楼梦》一样代表了我国古代长篇小说创作的最高成就，而且奠定了我国古典讽刺小说的基础，为后来的晚清谴责小说的发展开辟了广阔的道路。

用夸张的手法和讽刺的态度创作的文学作品被称为“讽刺文学”。吴敬梓的《儒林外史》、鲁迅的《阿Q正传》、莫里哀的《伪君子》、马克·吐温的《竞选州长》等都是杰出的讽刺文学作品。讽刺文学在我国文学发展史上素有传统。鲁迅先生在《中国小说史略》中就曾指出：“寓讥弹于稗史者，晋唐已有，而明为盛，尤在人情小说。”但这类作品往往流弊甚多，鲜有上乘之作，直到《儒林外史》横空出世，才使这种局面骤然改观。

鲁迅先生这样评价《儒林外史》：“迨吴敬梓《儒林外史》出，乃秉持公心，指擿时弊，机锋所向，尤在士林；其文又慼而能谐，婉而多讽；于是说部中乃始有足称讽刺之书。”综观鲁迅先生所说的“足称讽刺之书”，其主要标准一是作者对世人、世事的讽刺必须是出于强烈的社会责任感和深切的忧患意识，而不能是出于私怨；二是在艺术手法上要做到寓辛辣的讽刺于冷静的刻画之中，不动声色却入木三分，笔锋内藏而蕴涵深厚，“讽世”而绝非“骂世”。很显然，这样的标准是很难企及的。因此“是后亦鲜有以公心讽世之书如《儒林外史》者”。

在《儒林外史》问世一个多世纪的光绪庚子（1900）后，出现了一批“命意在于匡世，似与讽刺小说同伦”的社会小说，主要作品有《官场现形记》、《二十年目睹之怪现状》、《老残游记》和《孽海花》等。诞生于时代剧烈变动之时、出自胸怀匡时救民之志的文人之手的这些社会小说，猛烈抨击时弊，尖锐揭露官场的阴暗与丑恶，直接、大胆地进行讽刺、嘲笑、怒骂；但和《儒林外史》的冷峻、深沉的讽刺艺术比较起来，就显得“笔无藏锋，辞气浮露”。鲁迅认为它们还不够格称作讽刺小说，就称其为“谴责小说”。实则乃“讽刺小说”之绪余。这次将《儒林外史》与诸 “谴责小说”合璧整理出版，姑且称为“讽刺—谴责小说”系列。

《二十年目睹之怪现状》是晚清遣责小说的重要代表作品之一。作者吴沃尧（1866-1910）原名宝震，字小允，号茧人、趼人、我佛山人等。广东南海佛山（今佛山市）人。出身世宦之家，后衰落。少就学佛山学院，长而寓居上海，一度客山东，游日本。曾主多家报、刊笔政，后来由报人转为职业小说家。《二十年目睹之怪现状》以主人公“九死一生”的所见所闻为线索，着重描写官场、商场、洋场，乃至社会、家庭的各个角落里的“怪现状”，多侧面地暴露了晚清政治的黑暗和社会的丑恶，客观上反映了封建末世必然灭亡的命运。全书颇有自传体色彩。叙事采用第一人称，在我国长篇小说中首开先河，具有开创性。

昔贤铸鼎，吾侪借镜，仅此而已。

目录

第一回
楔子

上海地方，为商贾麇集之区，中外杂处，人烟稠密，轮舶往来，百货输转。加以苏扬各地之烟花，亦都图上海富商大贾之多，一时买棹而来，环聚于四马路一带，高张艳帜，炫异争奇。那上等的，自有那一班王孙公子去问津；那下等的，也有那些逐臭之夫，垂涎着要尝鼎一脔。于是乎把六十年前的一片芦苇滩头，变做了中国第一个热闹的所在。唉！繁华到极，便容易沦于虚浮。久而久之，凡在上海来来往往的人，开口便讲应酬，闭口也讲应酬。人生世上，这“应酬”两个字，本来是免不了的；争奈这些人所讲的应酬，与平常的应酬不同，所讲的不是嫖经，便是赌局，花天酒地，闹个不休，车水马龙，日无暇晷。还有那些本是手头空乏的，虽是空着心儿，也要充作大老官模样，去逐队嬉游，好像除了征逐之外，别无正事似的。所以那“空心大老官”，居然成为上海的土产物。这还是小事。还有许多骗局、拐局、赌局，一切稀奇古怪，梦想不到的事，都在上海出现，于是乎又把六十年前民风淳朴的地方，变了个轻浮险诈的逋逃薮。

这些闲话，也不必提，内中单表一个少年人物。这少年也未详其为何省何府人氏，亦不详其姓名。到了上海，居住了十馀年。从前也跟着一班浮荡子弟，逐队嬉游。过了十馀年之后，少年的渐渐变做中年了，阅历也多了；并且他在那嬉游队中，很很的遇过几次阴险奸恶的谋害，几乎把性命都送断了！他方才悟到上海不是好地方，嬉游不是正事业，一朝改了前非，回避从前那些交游，惟恐不迭，一心要离了上海，别寻安身之处；只是一时没有机会，只得闭门韬晦。自家起了一个别号，叫做“死里逃生”，以志自家的悼痛。

一日，这死里逃生在家里坐得闷了，想往外散步消遣，又恐怕在热闹地方，遇见那征逐朋友；思量不如往城里去逛逛，倒还清净些。遂信步走到邑庙豫园，游玩一番，然后出城。正走到瓮城时，忽见一个汉子，衣衫褴褛，气宇轩昂，站在那里，手中拿着一本册子，册子上插着一枝标，围了多少人在旁边观看。那汉子虽是昂然拿着册子站着，却是不发一言。死里逃生分开众人，走上一步，向汉子问道：“这本书是卖的么？可容借我一看？”那汉子道：“这书要卖也可以，要不卖也可以。”死里逃生道：“此话怎讲？”

汉子道："要卖便要卖一万两银子！"死里逃生道："不卖呢？"那汉子道："遇了知音的，就一文不要，双手奉送与他！"死里逃生听了，觉得诧异，说道："究竟是甚么书，可容一看？"那汉子道："这书比那《太上感应篇》、《文昌阴骘文》、《观音菩萨救苦经》，还好得多呢！"说着，递书过来。死里逃生接过来看时，只见书面上粘着一个窄窄的签条儿，上面写着"二十年目睹之怪现状"。翻开第一页看时，却是一个手抄的本子，篇首署着"九死一生笔记"六个字。不觉心中动了一动，想道："我的别号，已是过于奇怪，不过有所感触，借此自表；不料还有人用这个名字，我与他可谓不谋而合了。"想罢，看了几条，又胡乱翻过两页，不觉心中有所感动，颜色变了一变。那汉子看见，便拱手道："先生看了必有所领会，一定是个知音。这本书是我一个知己朋友做的。他如今有事到别处去了，临行时亲手将这本书托我，叫我代觅一个知音的人，付托与他，请他传扬出去。我看先生看了两页，脸上便现了感动的颜色，一定是我这敝友的知音。我就把这本书奉送，请先生设法代他传扬出去，比着世上那印送善书的功德还大呢。"说罢，深深一揖，扬长而去。一时围看的人，都一哄而散了。

死里逃生深为诧异，惘惘的袖了这本册子，回到家中，打开了从头至尾细细看去。只见里面所叙的事，千奇百怪，看得又惊又怕。看得他身上冷一阵、热一阵，冷时便浑身发抖，热时便汗流浃背；不住的面红耳赤，意往神驰，身上不知怎样才好。掩了册子，慢慢的想其中滋味：从前我只道上海的地方不好，据此看来，竟是天地虽宽，几无容足之地了！但不知道九死一生是何等样人，可惜未曾向那汉子问个明白，否则也好去结识结识他，同他做个朋友，朝夕谈谈，还不知要长多少见识呢！

思前想后，不觉又感触起来，不知此茫茫大地，何处方可容身，一阵的心如死灰，便生了个谢绝人世的念头。只是这本册子，受了那汉子之托，要代他传播，当要想个法子，不负所托才好；纵使我自己办不到，也要转托别人，方是个道理。眼见得上海所交的一班朋友，是没有可靠的了；自家要代他付印，却又无力。想来想去，忽然想着横滨《新小说》，消流极广，何不将这册子寄到新小说社，请他另辟一门，附刊上去，岂不是代他传播了么？想定了主意，就将这册子的记载，改做了小说体裁，剖作若干回；加了些评语；写一封信，另外将册子封好，写着"寄日本横滨市山下町百六十番新小说社"。走到虹口蓬路日本邮便局，买了邮税票粘上，交代明白，翻身就走，一直走到深山穷谷之中，绝无人烟之地，与木石居，与鹿豕游去了。

第二回
守常经不使疏逾戚　睹怪状几疑贼是官

新小说社记者接到了死里逃生的手书及九死一生的笔记，展开看了一遍，不忍埋没了他，就将他逐期刊布出来。阅者须知：自此以后之文，便是九死一生的手笔与及死里逃生的批评了。

我是好好的一个人，生平并未遭过大风波、大险阻，又没有人出十万两银子的赏格来捉我，何以将自己好好的姓名来隐了，另外叫个甚么九死一生呢？只因我出来应世的二十年中，回头想来，所遇见的只有三种东西：第一种是蛇虫鼠蚁；第二种是豺狼虎豹；第三种是魑魅魍魉。二十年之久，在此中过来，未曾被第一种所蚀，未曾被第二种所啖，未曾被第三种所攫，居然被我都避了过去，还不算是九死一生么！所以我这个名字，也是我自家的纪念。

记得我十五岁那年，我父亲从杭州商号里寄信回来，说是身上有病，叫我到杭州去。我母亲见我年纪小，不肯放心叫我出门，我的心中，是急的了不得。迨后又连接了三封信，说病重了，我就在我母亲跟前，再四央求，一定要到杭州去看看父亲。我母亲也是记挂着，然而究竟放心不下。忽然想起一个人来，这个人姓尤，表字云岫，本是我父亲在家时最知己的朋友，我父亲很帮过他忙的，想着托他伴我出门，一定是千稳万当。于是叫我亲身去拜访云岫，请他到家，当面商量，承他盛情，一口应允了。收拾好行李，别过了母亲，上了轮船，先到上海。那时还没有内河小火轮呢，就趁了航船，足足走了三天，方到杭州。两人一路问到我父亲的店里，那知我父亲已经先一个时辰咽了气了。一场痛苦，自不必言。

那时店中有一位当手，姓张，表字鼎臣。他待我哭过一场，然后拉我到一间房内，问我道：“你父亲已是没了，你胸中有甚么主意呢？”我说：“世伯，我是小孩子，没有主意的；况且遭了这场大事，方寸已乱了，如何还有主意呢。”张道：“同你来的那位尤公，是世好么？”我说：“是，我父亲同他是相好。”张道：“如今你父亲是没了，这件后事，我一个人担负不起，总要有个人商量方好。你年纪又轻，那姓尤的，我恐怕他靠不住。”我说：“世伯何以知道他靠不住呢？”张道：“我虽不懂得风鉴，却是阅历多了，有点看得出来。你想还有甚么人可靠的呢？”我说：“有一位家伯，他在南京候补，可以打个电报请他来一趟。”张摇头道：“不妙，不妙！你父亲在时最怕他，他来了就罗唣的了不得；虽是你们骨肉至亲，我却不敢与他共事。”我心中此时暗暗打主意，这张鼎臣虽是父亲的相好，究竟我从前未曾见过他，未知他平日为人如何；想来伯父总是自已人，岂有办大事不请自家人，反靠外人之理。想罢，便道：“请世伯一定打个电报给家伯罢。”张道：“既如此，我就照办就是了。然而有一句话，不能不对你说明白：你父亲临终时，交代我说，如果你赶不来，抑或你母亲不放心，不叫你来，便叫我将后事料理停当，搬他回去，并不曾提到你伯父呢。”我说：“此时只怕是我父亲病中偶然忘了，故未说起，也未可知。”张叹了一口气，便起身出来了。

到了晚间，我在灵床旁边守着。夜深人静的时候，那尤云岫走来，悄悄问道：“今日张鼎臣同你说些甚么？”我说：“并未说甚么，他问我讨主意，我说没有主意。”尤顿足道：“你叫他同我商量呀！他是个素不相识的人，你父亲没了，又没有见着面，说着一句半句话儿，知道他靠得住不呢。好歹我来监督着他。以后他再问你，你必要叫他同我商量。”说着，去了。

过了两日，大殓过后，我在父亲房内，找出一个小小的皮箱；打开看时，里面有百十来块洋钱，想来这是自家零用，不在店帐内的。母亲在家寒苦，何不先将这笔钱，先寄回去母亲使用呢？而且家中也要设灵挂孝，在在都是要用钱的。想罢，便出来与云岫商量。云岫道：“正该如此。这里信局不便，你交给我，等我同你带到上海，托人带回去罢，上海来往人多呢。”我问道：“应该寄多少呢？”尤道：“自然是愈多愈好呀。”我入房点了一点，统共一百三十二元，便拿出来交给他。他即日就动身到上海，与我寄银子去了。可是这一去，他便在上海耽搁住，再也不回杭州。

又过了十多天，我的伯父来了，哭了一场。我上前见过。他便叫带来的底下人，取出烟具吸鸦片烟。张鼎臣又拉我到他房里问道：“你父亲是没了，这一家店，想来也不能再开了；若把一切货物盘顶与别人，连收回各种帐目，除去此次开销，大约还有万金之谱。可要告诉你伯父么？”我说：“自然要告诉的，难道好瞒伯父么？”张又叹口气，走了出来，同我伯父说些闲话。那时我因为刻讣帖的人来了，就同那刻字人说话。我伯父看见了，便立起来问道：“这讣帖底稿，是那个起的呢？”我说道：“就是侄儿起的。”我的伯父拿起来一看，对着张鼎臣说道：“这才是吾家千里驹呢！这讣闻居然是大大方方的，期、功、缌麻，一点也没有弄错。”鼎臣看着我，笑了一笑，并不回言。伯父又指着讣帖当中一句问我道：“你父亲今年四十五岁，自然应该作‘享寿四十五岁’，为甚你却写做‘春秋四十五岁’呢？”我说道：“四十五岁，只怕不便写作‘享寿’；有人用的是‘享年’两个字，侄儿想去，年是说不着享的；若说那‘得年’、‘存年’，这又是长辈出面的口气。侄儿从前看见古时的墓志碑铭，多有用‘春秋’两个字的，所以借来用用，倒觉得笼统些，又大方。”伯父回过脸来，对鼎臣道：“这小小年纪，难得他这等留心呢。”说着，又躺下去吃烟。鼎臣便说起盘店的话。我伯父把烟枪一丢，说道：“着，着！盘出些现银来，交给我代他带回去，好歹在家乡也可以创个事业呀。”商量停当，次日张鼎臣便将这话传将出来，就有人来问。一面张罗开吊。

过了一个多月，事情都停妥了，便扶了灵柩，先到上海。只有张鼎臣因为盘店的事，未曾结算清楚，还留在杭州，约定在上海等他。我们到了上海，住在长发栈，寻着了云岫。等了几天，鼎臣来了，把帐目、银钱都交代出来，总共有八千两银子，还有十条十两重的赤金。我一总接过来，交与伯父。伯父收过了，谢了鼎臣一百两银子。过了两天，鼎臣去了。临去时，执着我的手，嘱咐我回去好好的守制读礼，一切事情，不可轻易信人。我唯唯的应了。

此时我急着要回去。怎奈伯父说在上海有事，今天有人请吃酒，明天有人请看戏，连云岫也同在一处，足足耽搁了四个月。到了年底，方才扶着灵柩，趁了轮船回家乡去，即时择日安葬。过了残冬，新年初四五日，我伯父便动身回南京去了。

我母子二人，在家中过了半年。原来我母亲将银子一齐都交给伯父带到上海，存放在妥当钱庄里生息去了，我一向未知；到了此时，我母亲方才告诉我，叫我写信去支取利息，写了好几封信，却只没有回音。我又问起托云岫寄回来的钱，原来一文也未曾接到。此事怪我不好，回来时未曾先问个明白，如今过了半年，方才说起，大是误事。急急走去寻着云岫，问他缘故。他涨红了脸说道：“那时我一到上海，就交给信局寄来的，不信，还有信局收条为凭呢。”说罢，就在帐箱里、护书里乱翻一阵，却翻不出来。又对我说道：“怎么你去年回来时不查一查呢？只怕是你母亲收到了用完了，忘记了罢。”我道：“家母年纪又不很大，那里会善忘到这么着。”云岫道：“那么我不晓得了。这件事幸而碰到我，如果碰到别人，还要骂你撒赖呢！”

我想想这件事本来没有凭据，不便多说，只得回来告诉了母亲，把这事搁起。我母亲道：“别的事情且不必说，只是此刻没有钱用。你父亲剩下的五千银子，都叫你伯父带到上海去了，屡次写信去取利钱，却连回信也没有。我想你已经出过一回门，今年又长了一岁了，好歹你亲自到南京走一遭，取了存折，支了利钱寄回来。你在外面，也觑个机会，谋个事，终不能一辈子在家里坐着吃呀。”

我听了母亲的话，便凑了些盘缠，附了轮船，先到了上海。入栈歇了一天，拟坐了长江轮船，往南京去。这个轮船，叫做元和。当下晚上一点钟开行，次日到了江阴，夜来又过了镇江。一路上在舱外看江景山景，看的倦了，在镇江开行之后，我见天阴月黑，没有甚么好看，便回到房里去睡觉。

睡到半夜时，忽然隔壁房内，人声鼎沸起来，把我闹醒了。急忙出来看时，只见围了一大堆人，在那里吵。内中有一个广东人，在那里指手画脚说话。我便走上一步，请问甚事。他说这房里的搭客，偷了他的东西。我看那房里时，却有三副铺盖。我又问："是那一个偷东西呢？"广东人指着一个道："就是他！"我看那人时，身上穿的是湖色熟罗长衫，铁线纱夹马褂；生得圆圆的一团白面，唇上还留着两撇八字胡子，鼻上戴着一副玳瑁边墨晶眼镜。我心中暗想：这等人如何会偷东西，莫非错疑了人么？

心中正这么想着，一时船上买办来了，帐房的人也到了。那买办问那广东人道："捉贼捉赃呀，你捉着赃没有呢？"那广东人道："赃是没有，然而我知道一定是他；纵使不见他亲手偷的，他也是个贼伙，我只问他要东西。"买办道："这又奇了，有甚么凭据呢？"此时那个人嘴里打着湖南话，在那里"王八崽子"的乱骂。我细看他的行李，除了衣箱之外，还有一个大帽盒，都粘着"江苏即补县正堂"的封条；板壁上挂着一个帖袋，插着一个紫花印的文书壳子。还有两个人，都穿的是蓝布长衫，像是个底下人光景。我想："这明明是个官场中人，如何会做贼呢？这广东人太胡闹了。"

只听那广东人又对众人说道："我不说明白，你们众人一定说我错疑了人了；且等我说出来，大众听听呀。我父子两人同来。我住的房舱，是在外面，房门口对着江面的。我们已经睡了，忽听得我儿子叫了一声有贼。我一咕噜爬进来看时，两件熟罗长衫没了；衣箱面上摆的一个小闹钟也不见了；衣箱的锁也几乎撬开了。我便追出来，转个弯要进里面，便见这个人在当路站着……"买办抢着说道："当路站着，如何便可说他做贼呢？"广东人道："他不做贼，他在那里代做贼的望风呢。"买办道："晚上睡不着，出去望望也是常事，怎么便说他望风？"广东人冷笑道："出去望望，我也知道是常事；但是今夜天阴月黑，已经是看不见东西的了。他为甚还戴着墨晶眼镜？试问他看得见甚么东西？这不是明明在那里装模做样么？"我听到这里，暗想这广东人好机警，他若做了侦探，一定是好的。

只见那广东人又对那人说道："说着了你没有？好了，还我东西便罢；不然，就让我在你房里搜一搜！"那人怒道："我是奉了上海道的公事，到南京见制台的，房里多是要紧文书物件，你敢乱动么！"广东人回过头来对买办道："得罪了客人，是我的事，与你无干。"又走上一步对那人道："你让我搜么？"那人大怒，回头叫两个底下人道："你们怎么都同木头一样，还不给我撵这王八蛋出去！"那两个人便来推那广东人，那里推得他动，却被他又走上一步，把那人一推推了进去。广东人弯下腰来去搜东西。此时看的人，都代那广东人捏着一把汗，万一搜不出赃证来，他是个官，不知要怎么办呢。

只见那广东人，伸手在他床底下一搜，拉出一个网篮来，七横八竖的放着十七八杆鸦片烟枪，八九枝铜水烟筒。众人一见，一齐乱嚷起来。这个说："那一枝烟筒是我的。"那个说："那根烟枪是我的。今日害我吞了半天的烟泡呢。"又有一个说道："那一双新鞋是我的。"一霎时都认了去。细看时，我所用的一枝烟筒，也在里面，也不曾留心，不知几时偷去了。此时那人却是目瞪口呆，一言不发。当下买办便沉下脸来，叫茶房来把他看管着。要了他的钥匙，开他的衣箱检搜。只见里面单的夹的，男女衣服不少；还有两枝银水烟筒，一个金豆蔻盒，这是上海倌人用的东西，一定是赃物无疑。

搜了半天，却不见那广东人的东西。广东人便喝着问道："我的长衫放在那里了？"那人到了此时，真是无可奈何，便说道："你的东西不是我偷的。"广东人伸出手来，很很的打了他一个巴掌道："我只问你要！"那人没法，便道："你要东西跟我来。"此时，茶房已经将他双手反绑了。众人就跟着他去。只见他走到散舱里面，在一个床铺旁边，嘴里叽叽咕咕的说了两句听不懂的话。便有一个人在被窝里钻出来。两个人又叽叽咕咕着问答了几句，都是听不懂的。那人便对广东人说道："你的东西在舱面呢，我带你去取罢。"买办便叫把散舱里的那个人也绑了。大家都跟着到舱面去看新闻。只见那人走到一堆篷布旁边，站定说道："东西在这个里面。"广东人揭开一看，果然两件长衫堆在一处，那小钟还在那里的得的得走着呢。到了此时，我方才佩服那广东人的眼明手快，机警非常。

自回房去睡觉。想着这个人扮了官去做贼，却是异想天开，只是未免玷辱了官场了。我初次单人匹马的出门，就遇了这等事，以后见了萍水相逢的人，倒要留心呢。一面想着，不觉睡去。到了明日，船到南京，我便上岸去，昨夜那几个贼如何送官究治，我也不及去打听了。

上得岸时，便去访寻我伯父；寻到公馆，说是出差去了。我要把行李拿进去，门上的底下人不肯，说是要回过太太方可，说着，里面去了。半晌出来说道："太太说：侄少爷来到，本该要好好的招呼；因为老爷今日出门，系奉差下乡查办案件，约两三天才得回来，太太又向来没有见过少爷的面，请少爷先到客栈住下，等老爷回来时，再请少爷来罢。"我听了一番话，不觉呆了半天。没奈何，只得搬到客栈里去住下，等我伯父回来再说。只这一等，有分教：

家庭违骨肉，车笠遇天涯。

要知后事如何，且待下文再记。

第三回
走穷途忽遇良朋　谈仕路初闻怪状

却说我搬到客栈里住了两天，然后到伯父公馆里去打听，说还没有回来。我只得耐心再等。一连打听了几次，却只不见回来。我要请见伯母，他又不肯见。此时我已经住了十多天，带来的盘缠，本来没有多少，此时看看要用完了，心焦的了不得。这一天我又去打听了，失望回来，在路上一面走，一面盘算着：倘是过几天还不回来，我这里莫说回家的盘缠没有，就是客栈的房饭钱，也还不晓得在那里呢！

正在那里纳闷，忽听得一个人提着我的名字叫我。我不觉纳罕道："我初到此地，并不曾认得一个人，这是那一个呢？"抬头看时，却是一个十分面熟的人，只想不出他的姓名，不觉呆了一呆。那人道："你怎么跑到这里来？连我都不认得了么？你读的书怎样了？"我听了这几句话，方才猛然想起，这个人是我同窗的学友，姓吴，名景曾，表字继之。他比我长了十年，我同他同窗的时候，我只有八九岁，他是个大学生，同了四五年窗，一向读书，多承他提点我。前几年他中了进士，榜下用了知县，掣签掣了江宁。我一向未曾想着南京有这么一个朋友，此时见了他，犹如婴儿见了慈母一般。上前见个礼，便要拉他到客栈里去。继之道："我的公馆就在前面，到我那里去罢。"说着，拉了我同去。

果然不过一箭之地，就到了他的公馆。于是同到书房坐下。我就把去年至今的事情，一一的告诉了他。说到我伯父出差去了，伯母不肯见我，所以住在客栈的话，继之愕然道："那一位是你令伯？是甚么班呢？"我告诉了他官名，道："是个同知班。"继之道："哦！是他！他的号是叫子仁的，是么？"我说："是。"继之道："我也有点认得他，同过两回席；一向只知是一位同乡，却不知道就是令伯。他前几天不错是出差去了，然而我好像听见说是回来了呀。还有一层，你的令伯母，为甚又不见你呢？"我说："这个连我也不晓得是甚么意思，或者因为向来未曾见过，也未可知。"继之道："这又奇了，你们自己一家人，为甚没有见过？"我道："家伯是在北京长大的，在北京成的家。家伯虽是回过几次家乡，却都没有带家眷；我又是今番头一次到南京来，所以没有见过。"继之道："哦！是了。怪不得我说他是同乡，他的家乡话却说得不像的很呢，这也难怪。然而你年纪太轻，一个人住在客栈里，不是个事，搬到我这里来罢。我同你从小儿就在一起的，不要客气，我也不许你客气。你把房门钥匙交给了我罢，搬行李去。”

我本来正愁这房饭钱无着，听了这话，自是欢喜。谦让了两句，便将钥匙递给他。继之道：“有欠过房饭钱么？”我说：“栈里是五天一算的，上前天才算结了，到今天不过欠得三天。”继之便叫了家人进来，叫他去搬行李，给了一元洋银，叫他算还三天的钱，又问了我住第几号房，那家人去了。我一想，既然住在此处，总要见过他的内眷，方得便当。一想罢，便道：“承大哥过爱，下榻在此，理当要请见大嫂才是。”继之也不客气，就领了我到上房去，请出他夫人李氏来相见。继之告诉了来历。这李氏人甚和蔼，一见了我便道：“你同你大哥同亲兄弟一般，须知住在这里，便是一家人，早晚要茶要水，只管叫人，不要客气。”此时我也没有甚么话好回答，只答了两个“是”字。坐了一会，仍到书房里去。家人已取了行李来，继之就叫在书房里设一张榻床，开了被褥。又问了些家乡近事。从这天起，我就住在继之公馆里，有说有笑，免了那孤身作客的苦况了。

到了第二天，继之一早就上衙门去。到了向午时候，方才回来一同吃饭。饭罢，我又要去打听伯父回来没有。继之道：“你且慢忙着，只要在藩台衙门里一问就知道的。我今日本来要打算同你打听，因在官厅上面谈一桩野鸡道台的新闻，谈了半天，就忘记了。明日我同你打听来罢。”我听了这话，就止住了，因问起野鸡道台的话。继之道：“说来话长呢。你先要懂得‘野鸡’两个字，才可以讲得。”我道：“就因为不懂，才请教呀。”继之道：“有一种流娼，上海人叫做野鸡。”我诧异道：“这么说，是流娼做了道台了？”继之笑道：“不是，不是。你听我说：有一个绍兴人，姓名也不必去提他了，总而言之，是一个绍兴的‘土老儿’就是。这土老儿在家里住得厌烦了，到上海去谋事。恰好他有个亲眷，在上海南市那边，开了个大钱庄，看见他老实，就用了他做个跑街。……”我不懂得跑街是个甚么职役，先要问明。继之道：“跑街是到外面收帐的意思；有时到外面打听行情，送送单子，也是他的事。这土老儿做了一年多，倒还安分。一天不知听了甚么人说起‘打野鸡’的好处，……”我听了，又不明白道：“甚么打野鸡？可是打那流娼么？”继之道：“去嫖流娼，就叫打野鸡。这土老儿听得心动，那一天带了几块洋钱，走到了四马路野鸡最多的地方，叫做甚么会香里，在一家门首，看见一个‘黄鱼’……”我听了，又是一呆道：“甚么叫做黄鱼？”继之道：“这是我说错南京的土谈了，这里南京人，叫大脚妓女做黄鱼。”我笑道：“又是野鸡，又是黄鱼，倒是两件好吃的东西。”

继之说：“你且慢说笑着，还有好笑的呢。当下土老儿同他兜搭起来，这黄鱼就招呼了进去。问起名字，原来这个黄鱼叫做桂花，说的一口北京话。这土老儿化了几块洋钱，就住了一夜。到了次日早晨要走，桂花送到门口，叫他晚上来。这个本来是妓女应酬嫖客的口头禅，并不是一定要叫他来的；谁知他土头土脑的，信是一句实话，到了晚上，果然走去，无聊无赖的坐了一会就走了。临走的时候，桂花又随口说道：‘明天来。’他到了明天，果然又去了，又装了一个‘干湿’。……”我正在听得高兴，忽然听见“装干湿”三个字，又是不懂。继之道：“化一块洋钱去坐坐，妓家拿出一碟子水果、一碟子瓜子来敬客，这就叫做装干湿。当下土老儿坐了一会，又要走了，桂花又约他明天来。他到了明天，果然又去了。桂花留他住下，他就化了两块洋钱，又住了一夜。到天明起来，桂花问他要一个金戒指。他连说：‘有有有，可是要过两三天呢。’过了三天，果然拿一个金戒指去。当下桂花盘问他在上海做甚么生意，他也不隐瞒，一一的照直说了。问他一月有多少工钱，他说：‘六块洋钱。’桂花道：‘这么说，我的一个戒指，要去了你半年工钱呀！’他说：‘不要紧，我同帐房先生商量，先借了年底下的花红银子来兑的。’问他一年分多少花红，他说：‘说不定的，生意好的年份，可以分六七十元；生意不好，也有二三十元。’桂花沉吟了半晌道：‘这么说，你一年不过一百多元的进帐？’他说：‘做生意人，不过如此。’桂花道：‘你为甚么不做官呢？’土老儿笑道：‘那做官的是要有官运的呀！我们乡下人，那里有那种好运气！’桂花道：‘你有老婆没有？’土老儿叹道：‘老婆是有一个的，可惜我的命硬，前两年把他克死了；又没有一男半女，真是可怜！’桂花道：‘真的么？’土老儿道：‘自然是真的，我骗你作甚！’桂花道：‘我劝你还是去做官。’土老儿道：‘我只望东家加我点工钱，已经是大运气了，那里还敢望做官！况且做官是要拿钱去捐的，听见说捐一个小老爷，还要好几百银子呢！’桂花道：‘要做官顶小也要捐个道台，那小老爷做他作甚么！’土老儿吐舌道：‘道台！那还不晓得是个甚么行情呢！’桂花道：‘我要你依我一件事，包有个道台给你做。’土老儿道：‘莫说这种笑话，不要折煞我。若说依你的事，你且说出来，依得的无有不依。’桂花道：‘只要你娶了我做填房，不许再娶别人。’土老儿笑道：‘好便好，只是我娶你不起呀，不知道你要多少身价呢！’桂花道：‘呸！我是自己的身子，没有甚么人管我，我要嫁谁就嫁谁，还说甚么身价呀！你当是买丫头么？’土老儿道：‘这么说，你要嫁我，我就发个咒不娶别人。’桂花道：‘认真的么？’土老儿道：‘自然是认真的，我们乡下人从来不会撒谎。’桂花立刻叫人把门外的招牌除去了，把大门关上，从此改做住家人家。又交代用人，从此叫那土老儿做老爷，叫自己做太太。两个人商量了一夜。

到了次日，桂花叫土老儿去钱庄里辞了职役。土老儿果然依了他的话。但回头一想，恐怕这件事不妥当，到后来要再谋这么一件事就难了。于是打了一个主意，去见东家，先撒一个谎说：‘家里有要紧事，要请个假回去一趟，顶多两三个月就来的。’东家准了。这是他的意思，万一不妥当，还想后来好回去仍就这件事。于是取了铺盖，直跑到会香里，同桂花住了几天。桂花带了土老儿到京城里去，居然同他捐了一个二品顶戴的道台，还捐了一枝花翎，办了引见，指省江苏。在京的时候，土老儿终日没事，只在家里闷坐。桂花却在外面坐了车子，跑来跑去，土老儿也不敢问他做甚么事。等了多少日子，方才出京，走到苏州去禀到。桂花却拿出一封某王爷的信，叫他交与抚台。抚台见他土形土状的，又有某王爷的信，叫好好的照应他。这抚台是个极圆通的人，虽然疑心他，却不肯去盘问他，因对他说道：‘苏州差事甚少，不如江宁那边多，老兄不如到江宁那边去，分苏分宁是一样的。兄弟这里只管留心着，有甚差事出了，再来关照罢。’土老儿辞了出来，将这话告诉了桂花。桂花道：‘那么咱们就到南京去，好在我都有预备的。’于是乎两个人又来到南京，见制台也递了一封某王爷的信。制台年纪大了，见属员是糊里糊涂的，不大理会；只想既然是有了阔阔的八行书，过两天就好好的想个法子安置他就是了。

不料他去见藩台，照样递上一封某王的书。——这个藩台是旗人，同某王有点姻亲，所以他求了这信来。——藩台见了人，接了信，看看他不像样子，莫说别的，叫他开个履历，也开不出来；就是行动、拜跪、拱揖，没有一样不是碍眼的。就回明了制台，且慢着给他差事，自己打个电报到京里去问，却没有回电；到如今半个多月了，前两天才来了一封墨信，回得详详细细的。原来这桂花是某王府里奶妈的一个女儿，从小在王府里面充当丫头。母女两个，手上积了不少的钱，要想把女儿嫁一个阔阔的阔老，只因他在那阔地方走动惯了，眼眶子看得大了，当丫头的不过配一个奴才小子，实在不愿意；然而在京里的阔老，那个肯娶一个丫头？因此母女两个商量，定了这个计策：叫女儿到南边来拣一个女婿，代他捐上功名，求两封信出来谋差事。不料拣了这么一个土货！虽是他外母代他连恳求带蒙混的求出信来，他却不争气，误尽了事！前日藩台接了这信，便回过制台，叫他自己请假回去，免得奏参，保全他的功名。这桂花虽是一场没趣，却也弄出一个诰封夫人的二品命妇了。只这便是野鸡道台的历史了，你说奇不奇呢？”

我听了一席话，心中暗想，原来天下有这等奇事，我一向坐在家里，那里得知。又想起在船上遇见那扮官做贼的人，正要告诉继之。只听继之又道：“这个不过是桂花拣错了人，闹到这般结果。那桂花是个当丫头的，又当过婊子的，他还想着做命妇，已经好笑了。还有一个情愿拿命妇去做婊子的，岂不更是好笑么？”我听了，更觉得诧异，急问是怎样情节。

继之道：“这是前两年的事了。前两年制台得了个心神仿佛的病。年轻时候，本来是好色的；到如今偌大年纪，他那十七八岁的姨太太，还有六七房，那通房的丫头，还不在内呢。他这好色的名出了，就有人想拿这个巴结他。他病了的时候，有一个年轻的候补道，自己陈说懂得医道。制台就叫他诊脉。他诊了半晌说：‘大帅这个病，卑职不能医，不敢胡乱开方；卑职内人怕可以医得。’制台道：‘原来尊夫人懂得医理，明日就请来看看罢。’到了明日，他的那位夫人，打扮得花枝招展的来了。诊了脉，说是：‘这个病不必吃药，只用按摩之法，就可以痊愈。’制台问那里有懂得按摩的人。妇人低声道：‘妾颇懂得。’制台就叫他按摩。他又说他的按摩与别人不同，要屏绝闲人，炷起一炉好香，还要念甚么咒语，然后按摩，所以除了病人与治病的人，不许有第三个人在旁。制台信了他的话，把左右使女及姨太太们都叫了出去。有两位姨太太动了疑心，走出来在板壁缝里偷看，忽看出不好看的事情来，大喝一声，走将进去，拿起门闩就打。一时惊动了众多姨太，也有拿门闩的，也有拿木棒的，一拥上前围住乱打。这一位夫人吓得走头无路，跪在地下抱住制台叫救命。制台喝住众人，叫送他出去。这位夫人出得房门时，众人还跟在后面赶着打，一直打到二门，还叫粗使仆妇，打到辕门外面去。可怜他花枝招展的来，披头散发的去。这事一时传遍了南京城。你说可笑不可笑呢？”

我道：“那么说，这位候补道，想来也没有脸再住在这里了？”继之道：“哼！你说他没有脸住这里么？他还得意得很呢！”我诧异道：“这还有甚么得意之处呢？”继之不慌不忙的说出他的得意之处来。正是：

不怕头巾染绿，须知顶戴将红。

要知继之说出甚么话来，且待下文再记。

第四回 吴继之正言规好友　苟观察致敬送嘉宾

却说我追问继之：“那一个候补道，他的夫人受了这场大辱，还有甚么得意？”继之道：“得意呢！不到十来天工夫，他便接连着奉了两个札子，委了筹防局的提调与及山货局的会办了。去年还同他开上一个保举。他本来只是个盐运司衔，这一个保举，他就得了个二品顶戴了。你说不是得意了吗？”我听了此话，不觉呆了一呆道：“那么说，那一位总督大帅，竟是被那一位夫人……”我说到此处，以下还没有说出来，继之便抢着说道：“那个且不必说，我也不知道。不过他这位夫人被辱的事，已经传遍了南京，我不妨说给你听听。至于内中暧昧情节，谁曾亲眼见来，何必去寻根问底！不是我说句老话，你年纪轻轻的，出来处世，这些暧昧话，总不宜上嘴。我不是迷信了那因果报应的话，说甚么谈人闺阃，要下拔舌地狱，不过谈着这些事，叫人家听了，要说你轻薄。兄弟，你说是不是呢？”

我听了继之一番议论，自悔失言，不觉涨红了脸。歇了一会，方把在元和船上遇见扮了官做贼的一节事，告诉了继之。继之叹了一口气，歇了一歇道：“这事也真难说，说来也话长。我本待不说，不过略略告诉你一点儿，你好知道世情险诈，往后交结个朋友，也好留一点神。你道那个人是扮了官做贼的么？他还是的的确确的一位候补县太爷呢，还是个老班子。不然，早就补了缺了，只为近来又开了个郑工捐，捐了大八成知县的人，到省多了，压了班；再是明年要开恩科，榜下即用的，不免也要添几个；所以他要望补缺，只好叫他再等几年的了。不然呢，差事总还可以求得一个，谁知他去年办镇江木厘，因为勒捐闹事，被木商联名来省告了一告，藩台很是怪他，马上撤了差，记大过三次，停委两年。所以他官不能做，就去做贼了。”我听了这话，不觉大惊道：“我听见说还把他送上岸来办呢，但不知怎么办他？”继之摇摇头叹道：“有甚么办法！船上人送他到了巡防局，船就开行去了；所有偷来的赃物，在船上时已被各人分认了。他到了巡防局，那局里委员终是他的朋友，见了他也觉难办。他却装做了满肚子委屈，又带着点怒气，只说他的底下人一时贪小，不合偷了人家一根烟筒，叫人家看见了，赶到房舱里来讨去；船上买办又仗着洋人势力，硬来翻箱倒箧的搜了一遍，此时还不知有失落东西没有。那委员听见他这么说，也就顺水推船，薄薄的责了他的底下人几下就算了。你们初出来处世的，结交个朋友，你想要小心不要？他还不止做贼呢，在外头做赌棍、做骗子、做拐子，无所不为，结交了好些江湖上的无赖，外面仗着官势，无法无天的事，不知干了多少的了。”

我听了继之一席话，暗暗想道：“据他说起来，这两个道台、一个知县的行径，官场中竟是男盗女娼的了，但继之现在也在仕路中，这句话我不便直说出来，只好心里暗暗好笑。虽然，内中未必尽是如此。你看继之，他见我穷途失路，便留我在此居住，十分热诚，这不是古谊可风的么？并且他方才劝戒我一番话，就是自家父兄，也不过如此，真是令人可感。”一面想着，又谈了好些处世的话，他就有事出门去了。

过了一天，继之上衙门回来，一见了我的面，就气忿忿的说道：“奇怪，奇怪！”我看见他面色改常，突然说出这么一句话，连一些头路也摸不着，呆了脸对着他。只见他又率然问道："你来了多少天了？"我说道："我到了十多天了。"继之道："你到过令伯公馆几次了？"我说："这个可不大记得了，大约总有七八次。"继之又道："你住在甚么客栈，对公馆里的人说过么？"我说："也说过的；并且住在第几号房，也交代明白。"继之道："公馆里的人，始终对你怎么说？"我说："始终都说出差去了，没有回来。"继之道："没有别的话？"我说："没有。"继之气的直挺挺的坐在交椅上。半天，又叹了好几口气说道："你到的那几天，不错，是他出差去了，但不过到六合县去会审一件案，前后三天就回来了；在十天以前，他又求了藩台给他一个到通州勘荒的差使，当天奉了札子，当天就禀辞去了。你道奇怪不奇怪？"我听了此话，也不觉呆了，半天没有话说。继之又道："不是我说句以疏间亲的话，令伯这种行径，不定是有意回避你的了。"此时我也无言可答，只坐在那里出神。

继之又道："虽是这么说，你也不必着急。我今天见了藩台，他说此地大关的差使，前任委员已经满了期了，打算要叫我接办，大约一两天就可以下札子。我那里左右要请朋友，你就可以拣一个合式的事情，代我办办。我们是同窗至好，我自然要好好的招呼你。至于你令伯的话，只好慢慢再说，好在他终久是要回来的，总不能一辈子不见面。"我说道："家伯到通州去的话，可是大哥打听来的，还是别人传说的呢？"继之道："这是我在藩署号房打听来的，千真万真，断不是谣言。你且坐坐，我还要出去拜一个客呢。"说着，出门去了。

我想起继之的话，十分疑心，伯父同我骨肉至亲，那里有这等事；不如我再到伯父公馆里去打听打听，或者已经回来，也未可知。想罢了，出了门，一直到我伯父公馆里去。到门房里打听，那个底下人说是："老爷还没有回来。前天有信来，说是公事难办得很，恐怕还有几天耽搁。"我有心问他说道："老爷还是到六合去，还是到通州去的呢？"那底下人脸上红了一红，顿住了口，一会儿方才说道："是到通州去的。"我说："到底是几时动身的呢？"他说道："就是少爷来的那天动身的。"我说："一直没有回来过么？"他说："没有。"我问了一番话，满腹狐疑的回到吴公馆里去。

继之已经回来了，见了我便问："到那里去过？"我只得直说一遍。继之叹道："你再去也无用。这回他去勘荒，是可久可暂的，你且安心住下，等过一两个月再说。我问你一句话：你到这里来，寄过家信没有？"我说："到了上海时，曾寄过一封；到了这里，却未曾寄过。"继之道："这就是你的错了，怎么十多天工夫，不寄一封信回去？可知尊堂伯母在那里盼望呢。"我说："这个我也知道。因为要想见了家伯，取了钱庄上的利钱，一齐寄去，不料等到今日，仍旧等不着。"继之低头想了一想道："你只管一面写信，我借五十两银子，给你寄回去。你信上也不必提明是借来的，也不必提到未见着令伯，只糊里糊涂的说先寄回五十两银子，随后再寄罢了；不然，令堂伯母又多一层着急。”

我听了这话，连忙道谢。继之道：“这个用不着谢。你只管写信，我这里明日打发家人回去，接我家母来，就可以同你带去。接办大关的札子，已经发了下来，大约半个月内，我就要到差。我想屈你做一个书启，因为别的事，你未曾办过，你且将就些。我还在帐房一席上，挂上你一个名字；那帐房虽是藩台荐的，然而你是我自家亲信人，挂上了一个名字，他总得要分给你一点好处。还有你书启名下应得的薪水，大约出息还不很坏。这五十两银子，你慢慢的还我就是了。”当下我听了此言，自是欢喜感激。便去写好了一封家信，照着继之交代的话，含含糊糊写了，并不提起一切。到了明日，继之打发家人动身，就带了去。此时我心中安慰了好些；只不知我伯父到底是甚么主意，因写了一封信，封好了口，带在身上，走到我伯父公馆里去，交代他门房，叫他附在家信里面寄去。叮嘱再三，然后回来。

又过了七八天，继之对我道：“我将近要到差了。这里去大关很远，天天来去是不便当的；要住在关上，这里又没有个人照应。书启的事不多，你可仍旧住在我公馆里，带着照应照应内外一切，三五天到关上去一次；如果有紧要事，我再打发人请你。好在书启的事，不必一定到关上去办的。或者有时我回来住几天，你就到关上去代我照应，好不好呢？”我道：“这是大哥过信我、体贴我，我感激还说不尽，那里还有不好的呢!”当下商量定了。

又过了几天，继之到差去了；我也跟到关上去看看，吃过了午饭，方才回来；从此之后，三五天往来一遍，倒也十分清闲。不过天天料理几封往来书信。有些虚套应酬的信，我也不必告诉继之，随便同他发了回信，继之倒也没甚说话。从此我两个人，更是相得。

一日早上，我要到关上去，出了门口，要到前面雇一匹马。走过一家门口，听见里面一叠连声叫送客，呀的一声，开了大门。我不觉立定了脚，抬头往门里一看。只见有四五个家人打扮的，在那里垂手站班。里面走出一个客来，生得粗眉大目；身上穿了一件灰色大布的长衫，罩上一件天青羽毛的对襟马褂；头上戴着一顶二十年前的老式大帽，帽上装着一颗砗磲顶子；脚上蹬着一双黑布面的双梁快靴，大踏步走出来。后头送出来的主人，却是穿的枣红宁绸箭衣，天青缎子外褂，褂上还缀着二品的锦鸡补服，挂着一副像真像假的蜜蜡朝珠；头上戴着京式大帽，红顶子花翎；脚下穿的是一双最新式的内城京靴，直送那客到大门以外。那客人回头点了点头，便徜徉而去，也没个轿子，也没匹马儿。再看那主人时，却放下了马蹄袖，拱起双手，一直拱到眉毛上面，弯着腰，嘴里不住的说请，请，请，直到那客人走的转了个弯看不见了，方才进去，呀的一声，大门关了。我再留心看那门口时，却挂着一个红底黑字的牌儿，像是个店家招牌；再看看那牌上的字，却写的是“钦命二品顶戴，赏戴花翎，江苏即补道，长白苟公馆”二十个宋体字。不觉心中暗暗纳罕。走到前面，雇定了马匹，骑到关上去，见过继之。

这天没有甚么事，大家坐着闲谈一会；开出午饭来，便有几个同事都过来同着吃饭。这吃饭中间，我忽然想起方才所见的一桩事体，便对继之说道：“我今天看见了一位礼贤下士的大人先生，在今世只怕是要算绝少的了！”继之还没有开口，就有一位同事抢着问道：“怎么样的礼贤下士？快告诉我，等我也去见见他。”我就将方才所见的说了一遍。继之对我看了一眼，笑了一笑，说道：“你总是这么大惊小怪似的。”继之这一句话，说的倒把我闷住了。正是：

礼贤下士谦恭客，犹有旁观指摘人。

要知继之为了甚事笑我，且待下回再记。

第五回
珠宝店巨金骗去　州县官实价开来

且说我当下说那位苟观察礼贤下士，却被继之笑了我一笑，又说我少见多怪，不觉闷住了。因问道：“莫非内中还有甚么缘故么？”继之道：“昨日扬州府贾太守有封信来，荐了一个朋友，我这里实在安插不下了，你代我写封回信，送到帐房里，好连程仪一齐送给他去。”我答应了，又问道：“方才说的那苟观察，既不是礼贤下士，……”我这句话还没有说完，继之便道：“你今天是骑马来的，还是骑驴来的？”我听了这句话，知道他此时有不便说出的道理，不好再问，顺口答道：“骑马来的。”以后便将别话岔开了。一时吃过了饭，我就在继之的公事桌上，写了一封回书，交给帐房，辞了继之出来，仍到城里去。

路上想着寄我伯父的信，已经有好几天了，不免去探问探问。就顺路走至我伯父公馆，先打听回来了没有，说是还没有回来。我正要问我的信寄去了没有，忽然抬头看见我那封信，还是端端正正的插在一个壁架子上，心中不觉暗暗动怒，只不便同他理论，于是也不多言，就走了回来。细想这底下人，何以这么胆大，应该寄的信，也不拿上去回我伯母。莫非继之说的话当真不错，伯父有心避过了我么？又想道：“就是伯父有心避过我，这底下人也不该搁起我的信；难道我伯父交代过，不可代我通信的么？"想来想去，总想不出个道理。

正在胡思乱想的时候，忽然一个丫头走来，说是太太请我，我便走到上房去，见了继之夫人，问有甚事。继之夫人拿出一双翡翠镯子来道："这是人家要出脱的，讨价三百两银子，不知值得不值得，请你拿到祥珍去估估价。"当下我答应了，取过镯子出来。

原来这家祥珍，是一家珠宝店，南京城里算是数一数二的大店家。继之与他相熟的，我也曾跟着继之，到过他家两三次，店里的人也相熟了。——当时走到他家，便请他掌柜的估价，估得三百两银子不贵。

未免闲谈一会。只见他店中一个个的伙计，你埋怨我，我埋怨你；那掌柜的虽是陪我坐着，却也是无精打彩的。我看见这种情形，起身要走。掌柜道："阁下没事，且慢走一步，我告诉阁下一件事，看可有法子想么？"我听了此话，便依然坐下，问是甚事。掌柜道："我家店里遇了骗子……"我道："怎么个骗法呢？"掌柜道："话长呢。我家店里后面一进，有六七间房子空着没有用，前几个月，就贴了一张招租的帖子；不多几天，就有人来租了，说是要做公馆。那个人姓刘，在门口便贴了个'刘公馆'的条子，带了家眷来住下。天天坐着轿子到外面拜客，在我店里走来走去，自然就熟了。晚上没有事，他也常出来谈天。有一天，他说有几件东西，本来是心爱的，此刻手中不便，打算拿来变价，问我们店里要不要。'要是最好；不然，就放在店里寄卖也好'。我们大众伙计，就问他是甚么东西。他就拿出来看，是一尊玉佛，却有一尺五六寸高；还有一对白玉花瓶；一枝玉镶翡翠如意；一个班指。这几件东西，照我们去看，顶多不过值得三千银子，他却说要卖二万；倘卖了时，给我们一个九五回用。我们明知是卖不掉的，好在是寄卖东西，不犯本钱的；又不很占地方，就拿来店面上作个摆设也好，就答应了他。摆了三个多月，虽然有人问过，但是听见了价钱，都吓的吐出舌头来，从没有一个敢还价的。

有一天，来了一个人，买了几件鼻烟壶、手镯之类，又买了一挂朝珠。还的价钱，实在内行；批评东西的毛病，说那东西的出处，着实是个行家。过得两天，又来看东西。如此鬼混了几天。忽然一天，同了两个人来，要看那玉佛、花瓶、如意。我们取出来给他看。他看了，说是通南京城里，找不出这东西来。赞赏了半天，便问价钱。我们一个伙计，见他这么中意，就有心同他打趣，要他三万银子。他说道：'东西虽好，那里值到这个价钱，顶多不过一个折半价罢了。'阁下，你想，三万折半，不是有了一万五千了吗？我们看见他这等说，以为可以有点望头了，就连那班指拿出来给他看，说明白是人家寄卖的。他看了那班指，也十分中意。又说道：'就是连这班指，也值不到那些。’我们请他还价。他说道：“我已说过折半的了，就是一万五千银子罢。’我们一个伙计说：‘你说的万五，是那几件的价；怎么添了这个班指，还是万五呢？’他笑了笑道：‘也罢，那么说，就是一万六罢。’讲了半天，我们减下来减到了二万六，他添到了一万七，未曾成交，也就走了。他走了之后，我们还把那东西再三细看，实在看不出好处，不知他怎么出得这么大的价钱。自家不敢相信，还请了同行的看货老手来看，也说不过值得三四千银子。然而看他前两回来买东西，所说的话，没有一句不内行，这回出这重价，未必肯上当。想来想去，总是莫明其妙。到了明天，他又带了一个人来看过，又加了一千的价，统共是一万八，还没有成交。以后便天天来，说是买来送京里甚么中堂寿礼的，来一次加一点价，后来加到了二万四。我们想连那姓刘的所许九五回用，已稳赚了五千银子了，这天就定了交易。那人却拿出一张五百两的票纸来，说是一时没有现银，先拿这五百两作定，等十天来拿。又说到了十天期，如果他不带了银子来拿，这五百两定银，他情愿不追还；但十天之内，叫我们千万不要卖了，如果卖了，就是赔他二十四万都不答应。我们都应允了。他又说交易太大，恐怕口说无凭，要立个凭据。我们也依他，照着所说的话，立了凭据，他就去了。等了五六天不见来。

到了第八天的晚上，忽然半夜里有人来打门。我们开了门问时，却见一个人仓仓皇皇问道：‘这里是刘公馆么？’我们答应他是的。他便走了进来，我们指引他进去。不多一会，忽然听见里面的人号啕大哭起来。吓得连忙去打听，说是刘老爷接了家报，老太太过了。我们还不甚在意。到了次日一早，那姓刘的出来算还房钱，说即日要带了家眷，奔丧回籍，当夜就要下船，向我们要还那几件东西。我们想明天就是交易的日期，劝他等一天。他一定不肯；再四相留，他执意不从，说是我们做生意人不懂规矩，得了父母的讣音，是要星夜奔丧的，照例昨夜得了信，就要动身，只为收拾行李没法，已经耽搁了一天了。我们见他这么说，东西是已经卖了，不能还他的，好在只隔得一天，不如兑了银子给他罢。于是扣下了一千两回用，兑了一万九千银子给他。他果然即日动身，带着家眷走了。至于那个来买东西的呢，莫说第十天，如今一个多月了，影子也不看见。前天东家来店查帐，晓得这件事，责成我们各同事分赔。阁下，你想那姓刘的，不是故意做成这个圈套来行骗么？可有个甚么法子想想？”

我听了一席话，低头想了一想，却是没有法子。那掌柜道：“我想那姓刘的说甚么丁忧，都是假话，这个人一定还在这里。只是有甚法子，可以找着他？”我说道：“找着他也是无用。他是有东西卖给你的，不过你自家上当，买贵了些，难道有甚么凭据，说他是骗子么？”那掌柜听了我的话，也想了一想，又说道："不然，找着那个来买的人也好。"我道："这个更没有用。他同你立了凭据，说十天不来，情愿凭你罚去定银，他如今不要那定银了，你能拿他怎样？"那掌柜听了我的话，只是叹气。我坐了一会，也就走了。

回去交代明白了手镯，看了一回书，细想方才祥珍掌柜所说的那桩事，真是无奇不有。这等骗术，任是甚么聪明人，都要入彀；何况那做生意人，只知谋"利"，那里还念着有个"害"字在后头呢。又想起今日看见那苟公馆送客的一节事，究竟是甚么意思，继之又不肯说出来，内中一定有个甚么情节，巴不能够马上明白了才好。

正在这么想着，继之忽地里回到公馆里来。方才坐定，忽报有客拜会。继之叫请，一面换上衣冠，出去会客。我自在书房里，不去理会。歇了许久，继之才送过客回了进来，一面脱卸衣冠，一面说道："天下事真是愈出愈奇了！老弟，你这回到南京来，将所有阅历的事，都同他笔记起来，将来还可以成一部书呢。"我问："又是甚么事？"继之道："向午时候，你走了，就有人送了一封信来；拆开一看，却是一位制台衙门里的幕府朋友送来的，信上问我几时在家，要来拜访。我因为他是制台的幕友，不便怠慢他，因对来人说：'我本来今日要回家，就请下午到舍去谈谈。'打发来人去了，我就忙着回来。坐还未定，他就来了。我出去会他时，他却没头没脑的说是请我点戏。"

我听到这里，不觉笑起来，说道："果然奇怪，这老远的路约会了，却做这等无谓的事。"继之道："那里话来！当时我也是这个意思，因问他道：'莫非是那一位同寅的喜事寿日，大家要送戏？若是如此，我总认一个份子，戏是不必点的。'他听了我的话，也好笑起来，说不是点这个戏。我问他到底是甚戏。他在怀里掏出一个折子来递给我。我打开一看，上面开着江苏全省的县名，每一个县名底下，分注了些数目字，有注一万的，有注二三万的，也有注七八千的。我看了虽然有些明白，然而我不便就说是晓得了，因问他是甚意思。他此时炕也不坐了，拉了我下来，走到旁边贴摆着的两把交椅上，两人分坐了，他附着了我耳边，说道：'这是得缺的一条捷径。若是要想那一个缺，只要照开着的数目，送到里面去，包你不到十天，就可以挂牌。这是补实的价钱；若是署事，还可以便宜些。'"我说："大哥怎样回报他呢？"继之道："这种人那里好得罪他！只好同他含混了一会，推说此刻初接大关这差，没有钱，等过些时候，再商量罢。他还同我胡缠不了，好容易才把他敷衍走了。"我说："果然奇怪！但是我闻得卖缺虽是官场的惯技，然而总是藩台衙门里做的，此刻怎么闹到总督衙门里去呢？"继之道："这有甚么道理！只要势力大的人，就可以做得。只是开了价钱，具了手折，到处兜揽，未免太不像样了！”我说道：“他这是招徕生意之一道呢。但不知可有‘货真价实，童叟无欺’的字样没有？”说的继之也笑了。

大家说笑一番。我又想起寄信与伯父一事，因告诉了继之。继之叹道：“令伯既是那么着，只怕寄信去也无益；你如果一定要寄信，只管写了交给我，包你寄到。”我听了，不觉大喜。正是：

意马心猿萦梦寐，河鱼天雁托音书。

要知继之有甚法子可以寄得信去，且待下回再记。

第六回
彻底寻根表明骗子　穷形极相画出旗人

却说我听得继之说，可以代我寄信与伯父，不觉大喜。就问：“怎么寄法？又没有住址的。”继之道：“只要用个马封，面上标着‘通州各属沿途探投勘荒委员’，没有个递不到的；再不然，递到通州知州衙门，托他转交也可以使得。”我听了大喜道：“既是那么着，我索性写他两封，分两处寄去，总有一封可到的。”

当下继之因天晚了，便不出城，就在书房里同我谈天。我说起今日到祥珍估镯子价，被那掌柜拉着我，诉说被骗的一节。继之叹道：“人心险诈，行骗乃是常事。这件事情，我早就知道了。你今日听了那掌柜的话，只知道外面这些情节，还不知内里的事情；就是那掌柜自家，也还在那里做梦，不知是那一个骗他的呢。”我惊道：“那么说，大哥是知道那个骗子的了，为甚不去告诉了他，等他或者控告，或者自己去追究，岂不是件好事？”继之道：“这里面有两层：一层是我同他虽然认得，但不过是因为常买东西，彼此相熟了，通过姓名，并没有一些交情，我何苦代他管这闲事；二层就是告诉了他这个人，也是不能追究的。你道这骗子是谁？”继之说到这里，伸手在桌子上一拍道：“就是这祥珍珠宝店的东家！”

我听了这话，吃了一大吓，顿时呆了。歇了半晌，问道：“他自家骗自家，何苦呢？”继之道：“这个人本来是个骗子出身，姓包，名道守；人家因为他骗术精明，把他的名字读别了，叫他做包到手。后来他骗的发了财了，开了这家店。去年年下的时候，他到上海去，买了一张吕宋彩票回来，被他店里的掌柜、伙计们见了，要分他半张；他也答应了，当即裁下半张来。这半张是五条，那掌柜的要了三条；馀下两条，是各小伙计们公派了。当下银票交割清楚。过得几天，电报到了，居然叫他中了头彩，自然是大家欢喜。到上海去取了六万块洋钱回来：他占了三万，掌柜的三条是一万八；其馀万二，是众伙计分了。当下这包到手，便要那掌柜合些股分在店里，那掌柜不肯；他又叫那些小伙计合股，谁知那些伙计们，一个个都是要搂着洋钱睡觉，看着洋钱吃饭的，没有一个答应。因此他怀了恨了，下了这个毒手。此刻放着那玉佛、花瓶那些东西，还值得三千两；那姓刘的取去了一万九千两，一万九除了三千，还有一万六，他咬定了要店里众人分着赔呢。"

我道："这个圈套，难为他怎么想得这般周密，叫人家一点儿也看不出来。"继之道："其实也有一点破绽，不过未曾出事的时候，谁也疑心不到就是了。他店里的后进房子，本是他自己家眷住着的，中了彩票之后，他才搬了出去。多了几个钱，要住舒展些的房子，本来也是人情；但腾出了这后进房子，就应该收拾起来，招呼些外路客帮，或者在那里看贵重货物，这也是题中应有之义呀，为甚么就要租给别人呢？"我说道："做生意人本来是处处打算盘的，租出几个房钱，岂不是好？并且谁料到他约定一个骗子进来呢？我想那姓刘的要走的时候，把东西还了他也罢了。"继之道："唔！这还了得！还了他东西，到了明天，那下了定的人，就备齐了银子来交易，没有东西给他，不知怎样索诈呢！何况又是出了笔据给他的。这种骗术，直是妖魔鬼怪都逃不出他的网罗呢。"说到这里，已经是吃晚饭的时候了。

吃过晚饭，继之到上房里去，我便写了两封信；恰好封好了，继之也出来了，当下我就将信交给他。他接过了，说明天就加封寄去。我两个人又闲谈起来。

我一心只牵记着那荀观察送客的事，又问起来。继之道："你这个人好笨！今日吃中饭的时候你问我，我叫你写贾太守的信，这明明是叫你不要问了，你还不会意，要问第二句。其实我那时候未尝不好说，不过那些同桌吃饭的人，虽说是同事，然而都是甚么藩台咧、首府咧、督署幕友咧……这班人荐的，知道他们是甚么路数。这件事虽是人人晓得的，然而我犯不着传出去，说我讲制台的丑话。我同你呢，又不知是甚么缘法，很要好的，随便同你谈句天，也是处处要想……教导呢，我是不敢说；不过处处都想提点你，好等你知道些世情。我到底比你痴长几年，出门比你又早。"

我道："这是我日夕感激的。"继之道："若说感激，你感激不了许多呢。你记得么？你读的四书，一大半是我教的。小时候要看闲书，又不敢叫先生晓得，有不懂的地方，都是来问我。我还记得你读《孟子·动心章》：'不得于言，勿求于心；不得于心，勿求于气'那几句，读了一天不得上口，急的要哭出来了，还是我逐句代你讲解了，你才记得呢。我又不是先生，没有受你的束脩，这便怎样呢？”此时我想起小时候读书，多半是继之教我的。虽说是从先生，然而那先生只知每日教两遍书，记不得只会打，那里有甚么好教法？若不是继之，我至今还是只字不通呢。此刻他又是这等招呼我，处处提点我。这等人，我今生今世要觅第二个，只怕是难的了！想到这里，心里感激得不知怎样才好，几乎流下泪来。因说道：“这个非但我一个人感激，就是先君、家母，也是感激的了不得的！”此时我把荀观察的事，早已忘了，一心只感激继之，说话之中，声音也咽住了。

继之看见忙道：“兄弟且莫说这些话，你听荀观察的故事罢。那荀观察单名一个才字，人家都叫他狗才……”我听到这里，不禁扑嗤一声，笑将出来。继之接着道：“那荀才前两年上了一个条陈给制台，是讲理财的政法。这个条陈与藩台很有碍的，叫藩台知道了，很过不去，因在制台跟前，很很的说了他些坏话，就此黑了。后来那藩台升任去了，换了此刻这位藩台，因为他上过那个条陈，也不肯招呼他，因此接连两三年没有差使，穷的吃尽当光了。”

我说道：“这句话，只怕大哥说错了。我今天日里看见他送客的时候，莫说穿的是崭新衣服，底下人也四五个，那里至于吃尽当光。吃尽当光，只怕不能够这么样了。”继之笑道：“兄弟，你处世日子浅，那里知道得许多。那旗人是最会摆架子的，任是穷到怎么样，还是要摆着穷架子。有一个笑话，还是我用的底下人告诉我的；我告诉了这个笑话给你听，你就知道了。这底下人我此刻还用着呢，就是那个高升。这高升是京城里的人，我那年进京会试的时候，就用了他。他有一天对我说一件事：说是从前未投着主人的时候，天天早起，到茶馆里去泡一碗茶，坐过半天。——京城里小茶馆泡茶，只要两个京钱，合着外省的四文；要是自己带了茶叶去呢，只要一个京钱就够了。——有一天，高升到了茶馆里，看见一个旗人进来泡茶，却是自己带的茶叶，打开了纸包，把茶叶尽情放在碗里。那堂上的人道：‘茶叶怕少了罢？’那旗人哼了一声道：‘你那里懂得！我这个是大西洋红毛法兰西来的上好龙井茶，只要这么三四片就够了；要是多泡了几片，要闹到成年不想喝茶呢。’堂上的人，只好同他泡上了。高升听了，以为奇怪，走过去看看，他那茶碗中间，飘着三四片茶叶，就是平常吃的香片茶。那一碗泡茶的水，莫说没有红色，连黄也不曾黄一黄，竟是一碗白冷冷的开水。高升心中，已是暗暗好笑。后来又看见他在腰里掏出两个京钱来，买了一个烧饼，在那里撕着吃，细细咀嚼，像很有味的光景。吃了一个多时辰，方才吃完。忽然又伸出一个指头儿，蘸些唾沫，在桌上写字，蘸一口，写一笔。高升心中很以为奇，暗想这个人何以用功到如此，在茶馆里还背临古帖呢。细细留心去看他写甚么字。原来他那里是写字，只因他吃烧饼时，虽然吃的十分小心，那饼上的芝麻，总不免有些掉在桌上；他要拿舌头舐了，拿手扫来吃了，恐怕叫人家看见不好看，失了架子，所以在那里假装着写字蘸来吃。看他写了半天字，桌上的芝麻一颗也没有了。他又忽然在那里出神，像想甚么似的；想了一会，忽然又像醒悟过来似的，把桌子狠狠的一拍，又蘸了唾沫去写字。你道为甚么呢？原来他吃烧饼的时候，有两颗芝麻掉在桌子缝里，任凭他怎样蘸唾沫写字，总写他不到嘴里，所以他故意做成忘记的样子，又故意做成忽然醒悟的样子，把桌子拍一拍，那芝麻自然震了出来，他再做成写字的样子，自然就到了嘴了。”

我听了这话，不觉笑了。说道：“这个只怕是有心形容他罢，那里有这等事！”继之道：“形容不形容，我可不知道，只是还有下文呢：他烧饼吃完了，字也写完了，又坐了半天，还不肯去。天已向午了，忽然一个小孩子走进来，对着他道：‘爸爸快回去罢，妈要起来了。’那旗人道：‘妈要起来就起来，要我回去做甚么？’那孩子道：‘爸爸穿了妈的裤子出来，妈在那里急着没有裤子穿呢。’那旗人喝道：‘胡说！妈的裤子，不在皮箱子里吗？’说着，丢了一个眼色，要使那孩子快去的光景。那孩子不会意，还在那里说道：‘爸爸只怕忘了，皮箱子早就卖了，那条裤子，是前天当了买米的。妈还叫我说：屋里的米只剩了一把，喂鸡儿也喂不饱的了，叫爸爸快去买半升米来，才够做中饭呢。’那旗人大喝一声道：‘滚你的罢！这里又没有谁给我借钱，要你来装这些穷话做甚么！’那孩子吓的垂下了手，答应了几个‘是’字，倒退了几步，方才出去。那旗人还自言自语道：‘可恨那些人，天天来给我借钱，我那里有许多钱应酬他，只得装着穷，说两句穷话。这些孩子们听惯了，不管有人没人，开口就说穷话；其实在这茶馆里，那里用得着呢。老实说，咱们吃的是皇上家的粮，那里就穷到这个份儿呢。’说着，立起来要走。那堂上的人，向他要钱。他笑道：‘我叫这孩子气昏了，开水钱也忘了开发。’说罢，伸手在腰里乱掏，掏了半天，连半根钱毛也掏不出来。嘴里说：‘欠着你的，明日还你罢。’那个堂上不肯。争奈他身边认真的半文都没有，任凭你扭着他，他只说明日送来，等一会送来；又说那堂上的人不生眼睛，‘你大爷可是欠人家钱的么？’那堂上说：‘我只要你一个钱开水钱，不管你甚么大爷二爷。你还了一文钱，就认你是好汉；还不出一文钱，任凭你是大爷二爷，也得要留下个东西来做抵押。你要知道我不能为了一文钱，到你府上去收帐。’那旗人急了，只得在身边掏出一块手帕来抵押。那堂上抖开来一看，是一块方方的蓝洋布，上头齷齪的了不得，看上去大约有半年没有下水洗过的了。因冷笑道：‘也罢，你不来取，好歹可以留着擦桌子。’那旗人方得脱身去了。你说这不是旗人摆架子的凭据么？”

我听了这一番言语，笑说道：“大哥，你不要只管形容旗人了，告诉了我狗才那桩事罢。”继之不慌不忙说将出来，正是：

尽多怪状供谈笑，尚有奇闻说出来。

要知继之说出甚么情节来，且待下回再记。

第七回 代谋差营兵受殊礼 吃倒帐钱侩大遭殃

当下继之对我说道：“你不要性急。因为我说那狗才穷的吃尽当光了，你以为我言过其实，我不能不将他们那旗人的历史对你讲明，你好知道我不是言过其实，你好知道他们各人要摆各人的架子。那个吃烧饼的旗人，穷到那么个样子，还要摆那么个架子，说那么个大话，你想这个做道台的，那家人咧、衣服咧，可肯不摆出来么？那衣服自然是难为他弄来的。你知道他的家人吗？有客来时便是家人；没有客的时候，他们还同着桌儿吃饭呢。”我问道：“这又是甚么缘故？”继之道：“这有甚么缘故，都是他那些甚么外甥咧、表侄咧，闻得他做了官，便都投奔他去做官亲；谁知他穷下来，就拿着他们做底下人摆架子。我还听见说有几家穷候补的旗人，他上房里的老妈子、丫头，还是他的丈母娘、小姨子呢。你明白了这个来历，我再告诉你这位总督大人的脾气，你就都明白了。这位大帅，是军功出身，从前办军务的时候，都是仗着几十个亲兵的功劳，跟着他出生入死；如今天下太平了，那些亲兵，叫他保的总兵的总兵，副将的副将，却一般的放着官不去做，还跟着他做戈什哈。你道为甚么呢？只因这位大帅，念着他们是共过患难的人，待他们极厚，真是算得言听计从的了，所以他们死命的跟着，好仗着这个势子，在外头弄钱。他们的出息，比做官还好呢。还有一层：这位大帅因为办过军务，与士卒同过甘苦，所以除了这班戈什哈之外，无论何等兵丁的说话，都信是真的。他的意思，以为那些兵丁都是乡下人，不会撒谎的。他又是个喜动不喜静的人，到了晚上，他往往悄地里出来巡查，去偷听那些兵丁的说话，无论那兵丁说的是甚么话，他总信是真的。久而久之，他这个脾气，叫人家摸着了，就借了这班兵丁做个谋差事的门路。譬如我要谋差使，只要认识了几个兵丁，嘱托他到晚上，觑着他老人家出来偷听时，故意两三个人谈论，说吴某人怎样好怎样好，办事情怎么能干，此刻却是怎样穷，假作叹息一番，不出三天，他就是给我差使的了。你想求到他说话，怎么好不恭敬他？你说那苟观察礼贤下士，要就是为的这个。那个戴白顶子的，不知又是那里的什长之类的了。”我听了这一番话，方才恍然大悟。

继之说话时，早来了一个底下人，见继之话说的高兴，闪在旁边站着。等说完了话，才走近一步，回道：“方才钟大人来拜会，小的已经挡过驾了。”继之问道：“坐轿子来的，还是跑路来的？”底下人道：“是衣帽坐轿子来的。”继之哼了一声道：“功名也要快丢了，他还要来晾他的红顶子！你挡驾怎么说的？”底下人道：“小的见晚上时候，恐怕老爷穿衣帽麻烦，所以没有上来回，只说老爷在关上没有回来。”继之道：“明日到关上去，知照门房，是他来了，只给我挡驾。”到底下人答应了两个“是”字，退了出去。

我因问道：“这又是甚么故事，可好告诉我听听？”继之笑道：“你见了我，总要我说甚么故事，你可知我的嘴也说干了；你要是这么着，我以后不敢见你了。”我也笑道：“大哥，你不告诉我也可以，可是我要说你是个势利人了。”继之道：“你不要给我胡说！我怎么是个势利人？”我笑道：“你才说他的功名要快丢了，要丢功名的人，你就不肯会他了，可不是势利吗？”

继之道：“这么说，我倒不能不告诉你了。这个人姓钟，叫做钟雷溪。”我抢着说道：“怎么不‘钟灵气’，要‘钟戾气’呢？”继之道：“你又要我说故事，又要来打岔，我不说了。”吓得我央求不迭。继之道：“他是个四川人，十年头里，在上海开了一家土栈，通了两家钱庄，每家不过通融二三千银子光景；到了年下，他却结清帐目，一丝不欠。钱庄上的人眼光最小，只要年下不欠他的钱，他就以为是好主顾了。到了第二年，另外又有别家钱庄来兜搭了。这一年只怕通了三四家钱庄，然而也不过五六千的往来。这年他把门面也改大了，举动也阔绰了。到了年下，非但结清欠帐，还些少有点存放在里面。一时钱庄帮里都传遍了，说他这家土栈，是发财得很呢。过了年，来兜搭的钱庄，越发多了。他却一概不要，说是我今年生意大了，三五千往来不济事，最少也要一二万才好商量。那些钱庄是相信他发财的了，都答应了他；有答应一万的，有答应二万的，统共通了十六七家。他老先生到了半年当中，把肯通融的几家，一齐如数提了来，总共有二十多万。到了明天，他却‘少陪’也不说一声，就这么走了。土栈里面，丢下了百十来个空箱，伙计们也走的影儿都没有。银庄上的人吃一大惊，连忙到会审公堂去控告。又出了赏格，上了新闻纸告白，想去捉他；这却是大海捞针似的，那里捉得他着。你晓得他到那里去了？他带了银子，一直进京，平白地就捐上一个大花样的道员，加上一个二品顶戴，引见指省，来到这里候补。你想市侩要入官场，那里懂得许多。从来捐道员的，那一个捐过大花样？这道员外补的，不知几年才碰得上一个，这个连我也不很明白；听说合十八省的道缺，只有一个半缺呢。”

我说道：“这又奇了，怎么有这半个缺起来？”继之道：“大约这个缺是一回内放，一回外补的，所以要算半个。你想这么说法，那道员的大花样有甚用处？谁还去捐他？并且近来那些道员，多半是从小班子出身，连捐带保，迭起来的；若照这样平地捐起来，上头看了履历，就明知是个富家子弟，那里还有差事给他。所以那钟雷溪到了省好几年了，并未得过差使，只靠着骗拐来的钱使用。上海那些钱庄人家，虽然在公堂上存了案，却寻不出他这个人来，也是没法。到此刻，已经八九年了。直到去年，方才打听得他改了名字，捐了功名，在这里候补。这十几家钱庄，在上海会议定了，要问他索还旧债，公举了一个人，专到这里，同他要帐。谁知他这时候摆出了大人的架子来，这讨帐的朋友要去寻他，他总给他一个不见：去早了，说没有起来；去迟了，不是说上衙门去了，便说拜客去了；到晚上去寻他时，又说赴宴去了。累得这位讨帐的朋友，在客栈里耽搁了大半年，并未见着他一面。没有法想，只得回到上海，又在会审公堂控告。会审官因为他告的是个道台，又且事隔多年，便批驳了不准。又到上海道处上控。上海道批了出来，大致说是控告职官，本道没有这种权力去移提到案；如果实在系被骗，可到南京去告……云云。那些钱庄帮得了这个批，犹如唤起他的睡梦一般，便大家商量，选派了两个能干事的人，写好了禀帖，到南京去控告。谁知衙门里面的事，难办得很呢，况且告的又是二十多万的倒帐，不消说的原告是个富翁了，如何肯轻易同他递进去。闹的这两个干事的人，一点事也不曾干上，白白跑了一趟，就那么着回去了。到得上海，又约齐了各庄家，汇了一万多银子来，里里外外，上上下下，都打点到了，然后把呈子递了上去。这位大帅却也好，并不批示，只交代藩台问他的话，问他有这回事没有：‘要是有这回事，早些料理清楚；不然，这里批出去，就不好看了。’藩台依言问他，他却赖得个一干二净。藩台回了制军，制军就把这件事搁起了。这位钟雷溪得了此信，便天天去结交督署的巡捕、戈什哈，求一个消息灵通。此时那两个钱庄干事的人，等了好久，只等得一个泥牛入海，永无消息，只得写信到上海去通知。过了几天，上海又派了一个人来，又带了多少使费，并且带着了一封信。你道这封是甚么信呢？原来上海各钱庄多是绍兴人开的，给各衙门的刑名师爷是同乡。这回他们不知在那里请出一位给这督署刑名相识的人，写了这封信，央求他照应。各钱庄也联名写了一张公启，把钟雷溪从前在上海如何开土栈，如何通往来，如何设骗局，如何倒帐卷逃，并将两年多的往来帐目，抄了一张清单，一齐开了个白折子，连这信封在一起，打发人来投递。这人来了，就到督署去求见那位刑名师爷，又递了一纸催呈。那刑名师爷光景是对大帅说明白了。前日上院时，单单传了他进去，叫他好好的出去料理，不然，这个'拐骗巨资'，我批了出去，就要奏参的。吓的他昨日去求藩台设法。这位藩台本来是不大理会他的，此时越发疑他是个骗子，一味同他搭讪着。他光景知道我同藩台还说得话来，所以特地来拜会我，无非是要求我对藩台去代他求情。你想我肯同他办这些事么？所以不要会他。兄弟，你如何说我势利呢？"

我笑道："不是我这么一激，那里听得着这段新闻呢。但是大哥不同他办，总有别人同他办的，不知这件事到底是个怎么样结果呢？"继之道："官场中的事，千变万化，那里说得定呢。时候不早了，我们睡罢，明日大早，我还要到关上去呢。"说罢，自到上房去了。一夜无话。

到了次日早起，继之果然早饭也没有吃，就到关上去了。我独自一个人吃过了早饭，闲着没事，踱出客堂里去望望。只见一个底下人，收拾好了几根水烟筒，正要拿进去，看见了我，便垂手站住了。我抬头一看，正是继之昨日说的高升。因笑着问他道："你家老爷昨日告诉我一个旗人在茶馆里吃烧饼的笑话，说是你说的，是么？"高升低头想道："是甚么笑话呀？"我说道："到了后来，又是甚么他的孩子来说，妈没有裤子穿的呢。"高升道："哦！是这个。这是小的亲眼看见的实事，并不是笑话。小的生长在京城，见的旗人最多，大约都是喜欢摆空架子的。昨天晚上，还有个笑话呢。"我连忙问是甚么笑话。高升道："就是那边苟公馆的事。昨天那苟大人，不知为了甚事要会客，因为自己没有大衣服，到衣庄里租了一套袍褂来穿了一会。谁知他送客之后，走到上房里，他那个五岁的小少爷，手里拿着一个油麻团，往他身上一搂，把那崭新的衣服，闹上了两块油迹。不去动他，倒也罢了；他们不知那个说是滑石粉可以起油的，就掺上些滑石粉，拿熨斗一熨，倒弄上了两块白印子来了。他们恐怕人家看出来，等到将近上灯未曾上灯的时候，方才送还人家，以为可以混得过去。谁知被人家看了出来，到公馆里要赔。他家的家人们，不由分说，把来人撵出大门，紧紧闭上；那个人就在门口乱嚷，惹得来往的人，都站定了围着看。小的那时候，恰好买东西走过，看见那人正抖着那外褂儿，叫人家看呢。"我听了这一席话，方才明白吃尽当光的人，还能够衣冠楚楚的缘故。

正这么想着，又看见一个家人，拿一封信进来递给我，说是要收条的。我接来顺手拆开，抽出来一看，还没看见信上的字，先见一张一千两银子的庄票盖在上面。正是：

方才悟彻玄中理，又见飞来意外财。

要知这一千两银子的票是谁送来的，且待下回再记。

司；论交情，他是同先君相好，又是父执。万一他摆出老长辈的面目来，教训几句，那就无味得很了。”雷溪道：“这个断不至此，不过老哥不肯赏脸罢了。但是兄弟想来，除了老哥，没有第二个肯做的，所以才冒昧奉求。”继之道：“人多着呢，不要说同藩台相好的，就同制军相好的人也不少。”雷溪道：“人呢，不错是多着；但是谁有这等热心，肯鉴我的冤枉。这件事，兄弟情愿拿出一万、八千来料理，只要求老哥肯同我经手。”继之道：“这个……”说到这里，便不说了。歇了一歇，又道：“这票子还是请大人收回去，另外想法子。卑职这里能尽力的，没有不尽力；只是这件事力与心违，也是没法。”雷溪道：“老哥一定不肯赏脸，兄弟也无可奈何，只好听凭制军的发落了。”说罢就告辞。

我听完了一番话，知道他走了，方才绕出来，仍旧到书房里去。继之已经送客回进来了，一面脱衣服，一面对我说道：“你这个人好没正经！怎么就躲在窗户外头，听人家说话？”我道：“这里面看得见么，怎么知道是我？”继之道：“面目虽是看不见，一个黑影子是看见的，除了你还有谁！”我问道：“你们为甚么在花厅上不行礼，却跑到书房里行礼起来呢？”继之道：“我那里知道他！他跨进了门阆儿，就爬在地下磕头。”我道：“大哥这般回绝了他，他的功名只怕还不保呢。”继之道：“如果办得好，只作为欠债办法，不过还了钱就没事了；但是原告呈子上是告他棍骗呢。这件事看着罢了。”我道：“他不说是他兄弟的事么？还说只有万把银子呢。”继之道：“可不是吗。这种饰词，不知要哄那个。他还说这件事肯拿出一万、八千来斡旋，我当时就想驳他，后来想犯不着，所以顿住了口。”我道：“怎么驳他呢？”继之道：“他说是他兄弟的事，不过万把银子，这会又肯拿出一万、八千来斡旋这件事；有了一万或八千，我想万把银子的老债，差不多也可以将就了结的了，又何必另外斡旋呢？”

正在说话间，忽家人来报说：“老太太到了，在船上还没有起岸。”继之忙叫备轿子，亲自去接。又叫我先回公馆里去知照，我就先回去了。到了下午，继之陪着他老太太来了。继之夫人迎出去，我也上前见礼。——这位老太太，是我从小见过的。——当下见过礼之后，那老太太道：“几年不看见，你也长得这么高大了！你今年几岁呀？”我道：“十六岁了。”老太太道：“大哥往常总说你聪明得很，将来不可限量的，因此我也时常记挂着你。自从你大哥进京之后，你总没有到我家去。你进了学没有呀？”我说：“没有，我的工夫还够不上呢。况且这件事，我看得很淡，这也是各人的脾气。”老太太道：“你虽然看得淡，可知你母亲并不看得淡呢。这回你带了信回去，我才知道你老太爷过了。怎么那时候不给我们一个讣闻？这会我回信也给你带来了，回来行李到了，我检出来给你。”我谢过了，仍到书房里去，写了几封继之的应酬信。

吃过晚饭，只见一个丫头，提着一个包裹，拿着一封信交给我。我接来看时，正是我母亲的回信。不知怎么着，拿着这封信，还没有拆开看，那眼泪不知从那里来的，扑簌簌的落个不了。展开看时，不过说银子已经收到，在外要小心保重身体的话。又寄了几件衣服来，打开包裹看时，一件件的都是我慈母手中线。不觉又加上一层感触。这一夜，继之陪着他老太太，并不曾到书房里来。我独自一人，越觉得烦闷，睡在床上，翻来复去，只睡不着。想到继之此时在里面叙天伦之乐，自己越发难过。坐起来要写封家信，又没有得着我伯父的实信，这回总不能再含含混混的了，因此又搁下了笔。

顺手取过一叠新闻纸来，这是上海寄来的。上海此时，只有两种新闻纸：一种是《申报》，一种是《字林沪报》。在南京要看，是要隔几天才寄得到的。此时正是法兰西在安南开仗的时候。我取过来，先理顺了日子，再看了几段军报，总没有甚么确实消息。只因报上各条新闻，总脱不了“传闻”、“或谓”、“据说”、“确否容再探寻”等字样，就是看了他，也犹如听了一句谣言一般。看到后幅，却刊上许多词章；这词章之中，艳体诗又占了一大半。再看那署的款，却都是连篇累牍，犹如徽号一般的别号，而且还要连表字、姓名一齐写上去，竟有二十多个字一个名字的。再看那词章，却又没有甚么惊人之句；而且艳体诗当中，还有许多轻薄句子，如《咏绣鞋》有句云，“者番看得浑真切，胡蝶当头茉莉边”，又《书所见》云，“料来不少芸香气，可惜狂生在上风”之类，不知他怎么都选在报纸上面。据我看来，这等要算是诲淫之作呢。

因看了他，触动了诗兴，要作一两首思亲诗。又想就这么作思亲诗，未免率直，断不能有好句。古人作诗，本来有个比体，我何妨借件别事，也作个比体诗呢。因想此时国家用兵，出戍的人必多；出戍的人多了，戍妇自然也多；因作了三章《戍妇词》道：

喔喔篱外鸡，悠悠河畔碪；鸡声惊妾梦，砧声碎妾心。妾心欲碎未尽碎，可怜落尽思君泪！妾心碎尽妾悲伤，游子天涯道阻长；道阻长，君不归，年年依旧寄征衣！

嗷嗷天际雁，劳汝寄征衣；征衣待御寒，莫向他方飞。天涯见郎面，休言妾伤悲；郎君如相问，愿言尚如郎在时。非妾故自讳，郎知妾悲郎忧思；郎君忧思易成病，妾心伤悲妾本性。

圆月圆如镜，镜中留妾容。圆明照妾亦照君，君容应亦留镜中。两人相隔一万里，差幸有影时相逢。乌得妾身化妾影，月中与郎谈曲衷？可怜圆月有时缺，君影妾影一齐没！

作完了，自家看了一遍，觉得身子有些困倦，便上床去睡，此时天色已经将近黎明了。正在蒙胧睡去，忽然耳边听得有人道："好睡呀！"正是：

草堂春睡何曾足，帐外偏来扰梦人。

要知说我好睡的人是谁，且待下回再记。

第九回
诗翁画客狼狈为奸　怨女痴男鸳鸯并命

却说我听见有人唤我，睁眼看时，却是继之立在床前。我连忙起来。继之道："好睡，好睡！我出去的时候，看你一遍，见你没有醒，我不来惊动你；此刻我上院回来了，你还不起来么？想是昨夜作诗辛苦了。"我一面起来，一面答应道："作诗倒不辛苦；只是一夜不曾合眼，直到天要快亮了，方才睡着的。"披上衣服，走到书桌旁边一看，只见我昨夜作的诗，被继之密密的加上许多圈，又在后面批上"缠绵悱恻，哀艳绝伦"八个字。因说道："大哥怎么不同我改改，却又加上这许多圈？这种胡诌乱道的，有甚么好处呢？"继之道："我同你有甚么客气，该是好的自然是好的，你叫我改那一个字呢？我自从入了仕途，许久不作诗了；你有兴致，我们多早晚多约两个人，唱和唱和也好。"我道："正是，作诗是要有兴致的。我也许久不作了，昨晚因看见报上的诗，触动起诗兴来，偶然作了这两首。我还想誊出来，也寄到报馆里去，刻在报上呢。"继之道："这又何必。你看那报上可有认真的好诗么？那一班斗方名士，结识了两个报馆主笔，天天弄些诗去登报，要借此博个诗翁的名色，自己便狂得个杜甫不死，李白复生的气概。也有些人，常常在报上看见了他的诗，自然记得他的名字；后来偶然遇见，通起姓名来，人自然说句久仰的话，越发惯起他的狂焰逼人，自以为名震天下了。最可笑的，还有一班市侩，不过略识之无，因为艳羡那些斗方名士，要跟着他学，出了钱叫人代作了来，也送去登报。于是乎就有那些穷名士，定了价钱，一角洋钱一首绝诗，两角洋钱一首律诗的，那市侩知道甚么好歹，便常常去请教。你想将诗送到报馆里去，岂不是甘与这班人为伍么？虽然没甚要紧，然而又何必呢。"

我笑道："我看大哥待人是极忠厚的，怎么说起话来，总是这么刻薄？何苦形容他们到这份儿呢！"继之道："我何尝知道这么个底细，是前年进京时，路过上海，遇见一个报馆主笔，姓胡，叫做胡绘声，是他告诉我的，谅来不是假话。"我笑道："他名字叫做绘声，声也会绘，自然善于形容人家的了。我总不信送诗去登报的人，个个都是这样。”继之道：“自然不能一网打尽，内中总有几个不这样的，然而总是少数的了。还有好笑的呢，你看那报上不是有许多题画诗么？这作题画诗的人，后幅告白上面，总有他的书画仿单，其实他并不会画。有人请教他时，他便请人家代笔画了，自已题上两句诗，写上一个款，便算是他画的了。”我说道：“这个于他有甚么好处呢？”继之道：“他的仿单非常之贵，画一把扇子，不是两元，也是一元，他叫别人画，只拿两三角洋钱出去，这不是‘尚亦有利哉’么？这是诗家的画。还有那画家的诗呢：有两个只字不通的人，他却会画，并且画的还好。倘使他安安分分的画了出来，写了个老老实实的上下款，未尝不过得去；他却偏要学人家题诗，请别人作了，他来抄在画上。这也罢了。那个稿子，他又誊在册子上，以备将来不时之需。这也还罢了。谁知他后来积的诗稿也多了，不用再求别人了，随便画好一张，就随便抄上一首，他还要写着‘录旧作补白’呢。谁知都被他弄颠倒了，画了梅花，却抄了题桃花诗，画了美人，却抄了题鍾馗诗。”

我听到这里，不觉笑的肚肠也要断了，连连摆手说道：“大哥，你不要说罢。这个是你打我我也不信的，天下那里有这种不通的人呢！”继之道：“你不信么？我念一首诗给你听，你猜是甚么诗？这首诗我还牢牢记着呢。”因念道：

隔帘秋色静中看，欲出篱边怯薄寒；隐士风流思妇泪，将来收拾到毫端。

你猜，这首诗是题甚么的？我道：“这首诗不见得好。”继之道：“你且不要管他好不好，你猜是题甚么的？”我道：“上头两句泛得很；底下两句，似是题菊花、海棠合画的。”继之忽地里叫一声：“来！”外面就来了个家人。继之对他道：“叫丫头把我那个湘妃竹柄子的团扇拿来。”不一会，拿了出来。继之递给我看。我接过看时，一面还没有写字；一面是画的几根淡墨水的竹子，竹树底下站着一个美人，美人手里拿着把扇子，上头还用淡花青烘出一个月亮来。画笔是不错的，旁边却连真带草的写着继之方才念的那首诗。我这才信了继之的话。继之道：“你看那方图书还要有趣呢。”我再看时，见有一个一寸多见方的压脚图书打在上面，已经不好看了；再看那文字时，却是“画宗吴道子，诗学李青莲”十个篆字。不觉大笑起来，问道：“大哥，你这把扇子那里来的？”继之道：“我慕了他的画名，特地托人到上海去，出了一块洋钱润笔求来的呀。此刻你可信了我的话了，可不是我说话刻薄，形容人家了。”

说话之间，已经开出饭来。我不觉惊异道：“呀！甚么时候了？我们只谈得几句天，怎么就开饭了？”继之道：“时候是不早了，你今天起来得迟

了些。”我赶忙洗脸漱口，一同吃饭。饭罢，继之到关上去了。

大凡记事的文章，有事便话长，无事便话短。不知不觉，又过了七八天。我伯父的回信到了，信上说是知道我来了，不胜之喜。刻下要到上海一转，无甚大耽搁，几天就可回来。我得了此信，也甚欢喜，就带了这封信，去到关上，给继之说知。入到书房里，先有一个同事在那里谈天。这个人是督扦的司事，姓文，表字述农，上海人氏。当下我先给继之说知来信的话，索性连信也给他看了。

继之看罢，指着述农说道：“这位也是诗翁，你们很可以谈谈。”于是我同述农重新叙话起来，述农又让我到他房里去坐，两人谈的入彀。我又提起前几天继之说的斗方名士那番话。述农道：“这是实有其事。上海地方，无奇不有，倘能在那里多盘桓些日子，新闻还多着呢。”我道：“正是。可惜我在上海往返了三次，两次是有事，匆匆便行；一次为的是丁忧，还在热丧里面，不便出来逛逛。这回我过上海时，偶然看见一件奇事，如今触发着了，我才记起来。那天我因为出来寄家信，顺路走到一家茶馆去看看，只见那吃茶的人，男女混杂，笑谑并作的，是甚么意思呢？”述农道：“这些女子，叫做野鸡的人，就是流娼的意思，也有良家女子也有上茶馆的，这是洋场上的风气。有时也施个禁令，然而不久就开禁的了。”我道：“如此说，内地是没有这风气的了？”述农道：“内地何尝没有。从前上海城里，也是一般的女子们上茶馆的，上酒楼的，后来被这位总巡禁绝了。”我道：“这倒是整顿风俗的德政。不知这位总巡是谁？”述农道：“外面看着是德政，其实骨子里他在那里行他那贼去关门的私政呢。”我道：“这又是一句奇话。私政便私政了，又是甚么贼去关门的私政呢？倒要请教请教。”

述农道：“这位总巡，专门仗着官势，行他的私政。从前做上海西门巡防局委员的时候，他的一个小老婆，受了他的委屈，吃生鸦片烟死了。他恨的了不得，就把他该管地段的烟馆，一齐禁绝了。外面看着，不是又是德政么？谁知他内里有这么个情节，至于他禁妇女吃茶一节的话，更是丑的了不得。他自己本来是一个南货店里学生意出身，不知怎么样，被他走到官场里去。你想这等人家。有甚么规矩？所以他虽然做了总巡，他那一位小姐，已经上二十岁的人了，还没有出嫁，却天天跑到城隍庙里茶馆里吃茶。那位总巡也不禁止他。忽然一天，这位小姐不见了。偏偏这天家人们都说小姐并不曾出大门，就在屋里查察起来。谁知他公馆的房子，是紧靠在城脚底下，晒台又紧贴着城头，那小姐是在晒台上搭了跳板，走过城头上去的。恼得那位总巡立时出了一道告示，勒令沿城脚的居民将晒台拆去，只说恐防宵小；又出告示，禁止妇女吃茶。这不是贼去关门的私政么？”

我道：“他的小姐走到那里去的呢？”述农道：“奇怪着呢！就是他

小姐逃走的那一天，同时逃走了一个轿班。”我道：“这是事有凑巧罢了，那里就会跟着轿班走呢？”述农道：“所以天下事往往有出人意外的。那位总巡因为出了这件事，其势不得不追究，又不便传播出去，特地请出他的大舅子来商量。因为那个轿班是嘉定县人，他大舅子就到嘉定去访问，果然叫他访着了，那位小姐居然是跟他走的。他大舅子就连夜赶回上海，告诉了底细。他就写了封信，托嘉定县办这件事，只说那轿班拐了丫头逃走。嘉定县得了他的信，就把那轿班捉将官里去。他大舅子便硬将那小姐捉了回来。谁知他小姐回来之后，寻死觅活的，闹个不了，足足三天没有吃饭，看着是要绝粒的了。依了那总巡的意思，凭他死了也罢了；但是他那位太太爱女情切，暗暗的叫他大舅再到嘉定去，请嘉定县尊不要把那轿班办的重了，最好是就放了出来。他大舅只得又走一趟。走了两天，回来说：那轿班一些刑法也不曾受着。只因他投在一家乡绅人家做轿班，嘉定乡绅是权力很大的，地方官都是仰承他鼻息的，所以不到一天，还没问过，就给他主人拿片子要了去了。那位太太就暗暗的安慰他女儿。过了些时，又给他些银子，送他回嘉定去。谁知到得嘉定，又闹出一场笑话来。”

正说到这里，忽听得外面一阵乱嚷，跑进来了两个人，就打断了话头。正是：

一夕清谈方入彀，何处闲非来扰人？

要知外面嚷的是甚事，跑进来的是甚人，且待下回再记。

第十回
老伯母强作周旋话　恶洋奴欺凌同族人

原来外面扦子手查着了一船私货，争着来报。当下述农就出去察验，耽搁了好半天。我等久了，恐怕天晚入城不便，就先走了。从此一连六七天没有事。

这一天，我正在写好了几封信，打算要到关上去，忽然门上的人，送进来一张条子。即接过来一看，却是我伯父给我的，说已经回来了，叫我到公馆里去。我连忙袖了那几封信，一径到我伯父公馆里相见。我伯父先说道：“你来了几时了？可巧我不在家，这公馆里的人，却又一个都不认得你。幸而听见说你遇见了吴继之，招呼着你。你住在那里可便当么？如果不很便当，不如搬到我公馆里罢。”我说道：“住在那里很便当。继之自己不用说了，就是他的老太太、他的夫人，也很好的，待侄儿就像自己人一般。”伯父道：“到底打搅人家不便。继之今年只怕还不曾满三十岁，他的夫人自然是年轻的，你常见么？你虽然还是个小孩子，然而说小也不小了，这嫌疑上面，不能不避呢。我看你还是搬到我这里罢。”我说道：“现在继之得了大关差使，不常回家，托侄儿在公馆里照应，一时似乎不便搬出来。”我这句话还没有说完，伯父就笑道：“怎么他把一个家，托了个小孩子？”我接着道：“侄儿本来年轻，不懂得甚么，不过代他看家罢了，好在他三天五天总回来一次的。现在他书启的事，还叫侄儿办呢。”伯父好像吃惊的样子道：“你怎么就同他办么？你办得来么？”我说道：“这不过写几封信罢了，也没有甚么办不来。”伯父道：“还有给上司的禀帖呢，夹单咧、双红咧，只怕不容易罢。”我道：“这不过是骈四俪六裁剪的工夫，只要字面工整富丽，那怕不接气也不要紧的，这更容易了。”伯父道：“小孩子们有多大本事，就要这么说嘴！你在家可认真用功的读过几年书？”我道：“书是从七岁上学，一直读的，不过就是去年耽搁下几个月，今年也因为要出门，才解学的。”伯父道：“那么你不回去好好的读书，将来巴个上进，却出来混甚么？”我道：“这也是各人的脾气，侄儿从小就不望这一条路走，不知怎么的，这一路的聪明也没有。先生出了题目，要作‘八股’，侄儿先就头大了；偶然学着对个策，做篇论，那还觉得活泼些；或者作个词章，也可以陶写陶写自己的性情。”

伯父正要说话，只见一个丫头出来说道：“太太请侄少爷进去见见。”伯父就领了我到上房里去。我便拜见伯母。伯母道：“侄少爷前回到了，可巧你伯父出差去了。本来很应该请到这里来住的；因为我们虽然是至亲，却从来没有见过，这里南京是有名的‘南京拐子’，希奇古怪的光棍撞骗，多得很呢，我又是个女流，知道是冒名来的不是，所以不敢招接。此刻听说有个姓吴的朋友招呼你，这也很好。你此刻身子好么？你出门的时刻，你母亲好么？自从你祖老太爷过身之后，你母亲就跟着你老人家运灵柩回家乡去，从此我们妯娌就没有见过了。那时候，还没有你呢。此刻算算，差不多有二十年了。你此刻打算多早晚回去呢？”我还没有回答，伯父先说道：“此刻吴继之请了他做书启，一时只怕不见得回去呢。”伯母道：“那很好了，我们也可以常见见。出门的人，见个同乡也是好的，不要说自己人了。——不知可有多少束脩？”我说道：“还没有知道呢，虽然办了个把月，因为……”这里我本来要说，因为借了继之银子寄回去，恐怕他先要将束脩扣还的话，忽然一想，这句话且不要提起的好，因改口道：“因为没有甚用钱的去处，所以侄儿未曾支过。”伯父道：“你此刻有事么？”我道：“到关上去有点事。”伯父道：“那么你先去罢。明日早起再来，我有话给你说。”我听说，就辞了出来，骑马到关上去。

走到关上时，谁知签押房锁了，我就到述农房里去坐。问起述农，才知道继之回公馆去了。我道：“继翁向来出去是不锁门的，何以今日忽然上了锁呢？”述农道：“听见说昨日丢了甚么东西呢。问他是甚么东西，他却不肯说。”说着，取过一迭报纸来，检出一张《沪报》给我看，原来前几天我作的那三首《戍妇词》，已经登上去了。我便问道：“这一定是阁下寄去的，何必呢！”述农笑道：“又何必不寄去呢！这等佳作，让大家看看也好。今天没有事，我们拟个题目，再作两首，好么？”我道：“这会可没有这个兴致，而且也不敢在班门弄斧，还是闲谈谈罢。那天谈那位总巡的小姐，还没有说完，到底后来怎样呢？”述农笑道：“你只管欢喜听这些故事，你好好的请我一请，我便多说些给你听。”说着，用手在肚子上拍了一拍道：“我这里面，故事多着呢。”我道：“几时拿了薪水，自然要请请你。此刻请你先把那未完的卷来完了才好，不然，我肚子里怪闷的。”述农道：“呀！是呀。昨天就发过薪水了，你的还没有拿么？”说着，就叫底下人到帐房去取。去了一会，回来说道：“吴老爷拿进城去了。”述农又笑道：“今天吃你的不成功，只好等下次的了。”我道：“明后天出城，一定请你，只求你先把那件事说完了。”述农道：“我那天说到甚么地方，也忘记了，你得要提我一提。”我道：“你说到甚么那总巡的太太，叫人到嘉定去寻那个轿班呢，又说出了甚么事了。”述农道：“哦！是了。寻到嘉定去，谁知那轿班却做了和尚了。好容易才说得他肯还俗，仍旧回到上海，养了几个月的头发，那位太太也不由得总巡做主，硬把这位小姐许配了他。又拿他自家的私蓄银，托他给舅爷，同他女婿捐了个把总。还逼着那总巡，叫他同女婿谋差事。那总巡只怕是一位惧内的，奉了阃令，不敢有违，就同他谋了个看城门的差事，此刻只怕还当着这个差呢。看着是看城门的一件小事，那‘东洋照会’的出息也不少呢。这件事，我就此说完了，要我再添些出来，可添不得了。”

我道：“说是说完了，只是甚么‘东洋照会’我可不懂，还要请教。”述农又笑道：“我不合随口带说了这么一句话，又惹起你的麻烦。这‘东洋照会’是上海的一句土谈。晚上关了城门之后，照例是有公事的人要出进，必须有了照会，或者有了对牌，才可以开门；上海却不是这样，只要有了一角小洋钱，就可以开得。却又隔着两扇门，不便彰明较著的大声说是送钱来，所以嘴里还是说照会；等看门的人走到门里时，就把一角小洋钱，在门缝里递了进去，马上就开了。因为上海通行的是日本小洋钱，所以就叫他作‘东洋照会’。”

我听了这才明白，因又问道：“你说故事多得很，何不再讲些听听呢？”述农道：“你又来了。这没头没脑的，叫我从那里说起？这个除非是偶然提到了，才想得着呀。”我说道：“你只在上海城里城外的事想去，或者官场上面，或者外国人上面，总有想得着的。”述农道：“一时之间，委实想不起来；以后我想起了，用纸笔记来，等你来了就说罢。”我道：“我总不信一件也想不起，不过你有意吝教罢了。”述农被我缠不过，只得低下头去想。一会道：“大海捞针似的，那里想得起来！”

我道：“我想那轿班忽然做了把总，一定是有笑话的。”述农拍手道：“有的！可不是这个把总，另外一个把总。我就说了这个来搪塞罢。有一个把总，在吴淞甚么营里面，当一个甚么小小的差事，一个月也不过几两银子。一天，不知为了甚么事，得罪了一个哨官。这哨官是个守备。这守备因为那把总得罪了他，他就在营官面前说了他一大套坏话，营官信了一面之词，就把那把总的差事撤了。那把总没了差事，流离浪荡的没处投奔。后来到了上海，恰好巡捕房招巡捕，他便去投充巡捕，果然选上了，每月也有十元八元的工食，倒也同在营里差不多。有一天，冤家路窄，这一位守备，不知为了甚么事到上海来了，在马路上大声叫‘东洋车’。被他看见了，真是仇人相见，分外眼明。正要想法子寻他的事，恰好他在那里大声叫车，便走上去，用手中的木棍，在他身上很很的打了两下，大喝道：‘你知道租界的规矩么？在这里大呼小叫，你只怕要吃外国官司呢！’守备回头一看，见是仇人，也耐不住道：‘甚么规矩不规矩！你也得要好好的关照，怎么就动手打人？’巡捕道：‘你再说，请你到巡捕房去！’守备道：‘我又不曾犯法，就到巡捕房里怕甚么！’巡捕听说，就上前一把辫子，拖了要去。那守备未免挣扎了几下。那巡捕就趁势把自己号衣撕破了一块，一路上拖着他走。又把他的长衫，褫了下来，摔在路旁。到得巡捕房时，只说他在当马路小便，我去禁止，他就打起人来，把号衣也撕破了。那守备要开口分辩，被一个外国人过来，没得没脑的打了两个巴掌。——你想外国人又不是包龙图，况且又不懂中国话，自然中了他的‘肤受之愬’了。不由分说，就把这守备关起来。恰好第二天是礼拜，第三天接着又是中国皇帝的万寿，会审公堂照例停审，可怜他白白的在巡捕房里面关了几天。好容易盼到那天要解公堂了，他满望公堂上面，到底有个中国官，可以说得明白，就好一五一十的伸诉了。谁知上得公堂时，只见那把总升了巡捕的上堂说了一遍。仍然说是被他撕破号衣。堂上的中国官，也不问一句话，便判了打一百板，押十四天。他还要伸说时，已经有两个差人过来，不由分说，拉了下去，送到班房里面。他心中还想道：“原来说打一百板，是不打的，这也罢了。”谁知到了下午三点钟时候，说是坐晚堂了，两个差人来，拖了就走，到得堂上，不由分说的，‘劈劈拍拍’打了一百板，打得鲜血淋漓；就有一个巡捕上来，拖了下去，上了手铐，押送到巡捕房里，足足的监禁了十四天。又带到公堂，过了一堂，方才放了。你说巡捕的气焰，可怕不可怕呢！”

我说道：“外国人不懂话，受了他那‘肤受之愬’，且不必说；那公堂上的问官，他是个中国人，也应该问个明白，何以也这样一问也不问，就判断了呢？”述农道：“这里面有两层道理：一层是上海租界的官司，除非认真的一件大事，方才有两面审问的；其馀打架细故，非但不问被告，并且连原告也不问，只凭着包探、巡捕的话就算了。他的意思，还以为那包探、巡捕是办公的人，一定公正的呢，那里知道就有这把总升巡捕的那一桩前情后节呢。第二层，这会审公堂的华官，虽然担着个会审的名目，其实犹如木偶一般，见了外国人就害怕的了不得，生怕得罪了外国人，外国人告诉了上司，撤了差，磕碎了饭碗，所以平日问案，外国人说甚么就是甚么；这巡捕是外国人用的，他平日见了，也要带三分惧怕，何况这回巡捕做了原告，自然不问青红皂白，要惩办被告了。”

我正要再往下追问时，继之打发人送条子来，叫我进城，说有要事商量。我只得别过述农，进城而去。正是：

适闻海上称奇事，又历城中傀儡场。

未知进城后有甚么要事，且待下回再说。

第十一回
纱窗外潜身窥贼迹　房门前瞥眼睹奇形

当下我别过述农，骑马进城。路过那苟公馆门首，只见他大开中门，门外有许多马匹；街上堆了不少的爆竹纸，那爆竹还在那里放个不住。心中暗想，莫非办甚么喜事，然而上半天何以不见动静？继之家本来同他也有点往来，何以并未见有帖子？一路狐疑着回去，要问继之，偏偏继之又出门拜客去了，从日落西山，等到上灯时候，方才回来。一见了我，便说道：“我说你出城，我进城，大家都走的是这条路，何以不遇见呢，原来你到你令伯那里去过一次，所以相左了。”

我道：“大哥怎么就知道了？”继之道：“我回来了不多一会，你令伯就来拜我，谈了好半天才去。我恐怕明日一早要到关上去，有几天不得进城，不能回拜他，所以他走了，我写了个条子请你进城，一面就先去回拜了他，谈到此刻才散。”我道：“这个可谓长谈了。”继之道：“他的脾气同我们两样，同他谈天，不过东拉拉、西拉拉罢了。他是个风流队里的人物，年纪虽然大了，兴致却还不减呢。这回到通州勘荒去，你道他怎么个勘法？他到通州只住了五天，拜了拜本州，就到上海去玩了这多少日子；等到回来时，又拢那里一拢，就回来了。方才同我谈了半天上海的风气，真是愈出愈奇了。大凡女子媚人，总是借助脂粉，谁知上海的婊子，近来大行戴墨晶眼镜。你想这杏脸桃腮上面，加上两片墨黑的东西，有甚么好看呢？还有一层：听说水烟筒都是用银子打造的，这不是浪费得无谓么。”

我道：“这个不关我们的事，也不是我们浪费，不必谈他。那苟公馆今天不知有甚么喜事？我们这里有帖子没有？要应酬他不要？”继之道：“甚么喜事！岂但应酬他，而且钱也借去用了。今日委了营务处的差使，打发人到我这里来，借了五十元银去做札费。我已经差帖道喜去了。”我道：“札费也用不着这些呀。”继之道：“虽然未见得都做了札费，然而格外多赏些，摔阔牌子，也是他们旗人的常事。”我道：“得个把差使就这么张扬，放那许多爆竹，也是无谓得很。今天我回来时，几乎把我的马吓溜了，幸而近来骑惯了，还勒得住。”

继之道：“这放爆竹是湖南的风气，这里湖南人住的多了，这风气就传染开来了。——我今天急于要见你，要托你暗中代我查一件事。可先同你说明白了：我并不是要追究东西，不过要查出这个家贼，开除了他罢了。”我道：“是呀。今天我到关上去，听说大哥丢了甚么东西。”继之道：“并不是甚么很值钱的东西，是失了一个龙珠表。这表也不知他出在那一国，可是初次运到中国的，就同一颗水晶球一般，只有核桃般大。我在官厅上面，见同寅的有这么一个，我就托人到上海去带了一个来，只值十多元银子，本来不甚可惜。只是我又配上一颗云南黑铜的表坠，这黑铜虽然不知道值钱不值钱，却是一件希罕东西；而且那工作十分精细，也不知他是雕的还是铸的，是杏仁般大的一个弥勒佛像，须眉毕现的，很是可爱。”我道：“弥勒佛没有须的。”继之道：“不过是这么一句话，说他精细罢了，你不要挑眼儿取笑。”我道：“这个不必查，一定是一个馋嘴的人偷的。”继之怔了一怔道：“怎见得？”我道：“大哥不说么，表像核桃，表坠像杏仁，那表链一定像粉条儿的了。他不是馋嘴贪吃，偷来做甚么呢。”继之笑了笑道：“不要只管取笑，我们且说正经话。我所用的人，都是旧人，用上几年的了，向来知道是靠得住的。只有一个王富，一个李升，一个周福，是新近用的，都在关上。你代我留心体察着，看是那一个，我好开除了他。”我想了一想道：“这是一个难题目。我查只管去查，可是不能限定日子的。”继之道：“这个自然。”

正说着话时，门上送进来一分帖子、一封信。继之只看了看信面，就递给我。我接来一看，原来是我伯父的信。拆开看时，上面写着明日申刻请继之吃饭，务必邀到，不可有误云云。继之对我道："令伯又来同我客气了。"我道："吃顿把饭也不算甚么客气。"继之道："这么着，我明日索性不到关上去了，省得两边跑。明日你且去一次，看有甚么动静没有。"我答应了。

继之就到上房里去，拿了一根钥匙出来，交给我道："这是签押房钥匙，你先带着，恐怕到那边有甚么公事。"又拿过一封银子来道："这里是五十两，内中二十两是我送你的束脩；账房里的赢馀，本来是要到节下算的，我恐怕你又要寄家用，又要添补些甚么东西，二十两不够，所以同他们先取了三十两来，付了你的账，到了节下再算清账就是了。你下次到关上去，也到账房里走走，不要挂了你的名字，你一到也不到。"我道："我此刻用不了这些，前回借大哥的，请先扣了去。"继之道："这个且慢着。你说用不了这些，我可也还不等这个用呢。"我道："只是我的脾气，欠着人家的钱，很不安的。"继之道："你欠了人家的钱，只管去不安；欠了我的钱，用不着不安。老实对你说：同我够不上交情的，我一文也不肯借；够得上交情的，我借了就当送了，除非那人果然十分丰足了，有馀钱还我，我才受呢。"我听了，不便再推辞，只得收过了。一宿无话。

到了次日，梳洗过后，我就带了钥匙，先到伯父公馆里去。谁知还没有起来。我在客堂里坐等了好半天，才见一个丫头出来，说太太请侄少爷。我进去见过伯母，谈了些家常话。等到十点多钟，我实在等不及了，恐怕关上有事，正要先走，我伯父却醒了，叫我再等一等，我只得又留住。等伯父起来，洗过了脸，吃了一会水烟，又吃了点心，叫我同到书房里去，在烟床睡下；早有家人装好了一口烟，伯父取过来吸了，方慢慢的起来，在书桌抽屉里面，取出一包银子道："你母亲的银子，只有二千存在上海，五厘周息，一年恰好一百两的利钱，取来了。我到上海去取，来往的盘缠用了二十两。这里八十两，你先寄回去罢。还有那三千两，是我一个朋友王俎香借了去用的，说过也是五厘周息。但是俎香现在湖南，等我写信去取了来，再交给你罢。"我接过了银子，告知关上有事，要早些去。伯父问道："继之今日来么？"我道："来的。今天他不到关上去，也是为的晚上要赴这个席。"伯父道："这也是为你的事，他照应了你，我不能不请请他。你有事先去罢。"

我就辞了出来，急急的雇了一匹马，加上几鞭，赶到关上。午饭已经吃过了，我开了签押房门，叫厨房再开上饭来，一面请文述农来谈天。谁知他此刻公事忙，不得个空。我吃过了饭，见没有人来回公事。因想起继之托我查察的事情，这件事没头没脑的，不知从那里查起。想了一会法子，取出那八十两银子，放在公事桌上，把房门虚掩起来，绕到签押房后面的夹衖里后窗外面，立在一个里面看不见外面，外面却张得见里面的地方，在那里偷看。这也不过是我一点妄想，想看有人来偷没有。看了许久，不见有人来偷。我想这样试法，两条腿都站直了，只怕还试不出来呢。

正想走开，忽听得砉的一声门响，有人进去了。我留心一看，正是那个周福。只见他走进房时，四下里一望，嘴里说道："又没有人了。"一回头看见桌上那一包银子，拿在手里颠了一颠，把舌头吐了一吐。伸手去开那抽屉，谁知都是锁着的；他又去开了书柜，把那一包银子，放在书柜里面，关好了；又四下里望了一望，然后出去，把房门倒掩上了。我心中暗暗想道："起先见他的情形很像是贼，谁知倒不是贼。"于是绕了出来，走过一个房门口，听见里面有人说话。这个房住的是一个同事，姓毕，表字镜江。我因为听见说话声音，无意中往里面一望，只见镜江同着一个穿短衣赤脚的粗人，在那里下像棋。那粗人手里，还拿着一根尺把长的旱烟筒，在那里吸着烟。我心中暗暗称奇。不便去招呼他，顺着脚步，走回签押房。只见周福在房门口的一张板凳上坐着，见我来了，就站起来，说道："师爷下次要出去，请把门房锁了，不然，丢了东西是小的们的干纪。"他一面说，我一面走到房里，他也跟进来。又说道："丢了东西，老爷又不查的，这个最难为情。"我笑道："查不查有甚么难为情？"周福道："不是这么说。倘是丢了东西，马上就查，查明白了是谁偷的，就惩治了谁，那不是偷东西的，自然心安了。此刻老爷一概不查，只说丢了就算了，这自然是老爷的宽洪大量。但是那偷东西的心中，暗暗欢喜；那不是偷东西的，倒怀着鬼胎，不知主人疑心的是谁。并且同事当中，除了那个真是做贼的，大家都是你疑我，我疑你，这不是不安么？"我道："查是要查的，不过暗暗的查罢了。并且老爷虽然不查，你们也好查的；查着了真贼，还有得赏呢。"周福道："赏是不敢望赏，不过查着了，可以明明心迹罢了。"我道："那么你们凡是自问不是做贼的，都去暗暗的查来，但是不可张扬，把那做贼的先吓跑了。"周福答了两个"是"字，要退出去；又止住了脚步，说道："小的刚才进来，看见书桌上有一封银子，已经放在书柜里面了。"我道："我知道了。毕师爷那房里，有一个很奇怪的人，你去看看是谁。"周福答应着去了。

恰好述农公事完了，到这里来坐。一进房门便道："你真是信人，今天就来请我了。"我道："今天还来不及呢，一会儿我就要进城了。"述农笑道："取笑罢了，难道真要你请么？"我道："我要求你说故事，只好请你。"刚说到这里，周福来了，说道："并没有甚么奇怪人，只有一个挑水夫阿三在那里。"我问道："在那里做甚么？"周福道："好像刚下完了像棋的样子，在那里收棋子呢。"说完，退了出去。述农便问甚么事，我把毕镜江房里的人说了。述农道："他向来只同那些人招接。"我道："这又为甚么？"述农道："你算得要管闲事的了，怎么这个也不知道？"我道："我只喜欢打听那古怪的事，闲事是不管的。你这么一说，这里面一定又有甚么跷蹊的了，倒要请教请教"。述农道："这也没有甚么跷蹊，不过他出身微贱，听说还是个"王八"，所以没有甚人去理他，就是二爷们见了他也避的，所以他只好去结交些烧火挑水的了。"我道："继翁为甚用了这等人？"述农道："继翁何尝要用他，因为他弄了情面荐来的，没奈何给他四吊钱一个月的干脩罢了。他连字也不识，能办甚么事要用他！"我道："他是谁荐的？"述农道："这个我也不甚了利，你问继翁去。你每每见了我，就要我说故事，我昨夜穷思极想的，想了两件事：一件是我亲眼看见的实事，一件是相传说着笑的，我也不知是实事还是故意造出来笑的。我此刻先把这个给你说了，可见得我们就这大关的事不是好事，我这当督扦的，还是众怨之的呢。"我听了大喜，连忙就请他说。述农果然不慌不忙的说出两件事来。正是：

过来人具广长古，挥麈间登说法台。

未如述农说的到底是甚么事，且待下回再记。

第十二回
查私货关员被累　行酒令席上生风

且说我当下听得述农说有两件故事，要说给我听，不胜之喜，便凝神屏息的听他说来。只听他说道："有一个私贩，专门贩土，资本又不大，每次不过贩一两只，装在坛子里面，封了口，粘了茶食店的招纸，当做食物之类，所过关卡，自然不留心了；然而做多了总是要败露的，这一次，被关上知道了，罚他的货充了公。他自然是敢怒不敢言的了。过了几天，他又来了，依然带了这么一坛；被巡丁们看见了，又当是私土，上前取了过来，他就逃走了。这巡丁捧了坛子，到师爷那里去献功。师爷见又有了充公的土了，正好拿来煮烟，欢欢喜喜的亲手来开这坛子，谁知这回不是土了，这一打开，里面跳出了无数的蚱蜢来，却又臭恶异常。——原来是一坛子粪水，又装了成千的蚱蜢。登时闹得臭气熏天，大家躲避不及；这蚱蜢又是飞来跳去的，闹到满屋子没有一处不是粪花。你道好笑不好笑呢？"我道："这个我也曾听见人家说过，只怕是个笑话罢了。"

述农道："还有一件事，是我亲眼见的，幸而我未曾经手。唉！真是人心不古，诡变百出，令人意料不到的事，尽多着呢。那年我在福建，也是就关上的事。那回我是办帐房，生了病，有十来天没有起床。在我病的时候，忽然来了一个眼线，报说有一宗私货，明日过关。这货是一大宗珍珠玉石，却放在棺材里面，装做扶丧模样。灯笼是姓甚么的，甚么衔牌，甚么职事，几个孝子，一一都说得明明白白。大家因为这件事重大，查起来是要开棺的，回明了委员，大众商量。那眼线又一口说定是私货无疑，自家肯把身子押在这里；委员便留住他，明日好做个见证。到了明天，大家终日的留心，果然下午时候，有一家出殡的经过，所有衔牌、职事、孝子、灯笼，就同那眼线说的一般无二。大家就把他扣住了，说他棺材里是私货。那孝子又惊又怒，说怎见得我是私货。此时委员也出来了，大家围着商量，说有甚法子可以察验出来呢？除了开棺，再没有法子。委员问那孝子：'棺材里到底是甚么东西？'那孝子道："是我父亲的尸首。"问：'此刻要送到那里去？'说：'要运回原籍去。'问：'几时死的？'说：'昨日死的。'委员道：'既是在这作客身故，多少总有点后事要料理，怎么马上就可以运回原籍？这里面一定有点跷蹊，不开棺验过，万不能明白。'那孝子大惊道：'开棺见尸，是有罪的；你们怎么仗着官势，这样模行起来！'此时大众听了委员的话，都道有理，都主张着开棺查验，委员也喝叫开棺；那孝子却抱着棺材，号陶大哭起来。内中有一个同事，是极细心的，看那孝子嘴里虽然嚷着像哭，眼睛里却没有一点眼泪，越发料定是私货无疑。当时巡丁、扦子手，七手八脚的，拿斧子、劈柴刀，把棺材劈开了。一看，吓得大众面无人色，那里是甚么私货，分明是直挺挺的睡着一个死人！那孝子便走过来，一把扭住了委员，要同他去见上官，不由分说，拉了就走，幸得人多拦住了。然而大家终是手足无措的。急寻那眼线的，不提防被他逃走去了。这里便闹到一个天翻地覆。从这天下午起，足足闹到次日黎明时候，方才说妥当了，同他另外买过上好棺材，重新收殓，委员具了素服祭过，另外又赔了他五千两银子，这才了事。却从这一回之后，一连几天，都有棺材出口，我们是个惊弓之鸟，那里还敢过问。其实我看以后那些多是私货呢。他这法子想得真好，先拿一个真尸首来，叫你开了，闹了事，吃了亏，自然不敢再多事，他这才认真的运起私货来。"我道："这个人也太伤天害理了！怎么拿他老子的尸首暴露一番，来做这个勾当？"述农道："你是真笨还是假笨？这个何尝是他老子，不知他在那里弄来一个死叫化子罢了。"

当下又谈了一番别话，我见天色不早了，要进城去。刚出了大门，只见那挑水阿三，提了一个画眉笼子走进来。我便叫住了问道："这是谁养的？"阿三道："刚才买来的。是一个人家的东西，因为等钱用，连笼子两吊钱就买了来；到雀子铺里去买，四吊还不肯呢。”我道：“是你买的么？”阿三道：“不是，是毕师爷叫买的。”说罢，去了。我一路上暗想，这个人只赚得四吊钱一月，却拿两吊钱去买这不相干的顽意儿，真是嗜好太深了。

回到家时，天已将黑，继之已经到我伯父处去了，留下话，叫我回来了就去。我到房里，把八十两银子放好，要水洗了脸才去。到得那边时，客已差不多齐了。除了继之之外，还有两个人：一个是首府的刑名老夫子，叫做郦士图；一个是督署文巡捕，叫做濮固修。大家相让，分坐寒暄，不必细表。

又坐了许久，人来报苟大人到了。原来今日请的也有他。只见那苟才穿着衣冠，跨了进来，便拱着手道：“对不住！对不住！到迟了，有劳久候了！兄弟今儿要上辕去谢委，又要到差，拜同寅，还要拜客谢步，整整的忙了一天儿。”又对继之连连拱手道：“方才亲到公馆里去拜谢，那儿知道继翁先到这儿来了。昨天费心得很！”继之还没有回答他，他便回过脸来，对着固修拱手道：“到了许久了！”又对士图道：“久违得很！久违得很！”又对着我拱着手，一连说了六七个请字，然后对我伯父拱手道：“昨儿劳了驾，今儿又来奉扰，不安得很！”伯父让他坐下，大众也都坐下。送过茶，大众又同声让他宽衣。就有他的底下人，拿了小帽子过来；他自己把大帽子除下，又卸了朝珠，宽去外褂，把那腰带上面滴溜打拉佩带的东西，卸了下来；解了腰带，换上一件一裹圆的袍子，又束好带子，穿上一件巴图鲁坎肩儿，在底下人手里，拿过小帽子来；那底下人便递起一面小小镜子，只见他对着镜子来戴小帽子；戴好了，又照了一照，方才坐下。便问我伯父道：“今儿请的是几位客呀？我简直的没瞧见知单。”我伯父道：“就是几位，没有外客。”苟才道：“呀！咱们都是熟人，何必又闹这个呢。”我伯父道：“一来为给大人贺喜；二来因为——”说到这里，就指着我道：“继翁招呼了舍侄，借此也谢谢继翁。”苟才道：“哦！这位是令侄么？英伟得很！英伟得很！你台甫呀？今年贵庚多少了？继翁，你请他办甚么呢？”继之道：“办书启。”苟才道：“这不容易办呀！继翁，你是向来讲究笔墨的，你请到他，这是一定高明的了，真是‘后生可畏’！”又捋了捋他的那八字胡子道：“像我们是‘老大徒伤’的了。”又扭转头来，对着我伯父道：“子翁，你不要见弃的话，怕还是小阮贤于人阮呢！”说着，又呵呵大笑起来。当下满座之中，只听见他一个人在那里说话，如瓶泻水一般。他问了我台甫、贵庚，我也来不及答应他；就是答应他，他也来不及听见，只管唠唠叨叨的说个不断。

一会儿，酒席摆好了，大众相让坐下。我留心打量他，只见他生得一张白脸，两撇黑须，小帽子上缀着一块蚕豆大的天蓝宝石，又拿珠子盘了一朵兰花，灯光底下，也辨不出他是真的，是假的。只见他问固修道："今天上头有甚么新闻么？"固修道："今天没甚事。昨天接着电报，说驭远兵船在石浦地方遇见敌船，两下开仗，被敌船打沉了。"苟才吐了吐舌头道："这还了得！马江的事情，到底怎样？有个实信么？"固修道："败仗是败定了，听说船政局也毁了；但是又有一说，说法兰西的水师提督孤拔，也叫我们打死了。此刻又听见说福建的同乡京官，联名参那位钦差呢。"

说话之间，酒过三巡，苟才高兴要豁拳。继之道："豁拳没甚趣味，又伤气。我那里有一个酒筹，是朋友新制，送给我的，上面都是四书句，随意掣出一根来，看是甚么句子，该谁吃就是谁吃，这不有趣么？"大家都道："这个有趣，又省事。"继之就叫底下人回去取了来，原来是一个小小的像牙筒，里面插着几十枝像牙筹。继之接过来递给苟才道："请大人先掣。"苟才也不推辞，接在手里，摇了两摇，掣了一枝道："我看该敬到谁去喝？"说罢，仔细一看道："呀，不好！不好！继翁，你这是作弄我，不算数！不算数！"继之忙在他手里拿过那根筹来一看，我也在旁边看了一眼，原来上面刻着'二吾犹不足'一句，下面刻着一行小字道："掣此签者，自饮三杯。"继之道："好个二吾犹不足！自然该吃三杯了。这副酒筹，只有这一句最传神，大人不可不赏三杯。"苟才只得照吃了，把筹筒递给下首郦士图。士图接过，顺手掣了一根，念道："'刑罚不中'，量最浅者一大杯。"座中只有濮固修酒量最浅，几乎滴酒不沾的，众人都请他吃。固修摇头道："这酒筹太会作弄人了！"说罢，攒着眉头，吃了一口，众人不便勉强，只得算了。士图下首，便是主位。我伯父掣了一根，是"'不亦乐乎'，合席一杯"。继之道："这一根掣得好，又合了主人待客的意思。这里头还有一根合席吃酒的，却是一句'举疾首蹙頞'，虽然比这个有趣，却没有这句说的快活。"说着，大家又吃过了，轮到固修制筹。固修拿着筒儿，摇了一摇道："筹儿筹儿，你可不要叫我也掣了个二吾犹不足呢！"说着，掣了一根，看了一看，却不言语，拿起筷子来吃菜。我问道："请教该谁吃酒？是一句甚么？"固修就把筹递给我看。我接来一看，却是一句"子归而求之"，下面刻着一行道："问者即饮。"我只得吃了一杯。下来便轮到继之。继之掣了一根是"将以为暴"，下注是"打通关"三个字。继之道："我最讨厌豁拳，他偏要我豁拳，真是岂有此理！"苟才道："令上是这样，不怕你不遵令！"继之只得打了个通关。我道："这一句隐着'今之为关也'一句，却隐得甚好；只是继翁正在办着大关，这句话未免唐突了些。"继之道："不要多说了，轮着你了，快掣罢。"我接过来掣了一根看时，却是"王速出令"一句，下面注着道："随意另行一小令。"我道：

"偏到我手里，就有这许多周折！"苟才拿过去一看道："好呀！请你出令呢。快出罢，我们恭听号令呢。"

我道："我前天偶然想起俗写的'时'字，都写成日字旁一个寸字；若照这个'时'字类推过去，'讨'字可以读做'诗'字，'付'字可以读做'侍'字。我此刻就照这个意思，写一个字出来，那一位认得的，我吃一杯；若是认不得，各位都请吃一杯。好么？"继之道："那么说，你就写出来看。"我拿起筷子，在桌上写了一个"汉"字。苟才看了，先道："我不识，认罚了。"拿起杯子，"咕嘟"一声，干了一杯。士图也不识，吃了一杯。我伯父道："不识的都吃了，回来你说不出这个字来，或是说的没有道理，应该怎样？"我道："说不出来，侄儿受罚。"我伯父也吃了一口。固修也吃了一口。继之对我道："你先吃了一杯，我识了这个字。"我道："吃也使得，只请先说了。"继之道："这是个'漢'字。"我听说，就吃了一杯。我伯父道：这怎么是个'漢'字？"继之道："他是照着俗写的'難'字化出来的，俗写'難'字是个'又'字旁，所以他也把这'又'字替代了'莫'字，岂不是个'漢'字。"我道："这个字还有一个读法，说出来对的，大家再请一杯，好么？"大家听了，都觉得一怔。正是：

奇字尽堪供笑谑，不须载酒问杨雄。

未知这个字还有甚么读法，且待下回再记。

第十三回 拟禁烟痛陈快论 睹赃物暗尾佳人

当下我说这"汉"字还有一个读法，苟才便问："读作甚么？"我道："俗写的'鶏'字，是'又'字旁加一个'鸟'字；此刻借他这'又'字，替代了'奚'字，这个字就可以读作'溪'字。"苟才道："好！有这个变化，我先吃了。"继之道："我再读一个字出来，你可要再吃一杯？"我道："这个自然。"继之道："照俗写的'觀'字算，这个就是'灌'字。"我吃了一杯。苟才道："怎么这个字有那许多变化？奇极了！……呀！有了！我也另读一个字，你也吃一杯，好么？"我道："好，好！"苟才道："俗写的'对'字，也是又字旁，把'又'字替代了'丵'字，是一个……呀！这是个甚么字？……呸！这个不是字，没有这个字，我自己罚一杯。"说着，"咕嘟"的又干了一杯。

固修道："这个字竟是一字三音，不知照这样的字还有么？"我道："还有一个'卩'字。这个字本来是古文的'节'字，此刻世俗上，可也有好几个音，并且每一个音有一个用处：书铺子里拿他代'部'字，铜铁铺里拿他代'磅'字，木行里拿他代'根'字。"士图道："代'部'字，自然是单写一个偏旁的缘故，怎么拿他代起'磅'字、'根'字来呢？"我道："'磅'字，他们起先图省笔，写个'邦'字去代，久而久之，连这'邦'字也单写个偏旁了，至于'根'字，更是奇怪，起先也是单写个偏旁，写成一个'艮'字，久而久之，把那一撇一捺也省了，带草写的就变了这么一个字。"说到这里，忽听得苟才把桌子一拍道："有了！"众人都吓了一跳，忙问道："有了甚么？"苟才道："这个'卩'字，号房里挂号的号簿，还拿他代老爷的'爷'字呢。我想叫认得古文的人去看号簿，他还不懂老卩是甚么东西呢！"说的众人都笑了。

此时又该轮到苟才掣酒筹，他拿起筒儿来乱摇了一阵道："可要再抽一个自饮三杯的？"说罢，掣了一根看时，却是"则必餍酒肉而后反"，下注"合席一杯完令"。我道："这一句完令虽然是好，却有一点不合。"苟才道："我们都是既醉且饱的了，为甚么不合？"我道："那做酒令的借着孟子的话骂我们，当我们是叫化子呢。"说得众人又笑了。继之道："这酒筹一共有六十根，怎么就偏偏掣了完令这根呢？"固修道："本来酒也够了，可以收令了，我倒说这根掣得好呢；不然，六十根都掣了，不知要吃到甚么时候呢。"我道："然而只掣得七'节'，也未免太少。"我伯父道："这酒筹怎么是一节一节的？"继之笑道："他要借着木行里的'根'字，读作古音呢。这个还好，不要将来过'节'的时候，你却写了个古文，叫铜铁铺里的人看起来，我们都要过'磅'呢。"说的众人又是一场好笑。一面大家干了门面杯，吃过饭，散坐一会，士图、固修先辞去了；我也辞了伯父，同继之两个步行回去。

我把今日在关上的事，告诉了继之。继之道："这个只得慢慢查察去，一时那里就查得出来。"我忽然想起一件事，问道："我有一件事，怀疑了许久，要问大哥，不知怎样，得到见面的时候就忘记了；今天同席遇了郦士图，又想起来了。我好几次在路上碰见过那位江宁太守，见他坐在轿子里，总是打磕睡的。这个人的精神，怎么这么坏法？"继之道："你说他磕睡么？他在那里死了一大半呢！"我听了，越发觉得诧异，忙问："何以死了一大半？"继之道："此刻这位总督大帅，最恨的是吃鸦片烟，大凡有烟瘾的人，不要叫他知道；他要是知道了，现任的撤任，有差的撤差，那不曾有差事的，更不要望求得着差事。只有这一位太守，烟瘾大的了不得，他却又有本事瞒得过。大帅每天起来，先见藩台，第二个客就是江宁府。他一早在家先过足了瘾，才上衙门；见了下来，烟瘾又大发了，所以坐在轿子里，就同死了一般。回到衙门，轿子一直抬到二堂，四五个丫头把他扶了出来，坐在醉翁椅上，抬到上房里去。他的两三个姨太太，早预备好了，在床上下了帐子，两三个人先在里面吃烟，吃的烟雾腾天的，把他扶到里面，把烟熏他，一面还吸了烟喷他。照这样闹法，总要闹到二十几分钟时候，他方才回了过来，有气力自己吸烟呢。"

我道："这又奇了！那位大帅见客的时候，或者可以有一定；然而回公事的话，不能没有多少，比方这一天公事回的多，或者上头问话多，那就不能不耽搁时候了，那烟瘾不要发作么？"继之道："这就难说了。据世俗的话，都说他官运亨通，不应该坏事的，所以他的烟瘾，就犹如懂人事的一般，碰了公事多的那一天，时候耽搁久了，那烟瘾也来得迟些，总是他运气好之故。依我看来，那里是甚么运气不运气，那烟瘾一半是真的，有一半是假的。他回公事的时候，如果工夫耽搁久了，那瘾未尝不发作，只因他慑于大帅的威严，恐怕露出马脚来，前程就保不住了，只好勉强支持，也未尝支持不住；等到退了出来，坐上轿子，那时候是惟我独尊的了，任凭怎样发作，也不要紧了，他就不肯去支持，凭得他瘫软下来，回到家去，好歹有人伏伺。至于回到家去，要把烟熏、拿烟喷的话，我看更是故作偃蹇的了。"

我笑道："大哥这话，才是'如见其肺肝焉'呢。这位大帅既然那么恨鸦片烟，为甚么不禁了他？"继之道："从前也商量过来，说是加重烟土烟膏的税，伸一个不禁自禁之法；后来不知怎样，就沉了下来，再也不提起了。依我看上去，一省两省禁，也不中用，必得要奏明立案，通国一齐禁了才好。"我道："通国都禁，谈何容易！"继之道："其实不难，只要立定了案，凡系吃烟的人，都要抽他的吃烟税，给他注了烟册，另外编成一份烟户；凡系烟户的人，非但不准他考式、出仕，并且不准他做大行商店，那吃烟的人，自然不久就断绝了。我还有一句最有把握的话：大凡政事，最怕的是扰民；只有这禁烟一项，正不妨拿出强硬手段去禁他，就是骚扰他点，也不要紧。那些鸦片鬼，任是怎样激怒他，他也造不起反来，究竟吃烟枪不能作洋枪用，烟泡不能作大炮用。就是刻薄得他死了，也不足惜；而且多死一个鸦片鬼，世上便少一个传染恶疾的人。如此说来，非但死不足惜，而且还是早死为佳呢。怎奈此时官场中人，十居其九是吃烟的，那一个肯建这个政策作法自毙呢？——时候不早了，睡罢，明天再谈。"一宿无话。

次日一早，继之到关上去了。此时我想着要寄家信，拿出银子来，秤了一百两，打算要寄回去。又想买点南京的土货，顺便寄去。吃过午饭，就到街上去买。顺着脚步走去，走到了城隍庙里，随意游玩。忽见有两名督辕的亲兵，叱喝而来；后面跟着一顶洋蓝呢中轿，上着轿帘，想来里面坐的，定是一位女太太。那两名亲兵，走到大殿上，把烧香的人赶开，那轿子就在廊下停住。旁边一个老妈子过来，把轿帘揭下，扶出一位花枝招展的美人，打扮得珠围翠绕，锦簇花团，莲步姗姗的走上殿去。我一眼瞥见他襟头下挂着核桃大的一颗水晶球，心下暗吃一惊道："莫非继之失的龙珠表，到了他手里么？"忽又回想道："这是有得卖的东西，虽不知他是甚么人，然而看他那举动阔绰，自然他也是买来的，何必一定是继之那个呢。"一面想着，只见他上到殿上，拈香膜拜。我忽然又想起，龙珠表虽是有一般的，但是那黑铜表坠不是常有的东西。可惜离的远，看他不清楚，怎样能够走近他身边一看就好。踌躇了一会，想起女子入庙烧香，一定要拜观音菩萨的，何妨去碰他一碰。想着，就走到旁边的观音殿去等他。等了许久，还不见来，以为他去了，仍旧走出来，恰好迎面同他遇着。留神一看，不禁又吃了一惊，他穿的是白灰色的衣裳，滚的是月白边，那一颗水晶球似的东西虽然已经藏在襟底，那一根链条儿还搭在外面，分明直显出一颗杏仁大的黑表坠来。

这东西有九分九是继之的失赃了。但是他是甚么人，总要设法先打听着了，才可以再查探是甚么人卖给他的。遂想了个法子，走到正殿上，同香火道人买了些香烛，胡乱烧了香；又随意取过签筒来，摇了几摇，摇出一根签来，看了号码，又到香火道人那里去买签，故意多给他几文钱，问他讨一碗茶来吃，略略同他谈两句，乘机就问他方才烧香的女子是甚么人。香火道人道："听说是制台衙门里面甚么人的内眷，我也不知道底细。他每月总来烧几回香的。"我听了，仍是茫无头绪的，敷衍了两句就走了，不觉闷闷不乐。我虽然不是奉西教的，然而向来也不拜偶像。今天破了我的成例，不过为的是打听这件事；谁知例是破了，事情却打听不出来。当面见了真赃，势不能不打听个明白，站在庙门外面，呆呆的想法子。

只见他的轿子已经出来了。恰好有个马夫牵着一匹马走过，我便赁了他骑上了，远远的跟着那轿子去，要看他住在那里。谁知他并不回家，又到一个甚么观音庙里烧香去了。我好不懊恼！不便再进去碰他，只骑了马在左近地方跑了一会。等的我心也焦了，他方才出来，我又远远的跟着。他却又到一个关神庙去烧香。我不觉发烦起来，要想不跟他了，却又舍不得当面错过，只得按辔徐行，走将过去。只见同他做开路神的两名督辕亲兵，一个蹲在庙门外面，一个从里面走出来，嘴里打着湖南口音说："哙！伙计，不要气了，大王庙是要到明天去了。"一个道："我们找个茶铺子歇歇罢，嘴里燥得很咧。"一个道："不必罢。这里菩萨少，就要走了，等回去了我们再歇。"我听了这话，就走到街头等了一会，果然见他坐着轿子出来了。我再远远的跟着他，转弯抹角，走了不少的路，走到一条街上，远远的看见他那轿子抬进一家门里去，那两名亲兵就一直的去了。我放开辔头，走到他那门口一看，只见一块朱红漆牌子，上刻着“汪公馆”三个大字。我拨转马头要回去，却已经不认得路了。我到南京虽说有了些日子，却不甚出门；南京城里地方又大，那里认得许多，只得叫马夫在前面引着走。心里原想顺路买东西，因为天上起了一片黑云，恐怕要下雨，只得急急的回去。

今天做了他半天的跟班，才知道他是一个姓汪的内眷，累得我东西也买不成功。但不知他带的东西，到底是继之的失赃不是。如果是的，还不枉这一次的做跟班；要是不是的，那可真冤枉了。想了一会，拿起笔来，先写好了一封家信，打算明天买了东西，一齐寄去。谁知这一夜就下起个倾盆大雨来，一连三四天，不曾住点。到第五天，雨小了些，我就出去买东西。打算买了回来，封包好了，到关上去问继之，有便人带去没有；有的最好，要是没有，只好交信局寄去的了。回到家时，恰好继之已经回来了，我便同他商量，他答应了代我托人带去。当下，我便把前几天在城隍庙遇见那女子烧香的话，一五一十的告诉了继之。继之听了，凝神想了一想道：“哦！是了，我明白了。这会好得那个家贼就要走了。”正是：

迷离徜彷疑团事，打破都从一语中。

未知继之明白了甚么，那家贼又是谁人，且待下回再记。

第十四回
宦海茫茫穷官自缢　烽烟渺渺兵舰先沉

话说继之听了我一席话，忽然觉悟了道：“一定是这个人了。好在他两三天之内，就要走的，也不必追究了。”我忙问：“是甚么人？”继之道：“我也不过这么想，还不知道是他不是。我此刻疑心的是毕镜江。”我道：“这毕镜江是个甚么样人？大哥不提起他，我也要问问。那天我在关上，看见他同一个挑水夫在那里下像棋，怎么这般不自重！”继之说：“他的出身，本来也同挑水的差不多，这又何足为奇！他本来是镇江的一个龟子，有两个妹子在镇江当娼，生得有几分姿色，一班嫖客就同他取起浑名来：大的叫做大乔，小的叫做小乔。那大乔不知嫁到那里去了；这小乔，就是现在督署的文案委员汪子存赏识了，娶了回去作妾。这毕镜江就跟了来做个妾舅。子存宠上了小老婆，未免爱屋及乌，把他也看得同上客一般。争奈他自己不争气，终日在公馆里，同那些底下人鬼混。子存要带他在身边教他，又没有这个闲工夫；因此荐给我，说是不论薪水多少，只要他在外面见识见识。你想我那里用得他着？并且派他上等的事，他也不会做；要是派个下等事给他，子存面上又过不去：所以我只好送他几吊钱的干脩，由他住在关上。谁料他又会偷东西呢！”

我道：“这么说，我碰见的大约就是小乔了？”继之道：“自然是的。这宗小人用心，实在可笑。我还料到他为甚么要偷我这表呢。半个月以前，子存就得了消息，将近奉委做芜湖电报局总办。他恐怕子存丢下他在这里，要叫他妹子去说，带了他去。因为要求妹子，不能不巴结他，却又无从巴结起，买点甚么东西去送他，却又没有钱，所以只好偷了。你想是不是呢”？我道：“大哥怎么又说他将近要走了呢？莫非汪子存真是委了芜湖电报局了么？”继之道：“就是这话。听说前两天札子已经到了。子存把这里文案的公事交代过了，就要去接差。他前天喜孜孜的来对我说，说是子存要带他去，给他好事办呢。可不是几天就要走了么？”我道：“这个也何妨追究追究他？”继之道：“这又何苦！这到底是名节攸关的。虽然这种人没有甚么名节，然而追究出来，究竟与子存脸上有碍。我那东西又不是很值钱的；就是那块黑铜表坠，也是人家送我的。追究他做甚么呢。”

正在说话之间，只见门上来回说：“有一个女人，带着一个小孩子，都是穿重孝的，要来求见；说是姓陈，又没有个片子。”继之想了一想，叹一口气道：“请进来罢，你们好好的招呼着。”门上答应去了。不一会，果然一个四十多岁的妇人，带着一个十二三岁的小孩子，都是浑身重孝的，走了进来。看他那形状，愁眉苦目，好像就要哭出来的样子。见了继之，跪下来就叩头；那小孩子跟在后面，也跪着叩头。我看了一点也不懂，恐怕他有甚么碍着别人听见的话，正想回避出去，谁知他站起了来，回过身子，对着我也叩下头去；吓得我左不是，右不是，不知怎样才好。等他叩完了头，我倒乐得不回避，听听他说话了。

继之让他坐下。那妇人就坐下开言道：“本来在这热丧里面，不应该到人家家里来乱闯；但是出于无奈，求吴老爷见谅！”继之道：“我们都是出门的人，不拘这个。这两天丧事办得怎样了？此刻还是打算盘运回去呢，还是暂时在这里呢？”那妇人道：“现在还打不定主意，万事都要钱做主呀！此刻闹到带着这孩子，抛头露面的……”说到这里，便咽住了喉咙，说不出话来，那眼泪便从眼睛里直滚下来，连忙拿手帕去揩拭。继之道：“本来怪不得陈太太悲痛。但是事已如此，哭也无益，总要早点定个主意才好。”那妇人道：“舍间的事，吴老爷尽知道的，先夫咽了气下来，真是除了一个棕榻、一条草席，再无别物的了。前天有两位朋友商量着，只好在同寅里面告个帮，为此特来求吴老爷设个法。”说罢，在怀里掏出一个梅红全帖的知启来，交给他的小孩，递给继之。

继之看了，递给我。又对那妇人说道："这件事不是这样办法。照这个样子，通南京城里的同寅都求遍了，也不中用。我替陈太太打算，不但是盘运灵柩的一件事要用钱，就是孩子们这几年的吃饭、穿衣、念书，都是要钱的。"那妇人道："那里还打算得那么长远！吴老爷肯替设个法，那更是感激不尽了！"继之道："待我把这知启另外誊一份，明日我上衙门去，当面求藩台佽助些。只要藩台肯了，无论多少，只要他写上一个名字就好了。人情势利，大抵如此，众人看见藩台也解囊，自然也高兴些，应该助一两的，或者也肯助二两、三两了。这是我这么一个想法，能够如愿不能，还不知道。藩台那里，我是一定说得动的，不过多少说不定就是了。我这里送一百两银子，不过不能写在知启上，不然，拿出去叫人家看见，不知说我发了多大的财呢。"那妇人听了，连忙站起来，叩下头去，嘴里说道："妾此刻说不出个谢字来，只有代先夫感激涕零的了！"说着，声嘶喉哽，又吊下泪来。又拉那孩子过来道："还不叩谢吴老伯！"那孩子跪下去，他却在孩子的脑后，使劲的按了三下，那孩子的头便嘣嘣嘣的碰在地上，一连磕了三个响头。继之道："陈太太，何苦呢！小孩子痛呀！陈太太有事请便，这知启等我抄一份之后，就叫人送来罢。"那妇人便带着孩子告辞道："老太太、太太那里，本来要进去请安，因为在这热丧里面，不敢造次，请吴老爷转致一声罢。"说着，辞了出去。

我在旁边听了这一问一答，虽然略知梗概，然而不能知道详细，等他去了，方问继之。继之叹道："他这件事闹了出来，官场中更是一条危途了！刚才这个是陈仲眉的妻子。仲眉是四川人，也是个榜下的知县，而且人也很精明的；却是没有路子，到了省十多年，不要说是补缺、署事，就是差事也不曾好好的当过几个。近来这几年，更是不得了，有人同他屈指算过，足足七年没有差事了。你想如何不吃尽当光，穷的不得了！前几天忽然起了个短见，居然吊死了！"这句话，把我吓了一大跳道："呀！怎么吊死了！救得回来么？"继之道："你不看见他么？他这一来，明明是为的仲眉死了，出来告帮，那里还有救得活的话！"我道："任是怎样没有路子，何至于七八年没有差事，这也是一件奇事！"继之叹道："老弟，你未曾经历过宦途，那里懂得这许多！大约一省里面的候补人员，可以分做四大宗：第一宗，是给督抚同乡，或是世交，那不必说是一定好的了；第二宗，就是藩台的同乡世好，自然也是有照应的；第三宗，是顶了大帽子，挟了八行书来的。有了这三宗人，你想要多少差事才够安插？除了这三宗之外，剩下那一宗，自然是绝不相干的了，不要说是七八年，只要他的命尽长着，候到七八百年，只怕也没有人想着他呢。这回闹出仲眉这件事来，岂不是官场中的一个笑话！他死了的时候，地保因为地方上出了人命，就往江宁县里一报，少不免要来相验。可怜他的儿子又小，又没有个家人，害得他的夫人，抛头露面的出来拦请免验，把情节略略说了几句。江宁县已把这件事回了藩台，闻得藩台很叹了两口气，所以我想在藩台那里同他设个法子。此刻请你把这知启另写一个，看看有不妥当的，同他删改删改，等我明天拿去。”

我听了这番话，才晓得这宦海茫茫，竟与苦海无二的。翻开那知启重新看了一遍，词句尚还妥当，不必改削的了，就同他再誊出一份来。翻到末页看时，已经有几个写上佽助的了，有助一千钱的，也有助一元的，甚至于有助五角的，也有助四百文的，不觉发了一声叹。回头来要交给继之，谁知继之已经出去了。我放下了知启，也踱出去看看。

走到堂屋里，只见继之拿着一张报纸，在那里发睖。我道：“大哥看了甚么好新闻，在这里出神呢？”继之把新闻纸递给我，指着一条道：“你看我们的国事怎么得了！”我接过来，依着继之所指的那一条看下去，标题是“兵轮自沉”四个字，其文曰：

> 驭远兵轮自某处开回上海，于某日道出石浦，遥见海平线上，一缕浓烟，疑为法兵舰。管带大惧，开足机器，拟速逃窜。觉来船甚速，管带益惧，遂自开放水门，将船沉下，率船上众人，乘舢舨渡登彼岸，捏报仓卒遇敌，致被击沉云。刻闻上峰将彻底根究，并札上海道，会商制造局，设法前往捞取矣。

我看了不觉咋舌道：“前两天听见濮固修说是打沉的，不料有这等事！”继之叹道：“我们南洋的兵船，早就知道是没用的了，然而也料想不到这么一着。”我道：“南洋兵船不少，岂可一概抹煞？”继之道：“你未从此中过来，也难怪你不懂得。南洋兵船虽然不少，叵奈管带的一味知道营私舞弊，那里还有公事在他心上。你看他们带上几年兵船，就都一个个的席丰履厚起来，那里还肯去打仗！”我道：“带一个兵船，那里有许多出息？”继之道：“这也一言难尽。克扣一节，且不要说他；单只领料一层，就是了不得的了。譬如他要领煤，这里南京是没有煤卖的，照例是到支应局去领价，到上海去买。他领了一百吨的煤价到上海去，上海是有一家专供应兵船物料的铺家，彼此久已相熟的，他到那里去，只买上二三十吨。”我唶道：“那么那七八十吨的价，他一齐吞没了！”继之道：“这又不能。他在这七八十吨价当中，提出二成贿了那铺家，叫他帐上写了一百吨；恐怕他与店里的帐目不符，就教他另外立一个暗记号，开支了那七八十吨的价银就是了。你想他们这样办法，就是吊了店家帐簿来查，也查不出他的弊病呢。有时他们在上海先向店家取了二三十吨煤，却出他个百把吨的收条，叫店家自己到支应局来领价，也是这么办法。你说他们发财不发财呢！”

我道：“那许多兵船，难道个个管带都是这么着么？而且每一号兵船，未必就是一个管带到底，头一个作弊罢了，难道接手的也一定是这样的么？”继之道：“我说你到底没有经练，所以这些人情世故一点也不懂。你说谁是见了钱不要的？而且大众都是这样，你一个人却独标高洁起来，那些人的弊端，岂不都叫你打破了？只怕一天都不能容你呢！就如我现在办的大关，内中我不愿意要的钱，也不知多少，然而历来相沿如此，我何犯着把他叫穿了，叫后来接手的人埋怨我；只要不另外再想出新法子来舞弊，就算是个好人了。”

我道：“历来的督抚难道都是睡着的，何以不彻底根查一次？”继之道：“你又来了！督抚何曾睡着，他比你我还醒呢。他要是将一省的弊窦都厘剔干净，他又从那里调剂私人呢？我且现身说法，说给你听：我这大关的差事，明明是给藩台有了交情，他有心调剂我的，所以我并未求他，他出于本心委给了我；若是没有交情的，求也求不着呢。其馀你就可以类推了。”

正说话时，忽报藩台着人来请，继之便去更衣。继之这一去，有分教：

大善士奇形毕现，苦灾黎实惠难沾。

未知藩台请继之去有甚么事，且待下回再记。

第十五回
论善士微言议赈捐　见招贴书生谈会党

当下继之换了衣冠，再到书房里，取了知启道：“这回只怕是他的运气到了。我本来打算明日再去，可巧他来请，一定是单见的，更容易说话了。”说罢，又叫高升将那一份知启先送回去，然后出门上轿去了。

我左右闲着没事，就走到我伯父公馆里去望望。谁知我伯母病了，伯父正在那里纳闷，少不免到上房去问病。坐了一会，看着大家都是无精打彩的，我就辞了出来。在街上看见一个人在那里贴招纸，那招纸只有一寸来宽，五六寸长，上面写着“张大仙有求必应”七个字，歪歪的贴在墙上。我问贴招纸的道：“这张大仙是甚么菩萨？在那里呢？”那人对我笑了一笑，并不言语。我心中不觉暗暗称奇。只见他走到十字街口，又贴上一张，也是歪的。我不便再问他，一径走了回去。

继之却等到下午才回来，已经换上便衣了。我问道：“方伯那里有甚么事呢？”继之道：“说也奇怪，我正要求他写捐，不料他今天请我，也是叫我写捐，你说奇怪不奇怪？我们今天可谓'交易而退'了。"说到这里，跟去的底下人送进帖袋来，继之在里面抽出一本捐册来交给我看。我翻开看时，那知启也夹在里面，藩台已经写上了二十五两，这五字却像是涂改过的。我道："怎么写这几个字，也错了一个？"继之道："不是错的，先是写了二十四两，后来检出一张二十五两的票子来，说是就把这个给了他罢，所以又把那'四'字改做'五'字。"我道："藩台也只送得这点，怪不得大哥送一百两，说不能写在知启上了，写了上去，岂不是要压倒藩台了么？"

继之道："不是这等说，这也没有甚么压倒不压倒，看各人的交情罢了。其实我同陈仲眉并没有大不了的交情，不过是'惺惺惜惺惺'的意思。但是写了上去，叫别人见了，以为我举动阔绰，这风声传了出去，那一班打抽丰的来个不了，岂不受累么？说也好笑，去年我忽然接了上海寄来的一包东西，打开看时，却是两方青田石的图书，刻上了我的名号；一张白折扇面，一面画的是没神没彩的两笔花卉，一面是写上几个怪字，都是写的我的上款。最奇怪的是称我做'夫子大人'。还有一封信，那信上说了许多景仰感激的话，信末是写着'门生张超顿首'六个字。我实在是莫名其妙，我从那里得着这么一个门生，连我也不知道，只好不理他。不多几天，他又来了一封信，仍然是一片思慕感激的话，我也不曾在意。后来又来了一封信，诉说读书困苦，我才悟到他是要打把势的，封了八元银寄给他，顺便也写个信问他为甚这等称呼，谁知他这回却连回信也没有了，你道奇怪不奇怪？今年同文述农谈起，原来述农认得这个人，他的名字是没有一定的，是一个读书人当中的无赖，终年在外头靠打把势过日子的。前年冬季，上海格致书院的课题是这里方伯出的，齐了卷寄来之后，方伯交给我看，我将他的卷子取了超等第二。我也忘记了他卷上是个甚么名字了。自从取了他超等之后，他就改了名字，叫做'张超'。然而我总不明白他，为甚这么神通广大，怎样知道是我看的卷，就自己愿列门墙，叫起我老师来？"我道："这个人也可以算得不要脸的了！"继之叹道："脸是不要的了，然而据我看来，他还算是好的，总算不曾下流到十分。你不知道现在的读书人，专习下流的不知多少呢！"

说话时我翻开那本捐册来看，上面粘着一张红单帖，印了一篇小引，是募捐山西赈款的，便问道："这是请大哥募捐的，还是怎样？"继之道："这是上海寄来的。上海这几年里面，新出了一位大善士，叫做甚么史绍经，竭尽心力的去做好事。这回又寄了二百份册子来，给这里藩台，要想派往各州县募捐。你想这江苏省里，连海门厅算在里面，统共只有八府、三州、六十八州县，内中还有一半是苏州那边藩台管的，那里派得了一百册？

有求

只好省里的同寅也派了开来，只怕还有得多呢。”

我道：“这位先生可谓勇于为善的了。”继之笑了一笑道：“岂但勇于为善，他这番送册子来，还要学那‘古之人与人为善’呢。其实这件事我就很不佩服。”我诧异道：“做好事有甚么不佩服？”继之道：“说起来，这句话是我的一偏之见。我以为这些善事，不是我们做的。我以为一个人要做善事，先要从切近地方做起，第一件对着父母先要尽了子道，对着弟兄要尽了弟道，对了亲戚本族要尽了亲谊之道，夫然后对了朋友要尽了友道；果然自问孝养无亏了，所有兄弟、本族、亲戚、朋友，那能够自立，绰然有馀的自不必说，那贫乏不能自立的，我都能够照应得他妥妥帖帖，无忧冻馁的了，还有馀力，才可以讲究去做外面的好事。所以孔子说：‘博施济众，尧舜犹病。’我不信现在办善事的人，果然能够照我这等说，由近及远么？”我道：“倘是人族大的，就是本族、亲戚两项，就有上千的人，还有不止的，究的总要占了一半，还有朋友呢，怎样能都照应得来？”继之道：“就是这个话。我舍间在家乡虽不怎么，然而也算得是一家富户的了。先君在生时，曾经捐了五万银子的田产做赡族义田，又开了几家店铺，把那穷本家都延请了去，量材派事；所以敝族的人，希冀可以免了饥寒。还有亲戚呢，还是照应不了许多呀，何况朋友呢。试问现在的大善士，可曾想到这一着？”

我道：“碰了荒年，也少不了这班人，不然，闹出那铤而走险的，更是不得了了。”继之道：“这个自然。我这话并不是叫人不要做善事，不过做善事要从根本上做起罢了。现在那一班大善士，我虽然不敢说没有从根本做起的，然而沽名钓誉的，只怕也不少。”我道：“‘三代以下惟恐不好名’，能够从行善上沽个名誉也罢了。”继之道：“本来也罢了，但还不止这个呢。他们起先投身入善会、做善事的时候，不过是一个光蛋；不多几年，就有好几个甲第连云起来了。难道真是‘天富善人’么？这不是我说刻薄话，我可有点不敢相信的了。”我指着册子道：“他这上面，不是刻着‘经手私肥，雷殛火焚’么？”继之笑道：“你真是小孩子见识。大凡世上肯拿出钱来做善事的，那里有一个是认真存了‘仁人恻隐’之心，行他‘那民胞物’与的志向，不过都是在那里邀福，以为我做了好事，便可以望上天默佑，万事如意的。有了这个想头，他才肯拿出钱来做好事呢；不然，一个铜钱一点血，他那里肯拿出来。世人心上都有了这一层迷信，被那善士看穿了，所以也拿这迷信的法子去坚他的信，于是乎就弄出这八个字来。我恐怕那雷没有闲工夫去处处监督着他呢。”

我道：“究竟他收了款，就登在报上，年年还有征信录，未必可以作弊。”继之道：“别的我不知，有人告诉我一句话，却很在理上。他说，他们一年之中，吃没那无名氏的钱不少呢。譬如这一本册子，倘是写满了，可以有二三百户，内中总有许多不愿出名的，随手就写个‘无名氏’。那捐的数目，也没有甚么大上落，总不过是一两元，或者三四元，内中总有同是无名氏，同是那个数目的。倘使有了这么二三十个无名氏同数目的，他只报出六七个或者十个八个来。就捐钱的人，只要看见有了个无名氏，就以为是自己了，那个肯为了几元钱，去追究他呢。这个话我虽然不知道是真的，是伪的，然而没有一点影子，只怕也造不出这个谣言来。还有一层：人家送去做冬赈的棉衣棉裤，只要是那善士的亲戚朋友所用的轿班、车夫、老妈子，那一个身上没有一套，还有一个人占两三套的。虽然这些也是穷人，然而比较起被灾的地方那些灾黎，是那一处轻，那一处重呢？这里多分了一套，那里就少了一套，况且北边地方，又比南边来得冷，认真是一位大善士，是拿人家的赈物来送人情的么？单是这一层，我就十二分不佩服了。”

我道：“那么说，大哥这回还捐么？还去劝捐么？”继之道：“他用大帽子压下来，只得捐点；也只得去劝上十户八户，凑个百十来元钱，交了卷就算了。你想我这个是受了大帽子压的才肯捐；还有明日我出去劝捐起来，那些捐户就是讲交情的了，问他的本心实在不愿意捐，因为碍着我的交情，好歹化个几元钱，再问他的本心，他那几元钱，就犹如送给我的一般的了；加了方才说的希冀邀福的一班人，共是三种。行善的人只有这三种，办赈捐的法子也只有这三个，你想世人那里还有个实心行善的呢？”说罢，取过册子，写了二十元；又写了个条子，叫高升连册子一起送去。他这是送到那一位朋友处募捐，我可不曾留心了。

又取过那知启来，想了一想，只写上五两。我笑道：“送了一百两，只写个五两，这是个倒九五呢。”继之道：“这上头万不能写的太多，因为恐怕同寅的看见我送多了，少了他送不出，多了又送不起，岂不是叫人家为难么。”说着，又拿钥匙开了书柜，在柜内取出一个小拜匣，在拜匣里面，翻出了三张字纸，拿火要烧。我问道：“这又是甚么东西？”继之道：“这是陈仲眉前后借我的二百元钱。他一定要写个票据，我不收，他一定不肯，只得收了。此刻还要他做甚么呢。”说罢，取火烧了。又对我说道：“请你此刻到关上走一次罢。天已不早了，因为关上那些人，每每要留难人家的货船，我说了好几次，总不肯改。江面又宽，关前面又没有好好的一个靠船地方，把他留难住了，万一晚上起了风，叫人家怎样呢！我在关上，总是监督着他们，验过了马上就给票放行的。今日你去代我办这件事罢。明日我要在城里跑半天，就是为仲眉的事，下午出城，你也下午回来就是了。”

我答应了，骑马出城，一径到关上去。发放了几号船，天色已晚了，叫厨房里弄了几样菜，到述农房里同他对酌。述农笑道：“你这个就算请我了么？也罢。我听见继翁说你在你令伯席上行得好酒令，我们今日也行个令罢。”我道：“两个人行令乏味得很，我们还是谈谈说说罢。我今日又遇了一件古怪的事，本来想问继翁，因为谈了半天的赈捐就忘记了，此刻又想起来了。”述农道：“甚么事呢？到了你的眼睛里，甚么事都是古怪的。”我就把遇见贴招纸的述了一遍。述农道：“这是人家江湖上的事情，你问他做甚么？”我道：“江湖上甚么事？倒要请教，到底这个张大仙是甚么东西？”述农道：“张大仙并没有的，是他们江湖上甚么会党的暗号，有了一个甚么头目到了，住在那里，恐怕他的会友不知道，就出来满处贴了这个，他们同会的看了就知道了。只看那条子贴的底下歪在那一边，就往那一边转弯；走到有转弯的地方，留心去看，有那条子没有，要是没有，还得一直走；但见了条子，就照着那歪的方向转去，自然走到他家。”我道：“那里认得他家门口呢？”述农道：“他门口也有记认，或者挂着一把破蒲扇，或者挂着一个破灯笼，甚么东西都说不定，总而言之，一定是个破旧不堪的。”我道：“他这等暗号已经被人知道了，不怕地方官拿他么？”述农道：“拿他做甚么！到他家里，他原是一个好好的人，谁敢说他是会党。并且他的会友到他家去，打门也有一定的暗号，开口说话也有一定的暗号，他问出来也是暗号，你答上去也是暗号，样样都对了他才招接呢。”我道：“他这暗号是甚么样的呢？你可……”我这一句话还不曾说完，忽听得轰的一声，犹如天崩地塌一般，跟着又是一片澎湃之声，把门里的玻璃窗都震动了，桌上的杯箸都直跳起来，不觉吓了一跳。正是：

忽来霹雳轰天响，打断纷披屑玉谈。

未知那声响究竟是甚么事，且待下回再记。

第十六回
观演水雷书生论战事　接来电信游子忽心惊

这一声响不打紧，偏又接着外面人声鼎沸起来，吓得我吃了一大惊。述农站起来道：“我们去看看来。”说着，拉了我就走，一面走，一面说道：“今日操演水雷，听说一共试放三个，赶紧出去，还望得见呢。”我听了方才明白。原来近日中法之役，尚未了结；这几日里，又听见台湾吃了败仗，法兵已在基隆地方登岸，这里江防格外吃紧，所以制台格外认真，吩咐操演水雷，定在今夜举行。我同述农走到江边一看，是夜宿雨初晴，一轮明月自东方升起，照得那浩荡江波，犹如金蛇万道一般，吃了几杯酒的人，到了此时，倒也觉得一快。只可惜看演水雷的人多，虽然不是十分挤拥，却已是立在人丛中的了。忽然又是轰然一声，远响四应。那江水陡然间壁立千仞。那一片澎湃之声，便如风卷松涛；加以那山鸣谷应的声音，还未断绝：两种声音，相和起来。这里看的人又是哄然一响。我生平的耳朵里，倒是头一回听见。接着又是演放一个。虽不是甚么“心旷神怡”的事情，也可以算得耳目一新的了。

看罢，同述农回来，洗盏更酌。谈谈说说，又说到那会党的事。我再问道：“方才你说他们都有暗号，这暗号到底是怎么样的？”述农道：“这个我那里得知，要是知道了，那就连我也是会党了。他们这个会党，声势也很大，内里面戴红顶的大员也不少呢。”我道：“既是那么说，你就是会党，也不辱没你了。”述农道：“罢，罢，我彀不上呢。”我道：“究竟他们办些甚么事呢？”述农道：“其实他们空着没有一点事，也不见得怎么为患地方，不过声势浩大罢了。倘能利用他呢，未尝不可借他们的力量办点大事；要是不能利用他，这个‘养痈贻患’，也是不免的。”

正在讲论时，忽然一个人闯了进来，笑道：“你们吃酒取乐呢！”我回头一看，不觉诧异起来，原来不是别人，正是继之，还穿着衣帽呢。我道：“大哥不说明天下午出城么？怎么这会来了？”继之坐下道：“我本来打算明天出城，你走了不多几时，方伯又打发人来说，今天晚上试演水雷，制台、将军都出城来看，叫我也去站个班。我其实不愿意去献这个殷勤，因为放水雷是难得看见的，所以出来趁个热闹。因为时候不早了，不进城去，就到这里来。”我道：“公馆里没有人呢。”继之道：“偶然一夜，还不要紧。”一面说着，卸去衣冠道：“我到帐房里去去就来，我也吃酒呢。”述农道：“可是又到帐房里去拿钱给我们用呢？”继之笑了一笑，对我道：“我要交代他们这个。”说罢，弯腰在靴统里，掏出那本捐册来道：“叫他们到往来的那两家钱铺子里去写两户，同寅的朋友，留着办陈家那件事呢。”说罢，去了。歇了一会又过来。

我已经叫厨房里另外添上两样菜，三个人借着吃酒，在那里谈天。因为讲方才演放水雷，谈到中法战事。继之道：“这回的事情，糜烂极了！台湾的败仗，已经得了官报了。那一位刘大帅，本来是个老军务，怎么也会吃了这个亏？真是难解！至于马江那一仗，更是传出许多笑话来：有人说那位钦差，只听见一声炮响，吓得马上就逃走了，一只脚穿着靴子，一只脚还没有穿袜子呢。又有人说不是的，他是坐了轿子逃走的，轿子后面，还挂着半只火腿呢。刚才我听见说，督署已接了电谕，将他定了军罪了。前两天我看见报纸上有一首甚么词，咏这件事的。福建此时总督、船政，都是姓何，藩台、钦差都是姓张，所以我还记得那词上两句是：‘两个是傅粉何郎，两个是画眉张敞。’”我道：“这两句就俏皮得很！”继之道：“俏皮么？我看轻薄罢了。大凡讥弹人家的话，是最容易说的；你试叫他去办起事来，也不过如此，只怕还不及呢。这军务的事情，何等重大！一旦败坏了，我们旁听的，只能生个恐惧心，生个忧愤心，那里还有工夫去嬉笑怒骂呢？其实这件事情，只有政府担个不是，这是我们见得到，可以讥弹他的。”述农道：“怎么是政府不是呢？”继之道：“这位钦差年纪又轻，不过上了几个条陈，究竟是个‘纸上空谈’，并未见他办过实事，怎么就好叫他独当一面，去办这个大事呢？纵使他条陈中有可采之处，也应该叫一个老于军务的去办，给他去做个参谋、会办之类，只怕他还可以有点建设，帮着那正办的成功呢。像我们这班读书人里面，很有些听见放鞭爆还吓了一跳的，怎么好叫他去看着放大炮呢？就像方才去看演放水雷，这不过是演放罢了，在那里伺候同看的人，听得这轰的一声，就很有几个抖了一抖，吐出舌头的，还有举起双手，做势子去挡的。”我同述农，不觉笑了起来。继之又道：“这不过演放两三响已经这样了，何况炮火连天，亲临大敌呢，自然也要逃走了。然而方才那一班吐舌头、做手势的，你若同他说起马江战事来，他也是一味的讥评谩骂，试问配他骂不配呢？”当下一面吃酒，一面谈了一席话，酒也够了，菜也残了，撤了出去，大家散坐。又到外面看了一回月色，各各就寝。

到了次日，我因为继之已在关上，遂进城去，赁了一匹马，按辔徐行。走到城内不多点路，只见路旁有一张那张大仙的招纸，因想起述农昨夜的话，不知到底确不确，我何妨试去看看有甚么影迹。就跟着那招纸歪处，转了个弯，一路上留心细看，只见了招纸就转弯，谁知转得几转，那地方就慢慢的冷落起来了。我勒住马想道：“倘使迷了路，便怎么好？”忽又回想道：“不要紧，我只要回来时也跟着那招纸走，自然也走到方才来的地方了。”忽听得那马夫说了几句话，我不曾留心，不知他说甚么，并不理他，依然向前而去。那马夫在后面跟着，又说了几句，我一些也听不懂，回头问道：“你说甚么呀？”他便不言语了。我又向前走，走到一处，抬头一望，前面竟是一片荒野，暗想这南京城里，怎么有这么大的一片荒地。

正走着，只见路旁一株紫杨树上，也粘了这么一张；跟着他转了一个弯，走了一箭之路，路旁一个茅厕，墙上也有一张；顺着他歪的方向望过去时，那边一带有四五十间小小的房子，那房子前面就是一片空地，那里还憩着一乘轿子。恰好看见一家门首有人送客出来，那送客的只穿了一件斗纹布灰布袍子，并没有穿马褂，那客人倒是衣冠楚楚的。我一面看，一面走近了，见那客人生的一张圆白脸儿，八字胡子，好生面善，只是想不起来。那客上了那乘轿时，这里送客的也进去了。我看他那门口，又矮又小，暗想这种人家，怎样有这等阔客。猛抬头看见他檐下挂着一把破扫帚，暗想道：

"是了，述农的话是不错的了。"骑在马上，不好只管在这里呆看，只得仍向前行。

行了一箭多路，猛然又想起方才那个客人，就是我在元和船上看见他扮官做贼，后来继之说他居然是官的人。又想起他在船上给他伙伴说的话，叽叽咕咕听不懂的，想来就是他们的暗号暗话，这个人一定也是会党。猛然又想起方才那马夫同我说过两回话，我也没有听得出来，只怕那马夫也是他们会党里人，见我一路上寻看那招纸，以为我也是他们一伙的，拿那暗话来问我，所以我两回都听得不懂。想到这里，不觉没了主意。暗想我又不是他们一伙，今天寻访的情形，又被他看穿了，此时又要拨转马头回去，越发要被他看出来，还要疑心我暗访他们做甚么呢；若不回马，只管向前走，又认不得那条路可以绕得回去，不要闹出个笑话来。并且今天不能到家下马，不要叫那马夫知道了我的门口才好，不然，叫他看见了吴公馆的牌子，还当是官场里暗地访查他们的踪迹，在他们会党里传播起来，不定要闹个甚么笑话呢。

思量之间，又走出一箭多路。因想了个法子，勒住马，问马夫道："我今天怎么走迷了路呢？我本来要到夫子庙里去，怎么走到这里来了？"马夫道："怎么，要到夫子庙？怎不早点说？这冤枉路才走得不少呢！"我道："你领着走罢，加你点马钱就是了。"马夫道："拨过来呀。"说着，先走了，到那片大空地上，在这空地上横截过去，有了几家人家，弯弯曲曲的走过去，又是一片空地；走完了，到了一条小弄，仅仅容得一人一骑；穿尽了小街，便是大街；到了此地，我已经认得了。此处离继之公馆不远了，我下了马说道："我此刻要先买点东西，夫子庙不去了，你先带了马去罢。"说罢，付了马钱，又加了他几文，他自去了，我才慢慢的走了回去。我本来一早就进城的，因为绕了这一个大圈子，闹到十一点钟方才到家，人也乏了，歇息了好一会。

吃过了午饭，因想起我伯母有病，不免去探望探望，就走到我伯父公馆里去。我伯父也正在吃饭呢，见了我便问道："你吃过饭没有？"我道："吃过了，来望伯母呢，不知伯母可好了些？"伯父道："总是这么样，不好不坏的。你来了，到房里去看看他罢。"我听说就走了进去。只见我伯母坐在床上，床前安放一张茶儿，正伏在茶儿上啜粥。床上还坐着一个十三四岁的丫头在那里捶背。我便问道："伯母今天可好些？"我伯母道："侄少爷请坐。今日觉着好点了。难得你惦记着来看看我。我这病，只怕难得好的了！"我道："那里来的话！一个人谁没有三天两天的病，只要调理几天，自然好了。"伯母道："不是这么说。我这个病时常发作，近来医生都说要成个痨病的了。我今年五十多岁的人了，如果成了痨病，还能够耽搁得多少日子呢！”我道：“伯母这回得病有几天了？”伯母道：“我一年到头，那一天不是带着病的；只要不躺在床上，就算是个好人。这回又躺了七八天了。”我道：“为甚不给侄儿一个信，也好来望望？侄儿直到昨天来了才知道呢。”伯母听了叹一口气，推开了粥碗，旁边就有一个佣妇走过来，连茶儿端了去。我伯母便躺下道：“侄少爷，你到床跟前的椅子上坐下，我们谈谈罢。”我就走了过去坐下。

歇了一歇，我伯母又叹了一口气道：“侄少爷，我自从入门以后，虽然生过两个孩子，却都养不住，此刻是早已绝望的了。你伯父虽然讨了两个姨娘，却都是同石田一般的。这回我的病要是不得好，你看可怜不可怜！”我道：“这是甚么话！只要将息两天就好了，那医生的话未必都靠得住。”伯母又道：“你叔叔听说有两个儿子，他又远在山东，并且他的脾气古怪得很，这二十年里面，绝迹没有一封信来过。你可曾通过信？”我道：“就是去年父亲亡故之后，曾经写过一封信去，也没有回信；并且侄儿也不曾见过，就只知道有这么一位叔叔就是了。”伯母道：“我因为没有孩子，要想把你叔叔那个小的承继过来，去了十多封信，也总不见有一封信来。论起来，总是你伯父穷之过，要是有了十万八万的家当，不要说是自己亲房，只怕那远房的也争着要承继呢。你伯父常时说起，都说侄少爷是很明白能干的人，将来我有个甚么三长两短，侄少爷又是独子，不便出继，只好请侄少爷照应我的后事，兼祧过来。不知侄少爷可肯不肯？”我道：“伯母且安心调理，不要性急，自然这病要好的，此刻何必耽这个无谓的心思。做侄儿的自然总尽个晚辈的义务，伯母但请放心，不要胡乱耽心思要紧。”一面说话时，只见伯母昏昏沉沉的，像是睡着了。床上那小丫头，还在那里捶着腿。我便悄悄的退了出来。

伯父已经吃过饭，往书房里去了，我便走到书房里去。只见伯父躺在烟床上吃烟，见了我便问道：“你看伯母那病要紧么？”我道：“据说医家说是要成痨病，只要趁早调理，怕还不要紧。”伯父站起来，在护书里面检出一封电报，递给我道：“这是给你的。昨天已经到了，我本想叫人给你送去，因为我心绪乱得很，就忘了。”我急看那封面时，正是家乡来的，吃了一惊。忙问道：“伯父翻出来看过么？”伯父道：“我只翻了收信的人名，见是转交你的，底下我就没有翻了，你自己翻出罢。”

我听得这话。心中十分忙乱，急急辞了伯父，回到继之公馆，手忙脚乱的，检出《电报新编》，逐字翻出来。谁知不翻犹可，只这一翻，吓得我：

魂飞魄越心无主，胆裂肝摧痛欲号！

要知翻出些甚么话来，且待下回再记。

學佛有經學仙

第十七回
整归装游子走长途　抵家门慈亲喜无恙

你道翻出些甚么来？原来第一个翻出来是个“母”字，第二个是“病”字；我见了这两个字已经急了，连忙再翻那第三个字时，禁不得又是一个“危”字。此时只吓得我手足冰冷！忙忙的往下再翻，却是一个“速”字，底下还有一个字，料来是个“归”字、“回”字之类，也无心去再翻了。连忙怀了电报，出门骑了一匹马，飞也似的跑到关上，见了继之，气也不曾喘定，话也说不出来，倒把继之吓了一跳。我在怀里掏出那电报来，递给继之道：“大哥，这会叫我怎样！”继之看了道：“那么你赶紧回去走一趟罢。”我道：“今日就动身，也得要十来天才得到家，叫我怎么样呢！”继之道：“好兄弟！急呢，是怪不得你急，但是你急也没用。今天下水船是断来不及了，明天动身罢。”我呆了半晌道：“昨天托大哥的家信，寄了么？”继之道：“没有呢，我因为一时没有便人，此刻还在家里书桌子抽屉里。你令伯知道了没有呢？”我道：“没有。”继之道：“你进城去罢。到令伯处告诉过了，回去拿了那家信银子，仍旧赶出城来，行李铺盖也叫他们给你送出来。今天晚上，你就在这里住了，明日等下水船到了，就在这里叫个划子划了去，岂不便当？”

我听了不敢耽搁，一匹马飞跑进城，见了伯父，告诉了一切；又到房里去告诉了伯母。伯母叹道：“到底婶婶好福气，有了病，可以叫侄少爷回去；像我这个孤鬼，……”说到这里，便咽住了。憩了一憩道：“侄少爷回去，等婶婶好了，还请早点出来，我这里很盼个自己人呢。今天早起给侄少爷说的话，我见侄少爷没有甚么推托，正自欢喜，谁知为了婶婶的事，又要回去。这是我的孤苦命！侄少爷，你这回再到南京，还不知道见得着我不呢！”我正要回答，伯父慢腾腾的说道：“这回回去了，伏伺得你母亲好了，好歹在家里，安安分分的读书，用上两年功，等起了服，也好去小考；不然，就捐个监去下场。我这里等王俎香的利钱寄到了，就给你寄回去。还出来鬼混些甚么！小孩子们，有甚么脾气不脾气的！前回你说甚么不欢喜作八股，我就很想教训你一顿，可见得你是个不安分、不就范围的野性子，我们家的子侄，谁像你来！”我只得答应两个“是”字。伯母道：“侄少爷，你无论出来不出来，请你务必记着我。我虽然没有甚么好处给你，也是一场情义。”我方欲回答，我伯父又问道：“你几时动身？”我道：“今日来不及了，打算明日就动身。”伯父道：“那么你早点去收拾罢。”

我就辞了出来，回去取了银子。那家信用不着，就撕掉了。收拾过行李，交代底下人送到关上去。又到上房里，别过继之老太太与及继之夫人，不免也有些珍重的话，不必细表。

当下我又骑了马，走到大关，见过继之。继之道：“你此刻不要心急，不要在路上自己急出个病来！”我道：“但我所办的书启的事，叫那个接办呢？”继之道：“这个你尽放心，其实我抽个空儿，自己也可办了，何况还有人呢。你这番回去，老伯母好了，可就早点出来。这一向盘桓熟了，倒有点恋恋不舍呢。”我就把伯父叫我在家读书的话，述了一遍。继之笑了一笑，并不说话。憩了一会，述农也来劝慰。

当夜我晚饭也不能不咽，那心里不知乱的怎么个样子。一夜天翻来覆去，何曾合得着眼，天还没亮就起来了，呆呆的坐到天明。走到签押房，继之也起来了，正在那里写信呢。见了我道：“好早呀！”我道：“一夜不曾睡着，早就起来了。大哥为甚么也这么早？”继之道：“我也替你打算了一夜。你这回只剩了这一百两银子，一路做盘缠回去，总要用了点；到了家，老伯母的病，又不知怎么样，一切医药之费，恐怕不够，我正在代你踌躇呢。”我道：“费心得很！这个只好等回去了再说罢。”继之道：“这可不能。万一回去真是不够用，那可怎么样呢？我这里写着一封信，你带在身边。用不着最好；倘是要用钱时，你就拿这封信到我家里去。我接我家母出来的时候，写了信托我一位同族家叔，号叫伯衡的，代我经管着一切租米。你把这信给了他，你要用多少，就向他取多少，不必客气。到你动身出来的时候，带着给我汇五千银子出来。”我道：“万一我不出来呢？”继之道：“你怎么会不出来！你当真听令伯的话，要在家用功么？他何尝想你在家用功，他这话是另外有个道理，你自己不懂，我们旁观的是很明白的。”说罢，写完了那封信，又打上一颗小小的图书，交给我。又取过一个纸包道：“这里面是三枝土术，一枝肉桂，也是人家送我的，你也带在身边，恐怕老人家要用得着。”我一一领了，收拾起来。此时我感激多谢的话，一句也说不出来，不知怎样才好。

一会梳洗过了，吃了点心。继之道：“我们也不用客气了。此时江水浅，汉口的下水船开得早，恐怕也到得早，你先走罢。我昨夜已经交代留下一只巡船送你去的，情愿摇到那里，我们等他。”于是指挥底下人，将行李搬到巡船上去。述农也过来送行。他同继之两人，同送我到巡船上面，还要送到洋船，我再三辞谢。继之道：“述农恐怕有事，请先上岸罢。我送他一程，还要谈谈。”述农听说就别去了。继之一直送我到了下关。等了半天，下水洋船到了；停了轮，巡船摇过去；我上了洋船，安置好行李。这洋船一会儿就要开的，继之匆匆别去。

我经过一次，知道长江船上人是最杂的，这回偏又寻不出房舱，坐在散舱里面，守着行李，寸步不敢离开。幸得过了一夜，第二天上午早就到了上海了，由客栈的伙伴，招呼我到洋泾浜谦益栈住下。这客栈是广东人开的，栈主人叫做胡乙庚，招呼甚好。我托他打听几时有船。他查了一查，说道："要等三四天呢。"我越发觉得心急如焚，然而也是没法的事，成日里犹如坐在针毡上一般，只得走到外面去散步消遣。

却说这洋泾浜各家客栈，差不多都是开在沿河一带，只有这谦益栈是开在一个巷子里面。这巷子叫做嘉记弄。这嘉记弄，前面对着洋泾浜，后面通到五马路的。我出得门时，便望后面踱去。刚转了个弯，忽见路旁站着一个年轻男子，手里抱着一个铺盖，地下还放着一个鞋篮；旁边一个五十多岁的妇人，在那里哭。我不禁站住了脚，见那男子只管恶狠狠的望着那妇人，一言不发。我忍不住，便问是甚么事。那男子道："我是苏州航船上的人。这个老太婆来趁船，没有船钱。他说到上海来寻他的儿子，寻着他儿子，就可以照付的了。我们船主人就趁了他来，叫我拿着行李，同去寻他儿子收船钱。谁知他一会又说在甚么自来水厂，一会又说在甚么高昌庙南铁厂，害我跟着他跑了二三十里的冤枉路，那里有他儿子的影儿；这会又说在甚么客栈了，我又陪着他到这里，家家客栈都问过了，还是没有。我那里还有工夫去跟他瞎跑！此刻只要他还了我的船钱，我就还他的行李；不然，我只有拿了他的行李，到船上去交代的了。你看此刻已经两点多钟了，我中饭还没有吃的呢。"我听了，又触动了母子之情，暗想这妇人此刻寻儿子不着，心中不知怎样的着急，我母亲此刻病在床上，盼我回去，只怕比他还急呢。便问那男子道："船钱要多少呢？"那男子道："只要四百文就够了。"我就在身边取出四角小洋钱，交给他道："我代他还了船钱，你还他铺盖罢。"那男子接了小洋钱，放下铺盖。我又取出六角小洋钱，给那妇人道："你也去吃顿饭。要是寻你儿子不着，还是回苏州去罢，等打听着了你儿子到底在那里，再来寻他未迟。"那妇人千恩万谢的受了。我便不顾而去。

走到马路上逛逛，绕了个圈子，方才回栈。胡乙庚迎着道："方才到你房里去，谁知你出去了。明天晚上有船了呢。"我听了不胜之喜，便道："那么费心代我写张船票罢。"乙庚道："可以，可以。"说罢，让我到帐房里去坐。只见他两个小儿子，在那里念书呢，我随意考问了他几个字，甚觉得聪明。便闲坐给乙庚谈天，说起方才那妇人的事。乙庚道："你给了他钱么？"我道："只代他给了船钱。"乙庚道："你上了他当了！他那两个人便是母子，故意串出这个样儿来骗钱的。下次万不要给他！"我不觉呆了一呆道："还不要紧，他骗了去，也是拿来吃饭，我只当给了化子就是了。但是怎么知道他是母子呢？"乙庚道："他时常在这些客栈相近的地方做这个把戏，我也碰见过好几次了。你们过路的人，虽然懂得他的话，却辨不出他的口音；像我们在这里久了，一一都听得出来的。若说这妇人是从苏州来寻儿子的，自然是苏州人，该是苏州口音，航船的人也是本帮、苏帮居多；他那两个人，可是一样的宁波口音，还是宁波奉化县的口音。你试去细看他，面目还有点相像呢，不是母子是甚么？你说只当给了化子，他总是拿去吃饭的，可知那妇人并未十分衰颓，那男子更是强壮的时候，为甚么那妇人不出来帮佣，那男子不做个小买卖，却串了出来，做这个勾当！还好可怜他么？"

此时天气甚短，客栈里的饭，又格外早些，说话之间，茶房已经招呼吃饭。我便到自己房里去，吃过晚饭，仍然到帐房里，给乙庚谈天，谈至更深，方才就寝。一宿无话。

到了次日，我便写了两封信，一封给我伯父的，一封给继之的，拿到帐房，托乙庚代我交代信局，就便问几时下船。乙庚道："早呢，要到半夜才开船。这里动身的人，往往看了夜戏才下船呢。"我道："太晚了也不便当。"乙庚道："太早了也无谓，总要吃了晚饭去。"我就请他算清了房饭钱，结过了帐，又到马路上逛逛，好容易又捱了这一天。

到了晚上，动身下船，那时船上还在那里装货呢，人声嘈杂得很，一直到了十点钟时候，方才静了。我在房舱里没事，随意取过一本小说看看，不多一会，就睡着了。及至一觉醒来，耳边只听得一片波涛声音，开出房门看看，只见人声寂寂，只有些鼾呼的声音。我披上衣服，走上舱面一看，只见黑魆魆的看不见甚么；远远望去，好像一片都是海面，看不见岸。舵楼上面，一个外国人在那里走来走去。天气甚冷，不觉打了一个寒噤，就退了下来。此时却睡不着了，又看了一回书，已经天亮了。我又带上房门，到舱面上去看看，只见天水相连，茫茫无际；喜得风平浪静，船也甚稳。

从此天天都在舱面上，给那同船的人谈天，倒也不甚寂寞。内中那些人姓甚名谁，当时虽然一一请教过，却记不得许多了。只有一个姓邹的，他是个京官，请假出来的，我同他谈的天最多。他告诉我：这回出京，在张家湾打尖，看见一首题壁诗，内中有两句好的，是"三字官箴凭隔膜，八行京信便通神"。我便把这两句写在日记簿上。又想起继之候补四宗人的话，越见得官场上面是一条危途，并且里面没有几个好人，不知我伯父当日为甚要走到官场上去，而且我叔叔在山东也是候补的河同知；幸得我父亲当日不走这条路，不然，只怕我也要入了这个迷呢。

闲话少提，却说轮船走了三天，已经到了，我便雇人挑了行李，一直回家。入得门时，只见我母亲同我的一位堂房婶娘，好好的坐在家里，没有一点病容，不觉心中大喜。只有我母亲见了我的面，倒顿时呆了，登时发怒。正是：

天涯游子心方慰，坐上慈亲怒转加。

要知我母亲为了甚事恼烦起来，且待下回再记。

第十八回 恣疯狂家庭现怪状 避险恶母子议离乡

我见母亲安然无恙，便上前拜见。我母亲吃惊怒道："谁叫你回来的，你接到了我的信么？"我道："只有吴家老太太带去的回信是收到的，并没有接到第二封信。"我母亲道："这封信发了半个月了，怎么还没有收到？"我此时不及查问寄信及电报的事，拜见过母亲之后，又过来拜见婶娘；我那一位堂房姊姊也从房里出来，彼此相见。原来我这位婶娘，是我母亲的嫡堂妯娌，族中多少人，只有这位婶娘和我母亲最相得。我的这位叔父，在七八年前，早就身故了；这位姊姊就是婶娘的女儿，上前年出嫁的，去年那姊夫可也死了：母女两人，恰是一对寡妇。我母亲因为我出门去了，所以都接到家里来住，一则彼此都有个照应，二则也能解寂寞。表过不提。

当下我一一相见已毕，才问我母亲给我的是甚么信。我母亲叹道："这话也一言难尽。你老远的回来，也歇一歇再谈罢。"我道："孩儿自从接了电报之后，心慌意乱，……"这句话还没有往下说，我母亲大惊道："你接了谁的电报？"我也吃惊道："这电报不是母亲叫人打的么？"母亲道："我何尝打过甚么电报！那电报说些甚么？"我道："那电报说的是母亲病重了，叫孩儿赶快回来。"我母亲听了，对着我婶娘道："婶婶，这可又是他们作怪的了。"婶娘道："打电报叫他回来也罢了，怎么还咒人家病重呢！"母亲问我道："你今天上岸回来的时候，在路上有遇见甚么人没有？"我道："没有遇见甚么人。"母亲道："那么你这两天先不要出去，等商量定了主意再讲。"

我此时满腹狐疑，不知究竟为了甚么事，又不好十分追问，只得搭讪着检点一切行李，说些别后的话。我把到南京以后的情节，一一告知。我母亲听了，不觉淌下泪来道："要不是吴继之，我的儿此刻不知流落到甚么样子了！你此刻还打算回南京去么？"我道："原打算要回去的。"我母亲道：

"你这一回来，不定继之那里另外请了人，你不是白回去么？"我道："这不见得。我来的时候，继之还再三叫我早点回去呢。"我母亲对我婶娘道："不如我们同到南京去了，倒也干净。"婶娘道："好是好的，然而侄少爷已经回来了，终久不能不露面，且把这些冤鬼打发开了再说罢。"我道："到底家里出了甚么事？好婶婶，告诉了我罢。"婶娘道："没有甚么事，只因上月落了几天雨，祠堂里被雷打了一个屋角，说是要修理。这里的族长——就是你的大叔公——倡议要众人分派，派到你名下要出一百两银子。你母亲不肯答应，说是族中人丁不少，修理这点点屋角，不过几十吊钱的事，怎么要派起我们一百两来？就是我们全承认了修理费，也用不了这些。从此之后，就天天闹个不休。还有许多小零碎的事，此刻一言也难尽述。后来你母亲没了法子想，只推说等你回来再讲，自从说出这句话去，就安静了好几天。你母亲就写了信去知照你，叫你且不要回来。谁知你又接了甚么电报。想来这电报是他们打去，要骗你回来的，所以你母亲叫你这几天不要露面，等想定了对付他们的法子再讲。"我道："本来我们族中人类不齐，我早知道的。母亲说都到了南京去，这也是避地之一法。且等我慢慢想个好主意，先要发付了他们。"我母亲道："凭你怎么发付，我是不拿出钱去的。"我道："这个自然。我们自己的钱，怎么肯胡乱给人家呢。"嘴里是这么说，我心里早就打定了主意。先开了箱子，取出那一百两银子，交给母亲。母亲道："就只这点么？"我道："是。"母亲道："你先寄过五十两回来，那五千银子，就是五厘周息，也有二百五十两呀。"我听了这话，只得把伯父对我说，王俎香借去三千的话，说了一遍。我母亲默默无言。

歇了一会，天色晚了，老妈子弄上晚饭来吃了。掌上灯，我母亲取出一本帐簿来道："这是运灵柩回来的时候，你伯父给我的帐，你且看看，是些甚么开销。"我拿过来一看，就是张鼎臣交出来的盘店那一本帐，内中一柱一柱列的很是清楚。到后来就是我伯父写的帐了：只见头一笔就付银二百两，底下注着代应酬用；以后是几笔不相干的零用帐；往下又是付银三百两，也注着代应酬用；——像这么的帐，不下七八笔，付去了一千八百两。后来又有一笔是付找房价银一千五百两。我莫名其妙道："甚么找房价呢？"母亲道："这个是你伯父说的，现在这一所房子是祖父遗下的东西，应该他们弟兄三个分住；此刻他及你叔叔都是出门的人，这房子分不着了，估起价来，可以值得二千多银子，他叫我将来估了价，把房价派了出来，这房子就算是我们的了，所以取去一千五百银子，他要了七百五，还有那七百五是寄给你叔叔的。"我道："还有那些金子呢？"母亲道："那里有甚么金子，我不知道。"只这一番回答，我心中犹如照了一面大镜子一般，前后的事，都了然明白，眼见得甚么存庄生息的那五千银子，也有九分靠不住的了；家中的族人又是这样，不如依了母亲的话，搬到南京去罢。心中暗暗打定了主意。

忽听得外面有人打门，砰訇砰訇的打得很重。小丫头名叫春兰的，出去开了门，外面便走进一个人来。春兰翻身进来道："二太爷来了！"我要出去，母亲道："你且不要露面。"我道："不要紧，丑媳妇总要见翁姑的。"说着出去了。母亲还要拦时，已经拦我不住。我走到外面，见是我的一位嫡堂伯父，号叫子英的，不知在那里吃酒吃的满脸通红，反背着双手，躄躠着进来，向前走三步，往后退两步的，在那里蒙胧着一双眼睛。一见了我，便道："你……你……你回来了么？几……几时到的？"我道："方才到的。"子英道："请你吃……"说时迟，那时快，他那三个字的一句话还不曾说了，忽然举起那反背的手来，拿着明晃晃的一把大刀，劈头便砍。我连忙一闪，春兰在旁边哇的一声，哭将起来。子英道："你……你哭，先完了你！"说着提刀扑将过去，吓得春兰哭喊着飞跑去了。

我正要上前去劝时，不料他立脚不稳，訇的一声，跌倒在地，叮当一响，那把刀已经跌在二尺之外。我心中又好气，又好恼。只见他躺在地下，乱嚷起来道："反了，反了！侄儿子打伯父了！"此时我母亲、婶娘、姊姊，都出来了。我母亲只气得面白唇青，一句话也没有，婶娘也是徬徨失措。我便上前去搀他起来，一面说道："伯父有话好好的说，不要动怒。"我姊姊在旁道："伯父起来罢，这地下冷呢。"子英道："冷死了，少不了你们抵命！"一面说，一面起来。我道："伯父到底为了甚么事情动气？"子英道："你不要管我，我今天输的狠了，要见一个杀一个！"我道："不过输了钱，何必这样动气呢？"子英道："哼！你知道我输了多少？"我道："这个侄儿那里知道。"子英忽地里直跳起来道："你赔还我五两银子！"我道："五两只怕不够了呢。"子英道："我不管你够不够，你老子是发了财的人！你今天没有，就拚一个你死我活！"我连忙道："有，有。"随手在身边取出一个小皮夹来一看，里面只剩了一元钱，七八个小角子，便一齐倾了出来道："这个先送给伯父罢。"他伸手接了，拾起那刀子，一言不发，起来就走。我送他出去，顺便关门。他却回过头来道："侄哥，我不过借来做本钱，明日赢了就还你。"说着去了。

我关好了门，重复进内。我母亲道："你给了他多少？"我道："没有多少。"母亲道："照你这样给起来，除非真是发了财；只怕发了财，也供应他们不起呢！"我道："母亲放心，孩儿自有道理。"母亲道："我的钱是不动的。"我道："这个自然。"当下大家又把子英拿刀拚命的话，说笑了一番，各自归寝。一夜无话。

明日我检出了继之给我的信，走到继之家里，见了吴伯衡，交了信。伯衡看过道："你要用多少呢？"我道："请先借给我一百元。"伯衡依言，取了一百元交给我道："不够时再来取罢。继之信上说，尽多尽少，随时要应付的呢。"我道："是，是，到了不够时再来费心。"

辞了伯衡回家，暗暗安放好了，就去寻那一位族长大叔公。——此人是我的叔祖，号叫做借轩。——我见了他，他先就说道："好了，好了！你回来了！我正盼着你呢。上个月祠堂的房子出了毛病，大家说要各房派了银子好修理，谁知你母亲一毛不拔，耽搁到此刻还没有动工。"我道："估过价没有？到底要多少银子才够呢？"借轩道："价是没有估。此刻虽是多派些，修好了，馀下来仍旧可以派还的。"我道："何妨叫了泥水木匠来，估定了价，大家公派呢？不然，大家都是子孙，谁出多了，谁出少了，都不好。其实就是我一个人承认修了，在祖宗面上，原不要紧；不过在众兄弟面上，好像我一个人独占了面子，大家反为觉得不好看。老实说：有了钱，与其这样化的吃力不讨好，我倒不如拿来孝敬点给叔公了。"借轩拊掌道："你这话一点也不错！你出了一回门，怎么就练得这么明白了？我说非你回来不行呢。尤云岫他还说你纯然是孩子气，他那双眼睛不知是怎么生的！"我道："不然呢，还不想着回来；因为接了母亲的病信，才赶着来的。"借轩沉吟了半晌道："其实呢，我也不应该骗你；但是你不回来，这祠堂总修不成功，祖宗也不安，就是你我做子孙的也不安呀，所以我设法叫你回来。我今天且给你说穿了，这电报是我打给你的，要想你早点回来料理这件事，只得撒个谎。那电报费，我倒出了五元七角呢。"我道："费心得很！明日连电报费一齐送过来。"说罢，辞了回家。

我并不提起此事，只商量同到南京的话。母亲道："我们此去，丢下你婶婶、姊姊怎么？"我道："婶婶、姊姊左右没有牵挂，就一同去也好。"母亲道："几千里路，谁高兴跟着你跑！知道你到外面去，将来混得怎么样呢？"婶娘道："这倒不要紧，横竖我没有挂虑；只是我们小姐，虽然没了女婿，到底要算人家的人，有点不便就是了。"姊姊道："不要紧。我明日回去问过婆婆，只要婆婆肯了，没有甚么不便。我们去住他几年再回来，岂不是好？只是伯母这里的房子，不知托谁去照应？"我对母亲说道："孩儿想我们在家乡是断断不能住的了，只有出门去的一个法子。并且我们今番出门，不是去三五年的话，是要打算长远的。这房子同那几亩田，不如拿来变了价，带了现银出去，觑便再图别的事业罢。"母亲道："这也好。只是一时被他们知道了，又要来讹诈。"我道："有孩儿在这里，不要怕他，包管风平浪静。"母亲道："你不要只管说嘴，要小心点才好。"我道："这个自然。只是这件事要办就办，在家万不能多耽搁日子的了。此刻没事，孩儿去寻尤云岫来，他做惯了这等中人的。"

说罢，去寻云岫，告明来意。云岫道："近来大家都知你父亲剩下万把银子，这会为甚么要变起产来？莫不是装穷么？"我道："并不是装穷，是另外有个要紧用处。"云岫道："到底有甚么用处？"我想云岫不是个好人，不可对他说实话，且待我骗骗他。因说道："因为家伯要补缺了，要来打点部费。"云岫道："呀！真的么？补那一个缺？"我道："还是借补通州呢。"云岫道："你老人家剩下的钱，都用完了么？"我道："那里就用完了，因为存在汇丰银行是存长年的，没有到日子，取不出来罢了。"云岫道："你们那一片田，当日你老人家置的时候，也是我经手，只买得九百多银子，近来年岁不很好，只怕值不到那个价了呢。我明日给你回信罢。"我听说便辞了回家。入得门时，只见满座都挤满了人，不觉吓了一跳。正是：

出门方欲图生计，入室何来座上宾？

要知那些都是甚么人，且待下回再记。

第十九回 具酒食博来满座欢声 变田产惹出一场恶气

及至定睛一看时，原来都不是外人，都是同族的一班叔兄弟侄，团坐在一起。我便上前一一相见。大众喧哗嘈杂，争着问上海、南京的风景，我只得有问即答，敷衍了好半天。我暗想今天众人齐集，不如趁这个时候，议定了捐款修祠的事。因对众人说道："我出门了一次，迢迢几千里，不容易回家；这回不多几天，又要动身去了。难得今日众位齐集，不嫌简慢，就请在这里用一顿饭，大家叙叙别情，有几位没有到的，索性也去请来，大家团叙一次，岂不是好？"众人一齐答应。我便打发人去把那没有到的都请了来。借轩、子英，也都到了。众人纷纷的在那里谈天。

我悄悄的把借轩邀到书房里，让他坐下，说道："今日众位叔兄弟侄，难得齐集，我的意思，要烦叔公趁此议定了修祠堂的事，不知可好？"借轩皱着眉道："议是未尝不可以议得，但是怎么个议法呢？"我道："只要请叔公出个主意。"借轩道："怎么个主意呢？"我看他神情不对，连忙走到我自己卧房，取了二十元钱出来，轻轻的递给他道："做侄孙的虽说是出门一次，却不曾挣着甚钱回来，这一点点，不成敬意的，请叔公买杯酒吃。"借轩接在手里，颠了一颠，笑容可掬的说道："这个怎好生受你的？"我道："只可惜做侄孙的不曾发得财，不然，这点东西也不好意思拿出来呢。

只求叔公今日就议定这件事，就感激不尽了！”借轩道：“你的意思肯出多少呢？”我道：“只凭叔公吩咐就是了。”

正说话时，只听得外面一迭连声的叫我。连忙同借轩出来看时，只见一个人拿了一封信，说是要回信的。我接来一看，原来是尤云岫送来的，信上说：“方才打听过，那一片田，此刻时价只值得五百两。如果有意出脱，三两天里，就要成交；倘是迟了，恐怕不及……”云云。我便对来人说道：“此刻我有事，来不及写回信，你只回去，说我明天当面来谈罢。”那送信的去了，我便有意把这封信给众人观看。内中有两个便问为甚么事要变产起来。我道：“这话也一言难尽，等坐了席，慢慢再谈罢。”

登时叫人调排桌椅，摆了八席，让众人坐下；暖上酒来，肥鱼大肉的都搬上来。借轩又问起我为甚事要变产，我就把骗尤云岫的话，照样说了一遍。众人听了，都眉飞色舞道：“果然补了缺，我们都要预备着去做官亲了。”我道：“这个自然。只要是补着了缺，大家也乐得出去走走。”内中一个道：“一个通州的缺，只怕容不下许多官亲。”一个道：“我们轮着班去，到了那里，经手一两件官司，发他一千、八百的财，就回来让第二个去，岂不是好！”又一个道：“说是这么说，到了那个时候，只叫先去的赚钱赚出滋味来了，不肯回来，又怎么呢？”又一个道：“不要紧。他不回来，我们到班的人到了，可以提他回来。”……满席上说的都是这些不相干的话，听得我暗暗好笑起来。借轩对我叹道：“我到此刻，方才知道人言难信呢。据尤云岫说：你老子身后剩下有一万多银子，被你自家伯父用了六七千；还有五六千，在你母亲手里。此刻据你说起来，你伯父要补缺，还要借你的产业做部费，可见得他的话是靠不住的了。”我听了这话，只笑了一笑，并不回答。

借轩又当着众人说道：“今日既然大家齐集，我们趁此把修祠堂的事议妥了罢。我前天叫了泥水木匠来估过，估定要五十吊钱，你们各位就今日各人认一分罢。至于我们族里，贫富不同，大家都‘称家之有无’做事便了。”众人听了，也有几个赞成的。借轩就要了纸笔，要各人签名捐钱。先递给我。我接过来，在纸尾上写了名字，再问借轩道：“写多少呢？”借轩道：“这里有六十多人，只要捐五十吊钱，你随便写上多少就是了。难道有了这许多人，还捐不够么？”我听说，就写了五元。借轩道：“好了，好了！只这一下笔，就有十分之一了。你们大家写罢。”一面说话时，他自己也写上一元。以后挨次写去，不一会都写过了。拿来一算，还短着两元七角半。借轩道：“你们这个写的也太琐碎了，怎么闹出这零头来？”我道：“不要紧，待我认了就是。”随即照数添写在上面。众人又复畅饮起来，酣呼醉舞了好一会，方才散坐。

借轩叫人到家去取了烟具来，在书房里开灯吃烟。众人陆续散去，只剩了借轩一个人。他便对我说道："你知道众人今日的来意么？"我道："不知道。"借轩道："他们一个个都是约会了，要想个法子的，先就同我商量过，我也阻止他们不住。这会见你很客气的，请他们吃饭，只怕不好意思了。加之又听见你说要变产，你伯父将近补缺，当是又改了想头，要想去做官亲，所以不曾开口。一半也有了我在上头镇压住，不然，今日只怕要闹得个'落花流水'呢。"

正说话间，只见他所用的一个小厮，拿了个纸条儿递给他。他看了，叫小厮道："你把烟家伙收了回去。"我道："何不多坐一会呢？"借轩道："我有事，去见一个朋友。"说着把那条子揣到怀里，起身去了。我送他出门，回到书房一看，只见那条子落在地下，顺手捡起来看看，原来正是尤云岫的手笔，叫他今日务必去一次，有事相商。

看罢，便把字条团了，到上房去与母亲说知，据云岫说，我们那片田只值得五百两的话。母亲道："那里有这个话！我们买的时候，连中人费一切，也化到一千以外，此刻怎么只得个半价？若说是年岁不好，我们这几年的租米也不曾缺少一点。要是这个样子，我就不出门去了；就是出门，也可以托个人经管，我断不拿来贱卖的。"我道："母亲只管放心，孩儿也不肯胡乱就把他卖掉了。"当夜我左思右想，忽然想起一个主意。

到了次日，一早起来，便去访吴伯衡，告知要卖田的话，又告知云岫说年岁不好，只值得五百两的话。伯衡道："当日买来是多少钱呢？"我道："买来时是差不多上千银子。"伯衡道："何以差得到那许多呢？你还记得那图堡四至么？"我道："这可有点糊涂了。"伯衡道："你去查了来，待我给你查一查。"我答应了回来，检出契据，抄了下来，午饭后又拿去交给伯衡。方才回家。忽然云岫又打发人来请我。我暗想这件事已经托了伯衡，且不要去会他，等伯衡的回信来了再商量罢。因对来人说道："我今日有点感冒，不便出去，明后天好了再来罢。"那来人便去了。

从这天起，我便不出门，只在家里同母亲、婶娘、姊姊，商量些到南京去的话，又谈谈家常。过了三天，云岫已经又叫人来请过两次。这一天我正想去访伯衡，恰好伯衡来了。寒暄已毕，伯衡便道："府上的田，非但没有贬价，还在那里涨价呢。因为东西两至都是李家的地界，那李氏是个暴发家，他嫌府上的田把他的隔断了，打算要买了过去连成一片，这一向正打算要托人到府上商量……"正说到这里，忽然借轩也走了进来，我连忙对伯衡递个眼色，他便不说了。借轩道："我听见说你病了，特地来望望你。"我道："多谢叔公。我没有甚么大病，不过有点感冒，避两天风罢了。"当下三人闲谈了一会。伯衡道："我还有点事，少陪了。"我便送他出去，在门外约定，我就去访他，然后入内。

敷衍借轩走了，我就即刻去访伯衡，问这件事的底细。伯衡道："这李氏是个暴发的人，他此刻想要买这田，其实大可以向他多要点价，他一定肯出的。况且府上的地，我已经查过，水源又好，出水的路又好，何至于贬价呢。还有一层：继之来信，叫我尽力招呼你，你到底为了甚么事要变产，也要老实告诉我，倘是可以免得的就免了，要用钱，只管对我说；不然叫继之知道了，要怪我呢。"我道："因为家母也要跟我出门去，放他在家里倒是个累，不如换了银子带走的便当。还有我那一所房屋，也打算要卖了呢。"伯衡道："这又何必要卖呢。只要交给我代理，每年的租米，我拿来换了银子，给你汇去，还不好么？就是那房子，也可以租给人家，收点租钱。左右我要给继之经管房产，就多了这点，也不费甚么事。"我想伯衡这话，也很有理，因对他说道："这也很好，只是太费心了。且等我同家母商量定了，再来奉复罢。"说罢，辞了出来。

因想去探尤云岫到底是甚么意思，就走到云岫那里去。云岫一见了我便道："好了么？我等你好几天了。你那片田，到底是卖不卖的？"我道："自然是卖的，不过价钱太不对了。"云岫道："随便甚么东西，都有个时价；时价是这么样，那里还能够多卖呢。"我道："时价不对，我可以等到涨了价时再卖呢。"云岫道："你伯父不等着要做部费用么？"我道："那只好再到别处张罗，只要有了缺，京城里放官债的多得很呢。"云岫低头想了一想道："其实卖给别人呢，连五百两也值不到；此刻是一个姓李的财主要买，他有的是钱，才肯出到这个价。我再去说说，许再添点，也省得你伯父再到别处张罗了。"我道："我这片地，四至都记得很清楚。近来听说东西两至，都变了姓李的产业了，不知可是这一家？"云岫道："正是。你怎么知道呢？"我道："他要买我的，我非但照原价丝毫不减，并且非三倍原价我不肯卖呢。"云岫道："这又是甚么缘故？"我道："他有的是钱，既然要把田地连成一片，就是多出几个钱也不为过。我的田又未少收过半粒租米，怎么乘人之急，希图贱买，这不是'为富不仁'么！"云岫听了，把脸涨的绯红。歇了一会，又道："你不卖也罢。此刻不过这么谈谈，钱在他家里，田在你家里，谁也不能管谁的。但是此刻世界上，有了银子，就有面子。何况这位李公，现在已经捐了道衔，在家乡里也算是一位大乡绅；他的儿子已经捐了京官，明年是乡试，他此刻已经到京里去买关节，一旦中了举人，那还了得，只怕地方官也要让他三分！到了那时，怕他没有法子要你的田！"我听了，不觉冷笑道："难道说中了举人，就好强买人家东西了么？"云岫也冷笑道："他并不要强买你的，他只把南北两至也买了下来，那时四面都是他的地方，他只要设法断了你的水源，只怕连一文也不值呢。

你若要同他打官司，他有的是银子、面子、功名，你抗得过他么？”我听了这话，不由的站起来道：“他果然有了这个本事，我就双手奉送与他，一文也不要！”说着，就别了出来。

一路上气忿忿的，却苦于无门可诉，因又走到伯衡处，告诉他一遍。伯衡笑道：“那里有这等事！他不过想从中赚钱，拿这话来吓唬你罢了。那么我们继之呢，中了进士了，那不是要平白地去吃人了么？”我道：“我也明知没有这等事，但是可恨他还当我是个小孩子，拿这些话来吓唬我。我不念他是个父执，我还要打了他的嘴巴，再问他是说话还是放屁呢！”说到这里，我又猛然想起一件事来。正是：

听来恶语方奇怒，念到奸谋又暗惊。

要知想起的是甚么事，且待下回再记。

第二十回
神出鬼没母子动身　冷嘲热谑世伯受窘

我忽然想起一件事来道：“他日这姓李的，果然照他说的这么办起来，虽然不怕他强横到底，但是不免一番口舌，岂不费事？”伯衡道：“岂有此理！那里有了几个臭铜，就好在乡里上这么横行！”我道：“不然，姓李的或者本无此心，禁不得这班小人在旁边唆摆，难免他‘利令智昏’呢。不如仍旧卖给他罢。”伯衡沉吟了半晌道：“这么罢，你既然怕到这一着，此刻也用不着卖给他，且照原价卖给这里；也不必过户，将来你要用得着时，就可照原价赎回。好在继之同你是相好，没有办不到的。这个办法，不过是个名色，叫那姓李的知道已经是这里的产业，他便不敢十分横行。如果你愿意真卖了，他果然肯出价，我就代你卖了；多卖的钱，便给你汇去。你道好么？”我道：“这个主意很好。但是必要过了户才好，好叫他们知道是卖了，自然就安静些；不然，等他横行起来，再去理论，到底多一句说话。”伯衡道：“这也使得。”我道：“那么就连我那所房子，也这么办罢。”伯衡道：“不必罢，那房子又没有甚么姓李不姓李的来谋你，留着收点房租罢。”我听了，也无可无不可。又谈了些别话，便辞了回家。

把上项事，一五一十的告诉了母亲。母亲道：“这样办法好极了！难得遇见这般好人。但是我想这房子，也要照田地一般办法才好。不然，我们要走了，房子说是要出租，我们族里的人，那一个不争着来住。你要想收房租，只怕给他两个还换不转一个来呢。虽然吴伯衡答应照管，那里照管得来！说起他，他就说我们是自家人住自家人的房子，用不着你来收甚么房租。这么一撒赖，岂不叫照管的人为难么？我们走了，何苦要留下这个闲气给人家去淘呢。”我听了，觉得甚是有理。

到了次日，依然到伯衡处商量，承他也答应了。便问我道：“这房子原值多少呢？”我道：“去年家伯曾经估过价，说是值二千四五百银子；要问原值时，那是个祖屋，不可查考的了。”伯衡道：“这也容易，只要大家各请一个公正人估看就是了。”我道：“这又何必！这个明明是你推继之的情照应我的，我也不必张扬，去请甚公正人，只请你叫人去估看就是了。”伯衡答应了。到了下午，果然同了两个人来估看，说是照样新盖造起来，只要一千二百银子，地价约摸值到三百两，共是一千五百两。估完就先去了。伯衡便对我说道：“估的是这样，你的意思是怎样呢？”我道：“我是空空洞洞的，一无成见。既然估的是一千五百两，就照他立契就是了。我只有一个意见，是愈速愈好，我一日也等不得。那一天有船，我就那一天走了。”伯衡道：“这个容易。你可知道几时有船么？”我道：“听说后天有船。我们好在当面交易，用不着中保，此刻就可以立了契约，请你把那房价、地价，打了汇单给我罢。还有继之也要汇五千去呢，打在一起也不要紧。”伯衡答应了。我便取过纸笔，写了两张契约，交给伯衡。

忽然春兰走来，说母亲叫我，我即进去，母亲同我如此这般的说了几句话。我便出来对伯衡说道：“还有舍下许多木器之类，不便带着出门，不知尊府可以寄放么？”伯衡道：“可以，可以。”我道：“我有了动身日子，即来知照。到了那天，请你带着人来，等我交割房子，并点交东西。若有人问时，只说我连东西一起卖了，方才妥当。”伯衡也答应了。又摇头道：“看不出贵族的人竟要这样防范，真是出人意外的了。”谈了一会，就去了。

下午时候，伯衡又亲自送来一张汇票，共是七千两，连继之那五千也在内了。又将五百两折成钞票，一齐交来道：“恐怕路上要零用，所以这五百两不打在汇票上了。”我暗想真是会替人打算。但是我在路上，也用不了那许多，因取出一百元，还他前日的借款。伯衡道：“何必这样忙呢，留着路上用，等到了南京，再还继之不迟。”我道：“这不行！我到那里还他，他又要推三阻四的不肯收，倒弄得无味，不如在这里先还了干净，左右我路上也用不了这些。”伯衡方才收了别去。

我就到外面去打听船期，恰好是在后天。我顺便先去关照了伯衡，然后回家，忙着连夜收拾行李。此时我姊姊已经到婆家去说明白了，肯叫他随我出门去，好不兴头！收拾了一天一夜，略略有点头绪。到了后天的下午，伯衡自己带了四个家人来，叫两个代我押送行李，两个点收东西。我先到祖祠里拜别，然后到借轩处交明了修祠的七元二角五分银元，告诉他我即刻就要动身了。借轩吃惊道："怎么就动身了！有甚么要事么？"我道："因为有点事，要紧要走，今天带了母亲、婶婶、姊姊，一同动身。"借轩大惊道："怎么一起都走了！那房子呢？"我道："房子已经卖了。"借轩道："那田呢？"我道："也卖了。"借轩道："几时立的契约？怎么不拿来给我签个字？"我道："因为这都是祖父、父亲的私产，不是公产，所以不敢过来惊动。此刻我母亲要走了，我要去招呼，不能久耽搁了。"说罢，拜了一拜，别了出来。借轩现了满脸怅惘之色。我心中暗暗好笑，不知他怅惘些甚么。

回到家时，交点明白了东西，别过伯衡，奉了母亲、婶娘、姊姊上轿，带了丫头春兰，一行五个人，径奔海边，用划子划到洋船上，天已不早了。洋船规例，船未开行是不开饭的，要吃时也可以到厨房里去买。当下我给了些钱，叫厨房的人开了晚饭吃过。伯衡又亲到船上来送行，拿出一封信，托带给继之，谈了一会去了。

忽然尤云岫慌慌张张的走来道："你今天怎么就动身了？"我道："因为有点要紧事，走得匆忙，未曾到世伯那里辞行，十分过意不去，此刻反劳了大驾，益发不安了。"云岫道："听说你的田已经卖了，可是真的么？"我道："是卖了。"云岫道："多少钱？卖给谁呢？"我有心要呕他气恼，因说道："只卖了六百两，是卖给吴家的。"云岫顿足道："此刻李家肯出一千了，你怎么轻易就把他卖掉？你说的是那一家吴家呢？"我道："就是吴继之家。前路一定要买，何妨去同吴家商量；前路既然肯出一千，他有了四百的赚头，怕他不卖么！"云岫道："吴继之是本省数一数二的富户，到了他手里，那里还肯卖出来！"我有心再要呕他一呕，因说道："世伯不说过么，只要李家把那田的水源断了，那时一文不值，不怕他不卖！"只这一句话，气的云岫脸上，青一阵，红一阵，半句话也没有，只瞪着双眼看我。我又徐徐的说道："但只怕买了关节，中了举人，还敌不过继之的进士；除非再买关节，也去中个进士，才能敌个平手；要是点了翰林，那就得法了，那时地方官非但怕他三分，只怕还要怕到十足呢。"云岫一面听我说，一面气的目定口呆。歇了一会，才说道："产业是你的，凭你卖给谁，也不干我事。只是我在李氏面前，夸了口，拍了胸，说一定买得到的；你想要不是你先来同我商量，我那里敢说这个嘴？你就是有了别个受主，也应该问我一声，看我这里肯出多少，再卖也不迟呀。此刻害我做了个言不践行的人，我气的就是这一点。"我道："世伯这话，可是先没有告诉过我，要是告诉过我，我就是少卖点钱，也要成全了世伯这个言能践行的美名。不是我夸句口，少卖点也不要紧，我是银钱上面看得很轻的，百把银子的事情，从来不行十分追究。”云岫摇了半天的头道：“看不出来，你出门没有几时，就历练的这么麻利了！”我道：“我本来纯然是一个小孩子，那里够得上讲麻利呢，少上点当已经了不得了！”云岫听了，叹了一口气，把脚顿了一顿，立起来，在船上踱来踱去，一言不发。踱了两回，转到外面去了。我以为他到外面解手，谁知一等他不回来，再等他也不回来，竟是“溜之乎也”的去了。

我自从前几天受了他那无理取闹吓唬我的话，一向胸中没有好气，想着了就着恼，今夜被我一顿抢白，骂的他走了，心中好不畅快！便到房舱里，告知母亲、婶娘、姊姊，大家都笑着，代他没趣。姊姊道：“好兄弟！你今夜算是出了气了，但是细想起来，也是无谓得很。气虽然叫他受了，你从前上他的当，到底要不回来。”母亲道：“他既不仁，我就可以不义。你想他要乘人之急，要在我孤儿寡妇养命的产业上赚钱，这种人还不骂他几句么！”姊姊道：“伯娘，不是这等说。你看兄弟在家的时候，生得就同闺女一般，见个生人也要脸红的；此刻出去历练得有多少日子，就学得这么着了。他这个才是起头的一点点，已经这样了。将来学得好的，就是个精明强干的精明人；要是学坏了，可就是一个尖酸刻薄的刻薄鬼。那精明强干同尖酸刻薄，外面看着不差甚么，骨子里面是截然两路的。方才兄弟对云岫那一番话，固然是快心之谈；然而细细想去，未免就近于刻薄了。一个人嘴里说话是最要紧的。我也曾读过几年书，近来做了未亡人，无可消遣，越发甚么书都看看，心里比从前也明白多着。我并不是迷信那世俗折口福的话，但是精明的是正路，刻薄的是邪路，一个人何苦正路不走，走了邪路呢。伯娘，你教兄弟以后总要拿着这个主意，情愿他忠厚些，万万不可叫他流到刻薄一路去，叫万人切齿，到处结下冤家。这个于处世上面，很有关系的呢！”我母亲叫我道：“你听见了姊姊的话没有？”我道：“听见了。我心里正在这里又佩服又惭愧呢。”母亲道：“佩服就是了，又惭愧甚么？”我道：“一则惭愧我是个男子，不及姊姊的见识；二则惭愧我方才不应该对云岫说那番话。”姊姊道：“这又不是了。云岫这东西，不给他两句，他当人家一辈子都是糊涂虫呢。只不过不应该这样旁敲侧击，应该要明亮亮的叫破了他。”我道：“我何尝不是这样想，只碍着他是个父执，想来想去，没法开口。”姊姊道：“是不是呢，这就是精明的没有到家之过；要是精明到家了，要说甚么就说甚么。”正说话时，忽听得舱面人声嘈杂，带着起锚的声音，走出去一看，果然是要开行了。时候已经不早了，大家安排憩息。

到了次日，已经出了洋海，喜得风平浪静，大家都还不晕船。左右没事，闲着便与姊姊谈天，总觉着他的见识比我高得多着，不觉心中暗喜，我这番同了姊姊出门，就同请了一位先生一般。这回到了南京，外面有继之，里面又有了这位姊姊，不怕我没有长进。我在家时，只知道他会做诗词小品，却原来有这等大学问，真是“有眼不识泰山”了。因此终日谈天，非但忘了离家，并且也忘了航海的辛苦。

谁知走到了第三天，忽然遇了大风，那船便颠播不定，船上的人，多半晕倒了；幸喜我还能支持，不时到舱面去打听甚么时候好到，回来安慰众人。这风一日一夜不曾息。等到风息了，我再去探问时，说是快的今天晚上，迟便明天早起，就可以到了。于是这一夜大家安心睡觉。只因受了一日一夜的颠播，到了此时，困倦已极，便酣然浓睡。睡到天将亮时，平白地从梦中惊醒，只听得人声鼎沸，房门外面脚步乱响。正是：

　　鼾然一觉邯郸梦，送到繁华境地来。

要知为甚事人声鼎沸起来，且待下回再记。

第二十一回
作引线官场通赌棍　嗔直言巡抚报黄堂

当时平白无端，忽听得外面人声鼎沸，正不知为了何事，未免吃了一惊。连忙起来到外面一看，原来船已到了上海，泊了码头，一班挑夫、车夫，与及客栈里的接客伙友，都一哄上船，招揽生意，所以人声嘈杂。一时母亲、婶娘、姊姊都醒了，大家知道到了上海，自是喜欢，都忙着起来梳洗。我便收拾起零碎东西来。过了一会，天已大亮了，遇了谦益栈的伙计，我便招呼了，先把行李交给他，只剩了随身几件东西，留着还要用；他便招呼同伴的来，一一点交了带去。我等母亲、婶娘梳洗好了，方才上岸。叫了一辆马车往谦益栈里去，拣了两个房间，安排行李，暂时安歇。

因为在海船上受了几天的风浪，未免都有些困倦，直到晚上，方才写了一封信，打算明日发寄，先通知继之。拿到帐房，遇见了胡乙庚，我便把信交给他，托他等信局来收信时，交他带去。乙庚道：“这个容易。今晚长江船开，我有伙计去，就托他带了去罢。”又让到里间去坐，闲谈些路上风景，又问问在家耽搁几天。略略谈了几句，外面乱烘烘的人来人往，不知又是甚么船到了，来了多少客人。乙庚有事出去招呼，我不便久坐，即辞了回房。对母亲说道：“孩儿已经写信给继之，托他先代我们找一处房子，等我们到了，好有得住。不然，到了南京要住客栈，继之一定不肯的，未免要住到他公馆里去；一则怕地方不够，二则年近岁逼的，将近过年了，搅扰着人家也不是事。”母亲道：“我们在这里住到甚么时候？”我道：“稍住几天，等继之回了信来再说罢。在路上辛苦了几天，也乐得憩息憩息。”

婶娘道：“在家乡时，总听人家说上海地方热闹，今日在车上看看，果然街道甚宽，但不知可有甚么热闹地方，可以去看看的？”我道：“侄儿虽然在这里经过三四次，却总没有到外头去逛过；这回喜得母亲、婶娘、姊姊都在这里，憩一天，我们同去逛逛。”婶娘道：“你姊姊不去也罢！他是个年轻的寡妇，出去抛头露面的作甚么呢！”姊姊道：“我倒并不是一定要去逛，母亲说了这句话，我倒偏要去逛逛了。女子不可抛头露面这句话，我向来最不相信。须知这句话是为不知自重的女子说的，并不是为正经女子说的。”婶娘道：“依你说，抛头露面的倒是正经女子？”姊姊道：“那里话来！须知有一种不自重的女子，专欢喜涂脂抹粉，见了人，故意的扭扭捏捏，躲躲藏藏的，他却又不好好的认真躲藏，偏要拿眼梢去看人；便惹得那些轻薄男人，言三语四的，岂不从此多事？所以要切戒他抛头露面。若是正经的女子，见了人一样，不见人也是一样，举止大方，不轻言笑的，那怕他在街上走路，又碍甚么呢。”

我母亲说道：“依你这么说，那古训的‘内言不出于阃，外言不入于阃’，也用不着的了？”姊姊笑道：“这句话，向来读书的人都解错，怪不得伯母。那内言不出，外言不入，并不是泛指一句说话，他说的是治家之道，政分内外：阃以内之政，女子主之；阃以外之政，男子主之。所以女子指挥家人做事，不过是阃以内之事；至于阃以外之事，就有男子主政，用不着女子说话了。这就叫‘内言不出于阃’。若要说是女子的说话，不许阃外听见，男子的说话，不许阃内听见，那就男女之间，永远没有交谈的时候了。试问把女子关在门内，永远不许他出门一步，这是内言不出，做得到的；若要外言不入，那就除非男子永远也不许他到内室，不然，到了内室，也硬要他装做哑子了。”一句话说的大家笑了。我道：“我小时候听蒙师讲的，却又是一样讲法：说是外面粗鄙之言，不传到里头去；里面猥亵之言，不传出外头来。”姊姊道：“这又是强作解人。这‘言’字所包甚广，照这所包甚广的‘言’字，再依那个解法，是外言无不粗鄙，内言无不猥亵的了。”

我道：“七年，男女不同席，这总是古训。”姊姊道：“这是从形迹上行教化的意思，其实教化万不能从形迹上施行的。不信，你看周公制礼之后，自当风俗丕变了，何以《国风》又多是淫奔之诗呢？可见得这些礼仪节目，不过是教化上应用的家伙，他不是认真可以教化人的。要教化人，除非从心上教起；要从心上教起，除了读书明理之外，更无他法。古语还有一句说得岂有此理的，说甚么‘女子无才便是德’，这句话，我最不佩服。或是古人这句话是有所为而言的，后人就奉了他做金科玉律，岂不是误尽了天下女子么？”我道：“何所为而言呢？”姊姊道：“大抵女子读了书，识了字，没有施展之处，所以拿着读书只当作格外之事，等到稍微识了几个字，便不肯再求长进的了。大不了的，能看得落两部弹词，就算是才女；甚至于连弹词也看不落，只知道看街上卖的那三五文一小本的淫词俚曲，闹得他满肚皮的佳人才子，赠帕遗金的故事，不定要从这个上头闹些笑话出来，所以才有‘女子无才便是德’的一句话。这句话，是指一人一事而言；若是后人不问来由，一律的奉以为法，岂不是因噎废食了么？”

我母亲笑道：“依你说，女子一定要有才的了？”姊姊道：“初读书的时候，便教他读了《女诫》、《女孝经》之类，同他讲解明白了，自然他就明理；明了理，自然德性就有了基础；然后再读正经有用的书，那里还有丧德的事干出来呢。兄弟也不是外人，我今天撒一句村话，像我们这种人，叫我们偷汉子去，我们可肯干么？”婶娘笑道：“呸！你今天发了疯了，怎么扯出这些话来？”姊姊道：“可不要这么说。倘使我们从小就看了那些淫词艳曲，也闹的一肚子佳人才子风流故事，此刻我们还不知干甚呢。这就是‘女子无才便是德’了。”婶娘笑的说不上话来，弯了腰，忍了一会，才说道：“这丫头今天越说越疯了！时候不早了，侄少爷，你请到你那屋里去睡罢，此刻应该外言不入于阃了。”说罢，大家又是一笑。

我辞了出来，回到房里。因为昨夜睡的多了，今夜只管睡不着。走到帐房里，打算要借一张报纸看看。只见胡乙庚和一个衣服褴褛的人说话，唧唧哝哝的，听不清楚。我不便开口，只在旁边坐下。一会儿，那个人去了，乙庚还送他一步，说道：“你一定要找他，只有后马路一带栈房，或者在那里。”那人径自去了。乙庚回身自言自语道：“早劝他不听，此刻后悔了，却是迟了。”我便和他借报纸，恰好被客人借了去，乙庚便叫茶房去找来。一面对我说道：“你说天下竟有这种荒唐人！带了四五千银子，说是到上海做生意，却先把那些钱输个干净，生意味也不曾尝着一点儿！”我道：“上海有那么大的赌场么？”乙庚道：“要说有赌场呢，上海的禁令严得很，算得一个赌场都没有；要说没有呢，却又到处都是赌场。这里上海专有一班人靠赌行骗的，或租了房子冒称公馆，或冒称甚么洋货字号，排场阔得很，专门引诱那些过路行客或者年轻子弟。起初是吃酒、打茶围，慢慢的就小赌起来，从此由小而大，上了当的人，不到输干净不止的。”我道：“他们拿得准赢的么？”乙庚道：“用假骰子、假牌，那里会不赢的。”

我道：“刚才这个人，想是贵友？”乙庚道：“在家乡时本来认得他，到了上海就住在我这里。那时候我栈里也住了一个赌棍，后来被我看破了，回了那赌棍，叫他搬到别处去。谁知我这敝友，已经同他结识了，上了赌瘾，就瞒了我，只说有了生意了，要搬出去；我也不知道他搬到那里，后来就输到这个样子。此刻来查问我起先住在这里那赌棍搬到那里去了，我那里知道呢。并且这个赌棍神通大得很，他自称是个候选的郎中；笔底下很好，常时作两篇论送到报馆里去刊登，底下缀了他的名字，因此人家都知道他是个读书人。他却又官场消息极为灵通，每每报纸上还没有登出来的，他早先知道了，因此人家又疑他是官场中的红人。他同这班赌棍通了气，专代他们作引线。譬如他认得了你，他便请你吃茶吃酒，拉了两个赌棍来，同你相识；等到你们相识之后，他却避去了。后来那些人拉你入局，他也只装不知，始终他也不来入局，等你把钱都输光了，他却去按股分赃。你想就是找着他便怎样呢？"我道："同赌的人可以去找他的，并且可以告他。"乙庚道："那一班人都是行踪无定的，早就走散了，那里告得来！并且他的姓名也没有一定的，今天叫'张三'，明天就可以叫'李四'，内中还有两个实缺的道、府，被参了下来，也混在里面闹这个顽意儿呢。若告到官司，他又有官面，其奈他何呢！"此时茶房已经取了报纸来，我便带到房里去看。一宿无话。

次日一早，我方才起来梳洗，忽听得隔壁房内一阵大吵，像是打架的声音，不知何事。我就走出来去看，只见两个老头子在那里吵嘴，一个是北京口音，一个是四川口音。那北京口音的攒着那四川口音的辫子，大喝道："你且说你是个甚么东西，说了饶你！"一面说，一面提起手要打。那四川口音的说道："我怕你了！我是个王八蛋，我是个王八蛋！"北京口音的道："你应该还我钱么？"四川口音的道："应该，应该！"北京口音的道："你敢欠我丝毫么？"四川口音的道："不敢欠，不敢欠！回来就送来。"北京口音的一撒手，那四川口音的就"溜之乎也"的去了。北京口音的冷笑道："旁人恭维你是个名士，你想拿着名士来欺我！我看着你不过这么一件东西，叫你认得我。"

当下我在房门外面看着，只见他那屋里罗列着许多书，也有包好的，也有未曾包好劫，还有不曾装订好的，便知道是个贩书客人。顺脚踱了进去，要看有合用的书买两部；选了两部京版的书，问了价钱，便同他请教起来。说也奇怪，就同那作小说的话一般，叫做"无巧不成书"，这个人不是别人，却是我的一位姻伯，姓王，名显仁，表字伯述。说到这里，我却要先把这位王伯述的历史，先叙一番。

看官们听者：这位王伯述，本来是世代书香的人家；他自己出身是一个主事，补缺之后，升了员外郎，又升了郎中，放了山西大同府，为人十分精明强干。到任之后，最喜微服私行，去访问民间疾苦。生成一双大近视眼，然而带起眼镜来，打鸟枪的准头又极好。山西地方最多雕，他私访时，便带了鸟枪去打雕。有一回，为了公事晋省。公事毕后，未免又在省城微行起来。在那些茶坊酒肆之中，遇了一个人，大家谈起地方上的事，那个人便问他："现在这位抚台的德政如何？"伯述便道："他少年科第出身，在京里不过上了几个条陈，就闹红了，放了这个缺；其实是一个白面书生，干得了甚么事！你看他一到任时，便铺张扬厉的，要办这个，办那个，几时见有一件事成了功呢！第一件说的是禁烟。这鸦片烟我也知道是要禁的，然而你看他拜折子也说禁烟，出告示也说禁烟，下札子也说禁烟，却始终不曾说出禁烟的办法来。总而言之，这种人坐言则有馀，至于起行，他非但不足，简直的是不行！"说罢，就散了。

哈哈！真事有凑巧，你道他遇见的是甚么人？却恰好是本省抚台。这位抚台，果然是少年科第；果然是上条陈上红了的；果然是到了山西任上，便尽情张致，第一件说是禁烟，却自他到任之后，吃鸦片烟的人格外多些。这天忽然高兴，出来私行察访，遇了这王伯述，当面抢白了一顿，好生没趣！且慢，这句话近乎荒唐，他两个，一个是上司，一个是下属，虽不是常常见面，然而回起公事来，见面的时候也不少，难道彼此不认得的么？谁知王伯述是个大近视的人，除了眼镜，三尺之外，便仅辨颜色的了。官场的臭规矩，见了上司是不能戴眼镜的，所以伯述虽见过抚台，却是当面不认得；那抚台却认得他，故意试试他的，谁知试出了这一大段好议论，心中好生着恼！一心只想参了他的功名，却寻不出他的短处来，便要吹毛求疵，也无处可求；若是轻轻放过，却又咽不下这口恶气，就和他无事生出事来。正是：

闲闲一席话，引入是非门。

不知生出甚么事，且待下回再记。

第二十二回
论狂士撩起忧国心　接电信再惊游子魄

原来那位山西抚台，自从探花及第之后，一帆风顺的，开坊外放，你想谁人不奉承他。并且向来有个才子之目，但得他说一声好，便以为荣耀无比的，谁还敢批评他。那天凭空受了伯述的一席话，他便引为生平莫大之辱。要参他功名，既是无隙可乘，又咽不下这口恶气；因此拜了一折，说他"人地不宜，难资表率"，请将他"开缺撤任，调省察看"。谁知这王伯述信息也很灵通，知道他将近要下手，便上了个公事，只说"因病自请开缺就医"。他那里正在办撤任的折子，这边禀请开缺的公事也到了，他倒也无可奈何，只得在附片上陈明。王伯述便交卸了大同府篆。这是他以前的历史，以后之事，我就不知道了。因为这一门姻亲隔得远，我向来未曾会过的，只有上辈出门的伯叔父辈会过。

当下彼此谈起，知是亲戚，自是欢喜。伯述又自己说自从开了缺之后，便改行贩书。从上海买了石印书贩到京里去，倒换些京板书出来，又换了石印的去，如此换上几回，居然可以赚个对本利呢。

我又问起方才那四川口音的老头子。伯述道："他么，他是一位大名士呢！叫做李玉轩，是江西的一个实缺知县，也同我一般的开了缺了。"我道："他欠了姻伯书价么？"伯述道："可不是么！这种狂奴，他敢在我跟前发狂，我是不饶他的；他狂的抚台也怕了他，不料今天遇了我。"我道："怎么抚台也怕他呢？"伯述道："说来话长。他在江西上藩台衙门，却带了鸦片烟具，在官厅上面开起灯来。被藩台知道了，就很不愿意，打发底下人去对他说：'老爷要过瘾，请回去过了瘾再来，在官厅上吃烟不像样。'他听了这话，立刻站了起来，一直跑到花厅上去。此时藩台正会着几个当要差的候补道，商量公事。他也不问情由，便对着藩台大骂说：'你是个甚么东西，不准我吃烟！你可知我先师曾文正公的签押房，我也常常开灯。我眼睛里何曾见着你来！你的官厅，可能比我先师的签押房大？……'藩台不等说完，就大怒起来，喝道：'这不是反了么！快撵他出去！'他听了一个'撵'字，便把自己头上的大帽子摘了下来，对准藩台，照脸摔了过去。嘴里说道：'你是个甚么东西，你配撵我！我的官也不要了！'那顶帽子，不偏不倚的恰好打在藩台脸上。藩台喝叫拿下他来。当时底下人便围了过去，要拿他；他越发了狂，犹如疯狗一般，在那里乱叫。亏得旁边几个候补道把藩台劝住，才把他放走了。他回到衙门，也不等后任来交代，收拾了行李，即刻就动身走了。藩台当日即去见了抚台，商量要动详文参他。那抚台倒说：'算了罢！这种狂士，本来不是做官的材料，你便委个人去接他的任罢！'藩台见抚台如此，只得隐忍住了。他到了上海来，做了几首歪诗登到报上，有两个人便恭维得他是甚么姜白石、李青莲，所以他越发狂了"。我道："想来诗总是好的？"伯述道："也不知他好不好。我只记得他《咏自来水》的一联是'灌向瓮中何必井，来从湖上不须舟'，这不是小孩子打的谜谜儿么。这个叫做姜白石、李青莲，只怕姜白石、李青莲在九泉之下，要痛哭流涕呢！"我道："这两句诗果然不好；但是就做好了，也何必这样发狂呢？"

伯述道："这种人若是抉出他的心肝来，简直是一个无耻小人！他那一种发狂，就同那下婢贱妾，恃宠生骄的一般行径；凡是下婢贱妾，一旦得了宠，没有不撒娇撒痴的。起初的时候，因他撒娇痴，未尝不恼他；回头一想，已经宠了他，只得容忍着点，并且叫人家听见，只道自己不能容物，因此一次两次的隐忍，就把他惯的无法无天的了。这一班狂奴，正是一类，偶然作了一两句歪诗，或起了个文稿，叫那些督抚贵人点了点头，他就得意的了不得，从此就故作偃蹇之态去骄人。照他那种行径，那督抚贵人何尝不恼他，只因为或者自己曾经赏识过他的，或者同僚中有人赏识过他的，一时同他认起真来，被人说是不能容物，所以才惯出这种东西来。依我说，把他绑了，赏他一千八百的皮鞭，看他还敢发狂！就如那李玉轩，他骂了藩台两句甚么东西，那藩台没理会他，他就到处都拿这句话骂人了。他和我买书，想赖我的书价，又拿这句话骂我，被我发了怒，攒着他的辫子，还问他一句，他便自己甘心认了是个'王八蛋'。你想这种人还有丝毫骨气么？孔子说的：'唯女子与小人为难养也'，女子便是那下婢贱妾，小人正是指这班无耻狂徒呢。还有一班不长进的，并没有人赏识过他，也学着他去瞎狂，说甚么'贫贱骄人'。你想贫贱有甚么高贵，却可以拿来骄人？他不怪自己贫贱是贪吃懒做弄出来的，还自命清高，反说富贵的是俗人。其实他是眼热那富贵人的钱，又没法去分他几个过来，所以做出这个样子。我说他竟是想钱想疯了的呢！"说罢，呵呵大笑。

又叹一口气道："遍地都是这些东西，我们中国怎么了那！这两天你看报来没有？小小的一个法兰西，又是主客异形的，尚且打他不过，这两天听说要和了。此刻外国人都是讲究实学的，我们中国却单讲究读书。读书原是好事，却被那一班人读了，便都读成了名士！不幸一旦被他得法做了官，他在衙门里公案上面还是饮酒赋诗，你想地方那里会弄得好？国家那里会强？国家不强，那里对付那些强国？外国人久有一句说话，说中国将来一定不能自立，他们各国要来把中国瓜分了的。你想，被他们瓜分了之后，莫说是饮酒赋诗，只怕连屁他也不许你放一个呢！"我道："何至于这么利害呢？"伯述方要答话，只见春兰丫头过来，叫我吃饭。伯述便道："你请罢，我们饭后再谈。"

我于是别了过来，告知母亲，说遇见伯述的话。我因为刚才听了伯述的话，很有道理，吃了饭就要去望他，谁知他锁了门出去了，只得仍旧回房去。只见我姊姊拿着一本书看，我走近看时，却画的是画，翻过书面一看，始知是《点石斋画报》。便问那里来的。姊姊道："刚才一个小孩子拿来卖的，还有两张报纸呢。"说罢，递了报纸给我。我便拿了报纸，到我自己的卧房里去看。

忽然母亲又打发春兰来叫了我去，问道："你昨日写继之的信，可曾写一封给你伯父？"我道："没有写。"母亲道："要是我们不大耽搁呢，就可以不必写了；如果有几天耽搁，也应该先写个信去通知。"我道："孩儿写去给继之，不过托他找房子，三五天里面等他回信到了，我们再定。”母亲道：“既是这么着，也应该写信给你伯父，请伯父也代我们找找房子。单靠继之，人家有许多工夫么。”我答应了，便去写了一封信，给母亲看过，要待封口，姊姊道：“你且慢着。有一句要紧话你没有写上，须得要说明了，无论房子租着与否，要通知继之一声；不然，倘使两下都租着了，我们一起人去，怎么住两起房子呢。”我笑道：“到底姊姊精细。”遂附了这一笔，封好了，送到帐房里去。

恰好遇了伯述回来，我又同到他房里谈天。伯述在案头取过一本书来递给我道：“我送给你这个看看。看了这种书，得点实用，那就不至于要学那一种不知天高地厚的名士了。”我接过来谢了。看那书面是《富国策》，便道：“这想是新出的？”伯述道：“是日本人著的书，近年中国人译成汉文的。”又道：“此刻天下的大势，倘使不把读书人的路改正了，我就不敢说十年以后的事了。我常常听见人家说中国的官不好，我也曾经做过官来，我也不能说这句话不是。但是仔细想去，这个官是甚么人做的呢？又没有个官种像世袭似的，那做官的代代做官，那不做官的代代不能做官，倘使是这样，就可以说那句话了。做官原是要读书人做的，那就先要埋怨读书人不好了。上半天说的那种狂士，不要说了；除此之外，还有一种人，这里上海有一句土话，叫甚么‘书毒头’，就是此边说的‘书呆子’的意思。你想，好好的书，叫他们读了，便受了毒，变了‘呆子’，这将来还能办事么？”

我道：“早上姻伯说的瓜分之后，连屁也不能放一个，这是甚么道理？”伯述叹道：“现在的世界，不能死守着中国的古籍做榜样的了！你不过看了《廿四史》上，五胡大闹时，他们到了中国，都变成中国样子，归了中国教化；就是本朝，也不是中国人，然而入关三百年来，一律都归了中国教化了；甚至于此刻的旗人，有许多并不懂得满洲话的了，所以大家都相忘了。此刻外国人灭人的国，还是这样吗？此时还没有瓜分，他已经遍地的设立教堂，传起教来，他倒想先把他的教传遍了中国呢；那么瓜分以后的情形，你就可想了。我在山西的时候，认得一个外国人，这外国人姓李，是到山西传教去的，常到我衙门里来坐。我问了他许多外国事情，一时也说不了许多，我单说俄罗斯的一件故事给你听罢。俄罗斯灭了波兰，他在波兰行的政令，第一件不许波兰人说波兰话，还不许用波兰文字。”我道：“那么要说甚话，用甚文字呢？”伯述道：“要说他的俄罗斯话，用他的俄罗斯文字呢！”我道：“不懂的便怎样呢？”伯述道：“不懂的，他押着打着要学。无论在甚么地方，他听见了一句波兰话，他就拿了去办。”我道：“这是甚么意思呢？”伯述道：“他怕的是这些人只管说着故国的话，便起了怀想故国之念，一旦要光复起来呢。第二件政令，是不准波兰人在路旁走路，一律要走马路当中。”我道：“这个意思更难解了。”伯述道：“我虽不是波兰人，说着也代波兰人可恨！他说波兰人都是贱种，个个都是做贼的，走了路旁，恐怕他偷了店铺的东西。”说到这里，把桌子一拍道：“你说可恨不可恨！”

我听了这话，不觉毛骨悚然。呆了半晌，问道：“我们中国不知可有这一天？倘是要有的，不知有甚方法可以挽回？”伯述道：“只要上下齐心协力的认真办起事来，节省了那些不相干的虚糜，认真办起海防、边防来就是了。我在京的时候，曾上过一个条陈给堂官。到山西之后，听那李教士说他外国的好处，无论那一门，都有专门学堂。我未曾到过外国，也不知他的说话，是否全靠得住。然而仔细想去，未必是假的；倘是假的，他为甚要造出这种谣言来呢。那时我又据了李教士的话，搀了自己的意思，上了一个条陈给本省巡抚，谁知他只当没事一般，提也不提起。我们干着急，那有权办事的，却只如此。自从丢了官之后，我自南自北的，走了不知几次，看着那些读书人，又只如此。我所以别的买卖不干，要贩书往来之故，也有个深意在内：因为市上的书贾，都是胸无点墨的，只知道甚么书销场好，利钱深，却不知甚么书是有用的，甚么书是无用的；所以我立意贩书，是要选些有用之书去卖。谁知那买书的人，也同书贾一样，只有甚么《多宝塔》、《珍珠船》、《大题文府》之类，是他晓得的；还有那石印能做夹带的，销场最利害。至于《经世文编》、《富国策》，以及一切舆图册籍之类，他非但不买，并且连书名也不晓得；等我说出来请他买时，他却莫名其妙，取出书来，送到他眼里，他也不晓得看。你说可叹不可叹！这一班混蛋东西，叫他侥幸通了籍，做了官，试问如何得了！”我道：“做官的未必都是那一班人，然而我在南京住了几时，官场上面的举动，也见了许多，竟有不堪言状的。”伯述道：“那捐班里面，更不必说了，他们那里是做官，其实也在那里同我此刻一样的做生意，他那牟利之心，比做买卖的还利害呢！你想做官的人，不是此类，便是彼类，天下事如何得了！”

我道：“姻伯既抱了一片救世热心，何不还是出身去呢？将来望升官起来，势位大了，便有所凭借，可以设施了。”伯述笑道：“我已是上五十岁的人了，此刻我就去销病假，也要等坐补原缺；再混几年，上了六十岁，一个人就有了暮气了，如何还能办事。说中国要亡呢，一时只怕也还亡不去。我们年纪大的，已是末路的人，没用的了；所望你们英年的人，巴巴的学好，中国还有可望。总而言之：中国不是亡了，便是强起来；不强起来，便亡了；断不会有神没气的，就这样永远存在那里的。然而我们总是不及见的了。”正说话时，他有客来，我便辞了去。从此没事时，就到伯述那里谈天，倒也增长了许多见识。

过得两天，叫了马车，陪着母亲、婶娘、姊姊到申园去逛了一遍。此时天气寒冷，游人绝少。又到静安寺前看那涌泉，用石栏围住，刻着“天下第六泉”。我姊姊笑道：“这总是市井之夫做出来的，天下的泉水，叫他辱没尽了！这种混浊不堪的要算第六泉，那天下的清泉，屈他居第几呢？”逛了一遍，仍旧上车回栈。刚进栈门，胡乙庚便连忙招呼着，递给我一封电报。我接在手里一看是南京来的，不觉惊疑不定。正是：

无端天外飞鸿到，传得家庭噩耗来。

不知此电报究竟是谁打来的，且待下回再记。

第二十三回
老伯母遗言嘱兼祧　师兄弟挑灯谈换帖

当下拿了电报，回到房里，却没有《电报新编》，只得走出来，向胡乙庚借了来翻，原来是伯母没了，我伯父打来的，叫我即刻去。我母亲道：“隔别了二十年的老妯娌了，满打算今番可以见着，谁知等我们到了此地，他却没了！”说着，不觉流下泪来。我道：“本来孩儿动身的时候，伯母就病了。我去辞行，伯母还说恐怕要见不着了，谁知果然应了这句话。我们还是即刻动身呢，还是怎样呢？但是继之那里，又没见有回信。”婶娘道：“既然有电报叫到你，总是有甚么事要商量的，还是赶着走罢。”母亲也是这么说。我看了一看表，已经四下多钟了，此时天气又短，将近要断黑了，恐怕码头上不便当，遂议定了明天动身，出去知照乙庚。晚饭后，又去看伯述，告诉了他明天要走的话，谈了一会别去。一宿无话。

次日一早，伯述送来几份地图，几种书籍，说是送给我的。又补送我父亲的一份奠仪，我叩谢了，回了母亲。大家收拾行李。到了下午，先发了行李出去，然后众人下船，直到半夜时，船才开行。一路无话。

到了南京，只得就近先上了客栈，安顿好众人，我便骑了马，加上几鞭，走到伯父公馆里去，见过伯父，拜过了伯母。伯父便道：“你母亲也来了？”我答道：“是。”伯父道：“病好了？”我只顺口答道：“好了。”又问道：“不知伯母是几时过的？”伯父道：“明天就是头七了。躺了下来，我还有个电报打到家里去的，谁知你倒到了上海了。第二天就接了你的信，所以再打电叫你。此刻耽搁在那里？快接了你母亲来，我有话同你母子商量。”我道：“还有婶娘、姊姊，也都来了。”伯父愕然道：“是那个婶娘、姊姊？”我道：“是三房的婶娘。”伯父道：“他们来做甚么？”我道：“因为姊姊也守了寡了，是侄儿的意思，接了出来，一则他母女两个在家没有可靠的，二则也请来给我母亲做伴。”伯父道：“好没有知识的！在外头作客，好容易么？拉拉扯扯的带了一大堆子人来，我看你将来怎么得了！我满意你母亲到了，可以住在我这里；此刻七拉八扯的，我这里怎么住得下！”我道：“侄儿也有信托继之代租房子，不知租定了没有。”伯父道：“继之那里住得下么？”我道：“并非要住到继之那里，不过托他代租房子。”伯父道：“你先去接了母亲来，我和他商量事情。”

我答应了出来，仍旧骑了马，到继之处去。继之不在家，我便进去见了他的老太太和他的夫人。他两位知道我母亲和婶婶、姊姊都到了，不胜之喜。老太太道：“你接了继之的信没有？他给你找着房子了。起先他找的一处，地方本来很好，是个公馆排场，只是离我这里太远了，我不愿意。难得他知我的意思，索性就在贴隔壁找出一处来。那里本来是人家住着的，不知他怎么和人家商量，贴了几个搬费，叫人家搬了去，我便硬同你们做主，在书房的天井里，开了一个便门通过去，我们就变成一家了。你说好不好？此刻还收拾着呢，我同你去看来。”说罢，扶了丫头便走。继之夫人也是欢喜的了不得，说道：“从此我们家热闹起来了！从前两年我婆婆不肯出来，害得大家都冷清清的，过那没趣的日子，幸得婆婆来了热闹些；不料你老太太又来了，还有婶老太太、姑太太，这回只怕乐得我要发胖了！”一面说，一面跟了他同走。老太太道：“阿弥陀佛！能够你发了胖，我的老命情愿短几年了。你瘦的也太可怜！”继之夫人道：“这么说，媳妇一辈子也不敢胖了！除非我胖了，婆婆看着乐，多长几十年寿，那我就胖起来。”老太太道：“我长命！我长命！你胖给我看！”

一面说着，到了书房，外面果然开了一个便门；大家走过去看，原来一排的三间正屋，两面厢房，西面另有一大间是厨房。老太太便道：“我已经代你们分派定了：你老太太住了东面一间；那西面一间把他打通了厢房，做个套间，你婶太太、姑太太，可以将就住得了；你就屈驾住了东面厢房；当中是个堂屋，我们常要来打吵的；你要会客呢，到我们那边去。要谨慎的，索性把大门关了，走我们那边出进更好。”我便道：“伯母布置得好，多谢费心！我此刻还要出城接家母去。”老太太道：“是呀。房子虽然没有收拾好，我们那边也可以暂时住住，不嫌委屈，我们就同榻也睡两夜了；没有住客栈的道理，叫人家看见笑话，倒像是南京没有一个朋友似的。”我道：“等两天房子弄好了再来罢，此刻是接家母到家伯那里去，有话商量的。”老太太道：“是呀。你令伯母听说没了，不知是甚么病，怪可怜的。那么你去罢。”我辞了要行，老太太又叫住道：“你慢着。你接了你老太太来时，难道还送出城去？倘使不去时，又丢你婶太太和姑太太在客栈里，人生路不熟的，又是女流，如何使得！我做了你的主，一起接了来罢。”说罢，叫丫头出去叫了两个家人来，叫他先雇两乘小轿来，叫两个老妈子坐了去，又叫那家人雇了马，跟我出城。我只得依了。

到了客栈，对母亲说知，便收拾起来。我亲自骑了马，跟着轿子，交代两个家人押行李，一时到了，大家行礼厮见。我便要请母亲到伯父家去。老太太道：“你这孩子好没意思！你母亲老远的来了，也不曾好好的歇一歇，你就死活要拉到那边去！须知到得那边去，见了灵柩，触动了妯娌之情，未免伤心要哭，这是一层；第二层呢，我这里婆媳两个，寂寞的要死了，好容易来了个远客，你就不容我谈谈，就来抢了去么？”我便问母亲怎样。母亲道：“既然这里老太太欢喜留下，你就自己去罢；只说我路上辛苦病了，有话对你说，也是一样的。我明天再过去罢。”

我便径到伯父那里去，只说母亲病了。伯父道：“病了，须不曾死了！我这里死了人，要请来商量一句话也不来，好大的架子！你老子死的时候，为甚么又巴巴的打电报叫我，还带着你运柩回去？此刻我有了事了，你们就摆架子了！”一席话说的我不敢答应。歇了一歇，伯父又道：“你伯母临终的时候，说过要叫你兼祧；我不过要告诉你母亲一声，尽了我的道理，难道还怕他不肯么。你兼祧了过来，将来我身后的东西都是你的；就算我再娶填房生了儿子，你也是个长子了，我将来得了世职，也是你袭的。你赶着去告诉了你母亲，明日来回我的话。”我听一句，答应一句，始终没说话。等说完了，就退了出来。

回到继之公馆里去，只对母亲略略说了兼祧的话，其馀一字不提。姊姊笑道：“恭喜你！又多一分家当了。”老太太道：“这是你们家事，你们到了晚上慢慢的细谈。我已经打发人赶出城去叫继之了。今日是我的东，给你们一家接风。我说过从此之后，不许回避，便是你和继之，今日也要围着在一起吃。我才给你老太太说过，你肯做我的干儿子，我也叫继之拜你老太太做干娘。”我道：“我拜老太太做干娘是很好的，只是家母不敢当。”母亲笑道：“他小孩子家也懂得这句话，可见我方刚不是瞎客气了。”我道：“老太太疼我，就同疼我大哥一般，岂但是干儿子，我看亲儿子也不过如此呢。”当时大家说说笑笑，十分热闹。

不一会，已是上灯时候，继之赶回来了，逐一见礼。老太太先拉着我姊姊的手，指着我道：“这是他的姊姊，便是你的妹妹，快来见了。以后不要回避，我才快活；不然，住在一家，闹的躲躲藏藏的呕死人！”继之笑着，见过礼道：“孩儿说一句斗胆的话：母亲这么欢喜，何不把这位妹妹拜在膝下做个干女儿呢？况且我又没个亲姊姊、亲妹妹。”老太太听说，欢喜的搂着我姊姊道："姑太太，你肯么？"姊姊道："老太太既然这么欢喜，怎么又这等叫起女儿来呢？我从没有听见叫女儿做姑太太的。"老太太道："是，是，这怪我不是。我的小姐，你不要动气，我老糊涂了。"一面又叫摆上酒席来。继之夫人便去安排杯箸，姊姊抢着也帮帮手。老太太道："你们都不许动。一个是初来的远客；一个是身子弱得怕人，今日早起还嚷肚子痛。都歇着罢，等丫头们去弄。"一会摆好了，老太太便邀入席。席间又谈起干儿子干娘的事，无非说说笑笑。

饭罢，我和继之同到书房里去。只见我的铺盖，已经开好了。小丫头送出继之的烟袋来，继之叫住道："你去对太太说，预备出几样东西来，做明日我拜干娘，太太拜干婆婆的礼。"丫头答应着去了。我道："大哥认真还要做么？"继之道："我们何尝要干这个，这都是女人小孩子的事。不过老人家欢喜，我们也应该凑个趣，哄得老人家快活快活，古人斑衣戏彩尚且要做，何况这个呢。论起情义来，何在多此一拜；倘使没了情义的，便亲的便怎么。"这一句话触动了我日间之事，便把两次到我伯父那里的话，一一告诉了继之。继之道："后来那番话，你对老伯母说了么？"我道："没有说。"继之道："以后不说也罢，免得一家人存了意见。这兼祧的话，我看你只管糊里糊涂答应了就是。不过开吊和出殡两天，要你应个景儿，没有甚么道理。"我不觉叹道："这才是彼以伪来，此以伪应呢！"继之道："这不叫做伪，这是权宜之计；倘使你一定不答应，一时闹起来，又是个笑话。我料定你令伯的意思，不过是为的开吊、出殡两件事，要有个孝子好看点罢了。"又叹道："我旁观冷眼看去，你们骨肉之间，实在难说！"我道："可不是吗！我看着有许多朋友讲交情的，拜个把子，比自己亲人好的多着呢。"

继之道："你说起拜把子，我说个笑话给你听：半个月前，那时候恰好你回去了，这里盐巡道的衙门外面，有一个卖帖子的，席地而坐。面前铺了一大张出卖帖子的诉词，上写着：从某年某月起，识了这么个朋友；那时大家在困难之中，那个朋友要做生意，他怎么为难，借给他本钱，谁知亏折尽了；那朋友又要出门去谋事，缺了盘费，他又怎么为难，借给他盘费，才得动身。因此两个换了帖，说了许多'贫贱相为命，富贵毋相忘'的话。那朋友一去几年，绝迹不回来，又没有个钱寄回家，他又怎么为难，代他养家。……像这么乱七八糟的写了一大套，我也记不了那许多了。后头写的是：那朋友此刻阔了，做了道台，补了实缺了；他穷在家乡，依然如故。屡次写信和那朋友借几个钱，非但不借，连信也不回，因此凑了盘费，来到南京衙门里去拜见；谁知去了七八十次，一次也见不着，可见那朋友嫌他贫穷，不认他是换帖的了。他存了这帖也无用，因此情愿把那帖子拿出来卖几文钱回去。你们有钱的人，尽可买了去，认一位道台是换帖；既是有钱的人，那道台自然也肯认是个换帖朋友云云。末后摊着一张帖子，上面写的姓名、籍贯、生年月日、祖宗三代。你道是谁？就是那一位现任的盐巡道！你道拜把子的靠得住么？”我道：“后来便怎么了？”继之道：“卖了两天，就不见了。大约那位观察知道了，打发了几个钱，叫他走了。”

我道：“亏他这个法子想得好！”继之道：“他这个有所本的。上海招商局有一个总办，是广东人。他有一个兄弟，很不长进，吃酒，赌钱，吃鸦片烟，嫖，无所不为。屡屡去和他哥哥要钱，又不是要的少，一要就是几百元；要了过来，就不见了他了，在外面糊里糊涂的化完了，却又来了。如此也不知几十次了，他哥哥恨的没法。一天他又来要钱，他哥哥恨极了，给了他一吊铜钱。他却并不嫌少，拿了就走。他拿了去，买上一个炉子，几斤炭，再买几斤山芋，天天早起，跑到金利源栈房门口摆个摊子，卖起煨山芋来。”我道：“想是他改邪归正了？”继之道：“甚么改邪归正！那金利源是招商局的栈房，栈房的人，那个不认得他是总办的兄弟；见他蓬头垢面那副形状，那个不是指前指后的；传扬出去，连那推车扛抬的小工都知道了，来来往往，必定对他看看。他哥哥知道了，气的暴跳如雷，叫了他去骂。他反说道：‘我从前嫖赌，你说我不好也罢了；我此刻安分守己的做小生意，又怪我不好，叫我怎样才好呢？’气得他哥哥回答不上来。好容易请了同乡出来调停，许了他多少银，要他立了永不再到上海的结据，才把他打发回广东去。你道奇怪不奇怪呢？”我道：“这两件事虽然有点相像，然而负心之人不同。”继之道：“本来善抄蓝本的人，不过套个调罢了。”

我道：“朋友之间，是富贵的负心；骨肉之间，倒是贫穷的无赖：这个只怕是个通例了。”继之道：“倒也差不多。只是近来很有拿交情当儿戏的，我曾见两个换帖的，都是膏粱子弟，有一天闹翻了脸，这个便找出那份帖子来，嗤的撕破了，拿个火烧了，说：你不配同我换帖。……”说到这里，母亲打发春兰出来叫我，我就辞了继之走进去。正是：

莲花方灿舌，蘐室又传呼。

不知进去又有何事，且待下回再记。

第二十四回
臧获私逃酿出三条性命　翰林伸手装成八面威风

当下我到里面去，只见已经另外腾出一间大空房，支了四个床铺，被褥都已开好。老太太和继之夫人，都不在里面，只有我们的一家人。问起来，方知老太太酒多了，已经睡了。继之夫人有点不好过，我姊姊强他去睡了。

当下母亲便问我今天见了伯父，他说甚么来。我道："没说甚么，不过就说是叫我兼祧，将来他的家当便是我的；纵使他将来生了儿子，我也是个长子。这兼祧的话，伯母病的时候先就同我说过，那时候我还当他是病中心急的话呢。"姊姊道："只怕不止这两句话呢。"我道："委实没有别的话。"姊姊道："你不要瞒，你今日回来的时候，脸上颜色，我早看出来了。"母亲道："你不要为了那金子银子去淘气，那个有我和他算帐。"我道："这个孩儿怎敢！其实母亲也不必去算他，有的自然伯父会还我们，没有的，算也是白算。只要孩儿好好的学出本事来，那里希罕这几个钱！"姊姊道："你的志气自然是好的，然而老人家一生勤俭积攒下来的，也不可拿来糟蹋了。"我笑道："姊姊向来说话我都是最佩服的，今日这句话，我可要大胆驳一句了。这钱不错，是我父亲一生勤俭积下来的，然而兄弟积了钱给哥哥用了，还是在家里一般，并不是叫外人用了，这又怕甚么呢。"母亲道："你便这么大量，我可不行！"我道："这又何苦！算起帐来，未免总要伤了和气，我看这件事暂时且不必提起。倒是兼祧这件事，母亲看怎样？"母亲便和姊姊商量。姊姊道："这个只得答应了他。只是继之这里又有事，必得要商量一个两便之法方好。"母亲对我说道："你听见了，明日你商量去。"我答应了，便退了出来，继之还在那里看书呢。我便道："大哥怎么还不去睡？"继之道："早呢。只怕你路上辛苦，要早点睡了。"我道："在船上没事只是睡，睡的太多了，此刻倒也不倦。"两个人又谈了些家乡的事，方才安歇。一宿无话。

次日，我便到伯父那里去，告知已同母亲说过，就依伯父的办法就是了。只是继之那里书启的事丢不下，怕不能天天在这里。伯父道："你可以不必天天在这里，不过空了的时候来看看；到了开吊出殡那两天，你来招呼就是了。"因为今天是头七，我便到灵前行过了礼，推说有事，就走了回来，去看看匠人收拾房子。进去见了母亲，告知一切。母亲正在那里料理，要到伯父那里去呢。我问道："婶婶、姊姊都去么？"姊姊道："这位伯娘，我们又不曾见过面的，他一辈子不回家乡，我去他灵前叩了头，他做鬼也不知有我这个侄女，倒把他闹糊涂了呢，去做甚么！至于伯父呢，也未必记得着这个弟妇、侄女，不消说，更不用去了。"一时我母亲动身，出来上轿去了。我便约了姊姊去看收拾房子，又同到书房里看看。姊姊道："进去罢，回来有客来。"我道："继之到关上去了，没有客；就是有客，也在外面客堂里，这里不来的。我有话和姊姊说呢。"姊姊坐下，我便把昨日两次见伯父说的话，告诉了他。姊姊道："我就早知道的，幸而没有去做讨厌人。伯娘要去，我娘也说要去呢，被我止住了；不然，都去了，还说我母子没处投奔，到他那里去讨饭吃呢。"说着，便进去了。

将近吃饭的时候，母亲回来了。我等吃过饭，便骑了马到关上去拜望各同事，彼此叙了些别后的话。傍晚时候，仍旧赶了入城。

过得一天，那边房子收拾好了，我便置备了些木器，搬了过去。老太太还忙着张罗送蜡烛鞭炮，虽不十分热闹，却也大家乐了一天。下半天继之回来了，我便把那汇票交给他，连我那二千，也叫他存到庄上去。

晚上仍在书房谈天。我想起一事，因问道："昨日家母到家伯那边去回来，说着一件奇事：家伯那边本有两个姨娘，却都不见了。家母问得一声，家伯便回说不必提了。这两个姨娘我都见过来，不知到底怎么个情节？"继之道："这件事我本来不知道，却是郦士图告诉我的。令伯那位姨娘，本来就是秦淮河的人物，和一个底下人干了些暧昧的事，只怕也不是一天的事了。那天忽然约定了要逃走，他便叫那底下人雇一只船在江边等着，却把衣服、首饰、箱笼偷着交给那底下人，叫他运到船上去。等到了晚上，自已便偷跑了出来。到得江边，谁知人也没了，船也没了，不必说，是那底下人撇了他，把东西拐走了。到了此时，他却又回去不得，没了主意，便跳到水里去死了。你令伯直到第二日天亮，才知道丢了人，查点东西，却也失了不少，连忙着人四处找寻。到了下午，那救生局招人认尸的招帖，已经贴遍了城厢内外，令伯叫人去看看，果然是那位姨娘。既然认了，又不能不要，只得买了一口簿棺，把他殓了。令伯母的病，本来已渐有起色，出了这件事，他一气一个死，说这些当小老婆的，没有一个好货。那时不是还有一个姨娘么？那姨娘听了这话，便回嘴说：'别人干了坏事，偷了东西，太太犯不着连我也骂在里面！'这里头不知又闹了个怎么样的天翻地覆，那姨娘便吃生鸦片烟死了。夫妻两个，又大闹起来。令伯又偏偏找了两件偷不尽的首饰，给那姨娘陪装了去。令伯母知道了，硬要开棺取回，令伯急急的叫人抬了出去。夫妻两个，整整的闹了三四天，令伯母便倒了下来。这回的死，竟是气死的！"我听了心中暗暗惭愧，自己家中出了这种丑事，叫人家拿着当新闻去传说，岂不是个笑话！因此默默无言。

继之便用别话岔开，又谈起那换帖的事。我便追问下去，要问那烧了帖子之后便怎样。继之道："这一个被他烧了帖子，也连忙赶回去，要拿他那一份帖子也来烧了。谁知找了半天，只找不着，早就不知那里去了。你道这可没了法了罢，谁知他却异想天开，另外弄一张纸烧了，却又拿纸包起，叫人送去还他。"我笑道："法子倒也想得好。只是和人家换了帖，却把人家的帖子丢了，就可见得不是诚心相好的了。"

继之道："丢了算甚么！你还不看见那些新翰林呢，出京之后，到一处打一处把势，就到一处换一处帖，他要存起来，等到'衣锦还乡'的时候，还要另外雇人抬帖子呢。"我道："难道随处丢了？"继之道："岂敢！我也不懂那些人骗不怕的，得那些新翰林同他点了点头，说了句话，便以为荣幸的了不得；求着他一副对子，一把扇子，那就视同拱璧，也不管他的字好歹。这个风气，广东人最利害。那班洋行买办，他们向来都是羡慕外国人的，无论甚么，都说是外国人好，甚至于外国人放个屁也是香的；说起中国来，是没有一样好的，甚至连孔夫子也是个迂儒。他也懂得八股不是枪炮，不能仗着他强国的，却不知怎么，见了这班新翰林，又那样崇敬起来，转弯托人去认识他，送钱把他用，请他吃，请他喝，设法同他换帖，不过为的是求他写两个字。"我道："求他写字，何必要换帖呢？"继之道："换了帖，他写起上下款来，便是如兄如弟的称呼，好夸耀于人呢。最奇怪的：这班买办平日都是一钱如命的，有甚么穷亲戚、穷朋友投靠了他，承他的情，荐在本行做做西崽，赚得几块钱一个月，临了在他帐房里吃顿饭，他还要按月算饭钱呢；到见了那班新翰林，他就一百二百的滥送。有一位广东翰林，叫做吴日升，路过上海时，住了几个月，他走了之后，打扫的人在他床底下扫出来两大箩帖子。后来一个姓蔡的，也在上海住了几时，临走的时候，多少把兄把弟都送他到船上。他却把一个箱子扔到黄浦江里去，对众人说：'这箱子里都是诸君的帖，我带了回去没处放，不如扔了的干净。'弄得那一班把兄把弟，一齐扫兴而去。然而过得三年，新翰林又出产了，又到上海来了，他们把前事却又忘了。你道奇怪不奇怪！"

我道："原来点了翰林可以打一个大把势，无怪那些人下死劲的去用功了。可惜我不是广东人，我若是广东人，我一定用功去点个翰林，打个把势。"继之笑道："不是广东人何尝不能打把势。还有一种靠着翰林，周游各省去打把势的呢。我还告诉你一个笑话：有一个广东姓梁的翰林，那时还是何小宋做闽浙总督，姓梁的是何小宋的晚辈亲戚，他仗着这个靠山，就跑到福州去打把势。他是制台的亲戚，自然大家都送钱给他了。有一位福建粮道姓谢，便送了他十两银子。谁知他老先生嫌少了，当时虽受了下来，他却换了一个封筒的签子，写了‘代茶’两个字，旁边注上一行小字，写的是：‘翰林院编修梁某，借粮道库内赢馀代赏。’叫人送给粮道衙门门房。门房接着了，不敢隐瞒，便拿上去回了那位谢观察。那位谢观察笑了一笑，收了回来，便传伺候，即刻去见制台，把这封套银子请制台看了，还请制台的示，应该送多少。何小宋大怒，即刻把他叫了来一顿大骂，逼着他亲到粮道衙门请罪；又逼着他把满城文武所送的礼都一一退了，不许留下一份，不然，你单退了粮道的，别人的不退，是甚么意思。他受了一场没趣，整整的哭了一夜。明日只得到粮道那边去谢罪，又把所收的礼，一一的都退了，悄悄的走了。你说可笑不可笑！”我道：“这件事自然是有的，然而内中恐怕有不实不尽之处。”继之道：“怎么不实不尽？”我道：“他整整的哭了一夜，是他一个人的事，有谁见来？这不是和那作小说的一般，故意装点出来的么？”继之道：“那时候他就住在总督衙门里，他哭的时候，还有两个师爷在旁边劝着他呢，不然人家怎么会知道。你原来疑心这个。”

我道：“这个人就太没有骨气了！退了礼，不过少用几两银子罢了，便是谢罪一层，也是他自取其辱，何必哭呢？”继之道：“你说他没有骨气么？他可曾经上折子参过李中堂，谁知非但参不动他，自己倒把一个翰林干掉了。折子上去，皇上怒了，说他末学新进，妄议大臣，交部议处。部议得降五极调用。”我道：“编修降了五级，是个甚么东西？”继之道：“那里还有甚么东西！这明明是部里拿他开心罢了。”我屈着指头算道：“降级是降正不降从的，降一级便是八品，两级九品，三级未入流，四级就是个平民。还有一级呢？哦！有了！平民之下，还有娼、优、隶、卒四种人，也算他四级。他那第五级刚刚降到娼上，是个婊子了。”继之道：“没有男婊子的。”我道：“那么就是个王八。”继之道：“你说他王八，他却自以为荣耀得很呢，把这‘降五级调用’的字样做了衔牌，竖在门口呢。”我道：“这有甚么趣味？”继之道：“有甚么趣味呢，不过故作偃蹇，闹他那狂士派头罢了。其实他又不是真能狂的。他得了处分回家乡去，那些亲戚朋友有来慰问他的，他便哭了，说这件事不是他的本意，李中堂那种阔佬，巴结他也来不及，那里敢参他。只因住在广州会馆，那会馆里住着有狐仙，长班不曾知照他，他无意中把狐仙得罪了，那狐仙便迷惘了他，不知怎样干出来的。”我道：“这个人倒善哭。”

我因为继之说起“狂士”两个字，想起王伯述的一番话，遂逐一告诉了他。继之道：“他是你的令亲么？我虽不认得他，却也知道这个人，料不到倒是一位有心人呢。”我道：“大哥怎么知道他呢？”继之道：“他前年在上海打过一回官司，很奇怪的，是我一个朋友经手审问，所以知道详细，又因为他太健讼了，所以把这件案当新闻记着。后来那朋友到了南京，我们谈天就谈起来。我的朋友姓窦，那时上海县姓陆。你那位令亲有三千两的款子，存在庄上，——也不是存的，是在京里汇出来，已经照过票，不过暂时没有拿去。谁知这一家钱庄恰在这一两天内倒闭了，于是各债户都告起来，他自然也告了。他告时，却把一个知府藏起来，只当一个平民。上海县断了个七成还帐。大家都具了结领了，他也具结领了。人家领去了没事；他领了去，却到松江府上控，告的是上海县意存偏袒。府里自然仍发到县里来再问。这回上海县不曾亲审，就是我那朋友姓窦的审的。官问他：'你为甚告上海县意存偏袒？怎么叫做偏袒？'他道：'子程子曰："不偏之谓中。"可见得不中之谓偏了。'问：'何以见得不中？'他道：'若要中时，便当杀人偿命，欠债还钱。我交给他三千银子，为甚么只断他还我二千一呢？'问道：'你既然不服，为甚又具结领去？'他道：'我本来不愿领，因为我所有的就是这一笔银子，我若不领出来，客店里、饭店里欠下的钱没得还，不还他们就要打我，只得先领了来开发他们。'问道：'你既领了，为甚又上控？'他道：'断得不公，自然上控。'官只得问被告怎样。被告加了个八成。官再问他。他道：'就是加一成也好，我也领的；只是领了之后，怨不得我再上控。'官倒闹得没法，判了个交差理楚，卒之被他收了个十足。差人要向他讨点好处，他倒满口应承，却伸手拉了差人，要去当官面给，吓得那差人缩手不迭。后来打听了，才知道他是个开缺的大同府，从前就在上海公堂上开过顽笑的。"正是：

　　不怕狼官兼虎吏，却来谈笑会官司。

不知王伯述从前又在上海公堂上开过甚么顽笑，且待下回再记。

第二十五回
引书义破除迷信　较资财衅起家庭

我听说王伯述以前曾在上海公堂上开过一回顽笑，便急急的追问。继之道："他放了大同府时，往山西到任，路过上海，住在客栈里。一天邻近地方失火，他便忙着搬东西，匆忙之间，和一个栈里的伙计拌起嘴来，那伙计拉了他一把辫子。后来火熄了，客栈并没有波累着。他便顶了那知府的官衔，到会审公堂去告那伙计。问官见是极细微的事，便判那伙计罚洋两元充公。他听了这种判法，便在身边掏出两块钱，放在公案上道：'大老爷是朝廷命官，我也是朝廷命官，请大老爷下来，也叫他拉一拉辫子，我代他出了罚款。’那问官出其不意的被他这么一顶，倒没了主意，反问他要怎么办。他道：‘这一座法堂，权不自我操，怎么问起我来！’问官没了法，便把那伙计送县，叫上海县去办。却写一封信知照上海县，说明原告的出身来历，又是怎么个刁钻古怪。上海县得了信，便到客栈去拜访他，问他要怎样办法。他道：‘我并非要十分难为他，不过看见新衙门判得太轻描淡写了，有意和他作难；谁知他是个脓包，这一点他就担不起了。随便怎样办一办就是了。’上海县回去，就打了那伙计一百小板，又把他架到客栈门口，示了几天众，这才罢了。他是你令亲，怎样这些事都不知道？”我道：“从前我并不出门，这门姻亲远得很，不常通信，不是先君从前说过，我还不知道呢。这个人在公堂上又能掉文，又能取笑，真是从容不迫。”继之道：“掉文一层，还许是早先想好了主意的；这马上拿出两块钱来，叫他也下来受辱，这个倒是亏他的急智。”我又把他在山西的一段故事，告诉了继之。此时夜色已深，安排歇息。

过了几天，伯父那边定了开吊出殡的日子，又租定了殡房，赶着年内办事。又请了母亲去照应里面事情。到了日子，我便去招呼了两天。继之这边，又要写多少的拜年信，家里又忙着要过年，因此忙了些时。

到了新年上，方才空点，继之老太太又起了忙头，要请春酒；请了不算，还叫继之夫人又做东请了一回，又要叫继之再请；我母亲、婶娘，也分着请过。老太太又提起干娘、干儿子的事情，说去年白说了这句话，因为事情忙，没有办到，此刻大家空了，要择日办起来了。于是办这件事又忙了两天，已是过了元宵，我便到关上去。此时家中人多了，热闹起来，不必十分照应，我便在关上盘桓几天。

一天晚上，有两个同事，约着扶乩。这天继之进城去了，我便约了述农，看他们鬼混。只见他们香花灯烛的供起来，在那里叩头膜拜；拜罢，又在那里书符念咒。鬼混已毕，便一人一面的用指头扶起那乩，憩了半天，乩动起来，却只在乩盘内画大圈子，闹了半夜，不曾写出一个字来。

我便拉了述农回房，议论这件事。我道：“这都是虚无缥缈的事，那里有甚么神仙鬼怪！我却向来不信这些。还有一说，最可笑的，说甚么‘信则有，不信则无’。照这样说起来，那鬼神的有无，是凭人去作主的了。譬如你是信的，我是不信的，我两个同在这屋里，这屋里还是有鬼神呢，还是没鬼神呢？”述农道：“这个我看将来必有一个绝世聪明的人，去考求出来的。这件事我是不敢断定，因为我看见了几件稀奇古怪的事。那年我在福建，几个同事也欢喜顽这个，差不多天天晚上弄。请了仙来，却同作诗唱和的，从来不谈祸福。”我道：“这个我也会。不信，我到外面扶起来，我只要自己作了往上写，我还成了个仙呢。”述农道：“这倒不尽然。那回扶乩的两个人，一个是做买卖出身，只懂得三一三十一的打算盘，那里会作诗；一个是秀才，却是八股朋友，作起八韵诗来，连平仄都闹不明白的。”我道：“那么他那里能进学？”述农道：“他到了考场时，是请人枪替做的，他却情愿代人家作两股去换。你想这么个人，那里能作古、近体诗呢。并且作出来很有些好句子，内中也有不通的，他们都抄起来，订成本子。我看见有两首很好，也抄了下来。”我道：“抄的是甚么诗，可否给我看看？”述农道：“抄的是《帘钩》诗，我只誊在一张纸上，不知道可还找得出来。”说罢，取过护书，找了一遍没有；又开了书橱，另取出一个护书来，却捡着了，交给我看。只见题目是“帘钩”二字，那诗是：

银蒜双垂碧户中，樱桃花下约帘栊。
楼东乙字初三月，亭北丁当廿四风。
翡翠倒含春水绿，珊瑚返挂夕阳红。
双双燕子惊飞处，鹦鹉无言倚玉笼。

绿杨深处最关情，十二红楼界碧城。
似我勾留原有约，殢人消息久无声。
带三分暖收丁字，隔一重纱放午晴。
却是太真含笑入，钗光鬌影可怜生。

丫叉扶上碧楼阑，押住炉烟玳瑁斑。
四面有声珠落索，一拳无力玉弯环。
攀来桃竹招红袖，罥去杨花上翠环。
记得昨宵踏歌处，有人连臂唱刀鐶。

曲琼犹记楚人词，落日偏宜子美诗。
一样书空摹虿尾，三分月影却蛾眉。
玲珑腕弱娇无力，宛转绳轻风不知。
玉凤半垂钗半堕，簪花人去未移时。

我看了便道：“这几首诗好像在那里见过的。”述农道：“奇怪！人人见了都说是好像见过的，就是我当时见了，也是好像见过的，却只说不出在那里见过。有人说在甚么专集上，有人说有《随园诗话》上。我想《随园诗话》是人人都看见过的，不过看了就忘了罢了。这几首诗也许是在那上头，然而谁有这些闲工夫，为了他再去把《随园诗话》念一遍呢。”我一面听说，一面取过一张纸来，把这四首诗抄了，放在衣袋里。述农也把原稿收好。

我道：“像这种当个玩意儿，不必问他真的假的，倒也无伤大雅；至于那一种妄谈祸福的，就要不得。”述农道：“那谈祸福的还好，还有一种开药方代人治病的，才荒唐呢！前年我在上海赋闲时，就亲眼看见一回坏事的。一个甚么洋行的买办，他的一位小姐得了个干血痨的毛病，总医不好。女眷们信了神佛，便到一家甚么‘报恩堂’去扶乩，求仙方。外头传说得那报恩堂的乩坛，不知有多少灵验；及至求出来，却写着‘大红柿子，日食三枚，其病自愈’云云。女眷们信了，就照方给他吃；吃了三天之后，果然好了。”我道：“奇了！怎么真是吃得好的呢？”述农道：“气也没了，血也冷了，身子也硬了，永远不要再受痨病的苦了，岂不是好了么！然而也有灵的很奇怪的。我有一个朋友叫倪子枚，是行医的。他家里设了个吕仙的乩坛。有一天我去看子枚，他不在家，只有他的兄弟子翼在那里。我要等子枚说话，便在那里和子翼谈天。忽然来了一个乡下人，要请子枚看病，说是他的弟媳妇肚子痛的要死。可奈子枚不在家。子翼便道：‘不如同你扶乩，求个仙方罢。’那乡下人没法，只得依了。子翼便扶起来，写的是：‘病虽危，莫着急；生化汤，加料吃。’便对那乡下人道：‘说加料吃，你就撮两服罢。那生化汤是药店里懂得的。’乡下人去了。我便问这扶乩灵么。子翼道：‘其实这个东西并不是自己会动，原是人去动他的，然而往往灵验得非常，大约是因人而灵的。我看见他那个慌张样子，说弟妇肚痛得要死，我看女人肚子痛得那么利害，或者是作动要生小孩子，也未可知，所以给他开了个生化汤。’我听了，正在心中暗暗怪他荒唐。恰好子枚回来，见炉上有香，便道：‘扶乩来着么？’子翼道：‘方才张老五来请你看病，说他的弟妇肚痛得要死，他又不在家，我便同他扶乩，写了两服生化汤。’子枚大惊道：‘怎么开起生化汤来？’子翼道：‘女人家肚痛得那么利害，怕不是生产，这正是对症发药呢。’子翼跌足道：‘该死，该死！他兄弟张老六出门四五年了，你叫他弟妇拿甚么去生产！’子翼呆了一呆道：‘也许他是血痛，生化汤未尝不对。’子枚道：‘近来外面闹绞肠痧闹得利害呢，你倒是给他点痧药也罢了。’说过这话，我们便谈我们的事；谈完了，我刚起来要走，只见方才那乡下人怒气冲天，满头大汗的跑了来，一屁股坐下，便在那里喘气。我心中暗想不好了，一定闯了祸了，且听他说甚么。只见他喘定了，才说道：‘真真气煞人！今天那贱人忽然嚷起肚子痛来，嚷了个神嚎鬼哭，我见他这样辛苦，便来请先生；偏偏先生不在家，二先生和我扶了乩，开了个甚么生化汤来。我忙着去撮了两服，赶到家里，一气一个死，原来他的肚子痛不是病，赶我到了家时，他的私孩子已经下地了！’这才大家称奇道怪起来。照这一件事看起来，又怎么说他全是没有的呢。”我的心里本来是全然不信的，被述农这一说，倒闹得半疑半信起来。当下夜色已深，各各安歇。

次日继之出来，我便进城去。回到家时，却不见了我母亲，问起方知是到伯父家去了。我吃惊便问："怎么想着去的？"婶娘道："也不知他怎么想着去的，忽然一声说要去，马上就叫打轿子。"我听了好不放心，便要赶去。姊姊道："你不要去！好得伯娘只知你在关上，你不去也断不怪你。这回去，不定是算账，大家总没有好气，你此刻赶了去，不免两个人都要拿你出气。"我问："几时去的？"姊姊道："才去了一会。等一等再不来时，我代你请伯娘回来。"我只得答应了，到继之这边上房去走了一遍。此时干娘，大嫂子，干儿子，叔叔的，叫得分外亲热。

坐了一会，回到自己家去，把那四首诗给姊姊看。姊姊看了，便问："那里来的？这倒像是闺阁诗。"我道："不要亵渎了他，这是神仙作的呢。"'姊姊又问："端的那里来的？"我就把扶乩的话说了一遍。姊姊又把那诗看了再看，道："这是神仙作的，也说不定。"我道："姊姊真是奇人说奇话，怎么看得出来呢？"姊姊道："这并不奇。你看这四首诗，炼字炼句及那对仗，看着虽像是小品，然而非真正作手作不出来。但是讲究咏物诗，不重在描摹，却重在寄托。是一位诗人，他作了四首之多，内中必有几联写他的寄托的。他这个却是绝无寄托，或者仙人万虑皆空，所以用不着寄托。所以我说是仙人作的，也说不定。"

我不觉叹了一口气。姊姊道："好端端的为甚么叹气？"我道："我叹妇人女子，任凭怎么聪明才干，总离不了'信鬼神'三个字。天下那里有许多神仙！"姊姊笑道："我说我信鬼神，可见你是不信的了。我问你一句，你为甚么不信？"我道："这是没有的东西，我所以不信。"姊姊道："怎见得没有？也要还一个没有的凭据出来。"我道："只我不曾看见过，我便知道一定是没有的。"姊姊道："你这个又是中了宋儒之毒，甚么'六合之外，存而勿论'，凡自己眼睛看不见的，都说是没有的。天上有个玉皇大帝，你是不曾看见过的，你说没有；北京有个皇帝，你也没有见过，你也说是没有的么？"我道："这么说，姊姊是说有的了？"

姊姊道："惟其我有了那没有的凭据，才敢考你。"我连忙问："凭据在那里？"姊姊道："我问你一句书，'先王以神道设教'，怎么解？"我想了一想道："先王也信他，我们可以不必谈了。"姊姊道："是不是呢，这样粗心的人还读书么！这句书重在一个'设'字，本来没有的，比方出来，就叫做设。犹如我此刻没有死，要比方我死了，行起文来，便是'设我死'，或是'我设死'，人家见了，就明知我没有死了。所以神道本来是没有的，先王因为那些愚民有时非王法所能及，并且王法只能治其身，不能治其心，所以先王设出一个神道来，教化愚民。我每想到这里就觉得好笑，古人不过闲闲的撒了一个谎，天下后世多少聪明绝顶之人，一齐都叫他瞒住了，你说可笑不可笑呢。我再问你这个‘如’字怎么解？”我道：“如，似也，就是俗话的‘像’字，如何不会解。”姊姊道：“‘祭如在，祭神如神在’这两句，你解解看。”我想了一想，笑道：“又像在，又像神在，可见得都不在，这也是没有的凭据了。”姊姊道：“既然没有，为甚么孔子还祭呢？两个‘祭’字，为甚么不解？”我道：“这就是神道设教的意思了，难道还不懂么。”姊姊道：“又错了！两个‘祭’字是两个讲法：上一个‘祭’字是祭祖宗，是追远的意思；鬼神可以没有，祖宗不可没有，虽然死了一样是没有的，但念我身之所自来，不敢或忘，祖宗虽没了，然而孝子慈孙，追远起来，便如在其上，如在其左右。下一个‘祭’字是祭神，那才是神道设教的意思呢。”我不禁点头道：“我也不敢多说了，明日我送一份门生帖子来拜先生罢。”姊姊道：“甚么先生门生！我这个又是谁教的，还不是自己体会出来。大凡读书，总要体会出古人的意思，方不负了古人作书的一番苦心。”

讲到这里，姊姊忽然看了看表，道：“到时候了，叫他们打轿子罢。”我惊问甚事，姊姊道：“我直对你说罢：伯娘是到那边算帐去的，我死活劝不住，因约了到了这个时候不回来我便去，倘使有甚争执，也好解劝解劝。谈谈不觉过了时候了，此刻不知怎样闹呢。”我道：“还是我去罢。”姊姊道：“使不得！你去白讨气受。伯娘也说过，你回来了。也不叫你去。”说罢，匆匆打轿去了。正是：

要凭三寸莲花舌，去劝争多论寡人。

不知此去如何，且待下回再记。

第二十六回 干嫂子色笑代承欢 老捕役潜身拿臬使

当下我姊姊匆匆的上轿去了。忽报关上有人到，我迎出去看时，原来是帐房里的同事多子明。到客堂里坐下。子明道：“今日送一笔款到庄上去，还要算结去年的帐；天气不早了，恐怕多耽搁了，来不及出城，所以我先来知照一声，倘来不及出城，便到这里寄宿。”我道：“谨当扫榻恭候。”子明道：“何以忽然这么客气？”大家笑了一笑。子明便先到庄上去了。

等了一会，母亲和姊姊回来了。只见母亲面带怒容。我正要上前相问，姊姊对我使了个眼色，我便不开口。只见母亲一言不发的坐着，又没有说话好去劝解。想了一会，仍退到继之这边，进了上房，对继之夫人道："家母到家伯那边去了一次回来，好像发了气，我又不敢劝，求大嫂子代我去劝劝如何？"继之夫人听说，立起来道："好端端的发甚么气呢？"说着就走。忽然又站着道："没头没脑的怎么劝法呀！"低了头一会儿，再走到里间，请了老太太同去。我道："怎么惊动了干娘？"继之夫人忙对我看了一眼，我不解其意，只得跟着走。继之夫人道："你到书房去憩憩罢！"我就到书房里看了一回书。

憩了好一会，听得房外有脚步声音，便问："那个？"外面答道："是我。"这是春兰的声音。我便叫他进来，问作甚么。春兰道："吴老太太叫把晚饭开到我们那边去吃。"我问："此刻老太太做甚么？"春兰道："打牌呢。"我便走过去看看，只见四个人围着打牌，姊姊在旁观局；母亲脸上的怒气，已是没有了。

姊姊见了我，便走到母亲房里去，我也跟了进来。姊姊道："干娘、大嫂子，是你请了来的么？"我道："姊姊怎么知道？"姊姊道："不然那里有这么巧？并且大嫂子向来是庄重的，今天走进来，便大说大笑，又倒在伯娘怀里，撒娇撒痴的要打牌。这会又说不过去吃饭了，要搬过来一起吃，还说今天这牌要打到天亮呢。"我道："这可来不得！何况大嫂子身体又不好。"姊姊道："说说罢了，这么冷的天气，谁高兴闹一夜！"我道："姊姊到那边去，到底看见闹的怎么样？"姊姊道："我也不知道。我到那里，已经闹完了。一个在那里哭，一个在那里吓眉唬眼的。我劝住了哭，便拉着回来。临走时，伯父说了一句话道：'总而言之：我不曾提挈侄儿子升官发财，是我的错处。'"我道："这个奇了，那里闹出这么一句蛮话来？"姊姊道："我那里得知。我教你，你只不要向伯娘问起这件事，只等我便中探讨出来告诉你，也是一样的。"说话之间，外面的牌已收了，点上灯，开上饭，大家围坐吃饭。继之夫人仍是说说笑笑的。吃过了饭，大家散坐。

忽见一个老妈子，抱了一个南瓜进来。原来是继之那边用的人，过了新年，便请假回去了几天，此刻回来，从乡下带了几个南瓜来送与主人，也送我这边一个。母亲便道："生受你的，多谢了！但是大正月里，怎么就有了这个？"继之夫人道："这还是去年藏到此刻的呢。见了他，倒想起一个笑话来：有一个乡下姑娘，嫁到城里去，生了个儿子，已经七八岁了。一天，那乡下姑娘带了儿子，回娘家去住了几天。及至回到夫家，有人问那孩子：'你到外婆家去，吃些甚么？'孩子道：'外婆家好得很，吃菜当饭的。'你道甚么叫'吃菜当饭'？原来乡下人苦得很，种出稻子都卖了，自己只吃些杂粮。这回几天，正在那里吃南瓜，那孩子便闹了个吃菜当饭。"说的众人笑了。

他又道："还有一个城里姑娘，嫁到乡下去，也生下一个儿子，四五岁了。一天，男人们在田里抬了一个南瓜回来。那南瓜有多大，我也比他不出来。婆婆便叫媳妇煮了吃。那媳妇本来是个城里姑娘，从来不曾煮过；但婆婆叫煮，又不能不煮，把一个整瓜，也不削皮，也不切开，就那么煮熟了。婆婆看见了也没法，只得大家围着那大瓜来吃。"说到这里，众人已经笑了。他又道："还没有说完呢。吃了一会，忽然那四五岁的孩子不见了，婆婆便吃了一惊，说：'好好同在这里吃瓜的，怎么就丢了？'满屋子一找，都没有。那婆婆便提着名儿叫起来。忽听得瓜的里面答应道：'奶奶呀，我在这里磕瓜子呢。'原来他把瓜吃了一个窟窿，扒到瓜瓤里面去了。"说的众人一齐大笑起来。

老太太道："媳妇今天为甚这等快活起来？引得我们大家也笑笑。我见你向来都是沉默寡言的，难得今天这样，你只常常如此便好。"继之夫人道："这个只可偶一为之，代老人家解个闷儿；若常常如此，不怕失了规矩么！"老太太道："哦！原来你为了这个。你须知我最恨的是规矩。一家人只要大节目上不错就是了，馀下来便要大家说说笑笑，才是天伦之乐呢。处处立起规矩来，拘束得父子不成父子，婆媳不成婆媳，明明是自己一家人，却闹得同极生的生客一般，还有甚么乐处？你公公在时，也是这个脾气。继之小的时候，他从来不肯抱一抱。问他时，他说《礼经》上说的：'君子抱孙不抱子。'我便驳他：'莫说是几千年前古人说的话，就是当今皇帝降的圣旨，他说了这句话，我也要驳他。他这个明明是教人父子生疏，照这样办起来，不要把父子的天性都汩灭了么？'这样说了，他才抱了两回。等得继之长到了十二三岁，他却又摆起老子的架子来了，见了他总是正颜厉色的。我同他本来在那里说着笑着的，儿子来了，他登时就正其衣冠，尊其瞻视起来；同儿子说起话来，总是呼来喝去的，见一回教训一回。儿子见了他，就和一根木头似的，挺着腰站着，除了一个'是'字，没有回他老子的话。你想这种规矩怎么能受？后来也被我劝得他改了，一般的和儿子说说笑笑。"我道："这个脾气，亏干娘有本事劝得过来。"老太太道："他的理没有我长，他就不得不改。他每每说为人子者，要色笑承欢。我只问他：'你见了儿子，便摆出那副阎王老子的面目来，他见了你，就同见了鬼一般，如何敢笑？他偶然笑了，你反骂他没规矩，那倒变了"色笑逢怒"了，那里是"承欢"呢？古人"斑衣戏彩"，你想四个字当中，就着了一个"戏"字；倘照你的规矩，虽斑衣而不能戏，那只好穿了斑衣，直挺挺的站着，一动也不许动，那不成了庙里的菩萨了么？'"说的众人都笑了。

老太太又道："男子们只要在那大庭广众之中，不要越了规矩就是了；回到家来，仍然是这般，怎么叫做'父子有恩'呢？那父子的天性，不要叫这臭规矩磨灭尽了么？何况我们女子，婆媳、妯娌、姑嫂团在一处，第一件要紧的是和气，其次就要大家取乐了。有了大事，当了生客，难道也叫你们这般么！”姊姊道：“干娘说的是和气，我看和气两个字最难得；这个肯和，那个不肯和，也是没法的事。所以家庭之中，不能和气的十居八九。像我们这两家人家，真是十中无一二的呢。”老太太道：“那不和的，只是不懂道理之过，能把道理解说给他听了，自然就好了。”

姊姊道：“我也曾细细的考究过来，不懂道理，固然不错，然而还是第二层，还有第一层的讲究在里头。大抵家庭不睦，总是婆媳不睦居多。今天三位老人家都是明白的，我才敢说这句话：人家听说婆媳不睦，总要派媳妇的不是；据我看来，媳妇不是的固然也有，然而总是婆婆不是的居多。大抵那个做婆婆的，年轻时也做过媳妇来，做媳妇的时候，不免受了他婆婆的气，骂他不敢回口，打他不敢回手，挨了若干年，他婆婆死了，才敢把腰伸一伸；等到自己的儿子大了，娶了媳妇，他就想这是我出头之日了，把自己从前所受的，一一拿出来向媳妇头上施展。说起来，他还说是应该如此的，我当日也曾受过婆婆气来。你想叫那媳妇怎样受？那里还讲甚么和气？他那媳妇呢，将来有了做婆婆的一天，也是如此。所以天下的家庭，永远不会和睦的了。除非把女子叫来，一齐都读起书来，大家都明了理，这才有得可望呢。我常说过一句笑话：凡婆媳不睦的，不必说是不睦，只当他是报仇，不过报非其人，受在上代，报在下代罢了。”

我笑道：“姊姊的婆婆，有报仇没有？”姊姊道：“我的婆婆，我起先当是天下独一无二的；到这里来，见了干娘，恰是一对。自从我寡了，他天天总对我哭两三次，却并不是哭儿子，哭的是我，只说怪贤德的媳妇，年纪又轻，怎么就叫他做了寡妇。其实我这么个人，少点过处就了不得了，那里配称到‘贤德’两个字！若是那个报仇的婆婆，一个寡媳妇，那里肯放他常回娘家，还跟着你跑几千里路呢，不硬留在家里，做一个出气的家伙么！”我道：“这报仇之说，不独是女子，男子也是这样。我听见大哥说，凡是做官的，上衙门碰了上司钉子，回家去却骂底下人出气呢。”姊姊道：“我这个不过是通论，大约是这样的居多罢了，怎么加得上‘凡是’两个字去一网打尽？”

说到这里，继之的家人来回说：“关上的多师爷又来了，在客堂里坐着。”我取表一看，已经亥正了。暗想何以此刻才来，一面对姊姊道：“这个你明日问大哥去，不是我要一网打尽的。”说着出来，会了子明，让到书房里坐。子明道：“还没睡么？”我道：“早呢。你在那里吃的晚饭？”子明道：“饭是在庄上吃的。倒是弄拧了一笔帐，算到此刻还没有闹清楚，明日破天亮就要出城去查总册子。”我道：“何必那么早呢？”子明道：“还有别的事呢。”我道：“那么早点睡罢，时候不早了。”子明道：“你请便罢。我有个毛病，有了事在心上，要一夜睡不着的。我打算看几篇书，就过了这一夜了。”我道：“那么我们谈一夜好么？”子明道：“你又何必客气呢，只管请睡罢。”我道：“此刻我还不睡，我和你谈到要睡时，自去睡便了。我和继之谈天，往往谈到十二点、一点，不足为奇的。”子明笑道：“我也听继之、述农都说你欢喜嬲人家说新闻故事。”我道：“你倘是有新闻故事和我说，我就陪你谈两三夜都可以。”子明道：“那里有许多好谈！”我道：“你先请坐，我去去再来。”说罢，走到我那边去，只见老太太们已经散了，大家也安排睡觉。便对姊姊道：“我们家可有干点心，弄点出去，有个同事来了，说有事睡不着，在那里谈天，恐怕半夜里要饿呢。”姊姊道：“有。你去陪客罢，就送出来。”

我便回到书房，扯七扯八的和子明谈起来，偶然说起我初出门时，遇见那扮官做贼，后来继之说他居然是官的那个人来。子明道：“区区一个候补县，有甚么稀奇！还有做贼的现任臬台呢。”我道：“是那个臬台？几时的事？”子明道：“事情是好多年了，只怕还是初平‘长发军’时的事呢。——你信星命不信？”我道：“奇了，怎么凭空岔着问我这么一句？”子明道：“这件事因谈星命而起，所以问你。”我道：“你只管谈，不必问我信不信。”

子明道：“这个人本来是一个飞檐走壁的贼。有一天，不知那里来了一个算命先生，说是灵得很，他也去算。那先生把他八字排起来，开口便说你是个贼。他倒吃了一惊，问：‘怎样见得？’那先生道：‘我只据书论命。但你虽然是个贼，可也还官星高照，你若走了仕路，可以做到方面大员。只是你要记着我一句话：做官到了三品时，就要急流勇退，不然就有大祸临头。’他听了那先生的话，便去偷了一笔钱，捐上一个大八成知县，一样的到省当差，然而他还是偷；等到补了缺，他还是偷。只怕他去偷了治下的钱，人家来告了，他还比差捉贼呢。可怜那差役倒是被贼比了，你说不是笑话么！那时正是有军务的时候，连捐带保的，升官格外快。等到他升了道台时，他的三个儿子，已经有两个捐了道员、知府出身去了。那捐款无非是偷来的。后来居然放了安徽臬台。到任之后，又想代第三的儿子捐道员了；只是还短三千银子，要去偷呢。安庆虽是个省城，然而兵燹之后，元气未复，那里有个富户，有现成的三千银子给他偷呢。他忽然想着一处好地方，当夜便到藩库里偷了一千两。到得明天，库吏知道了，立刻回了藩台，传了怀宁县，要立刻查办。怀宁县便传了通班捕役，严饬查拿。谁知这一天没有查着，这一夜藩库里又失了一千银子。藩台大怒，又传了首县去，立限严比。首县回到衙门，正要比差，内中一个老捕役禀道：‘请老爷再宽一天的限，今夜小人就可以拿到这贼。’知县道：‘莫非你已经知道他踪迹了么？’捕役道：‘踪迹虽然不知，但是这贼前夜偷了，昨夜再偷，一定还在城内。这小小的安庆城，尽今天一天一夜，总要查着了。’官便准了一天限。谁知这老捕役对官说的是假话，他那里去满城查起来，他只料定他今夜一定再来偷的。到了夜静时，他便先到藩库左近的房子上伏定了。到了三更时，果然见一个贼，飞檐走壁而来，到藩库里去了。捕役且不惊动他，连忙跑在他的来路上伏着。不一会，见他来了，捕役伏在暗处，对准他脸部，飕的飞一片碎瓦过来；他低头一躲，恰中在额角上，仍是如飞而去。捕役赶来，忽见他在一所高大房子上，跳了下去。捕役正要跟着下去时，低头一看，吃了一惊。”正是：

正欲投身探贼窟，谁知足下是官衙。

不知那捕役惊的甚么，且待下回再记。

第二十七回
管神机营王爷撤差　升镇国公小的交运

“那老捕役往下一看，贼不见了，那房子却是臬台衙门，不免吃了一惊，不敢跟下去，只得回来。等到了散更时，天还没亮，他就请了本官出来回了，把昨夜的事，如此这般的都告诉了。又说道：‘此刻知道了贼在臬署。老爷马上去上衙门，请臬台大人把阖署一查，只要额上受了伤的，就是个贼，他昨夜还偷了银子。老爷此刻不要等藩台传，先要到藩台那里去回明了，可见得我们办公未尝怠慢。’知县听得有理，便连忙梳洗了，先上藩台衙门去。藩台正在那里发怒呢。知县见了，便把老捕役的话说了一遍。藩台道：‘法司衙门里面藏着贼，还了得么！赶紧去要了来！’知县便忙到了臬署。只见自己衙门里的通班捕役，都升布在臬署左右，要想等有打伤额角的出来捉他呢。知县上了官厅，号房拿了手版上去，一会下来，说‘大人头风发作，不能见客，挡驾’。知县只得仍回藩署里去，回明藩台。藩台怒不可遏，便亲自去拜臬台。知县吓得不敢回署，只管等着。等了好一会，藩台回来了，也是见不着。便叫知县把那老捕役传了来，问了几句话，便上院去，叫知县带着捕役跟了来。到得抚院，见了抚台，把上项事回了一遍。抚台大怒，叫旗牌官快快传臬司去，说无论甚么病，必要来一次，不然，本部院便要亲到臬署查办事件了。几句话到了臬署，阖署之人，都惊疑不定。

“那臬台没法，只得打轿上院去。到得那里时，只见藩台以下，首道、首府、首县，都在那里，还有保甲局总办、委员，黑压压的挤满一花厅。众官见他来，都起立相迎。只见他头上扎了一条黑帕，说是头风痛得利害，扎上了稍为好些。众官都信以为实。抚台便告诉了以上一节，他便答应了马上回去就查。只见那老捕役脱了大帽，跑上来对着臬台请了个安道：‘大人的头风病，小人可以医得。’臬台道：‘莫非是个偏方？’捕役道：‘是一个家传的秘方。只求大人把帕子去了，小人看看头部，方好下药。’臬台听了，颜色大变，勉强道：‘这个帕子去不得的，去了痛得利害。’捕役道：‘只求大人开恩，可怜小人受本官比责的够了！’臬台面无人色的说道：‘你说些甚么？我不懂呀！’当下众官听见他二人一问一答，都面面相觑。那捕役一回身，又对首县跪下禀道：‘小人该死！昨夜飞瓦打伤的，正是臬宪大人！’首县正要喝他胡说，那臬台早仓皇失措的道：‘你……你……你可是疯了！’说着也不顾失礼，立起来便想踢他。当时首道坐在他下手，便拦住道：‘大人贵恙未痊，不宜动怒。’那位藩台见了这副情形，也着实疑心。抚台只是呆呆的看着，在那里纳闷。捕役又过来对他说道：‘好歹求大人把昨夜的情形说了，好脱了小人干系；不然，众位大人在这里，莫怪小人无礼！’臬台又惊，又慌，又怒道：‘你敢无礼！’捕役走近一步道：‘小人要脱干系，说不得无礼也要做一次！’说时便要动手。众官一齐喝住。首县见他这般卤莽，更是手足无措，连连喝他，却只喝不住。捕役回身对抚台跪下道：‘求大人请臬台大人升一升冠，露一露头部，倘没有受伤痕迹，小人死而无怨。’此时藩台也有九分信是臬台做的了。失了库款，责罚非轻，不如试他一试。倘使不是的，也不过同寅上失了礼，罪名自有捕役去当；倘果然是他，今日不验明白，过两天他把伤痕养好了，岂不是没了凭据。此时捕役正对抚台跪着回话，藩台便站起来对臬台道：‘阁下便升一升冠，把帕子去了，好治他个诬攀大员的重罪！’臬台正待支吾，抚台已吩咐家人，代臬宪大人升冠。一个家人走了过来，嘴里说‘请大人升冠’，却不动手。

“此时官厅上乱烘烘的，闹了个不成体统。捕役便乘乱溜到臬台背后，把他的大帽子往前一掀，早掉了，乘势把那黑帕一扯，扯了下来。臬台不知是谁，忙回过头来看，恰好把那额上所受一寸来长的伤痕，送到捕役眼里。捕役飏起了黑帕，走到当中，朝上跪下，高声禀道：‘盗藩库银子的真贼已在这里，求列位大人老爷作主！’一时抚台怒了，藩台乐了，首道、首府惊的呆了，首县却一时慌的没了主了。那位臬台却气得直挺挺的坐在椅子上，嘴里只说‘罢了罢了’。一时之间，倒弄得人声寂然，大家面面相觑。却是藩台先开口，请抚台示下办法。抚台便叫传中军来，先看管了他。一时之间，中军到了。那捕役等抚台吩咐了话，便抢上一步，对中军禀道：‘臬台大人飞檐走壁的工夫很利害，请大人小心！’那臬台顿足道：‘罢了！不必多说了！待我当堂直供了，你们上了刑具罢！’于是跪下来，把自从算命先生代他算命供起，一直供到昨夜之事，当堂画了供，便收了府监。抚台一面拜折参办。这位臬台办了个尽法不必说，两个儿子的功名也就此送了，还不知得了个甚么军流的罪。你说天下事不是无奇不有么。”

此时已响过三炮许久，我正要到里面催点心，回头一看，那点心早已整整的摆了四盘在那里，还有鸡鸣壶炖上一壶热茶，便让子明吃点心。两个对坐下来，子明问道：“近来这城里面，晚上安靖么？”我道：“还没听见甚么。你这问，莫非城外有甚么事？”子明道：“近来外面贼多得很呢。只因和局有了消息，这里便先把新募的营勇，遣散了两营。”我道：“要用就募起来，不用就遣散了，也怨不得那些散勇作贼；其实平时营里的缺额只要补足了，到了要用时，只怕也够了。”子明道：“那里会够！他倒正想借个题目招募新勇，从中沾些光呢。莫说补足了额，就是溢出额来，也不够呢。”

我笑道：“不缺已经好了，那里还有溢额的？”子明道：“你真是少见多怪！外面的营里都是缺额的，差不多照例只有六成勇额；到了京城的神机营，却一定溢额的，并且溢的不少，总是溢个加倍。”我诧道：“那么这粮饷怎样呢？”子明笑道：“粮饷却没有领溢的。但是神机营每出起队子来，是五百人一营的，他却足足有一千人，比方这五百名是枪队，也是一千杆枪。”我道：“怎么军器也有得多呢？”子明道：“凡是神机营当兵的，都是黄带子、红带子的宗室，他们阔得很呢！每人都用一个家人，出起队来，各人都带着家人走，这不是五百成了一千了么。”我道：“军器怎么也加倍呢？”子明道：“每一个家人，都代他老爷带着一杆鸦片烟枪，合了那五百枝火枪，不成了一千了么。并且火枪也是家人代拿着，他自已的手里，不是拿了鹌鹑囊，便是臂了鹰。他们出来，无非是到操场上去操；到了操场时，他们各人先把手里的鹰安置好了，用一根铁条儿，或插在树上，或插在墙上，把鹰站在上头，然后肯归队伍。操起来的时候，他的眼睛还是望着自已的鹰；偶然那铁条儿插不稳，掉了下来，那怕操到要紧的时候，他也先把火枪撂下，先去把他那鹰弄好了，还代他理好了毛，再归到队里去。你道这种操法奇么？”我道：“那带兵的难道就不管？”子明道：“那里肯管他！带兵的还不是同他们一个道儿上的人么。那管理神机营的都是王爷。前年有一位郡王奉旨管理神机营，他便对人家说：‘我今天得了这个差使，一定要把神机营整顿起来。当日祖宗入关的时候，神机营兵士临阵能站在马鞍上放箭的，此刻闹得不成样子了；倘再不整顿，将来不知怎样了！’旁边有人劝他说：‘不必多事罢，这个是不能整顿的了。’他不信。到差那一天，就点名阅操，拣那十分不像样的，照营例办了两个。这一办可不得了，不到三天，那王爷便又奉旨撤去管理神机营的差使了。你道他们的神通大不大！”

我道：“他们既然是宗室，又是王爷都干得下来，那么大的神通，何必还去当兵？”子明道：“当兵还是上等的呢。到了京城里，有一种化子，手里拿一根香，跟着车子讨钱。”我道：“讨钱拿一根香作甚么？”子明道：“他算是送火给你吃烟的。这种化子，你可不能得罪他；得罪了他时，他马上把外面的衣服一撂，里边束着的不是红带子，便是黄带子，那就被他讹一个不得了！”我道：“他的带子何以要束在里层呢？”子明道：“束在里层，好叫人家看不见，得罪了他，他才好讹人呀；倘使束在外层，谁也不敢惹他了。其实也可怜得很，他们又不能作买卖，说是说得好听得很，‘天潢贵胄’呢，谁知一点生机都没有，所以就只能靠着那带子上的颜色去行诈了。他们诈到没得好诈的时候，还装死呢。”我道：“装死只怕也是为的讹人？”子明道：“他们死了，报到宗人府去，照例有几两殡葬银子。他穷到不得了，又没有法想的时候便装死了，叫老婆、儿子哭丧着脸儿去报。报过之后，宗人府还派委员来看呢。委员来看时，他便直挺挺的躺着，老婆、儿子对他跪着哭。委员见了，自然信以为真，那个还伸手去摸他，仔细去验他呢，只望望是有个躺着的就算是了。他领了殡葬银，登时又活过来。这才是个活僵尸呢。”我道：“他已经骗了这回，等他真正死了的时候，还有得领没有呢？”子明道：“这可是不得而知了。”

我道：“他们虽然定例是不能作买卖，然而私下出来干点营生，也可以过活，宗人府未必就查着了。”子明道：“这一班都是好吃懒做的人，你叫他干甚么营生！只怕赶车是会的，京城里赶车的车夫里面，这班人不少，或者当家人也有的；除此之外，这班人只怕干得来的，只有讹诈讨饭了。所以每每有些谣言，说某大人和车夫换帖，某大老和底下人认了干亲家，起先听见，总以为是糟蹋人的话，谁知竟是真的。他们阔起来也快得很，等他阔了，认识了大人先生，和他往来，自然是少不免的，那些人却把他从前的事业提出来作个笑话。”

我道：“他们怎么又很阔得快呢？”子明道：“上一科我到京里去考北闱，住在我舍亲宅里。舍亲是个京官，自己养了一辆车，用了一个车夫，有好几年了，一向倒还相安无事。我到京那几天，恰好一天舍亲要去拜两个要紧的客，叫套车，却不见了车夫，遍找没有，不得已雇了一辆车去拜客。等拜完了客回来，他却来了，在门口站着。舍亲问他一天到那里去了。他道：‘今儿早起，我们宗人府来传了去问话，所以去了大半天。’舍亲问他问甚么话。他道：‘有一个镇国公缺出了，应该轮到小的补，所以传了去问话。’舍亲问此刻补定了没有。他道：‘没有呢，此刻正在想法子。’问他想甚么法子。他道：‘要化几十两银子的使费，才补得上呢。可否求老爷赏借给小的六十两银子，去打点个前程，将来自当补报。’说罢，跪下去就磕头，起来又请了一个安。舍亲正在沉吟，他又左一个安，右一个安的乱请，嘴里只说求老爷的恩典。舍亲被他缠不过，给了他六十两银子。喜欢得他连忙叩了三个响头，嘴里说谢老爷的恩典，并求老爷再赏半天的假。舍亲道：‘既如此，你赶紧去打点罢。’他欢欢喜喜的去了。我还埋怨我舍亲太过信他了，那里有穷到出来当车夫的，平白地会做镇国公起来。舍亲对我说：‘这是常有的事。’我还不信呢。到得明天，他又欢欢喜喜的来了说：‘一切都打点好了，明天就要谢恩。’并且还带了一个车夫来，说是他的朋友，‘很靠得住的，荐给老爷试用用罢。’舍亲收了这车夫，他再是千恩万谢的去了。到了明天，他车也有了，马也有了，戴着红顶子花翎，到四处去拜客。到了舍亲门口，他不好意思递片子进来，就那么下了车进来了。还对舍亲请了个安说：‘小的今天是镇国公了！老爷的恩典，永不敢忘！’你看这不是他们阔得很快么？”

我道：“这么一个镇国公，有多少俸银一年呢？”子明道：“我不甚了了，听说大约三百多银子一年。”我笑道：“这个给我们就馆的差不多，阔不到那里去。”子明道：“你要知道他得了镇国公，那讹人的手段更大了。他天天跑到西苑门里去，在廊檐底下站着，专找那些引见的人去吓唬。那吓唬不动的，他也没有法子；——他那吓唬的话，总是说这是甚么地方，你敢乱跑。——倘使被他吓唬动了，他便说：‘你今日幸而遇了我，还不要紧，你谨慎点就是了。’这个人自然感激他，他却留着神看你是第几班第几名，记了你的名字，打听了你的住处，明天他却来拜你，向你借钱。”我道：“镇国公天天要到里面的么？”子明道：“何尝要他们去，不过他们可以去得。他去了时，遇见值年旗王大臣到了，他过去站一个班，只算是他来当差的。”我道：“他们虽是天潢贵胄，却是出身寒微得很，自然不见得多读书的了，怎么会当差办事？”子明道：“他们虽不识字，然而很会说话，他们那黄带子，都是四品宗室，所以有人送他们一副对联是：‘心中乌黑嘴明白，腰上鹅黄顶暗蓝。’”我道：“对仗倒很工的。”说话之间，外面已放天明炮，子明便要走。我道：“太早了，洗了脸去。”便到我那边，叫起老妈子，炖了热水出来，让子明盥洗，他匆匆洗了便去。正是：

一夕长谈方娓娓，五更归去太匆匆。

未知子明去后如何，且待下回再记。

第二十八回
办礼物携资走上海　控影射遣伙出京师

我送子明去了，便在书房里随意歪着，和衣稍歇，及至醒来，已是午饭时候。自此之后，一连几个月，没有甚事。忽然一天在辕门抄上，看见我伯父请假赴苏。我想自从母亲去过一次之后，我虽然去过几次，大家都是极冷淡的，所以我也不很常去了。昨天请了假，不知几时动身，未免去看看。走到公馆门前看时，只见高高的贴着一张招租条子，里面阒其无人。暗想动身走了，似乎也应该知照一声，怎么悄悄的就走了。回家去对母亲说知，母亲也没甚话说。

又过了几天，继之从关上回来，晚上约我到书房里去，说道："这两天我想烦你走一次上海，你可肯去？"我道："这又何难。但不知办甚么事？"继之道："下月十九是藩台老太太生日，请你到上海去办一份寿礼。"我道："到下月十九，还有一个多月光景，何必这么亟亟？"继之道："这里头有个缘故。去年你来的时候，代我汇了五千银子来，你道我当真要用么？我这里多少还有万把银子，我是要立一个小小基业，以为退步，因为此地的钱不够，所以才叫你汇那一笔来。今年正月里，就在上海开了一间字号，专办客货，统共是二万银子下本。此刻过了端节，前几天他们寄来一笔帐，我想我不能分身，所以请你去对一对帐。老实对你说：你的二千，我也同你放在里头了，一层做生意的官息比庄上好，二层多少总有点赢馀。这字号里面，你也是个东家，所以我不烦别人，要烦你去。再者，这份寿礼也与前不同。我这里已经办的差不多了，只差一个如意。这里各人送的，也有翡翠的，也有羊脂的，甚至于黄杨、竹根、紫檀、瓷器、水晶、珊瑚、玛瑙，……无论整的，镶的都有了；我想要办一个出乎这几种之外的，价钱又不能十分大，所以要你早去几天，好慢慢搜寻起来。还要办一个小轮船，……"我道："这办来作甚么？大哥又不常出门。"继之笑道："那里是这个，我要办的是一尺来长的顽意儿。因为藩署花园里有一个池子，从前藩台买过一个，老太太欢喜的了不得，天天叫家人放着玩。今年春上，不知怎样翻了，沉了下去，好容易捞起来，已经坏了，被他们七搅八搅，越是闹得个不可收拾，所以要买一个送他。"我道："这个东西从来没有买过，不知要多少价钱呢？"继之道："大约百把块钱是要的。你收拾收拾，一两天里头走一趟去罢。”我答应了，又谈些别话，就各去安歇。

次日我把这话告诉了母亲，母亲自是欢喜。此时五月里天气，带的衣服不多，行李极少。继之又拿了银子过来，问我几时动身。我道：“来得及今日也可以走得。”继之道：“先要叫人去打听了的好，不然老远的白跑一趟。”当即叫人打听了，果然今日来不及，要明日一早。又说这几天江水溜得很，恐怕下水船到得早，最好是今日先到洋篷上去住着。于是我定了主意，这天吃过晚饭，别过众人，就赶出城，到洋篷里歇下。果然次日天才破亮，下水船到了，用舢舨渡到轮船上。

次日早起，便到了上海，叫了小车推着行李，到字号里去。继之先已有信来知照过，于是同众伙友相见。那当事的叫做管德泉，连忙指了一个房间，安歇行李。我便把继之要买如意及小火轮的话说了。德泉道：“小火轮只怕还有觅处；那如意他这个不要，那个不要，又不曾指定一个名色，怎么办法呢？明日待我去找两个珠宝掮客来问问罢。那小火轮呢，只怕发昌还有。”当下我就在字号里歇住。

到了下午，德泉来约了我同到虹口发昌里去。那边有一个小东家叫方佚庐，从小就专考究机器，所以一切制造等事，都极精明。他那铺子，除了门面专卖铜铁机件之外，后面还有厂房，用了多少工匠，自己制造各样机器。德泉同他相识。当下彼此见过，问起小火轮一事。佚庐便道：“有是有一个，只是多年没有动了，不知可还要得。”说罢，便叫伙计在架子上拿了下来，扫去了灰土，拿过来看，加上了水，又点了火酒，机件依然活动，只是旧的太不像了。我道：“可有新的么？”佚庐道：“新的没有。其实铜铁东西没有新旧，只要拆开来擦过，又是新的了。”我道：“定做一个新的，可要几天？”佚庐道：“此刻厂里忙得很，这些小件东西，来不及做了。”我问他这个旧的价钱，他要一百元。我便道：“再商量罢。”

同德泉别去，回到字号里。早有伙计们代招呼了一个珠宝掮客来，叫做辛若江。说起要买如意，要别致的，所有翡翠、白玉、水晶、珊瑚、玛瑙，一概不要。若江道：“打算出多少价呢？”我道：“见了东西再讲罢。”说着，他辞去了。

是日天气甚热，吃过晚饭，德泉同了我到四马路升平楼，泡茶乘凉，带着谈天。可奈茶客太多，人声嘈杂。我便道：“这里一天到晚，都是这许多人么？”德泉道：“上半天人少，早起更是一个人没有呢。”我道：“早起他不卖茶么？”德泉道：“不过没有人来吃茶罢了，你要吃茶，他如何不卖。”坐了一会，便回去安歇。

次日早起，更是炎热。我想起昨夜到的升平楼，甚觉凉快，何不去坐一会呢。早上各伙计都有事，德泉也要照应一切，我便不去惊动他们，一个人逛到四马路，只见许多铺家都还没有开门。走到升平楼看时，门是开了；上楼一看，谁知他那些杌子都反过来，放在桌子上。问他泡茶时，堂倌还在那里揉眼睛，答道："水还没有开呢。"我只得惘惘而出。取出表看时，已是八点钟了。在马路逛荡着，走了好一会，再回到升平楼，只见地方刚才收拾好，还有一个堂倌在那里扫地。我不管他，就靠阑杆坐了。又歇了许久，方才泡上茶来。我便凭阑下视，慢慢的清风徐来，颇觉凉快。

忽见马路上一大群人，远远的自东而西，走将过来，正不知因何事故。及至走近楼下时，仔细一看，原来是几个巡捕押着一起犯人走过，后面围了许多闲人跟着观看。那犯人当中，有七八个蓬头垢面的，那都不必管他；只有两个好生奇怪，两个手里都拿着一顶熏皮小帽，一个穿的是京酱色宁绸狐皮袍子，天青缎天马出风马褂，一个是二蓝宁绸羔皮袍子，白灰色宁绸羔皮马褂，脚上一式的穿了棉鞋。我看了老大吃了一惊，这个时候，人家赤膊摇扇还是热，他两个怎么闹出一身大毛来？这才是千古奇谈呢！看他走得汗流被面的，真是何苦！然而此中必定有个道理，不过我不知道罢了。

再坐一会，已是十点钟时候，遂惠了茶帐回去。早有那辛若江在那里等着，拿了一枝如意来看，原是水晶的，不过水晶里面，藏着一个虫儿，可巧做在如意头上。我看了不对，便还他去了。

德泉问我到那里去来，我告诉了他。又说起那个穿皮衣服的，煞是奇怪可笑。德泉道："这个不足为奇。这里巡捕房的规矩，犯了事捉进去时穿甚么，放出来时仍要他穿上出来。这个只怕是在冬天犯事的。"旁边一个管帐的金子安插嘴道："不错。去年冬月里那一起打房间的，内中有两个不是判了押半年么。恰是这个时候该放，想必是他们了。"我问甚么叫做"打房间"。德泉道："到妓馆里，把妓女的房里东西打毁了，叫打房间。这里妓馆里的新闻多呢，那逞强的便去打房间，那下流的，便去偷东西。"我道："我今日看见那个人穿的很体面的，难道在妓院里闹点小事，巡捕还去拿他么？"德泉道："莫说是穿的体面，就是认真体面人，他也一样要拿呢。前几年有一个笑话：一个姓朱的，是个江苏同知，在上海当差多年的了；一个姓袁的知县，从前还做过上海县丞的。两个人同到棋盘街么二妓馆里去玩。那姓朱的是官派十足的人，偏偏那么二妓院的规矩，凡是客人，不分老小，一律叫少爷的。妓院的丫头，叫了他一声朱少爷，姓朱的劈面就是一个巴掌打过去道：'我明明是老爷，你为甚么叫我少爷！'那丫头哭了，登时就两下里大闹起来。妓馆的人，便暗暗的出去叫巡捕。姓袁的知机，乘人乱时，溜了出去，一口气跑回城里花园衖公馆里去了。那姓朱的还在那里'羔子''王八蛋'的乱骂。一时巡捕来了，不由分晓，拉到了巡捕房里去，关了一夜。到明天解公堂。他和公堂问官是认得的，到了堂上，他抢上一步，对着问官拱拱手，弯弯腰道：‘久违了。’那问官吃了一惊，站起来也弯弯腰道：‘久违了。呀！这是朱大老爷，到这里甚么事？’那捉他的巡捕见问官和他认得，便一溜烟走了。妓馆的人，本来照例要跟来做原告的，到了此时，也吓的抱头鼠窜而去。堂上陪审的洋官，见是华官的朋友，也就不问了，姓朱的才徜徉而去。当时有人编出了一个小说的回目，是：‘朱司马被困棋盘街，袁大令逃回花园衖。’”

我道：“那偷东西的便怎么办法呢？”德泉道：“那是一案一案不同的。”我道：“偷的还是贼呢，还是嫖客呢？”德泉道：“偷东西自是个贼，然而他总是扮了嫖客去的多；若是撬窗挖壁的，那又不奇了。”子安插嘴道：“那偷水烟袋的，真是一段新闻。这个人的履历，非但是新闻，简直可以按着他编一部小说，或者编一出戏来。”我忙问甚么新闻。德泉道：“这个说起来话长，此刻事情多着呢，说得连连断断的无味，莫若等到晚上，我们说着当谈天罢。”于是各干正事去了。

下午时候，那辛若江又带了两个人来，手里都捧着如意匣子，却又都是些不堪的东西，鬼混了半天才去。我乘暇时，便向德泉要了帐册来，对了几篇，不觉晚了。

晚饭过后，大家散坐乘凉，复又提起妓馆偷烟袋的事情来。德泉道：“其实就是那么一个人，到妓馆里偷了一支银水烟袋，妓馆报了巡捕房，被包探查着了，捉了去；后来却被一个报馆里的主笔保了出来，并没有重办，就是这么回事了。若要知道他前后的细情，却要问子安。”子安道：“若要细说起来，只怕谈到天亮也谈不完呢，可不要厌烦？”我道：“那怕今夜谈不完，还有明夜，怕甚么呢。”

子安道：“这个人姓沈，名瑞，此刻的号是经武。”我道：“第一句通名先奇，难道他以前不号经武么？”子安道：“以前号辑五，是四川人，从小就在一家当铺里学生意。这当铺的东家是姓山的，号叫仲彭。这仲彭的家眷，就住在当铺左近。因为这沈经武年纪小，时时叫到内宅去使唤，他就和一个丫头鬼混上了。后来他升了个小伙计，居然也一样的成家生子，却心中只忘不了那个丫头。有一天，事情闹穿了，仲彭便把经武撵了，拿丫头嫁了。谁知他嫁到人家去，闹了个天翻地覆，后来竟当着众人，把衣服脱光了。人家说他是个疯子，退了回来。这沈经武便设法拐了出来，带了家眷，逃到了湖北，住在武昌，居然是一妻一妾，学起齐人来。

“他的神通可也真大，又被他结识了一个现任通判，拿钱出来，叫他开了个当铺，不上两年就倒了。他还怕那通判同他理论，却去先发制人，对那通判说：‘本钱没了，要添本；若不添本，就要倒了。’通判说：‘我无本可添，只得由他倒了。’他说：‘既如此，倒了下来要打官司，不免要供出

你的东家来；你是现任地方官，做了生意要担处分的。’那通判急了，和他商量，他却乘机要借三千两银子讼费，然后关了当铺门。他把那三千银子，一齐交给那拐来的丫头。等到人家告了，他就在江夏县监里挺押起来。那丫头拿了他的三千银子，却往上海一跑。他的老婆，便天天代他往监里送饭。足足的挺了三年，实在逼他不出来，只得取保把他放了。他被放之后，撇下了一个老婆、两个儿子，也跑到上海来了。亏他的本事，被他把那丫头找着了，然而那三千银子，却一个也不存了。于是两个人又过起日子来，在胡家宅租了一间小小的门面，买了些茶叶，搀上些紫苏、防风之类，贴起一张纸，写的是‘出卖药茶’。两个人终日在店面坐着，每天只怕也有百十来个钱的生意。

“谁知那位山仲彭，年纪大了，一切家事都不管，忽然高兴，却从四川跑到上海来逛一趟。这位仲彭，虽是个当铺东家，却也是个风流名士，一到上海，便结识了几个报馆主笔。有一天，在街上闲逛，从他门首经过，见他二人双双坐着，不觉吃了一惊，就踱了进去。他二人也是吃惊不小，只道捉拐子、逃婢的来了，所以一见了仲彭，就连忙双双跪下，叩头如捣蒜一般。仲彭是年高之人，那禁得他两个这种乞怜的模样，长叹一声道：‘这是你们的孽缘，我也不来追究了！’二人方才放了心。仲彭问起经武的老婆，经武便诡说他死了；那丫头又千般巴结，引得仲彭欢喜，便认做了女儿。那丫头本来粗粗的识得几个字，仲彭自从认了他做女儿之后，不知怎样，就和一个报馆主笔胡绘声说起。绘声本是个风雅人物，听说仲彭有个识字的女儿，就要见见；仲彭带去见了，又叫他拜绘声做先生。这就是他后来做贼得保的来由了。

“从此之后，那经武便搬到大马路去，是个一楼一底房子，胡乱弄了几种丸药，挂上一个京都同仁堂的招牌，又在报上登了京都同仁堂的告白。谁知这告白一登，却被京里的真正同仁堂看见了，以为这是假冒招牌，即刻打发人到上海来告他。”正是：

影射须知干例禁，衙门准备会官司。

未知他这场官司胜负如何，且待下回再记。

第二十九回
送出洋强盗读西书　卖轮船局员造私货

"京都大栅栏的同仁堂，本来是几百年的老铺，从来没有人敢影射他招牌的。此时看见报上的告白，明明说是京都同仁堂分设上海大马路，这分明是影射招牌，遂专打发了一个能干的伙计，带了使费出京，到上海来，和他会官司。这伙计既到上海之后，心想不要把他冒冒失失的一告，他其中怕别有因由，而且明人不作暗事，我就明告诉了他要告，他也没奈我何，我何不先去见见这个人呢。想罢，就找到他那同仁堂里去。他一见了之后，问起知道真正同仁堂来的，早已猜到了几分。又连用说话去套那伙计。那伙计是北边人，直爽脾气，便直告诉了他。他听了要告，倒连忙堆下笑来，和那伙计拉交情。又说：'我也是个伙计，当日曾经劝过东家，说宝号的招牌是冒不得的，他一定不信，今日果然宝号出来告了。好在吃官司不关伙计的事。'又拉了许多不相干的话，和那伙计缠着谈天。把他耽搁到吃晚饭时候，便留着吃饭，又另外叫了几样菜，打了酒，把那伙计灌得烂醉如泥，便扶他到床上睡下。"

子安说到这里，两手一拍道："你们试猜他这是甚么主意？那时候，他铺子里只有门外一个横招牌，还是写在纸上，糊在板上的；其馀竖招牌，一个没有。他把人家灌醉之后，便连夜把那招牌取下来，连涂带改的，把当中一个'仁'字另外改了一个别的字。等到明日，那伙计醒了，向他道歉。他又同人家谈了一会，方才送他出门。等那伙计出了门时，回身向他点头，他才说道：'阁下这回到上海来打官司，必要认清楚了招牌方才可告。'那伙计听说，抬头一看，只见不是同仁堂了，不禁气的目定口呆。可笑他火热般出京，准备打官司，只因贪了两杯，便闹得冰清水冷的回去。从此他便自以为足智多谋，了无忌惮起来。上海是个花天酒地的地方，跟着人家出来逛逛，也是有的。他不知怎样逛的穷了，没处想法子，却走到妓馆里打茶围，把人家的一支银水烟袋偷了；人家报了巡捕房，派了包探一查，把他查着了，捉到巡捕房，解到公堂惩办。那丫头急了，走到胡绘声那里，长跪不起的哀求。胡绘声却不过情面，便连夜写一封信到新衙门里，保了出来。他因为辑五两个字的号，已在公堂存了窃案，所以才改了个经武，混到此刻，听说生意还过得去呢。这个人的花样也真多，倘使常在上海，不知还要闹多少新闻呢。”德泉道：“看着罢，好得我们总在上海。”我笑道：“单为看他留在上海，也无谓了。”大家笑了一笑，方才分散安歇。

自此每日无事便对帐；或早上，或晚上，也到外头逛一回。这天晚上，忽然想起王伯述来，不知可还在上海，遂走到谦益栈去望望。只见他原住的房门锁了，因到帐房去打听。乙庚说：“他今年开河头班船就走了，说是进京去的，直到此时，没有来过。”我便辞了出来。

正走出大门，迎头遇见了伯父。伯父道：“你到上海作甚么？”我道：“代继之买东西。那天看了辕门抄，知道伯父到苏州，赶着到公馆里去送行，谁知伯父已动身了。”伯父道：“我到了此地，有事耽搁住了，还不曾去得。你且到我房里去一趟。”我就跟着进来。到了房里，伯父道：“你到这里找谁？”我道：“去年住在这里，遇见了王伯述姻伯，今晚没事，来看看他，谁知早就动身了。”伯父道：“我们虽是亲戚，然而这个人尖酸刻薄，你可少亲近他。你想，放着现成的官不做，却跑来贩书，成了个甚么样了！”我道：“这是抚台要撤他的任，他才告病的。”伯父道：“撤任也是他自取的，谁叫他批评上司！我问你：我们家里有一个小名叫土儿的，你记得这个人么？”我道：“记得。年纪小，却同伯父一辈的，我们都叫他小七叔。”伯父道：“是那一房的？”我道：“是老十房的，到了侄儿这一辈，刚刚出服。我父亲才出门的那一年，伯父回家乡去，还逗他玩呢。”伯父道：“他不知怎么，也跑到上海来了，在某洋行里。那洋行的买办是我认得的，告诉了我。我没有去看他。我不过这么告诉你一声罢了，不必去找他。家里出来的人，是惹不得的。”正说话时，只见一个人，拿进一张条子来，却是把字写在红纸背面的。伯父看了，便对那人道：“知道了。”又对我道：“你先去罢，我也有事要出去。”

我便回到字号里，只见德泉也才回来。我问道：“今天有半天没见呢，有甚么贵事？”德泉叹口气道：“送我一个舍亲到公司船上，跑了一次吴淞。”我道：“出洋么？”德泉道：“正是，出洋读书呢。”我道：“出洋读书是一件好事，又何必叹气呢？”德泉道：“小孩子不长进，真是没法，这送他出洋读书，也是无可奈何的。”我道：“这也奇了！这有甚么无可奈何的事？既是小孩子不长进，也就不必送他去读书了。”德泉道：“这件事说出来，真是出人意外。舍亲是在上海做买办的，多了几个钱，多讨了几房姬妾，生的儿子有七八个，从小都是骄纵的，所以没有一个好好的学得成人。单是这一个最坏，才上了十三四岁，便学的吃喝嫖赌，无所不为了。在家里还时时闯祸。他老子恼了，把他锁起来；锁了几个月，他的娘代他讨情放了。他得放之后，就一去不回。他老子倒也罢了，说只当没有生这个孽障。有一夜，无端被强盗明火执仗的抢了进来，一个个都是涂了面的，抢了好几千银子的东西；临走还放了一把火，亏得救得快，没有烧着。事后开了失单，报了官，不久就捉住了两个强盗，当堂供出那为首的来。你道是谁？就是他这个儿子！他老子知道了，气得一个要死，自己当官销了案，把他找了回去，要亲手杀他；被多少人劝住了，又把他锁起来。然而终久不是可以长监不放的，于是想出法子来，送他出洋去。”我道：“这种人，只怕就是出洋，也学不好的了。”德泉道：“谁还承望他学好，只当把他撵走了罢。”

子安道：“方才我有个敝友，从贵州回来的，我谈起买如意的事，他说有一支很别致的，只怕大江南北的玉器店，找不出一个来；除非是人家家藏的，可以有一两个。”我问是甚么的。子安道：“东西已经送来了，不妨拿来大家看看，猜是甚么东西。”于是取出一个纸匣来，打开一看，这东西颜色很红，内中有几条冰裂纹，不是珊瑚，也不是玛瑙，拿起来一照，却是透明的；这东西好像常常看见，却一时说不出他的名来。子安笑道：“这是雄精雕的。”这才大家明白了。我问价钱。子安道：“便宜得很！只怕东家嫌他太贱了。”我道：“只要东西人家没有的，这倒不妨。”子安道：“要不是透明的，只要几吊钱；他这是透明的，来价是三十吊钱光景。不过贵州那边钱贵，一吊钱差不多一两银子，就合到三十两银子了。”我道：“你的贵友还要赚呢。”子安道：“我们买，他不要赚；倘是看对了，就照价给他就是了。”我道：“这可不好。人家老远带来的，多少总要叫他赚点，就同我们做生意一般，那里有照本买的道理。”子安道：“不妨，他不是做生意的；况且他说是原价三十吊，焉知他不是二十吊呢。”我道：“此刻灯底，怕颜色看不真，等明天看了再说罢。”于是大家安歇。

次日再看那如意，颜色甚好，就买定了，另外去配紫檀玻璃匣子。只是那小轮船，一时没处买。德泉道：“且等后天礼拜，我有个朋友说有这个东西，要送来看，或者也可以同那如意一般，捞一个便宜货。”我问是那里的朋友。德泉道：“是一个制造局画图的学生，他自己画了图，便到机器厂里，叫那些工匠代他做起来的。”我道：“工匠们都有正经公事的，怎么肯代他做这玩意东西？”德泉道：“他并不是一口气做成功的，今天做一件，明天做一件，都做了来，他自己装配上的。”

这天我就到某洋行去，见那远房叔叔，谈起了家里一切事情，方知道自我动身之后，非但没有修理祠堂，并把祠内的东西，都拿出去卖；起先还是偷着做，后来竟是彰明较著的了。我不觉叹了口气道：“倒是我们出门的，眼底里干净！”叔叔道：“可不是么！我母亲因为你去年回去，办事很有点见地，说是到底出门历练的好，姑娘们一个人，出了一次门，就把志气练出来了。恰好这里买办，我们沾点亲，写信问了他，得他允了就来，也是回避那班人的意思。此刻不过在这里闲住着，只当学生意，看将来罢了。”我道："可有钱用么？"叔叔道："才到了几天，还不曾知道。"谈了一会，方才别去。我心中暗想，我伯父是甚么意思，家里的人，一概不招接，真是莫明其用心之所在；还要叫我不要理他，这才奇怪呢！

过了两天，果然有个人拿了个小轮船来。这个人叫赵小云，就是那画图学生。看他那小轮船时，却是油漆的崭新，是长江船的式子。船里的机器，都被上面装的房舱、望台等件盖住。这房舱、望台，又都是活动的，可以拿起来，就是这船的一个盖就是了，做得十分灵巧。又点火试过，机器也极灵动。德泉问他价钱。小云道："外头做起来，只怕不便宜，我这个只要一百两。"德泉笑道："这不过一个玩意罢了，谁拿成百银子去买他！"小云道："这也难说。你肯出多少呢？"德泉道："我不过偶然高兴，要买一个玩玩，要是二三十块钱，我就买了他，多可出不起，也犯不着。"我见德泉这般说，便知道他不曾说是我买的，索性走开了，等他去说。

等了一会，那赵小云走了。我问德泉说的怎么。德泉道："他减定了一百元，我没有还他实价，由他摆在这里罢。他说去去就来。"我道："发昌那个旧的不堪，并且机器一切都露在外面的，也还要一百元呢。"德泉道："这个不同。人家的是下了本钱做的；他这个是拿了皇上家的钱，吃了皇上家的饭，教会了他本事，他却用了皇上家的工料，做了这个私货来换钱，不应该杀他点价么！"我道："照这样做起私货来，还了得！"德泉道："岂但这个！去年外国新到了一种纸卷烟的机器，小巧得很，卖两块钱一个。他们局里的人，买了一个回去；后来局里做出来的，总有二三千个呢，拿着到处去送人。却也做得好，同外国来的一样，不过就是壳子上不曾镀镍。"我问甚么叫镀镍。德泉道："据说镍是中国没有的，外国名字叫Nickel，中国译化学书的时候，便译成一个'镍'字。所有小自鸣钟、洋灯等件，都是镀上这个东西。中国人不知，一切都说他是镀银的，那里有许多银子去镀呢。其实我看云南白铜，就是这个东西；不然，广东琼州嵝峒的铜，一定是的。"我道："铜只怕没有那么亮。"德泉笑道："那是镀了之后擦亮的。你看元宝，又何尝是亮的呢。"我道："做了三千个私货，照市价算，就是六千洋钱，还了得么！"德泉道："岂只这个！有一回局里的总办，想了一件东西，照插銮驾的架子样缩小了，做一个铜架子插笔；不到几时，合局一百多委员、司事的公事桌上，没有一个没有这个东西的。已经一百多了，还有他们家里呢，还有做了送人的呢；后来闹到外面铜匠店，仿着样子也做出来了，要买四五百钱一个呢。其馀切菜刀、劈柴刀、杓子，……总而言之，是铜铁东西，是局里人用的，没有一件不是私货。其实一个人做一把刀，一个杓子，是有限得很；然而积少成多，这笔帐就难算了，何况更是历年如此呢。私货之外，还有一个偷。……"

说到这里，只见赵小云又匆匆走来道："你到底出甚么价钱呀？"德泉道："你到底再减多少呢？"小云道："罢，罢！八十元罢。"德泉道："不必多说了，你要肯卖时，拿四十元去。"小云道："我已经减了个对成，你还要折半，好很呀！"德泉道："其实多了我买不起。"小云道："其实讲交情呢，应该送给你；只是我今天等着用。这样罢，你给我六十元，这二十元算我借的，将来还你。"德泉道："借是借，买价是买价，不能混的。你要拿五十元去罢，恰好有一张现成的票子。"说罢，到里间拿了一张庄票给他。小云道："何苦又要我走一趟钱庄，你就给我洋钱罢。"德泉叫子安点洋钱给他，他又嫌重，换了钞票才去。临走对德泉道："今日晚上请你吃酒，去么？"德泉道："那里？"小云道："不是沈月卿，便是黄银宝。"说着，一径去了。德泉道："你看！卖了钱，又这样化法。"

我道："你方才说那偷的，又是甚么？"德泉道："只要是用得着的，无一不偷。他那外场面做得实在好看，大门外面，设了个稽查处，不准拿一点东西出去呢。谁知局里有一种烧不透的煤，还可以再烧小炉子的，照例是当煤渣子不要的了，所以准局里人拿到家里去烧，这名目叫做'二煤'，他们整箩的抬出去。试问那煤箩里要藏多少东西！"我道："照这样说起来，还不把一个制造局偷完了么！"说话时，我又把那轮船揭开细看。德泉道："今日礼拜，我们写个条子请佚庐来，估估这个价，到底值得了多少。"我道："好极，好极！"于是写了条子去请，一会到了。正是：

要知真价值，须俟眼明人。

不知估得多少价值，且待下回再记。

第三十回 试开车保民船下水 误纪年制造局编书

当下方佚庐走来，大家招呼坐下。德泉便指着那小轮船，请他估价。佚庐离坐过来，德泉揭开上层，又注上火酒点起来，一会儿机船转动。佚庐一一看过道："买定了么？"德泉道："买定了。但不知上当不上当，所以请你来估估价。"佚庐道："要三百两么？"德泉笑道："只化了一百两银子。"佚庐道："那里有这个话！这里面的机器，何等精细！他这个何尝是做来玩的，简直照这个小样放大了，可以做大的，里面没有一样不全备。只怕你们虽买了来，还不知他的窍呢。"说罢，把机簧一拨，那机件便转的慢了，道："你看，这是慢车。"又把一个机簧一拨，那机件全停了，道："你看，这是停车了。"说罢，又另拨一个机簧，那机件又动起来，佚庐问道："你们看得出来么？这是倒车了。"留神一看，两傍的明轮，果然倒转。佚庐又仔细再看道："只怕还有汽筒呢。"向一根小铜丝上轻轻的拉了一下，果然呜呜的放出一下微声，就像箫上的"乙"音。佚庐不觉叹道："可称精极了！三百两的价，我是估错的。此刻有了这个样子，就叫我照做，三百两还做不起来呢。但是白费了工夫，那倒车、慢车、停车、放汽，都要人去弄的，那里找个小人去弄他呢。倒底买了多少？"德泉道："的确是一百两买来的。"佚庐道："没有的话，除非是贼赃。"

德泉笑道："虽不是贼赃，却也差不多。"遂把画图学生私造的话说了。佚庐叹道："这也难怪他们。人家听见说他们做私货，就都怪学生不好；依我说起来，实在是总办不好。你所说的赵小云，我也认识他，我并且出钱请他画过图。他在里面当了上十年的学生，本事学的不小了。此刻要请一个人，照他的本事，大约百把银子一个月，也没有请处；他在局里，却还是当一个学生的名目，一个月才四吊钱的膏火，你叫他怎么够用！可不要出这些花样了？可笑那些总办，眼光比绿豆还小，有一回画图教习上去回总办，说这个赵小云本事学出了，求总办派他个差事，起点薪水。你猜总办说句甚么话？他说：'起初十两、八两的薪水，不够他坐马车呢。'"我道："奇了！怎么发出这么一句话来？"佚庐道："总是赵小云坐了马车，被他碰见了一两次，才有这话呢。本来为的是要人才，才教学生；教会了，就应该用他；用了他，就应该给他钱；给了他钱，他化他的，你何必管他坐牛车、马车呢。就如从前派到美国去的学生，回来了也不用，此刻有多少在外头当洋行买办，当律师翻译的。我化了钱，教出了人，却叫外国人去用，这才是'楚材晋用'呢。此刻局里有本事的学生不少，听说一个个都打算向外头谋事。你道这都不是总办之过么？"

德泉道："其实那做总办的，那一个懂得这些。几时得能够你去做了总办就好了。"佚庐道："我又懂得甚么呢！不过有一层，是考究过工艺的做起来，虽不敢说十分出色，也可以少上点当。你们知道那保民船，才笑话呢！未开工之前，单为了这条船，专请了一个外国人做工师，打出了船样，总办看了，叫照样做。那时锅炉厂有一个中国工师，叫梁桂生，是广东人，他说这样子不对，照他的龙骨，恐怕走不动；照他的舵，怕转不过头来。锅炉厂的委员，就去回了总办。那总办倒恼起来了，说：'梁桂生他有多大的本领！外国人打的样子，还有错的么？不信他比外国人还强！'委员碰了钉子，便去埋怨梁桂生。桂生道：'不要埋怨，有一天我也会还他一个钉子。就照他做罢。'于是乎劳民伤财的做起来。好容易完了工，要试车了，总办请了上海道及多少官员到船上去，还有许多外国人也来看。出了船坞，便向闵行驶去。足足走了六七点钟之久，才望见闵行的影子。及至要回来时，却回不过头来，凭你把那舵攀足了，那个船只当不知；无可奈何，只得打倒车回来，益发走的慢了。各官员都是有事的，不觉都焦燥起来，于是打发人放舢舨登岸，跑回局里去，招呼放了小轮船去，把主人接回。那保民船直到天黑后，才捱了回来。这一来总办急了，问那外国人。那外国人说修得好的。谁知修了个把月，依然如故。无可奈何，只得叫了梁桂生去商量。桂生道：'这个都是依了外国人图样做的，但不知有走了样没有；如果走了样，少不得工匠们都要受罚。'总办道：'外国人说过，并不曾走样。'桂生道：'那么就问外国人。'总办道：'他总弄不好，怎样呢？'桂生道：'外国人有通天的本事，那里会做不好；既然外国人也做不好，我们中国人更是不敢做了。'总办碰了他这么一个软钉子，气的又不敢恼出来，只得和他软商量。他却始终说是没有法子。总办没奈他何，等他去了，又叫了委员去商量。那些委员懂得甚么，除了磕头请安之外，便是拿钱吃饭，还有的是逢迎总办的意旨罢了，所以商量了半天，仍旧没法，只得仍然和桂生商量。桂生道：'这个有甚么法子呢，只好另做一个。'委员吐了舌头出来道：'那么怎样报销？'这件事被桂生作难了许久，把他前头受的恶气都出尽了，才换上一门舵，把船后头的一段龙骨改了，这才走得动、回得转，然而终是走得慢。你们看，这不是笑话么。倘使懂得工艺的总办，何至于上这个当！"

我道："最奇的他们只信服外国人，这是甚么意思？"佚庐道："这些制造法子，本来都是外国来的，也难怪他们信服外国人。但是外国人也有懂的，也有不懂的，譬如我们中国人专门会作八股，然而也必要读书人才会；读书人当中，也还有作的好，作的丑之分呢。叫我们生意人看着他，就一窍不通的了。难道是个中国人就会作八股么？他们的工艺，也是这样。然而官场中人，只要看见一个没辫子的，那怕他是个外国化子，也看得他同天上神仙一般。这个全是没有学问之过。"

我问道："佚翁才说的，那里面的委员，甚么都不懂，他们办些甚么事呢？"佚庐道："其实那里头无所谓委员，一切都是司事；不过两个管厂的，薪水大点，就叫他委员罢了。他们无非是记个工帐，还有甚么事办呢；还有连工帐都记不来的，一个字不识的人，都有在里面。要问起他们的来历，却是当过兵的也有，当过底下人的也有。我小号和局里常有交易，所以我也常常到局里去。前几年里头，有个笑话：我到了局里，只看见一个司事，抱着一块虎头牌，在那里号啕大哭着跑来跑去，一面哭着，嘴里嚷着叫老太太。"我道："只怕是他老太太没了。"德泉道："只怕是的。"佚庐道："没了老太太，他何必抱着虎头牌呢？"我道："不然，这个办公事的地方，何以忽然叫起个女人来？”佚庐道：“便是我当日也疑惑得很。后来打听了他的同事，方才知道。那时候的总办是李勉林。这个司事叫甚么周寄芸，从前兵燹的时候，曾经背负了那位李老太太在兵火里逃出来的；后来这位李总办得了这个差，便栽培他，在局里派他一件事。这天不知为了甚么事，李总办挂出牌来，开除了他，所以他抱着那块牌子哭。”我道：“哭便怎样？这也无谓极了！”佚庐道：“你听我说呢。那时那位李老太太迎养在局里，他哭跳了一回，扛着那牌去见老太太，果然被他把那事情哭回来了。你想代人家背负了女眷逃难的，是甚么出身！”我道：“讲究实业的地方，用了这种人，那里会搅得好！那李总办也无谓得很，你要报私恩，就送他几两银子罢了，这种人那里办得事来！”佚庐道：“你说他不能办事，他却是越弄越红起来呢。今年现在的这位总办，给他一个札子，叫他管理船厂，居然是委员了。”我笑了笑道：“偏是这样人他会红，真是奇事！”

佚庐道：“船厂的工师，告诉了我一件事，大家笑了好几天。他奉了札子，到了船厂，便传齐了一切工匠、小工、护勇等人，当面分付说：‘今天蒙总办的恩典，做了委员，你们从此要叫我“周老爷”了，不能再叫我“周师爷”的了。’”说的我和德泉都哈哈大笑起来。金子安在帐房里，也出来问笑甚么。

佚庐道：“还有好笑的呢。他到了船厂之日，先吊了众工匠、小工花名册来看。这本来是一件公事。你道他看甚么？他看过之后，就指了几名工匠来，逼勒着他们改了名字，说：‘你的名字犯了总办祖上的讳，他的名字犯了总办的讳；虽然不是这个字，然而同音也是不应该的。你们怎么这等没王法！那怕你犯了我的讳，倒不要紧。’”说的众人又是一场好笑。

佚庐道：“还有好笑的呢。局里有一个裁缝，叫做冯涤生。有一回，这裁缝承办了一票号衣，未免写个承揽单，签上名字。不知怎样被他看见了，吓得他面无人色。”说到这里，顿住了道：“你们猜他为甚么吃惊？”大家想了一会，都猜不出，催他快点说。佚庐道：“他指着那裁缝的名字道：‘你好大胆！没规矩，没王法的！犯了这制造局的开山始祖曾中堂、曾文正公的讳！况且曾中堂又是现任总办的丈人，你还想吃饭么！’裁缝道：‘曾中堂叫曾国藩，不叫涤生。’他听了，登时暴跳如雷起来，大喝道：‘你可反了！提了曾中堂的正讳叫起来！你知道这两个字，除了皇帝，谁敢提在口里！你用的两个字，虽不是正讳，却是个次印。你快快换写一张，改了名字。这个拿上去，总办看了，也要生气的。’”众人又是一笑。佚庐道：“那裁缝只得换写一张，胡乱改了个甚么阿猫、阿狗的名字，他才快活了，还拿这个话去回了总办请功呢。”众人更是狂笑不止。我道：“这个人不料有许多笑话。还有没有，何妨再说点我们听听。”佚庐道：“我不过道听途说罢了，倘使他们局里的人说起来，只怕新鲜笑话多着呢。”

此时已是晚饭的时候，便留佚庐便饭。他同德泉是极熟的，也不推辞。一时饭罢，大家坐到院子里乘凉，闲闲的又谈起制造局来。我问起这局的来历。佚庐道：“制造局开创的总办是冯竹儒，守成的是郑玉轩、李勉林，以后的就平常得很了。到了现在这一位，更是百事都不管，天天只在家里念佛。你想那个局如何会办得好呢。”我道：“开创的颇不容易。”佚庐道：“正是。不讲别的，偌大的一个局，定那章程规则，就很不容易。冯总办的时候，规矩极严，此刻宽的不像样子了。据他们说：当日冯总办，每天亲巡各厂去查工，晚上还查夜。有一夜极冷，有两三个司事同住在一个房里，大家烧了一小炉炭御寒；可巧冯总办查夜到了，吓得他们甚么似的，内中一个，便把这个炭炉子藏在椅子底下，把身子挡住。偏偏他老先生又坐下来谈了几句天才去，等他去后，连忙取出炭炉时，那椅面已经烘的焦了；倘使他再不走，坐这把椅子的那位先生，屁股都要烧了呢。此刻一到冬天，那一个司事房里没有一个煤炉，只举此一端，其馀就可想了。这位总办，别的事情不懂，一味的讲究节省，局里的司事穿一件新衣服，他也不喜欢，要说闲话。你想赵小云坐马车，被他看见了，他也不愿意，就可想而知了。其实我看是没有一处不糜费。单是局里用的几个外国人，我看就大可以省得。他们拿了一百、二百的大薪水，遇了疑难的事，还要和中国工师商量，这又何苦用着他呢。还有广方言馆那译书的，二三百银子一月，还要用一个中国人同他对译，一天也不知译得上几百个字，成了一部书之后，单是这笔译费就了不得。”

我道：“却译些甚么书呢？”佚庐道：“都有。天文、地理、机器、算学、声光、电化，都是全的。”我道：“这些书倒好，明日去买他两部看看，也可以长点学问。”佚庐摇头道：“不中用。他所译的书，我都看过，除了天文我不懂，其馀那些声光电化的书，我都看遍了，都没有说的完备。说了一大篇，到了最紧要的窍眼，却不点出来。若是打算看了他作为谈天的材料，是用得着的；若是打算从这上头长学问，却是不能。”我道：“出了偌大薪水，怎么译成这么样？”佚庐道：“这本难怪。大凡译技艺的书，必要是这门技艺出身的人去译，还要中西文字兼通的才行；不然，必有个词不达意的毛病。你想他那里译书，始终是这一个人，难道这个人就能晓尽了天文、地理、机器、算学、声光、电化各门么？外国人单考究一门学问，有考了一辈子考不出来，或是儿子，或是朋友，去继他志才考出来的。谈何容易，就胡乱可以译得！只怕许多名目还闹不清楚呢；何况又两个人对译，这又多隔了一层膜了。”我道：“胡乱看看，就是做了谈天的材料也好。”

佚庐道：“也未尝不可以看看，然而也有误人的地方。局里编了一部

《四裔编年表》，中国的年代，却从帝喾编起。我读的书很少，也不敢胡乱批评他，但是我知道的，中国年代，从唐尧元年甲辰起，才有个甲子可以纪年，以前都是含含糊糊的，不知他从那里考得来。这也罢了。谁知到了周朝的时候，竟大错起来。你想拿年代合年代的事，不过是一本中西合历，只费点翻检的工夫罢了，也会错的，何况那中国从来未曾经见的学问呢。”我道：“是怎么错法呢？是把外国年份对错了中国年份不是？”佚庐道：“这个错不错，我还不曾留心。只是中国自己的年份错了，亏他还刻出来卖呢。你要看，我那里有一部，明日送过来你看。我那书头上，把他的错处，都批出来的。”正是：

不是山中无历日，如何岁月也模糊？

当下夜色已深，大家散了。要知他错的怎么，且待我看过了再记。

第三十一回
论江湖揭破伪术　小勾留惊遇故人

到了次日午后，方佚庐果然打发人送来一部《四裔编年表》。我这两天帐也对好了，东西也买齐备了，只等那如意的装璜匣子做好了，就可以动身，左右闲着，便翻开来看。见书眉上果然批了许多小字，原书中国历数，是从少昊四十年起的，却又注上“壬子”两个字。我便向德泉借了一部《纲鉴易知录》，去对那年干。从唐尧元年甲辰起，逆推上去，帝挚在位九年，帝喾在位七十年，颛顼氏在位七十八年，少昊氏在位八十四年；从尧元年扣至少昊四十年，共二百零一年。照着甲辰干支逆推上去，至二百零一年应该是癸未，断不会变成壬子之理。这是开篇第一年的中国干支已经错了。他底下又注着西历前二千三百四十九年。我又检查一检查，耶稣降生，应该在汉哀帝元寿二年；逆推至汉高祖乙未元年，是二百零六年；又加上秦四十二年，周八百七十二年，商六百四十四年，夏四百三十九年，舜五十年，尧一百年，帝挚九年，帝喾七十年，颛顼氏七十八年，少昊共在位八十四年：扣至四十年时，西历应该是耶稣降生前二千五百五十五年。其中或者有两回改换朝代的时候，参差了三两年，也说不定的，然而照他那书上，已经差了二百年了。开卷第一年，就中西都错，真是奇事。又翻到第三页上，见佚庐书眉上的批写着：“夏帝启在位九年，太康二十九年，帝相二十八年；自帝启五年至帝相六年，中间相距五十一年。今以帝启五年作一千九百七十四年，帝相六年作一千九百三十七年，中间相距才三十七年耳，此处即舛误十四年之多矣”云云。以后逐篇翻去，都有好些批，无非是指斥编辑的，算去却都批的不错。

金子安跑过来对我一看道：“呀！你莫非在这里打铁算盘？”我此时看他错误的太多，也就无心去看。想来他把中西的年岁，做一个对表，尚且如此错误，中间的事迹，我更无可稽考的，看他做甚么呢。正在这么想着，听得金子安这话，我便笑问道：“怎么叫个铁算盘？我还不懂呢。”金子安道：“这里又摆着历本，又摆着算盘，又堆了那些书，不是打铁算盘么。”我问到底甚么叫铁算盘。子安道：“不是拿算盘算八字么？”我笑道：“我不会这个，我是在这里算上古的年数。”子安道：“上古的年数还算他做甚么？”我问道：“那铁算盘到底是甚么？”子安道：“是算命的一个名色。大概算命的都是排定八字，以五行生克推算，那批出来的词句，都是随他意写出来的；惟有这铁算盘的词句，都在书上刻着，排八字又不讲五行，只讲数目，把八个字的数目叠起来，往书上去查，不知他怎样的加法，加了又查，每查着的，只有一个字，慢慢加上，自然成文，判断的很有灵验呢。”我道：“此刻可有懂这个的？何妨去算算。”

说话间，管德泉走过来说道：“江湖上的事，那里好去信他！从前有一个甚么吴少澜，说算命算得很准，一时哄动了多少人。这里道台冯竹儒也相信了，叫他到衙门里去算，把合家男女的八字，都叫他算起来。他的兄弟吉云有意要试那吴少澜灵不灵，便把他家一个底下人和一个老妈子的八字，也写了搀在一起。及至他批了出来，底下人的命，也是甚么正途出身，封疆开府；那老妈子的命，也是甚么恭人、淑人，夫荣子贵的。你说可笑不可笑呢！”

子安道：“这铁算盘不是这样的。拿八字给他看了，他先要算父母在不在，全不全，兄弟几人；父母不全的，是那一年丁的忧，或丧父或丧母。先把这几样算的都对了，才往下算；倘有一样不对，便是时辰错了，他就不算了。”

德泉道：“你还说这个呢！你可知前年京里，有一个算隔夜数的，他说今日有几个人来算命，他昨夜已经先知道的，预先算下。要算命的人，到他那里，先告诉了他八字；又要把自己以前的事情，和他说知，如父母全不全，兄弟几个，那一年有甚么大事之类，都要直说出来。他听了，说是对的，就在抽屉里取出一张批就的八字来，上面批的词句，以前之事，无一不应；以后的事，也批好了，应不应，灵不灵，是不可知的了。”

我道：“这岂不是神奇之极了么？”德泉笑道：“谁知后来却被人家算去了！他的生意非常之好，就有人算计要拜他为师，他只不肯教人。后来来了一个人，天天请他吃馆子；起先还不在意，后来看看，每吃过了之后，到柜上去结帐，这个人取出一包碎银子给掌柜的，总是不多不少，恰恰如数。这算命的就起了疑心，怎么他能预先知道吃多少的呢？忍不住就问他。他道：‘我天天该用多少银子，都是隔夜预先算定的，该在那里用多少，那里用多少，一一算好、秤好、包好了，不过是省得临时秤算的意思。’算命的道：‘那里有这个术数？’他道：‘岂不闻一饮一啄，莫非前定；既是前定，自然有术数可以算得出了。’算命的求他教这法子。他道：‘你算命都会隔夜算定，难道这个小小术数都不会么？’算命的求之不已，他总是拿这句话回他。算命的没法，只得直说道：‘我这个法子是假的。我的住房，同隔壁的房，只隔得一层板壁，在板壁上挖了一个小小的洞；我坐位的那个抽屉桌子，便把那小洞堵住，堵小洞的那横头桌子上的板，也挖去了，我那抽屉，便可以通到隔壁房里。有人来算命时，他一一告诉我的话，隔壁预先埋伏了人，听他说一句，便写一句；这个人笔下飞快，一面说完了，一面也写完了。——至于那以后的批评，是糊里糊涂预写下的，灵不灵那个去管他呢。——写完了，就从那小洞口递到抽屉里，我取了出来给人，从来不曾被人窥破。这便是我的法子了。’那人大笑道：‘你既然懂得这个，又何必再问我的法子呢。我也不过预先算定，明日请你吃饭，吃些甚么菜，应该用多少银子，预先秤下罢了。’算命的还不信，说道：‘吃的菜也有我点的，你怎么知道我点的是甚么菜、多少价呢？’那人笑道：‘我是本京人，各馆子的情形烂熟。比方我打算定请你吃四个菜，每个一钱银子，你点了一个钱二的，我就点一个八分的来就你，你点了个六分的，我也会点一个钱四的来凑数，这有甚么难处呢。’算命的呆了一呆道：“然则你何必一定请我？’那人笑道：“我何尝要请你，不过拿我这个法子，骗出你那个法子来罢了。’说罢一场干笑。那算命的被他识穿了，就连忙收拾出京去了。你道这些江湖上的人，可以信得么！”一席话说得大家一笑。

德泉道：“我今年活了五十多岁，这些江湖上的事情，见得多了。起先我本来是极迷信的，后来听见一班读书人都斥为异端邪术，我反起了疑心，这等神奇之事，都有人不信的，我倒怪那些读书人的不是呢。后来慢慢的听得多了，方才疑心到那江湖上的事情，不能尽信，却被我设法查出了他许多作假的法子。从此以后，我的不信，是有凭据可指的，那一班读书先生，倒成了徒托空言了。我说一件事给你两位听：当日我有一位舍亲，五十多岁，只有一个儿子，才十一二岁，得了个痫症，请了许多医生，都医不好。后来请了几个茅山道士来打醮禳灾，那为头的道士说他也懂得医道，舍亲就请他看了脉。他说这病是因惊而起，必要吃金银汤才镇压得住。问他甚么叫金银汤，可是拿金子、银子煎汤。他说：‘煎汤吃没有功效，必要拿出金银来，待他作了法事，请了上界真神，把金银化成仙丹，用开水冲服，才能见效。'舍亲信了，就拿出一枝金簪、两元洋钱，请他作法。他道：'现在打醮，不能做这个；要等完了醮，另作法事，方能办到。'舍亲也依了，等完了醮，就请他做起法事来。他又说：'洋钱不能用，因为是外国东西，菩萨不鉴的，必要锭子上剪下来的碎银。'舍亲又叫人拿洋钱去换了碎银来交与他。他却不用手接，先念了半天的经，又是甚么通诚；通过了诚，才用一个金漆盘子，托了一方黄缎，缎上面画了一道符，叫舍亲把金簪、碎银放在上面。他捧到坛上去，又念了一回经卷，才把他包起来放在桌子上，撤去金漆盘子，道众大吹大擂起来；一面取二升米，撒在缎包上面，二升米撒完了，那缎包也盖没了。他又戟指在米上画了一道符，又拜了许久，念了半天经咒，方才拿他那牙笏把米扫开，现出缎包。他卷起衣袖，把缎包取来，放在金漆盘子里，轻轻打开。说也奇怪，那金簪、银子都不见了，缎子上的一道符还是照旧，却多了一个小小的黄纸包儿。拿下来打开看时，是一包雪白的末子。他说：'这就是那金银化的，是请了上界真神，才化得出来，把开水冲来服了，包管就好。'此时亲眷朋友，在座观看的人，总有二三十，就是我也在场同看，明明看着他手脚极干净，不由得不信。然而吃了下去，也不见好，后来还是请了医生看好的。在当时人人都疑是真有神仙，便是我也还在迷信时候上。多少读书人，却一口咬定是假的，他一定掉了包去；然而几人虎视眈眈的看着他，拿缎包时，总是卷起袖子，如果掉包，岂没有一个人看穿的道理。后来却被我考了出来，明明是假的，他仗着这个法子去拐骗金银，又乐得人人甘心被他拐骗，这才是神乎其技呢！"

我连忙问："是怎么假法？"德泉取一张纸，裁了两方，折了两个包，给我们看。（看官，当日管德泉是当面做给我看的，所以我一看就明白；此刻我是笔述这件事，不能做了纸包，夹在书里面，给看官们看，只能画个图出来，让看官们好按图去演做出来，方知这骗法神妙。）图如下。

起手第一折

第二折

第三折

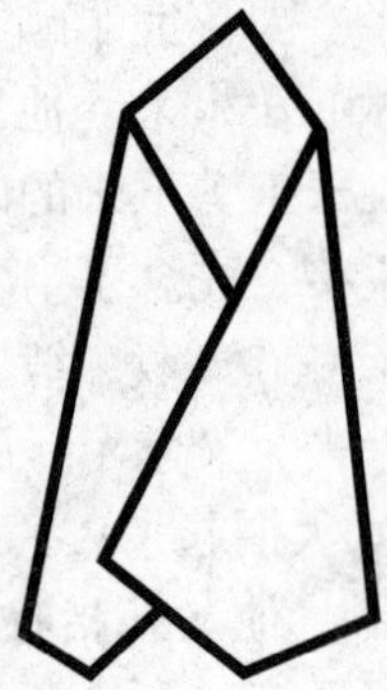

第四折

第五折正面

反面

德泉折了这一式的两个纸包道："你们看这两个纸包，是一式无异的了。他把两个包的反面对着反面，用胶水粘连起来，不成了两面都是正面，都有了包口的了么？他在那一面先藏了别的东西，却拿这一面包你的金银。纵使看的人疑心他做手脚，也不过留神在他身上袖子里，那知道他在金漆盘里拿到桌子上，或在桌子上拿回金漆盘里时，轻轻翻一个身，已经掉去了呢。"

我道："这个法子，说穿了也不算甚么稀奇。"德泉道："说穿了自然不稀奇，然而不说穿是再没有人看得出的。我初考得这个法子时，便小试其技，拿纸来做了一个小包，预包了一角小洋钱在里面；却叫人家给一个铜钱，我包在这一面，攒在手里，假意叫他吹一口气，把纸包翻过来，就变了个小洋钱。有一个年轻朋友看了，当以为真，一定要我教他。我要他请我吃了好几回小馆子，才教了他。他懊悔的了不得。"我道："教会了他，为甚倒懊悔起来呢？"德泉道："他以为果然一个铜钱，能变做一角小洋钱，他想学会了，就可以发财，所以才破费了请我吃那许多回馆子；谁知说穿了是假的，他那得不懊悔。"子安和我，不觉一齐笑起来。

我又问道："还有甚么作假的呢？"德泉道："不必说起，没有一件不是作假的，不过一时考不出来。我只说一两件，就可以概其馀了。那'祝

由科'代人治病，不用吃药，只画两道符就好了；最惊人的，用小刀割破舌头取血画符，看他割得血淋淋的，又行所无事，人人都以为神奇。其实不相干，你试叫他拿刀来把舌头横割一下，他就不能。原来这舌头竖割是不伤的，随割随就长合，并且不甚痛，常常割他，割惯了竟是毫无痛苦的；若是横割了，就流血不止，极难收口的。只要大着胆，人人都可以做得来。不信，你试细细的一想，有时吃东西，偶然大牙咬了舌边，虽有点微痛，却不十分难受；倘是门牙咬了舌尖，就痛的了不得。论理大牙的咬劲，比门牙大得多，何以反为不甚痛？这就是一横一竖的道理了。又有那茅山道士探油锅的法子，看看他作起法来，烧了一锅油，沸腾腾的滚着，放了多少铜钱下去，再伸手去一个一个的捞起来，他那只手只当不知。看了他，岂不是仙人了么？岂知他把些硼砂，暗暗的放在油锅里，只要得了些须暖气，硼砂在油里面要化水，化不开，便变了白沫，浮到油面，人家看了，就犹如那油滚了一般，其实还没有大热呢。"说话之间，已到了晚饭时候。

这一天格外炎热，晚饭过后，便和德泉到黄浦滩边，草皮地上乘了一回凉，方才回来安歇。这一夜，热的睡不着，直到三点多钟，方才退尽了暑气，朦胧睡去。忽然有人叫醒，说是有个朋友来访我。连忙起来，到堂屋一看，见了这个人，不觉吃了一惊。正是：

昨听江湖施伪术，今看骨肉出新闻。

未知此人是谁，且听下回再记。

第三十二回
轻性命天伦遭惨变　豁眼界北里试嬉游

哈哈！你道那人是谁？原来是我父亲当日在杭州开的店里一个小伙计，姓黎，表字景翼，广东人氏。我见了他，为甚吃惊呢？只因见他穿了一身的重孝，不由的不吃一个惊。然而叙起他来，我又为甚么哈哈一笑？只因我这回见他之后，晓得他闹了一件丧心病狂的事，笑不得，怒不得，只得干笑两声，出出这口恶气。

看官们听我叙来：这个人，他的父亲是个做官的，官名一个逵字，表字鸿甫。本来是福建的一个巡检，署过两回事，弄了几文，就在福州省城，盖造了一座小小花园，题名叫做水鸥小榭。生平欢喜做诗，在福建结交了好些官场名士，那水鸥小榭，就终年都是冠盖往来，日积月累的，就闹得亏空起来。大凡理财之道，积聚是极难，亏空是极易的；然而官场中的习气，又看得那亏空是极平常的事。所以越空越大，慢慢的闹得那水鸥小榭的门口，除了往来的冠盖之外，又多添了一班讨债鬼。这位黎鸿甫少尹，明知不得了，他便一不做，二不休，索性带了一妻两妾三个儿子，逃了出来，撇了那水鸥小榭也不要了。走到杭州，安顿了家小，加捐了一个知县，进京办了引见，指省浙江，又到杭州候补去了。我父亲开着店的时候，也常常和官场交易，因此认识了他。

他的三个儿子：大的叫慕枚，第二的就是这个景翼，第三的叫希铨。你道他们兄弟，为甚取了这么三个别致名字？只因他老子欢喜做诗，做名士，便望他的儿子也学他那样，因此大的叫他仰慕袁枚，就叫慕枚；第二的叫他景企赵翼，就叫景翼；第三的叫他希冀蒋士铨，就叫希铨。他便这般希望儿子，谁知他的三个儿子，除了大的还略为通顺，其次两个，连字也认不得多少，却偏又要诌两句歪诗。当年鸿甫把景翼荐到我父亲店里，我到杭州时，他还在店里，所以认得他。

当下相见毕，他就叙起别后之事来。原来鸿甫已经到了天津，在开平矿务局当差；家眷都搬到上海，住在虹口源坊衖。慕枚到台湾去谋事，死在台湾。鸿甫的老婆，上月在上海寓所死了，所以景翼穿了重孝。景翼把前事诉说已毕，又说道："舍弟希铨，不幸昨日又亡故了，家父远在开平，我近来又连年赋闲，所以一切后事，都不能举办。我们忝在世交，所以特地来奉求借几块洋钱，料理后事。"我问他要多少。景翼道："多也不敢望，只求借十元罢了。"我听说，就取了十元钱给他去了。

今天早上，下了一阵雨，天气风凉，我闲着没事，便到谦益栈看伯父。谁知他已经动身到苏州去了。又去看看小七叔，谈了一回，出来到虹口源坊衖，回看景翼，并吊乃弟之丧。到得他寓所时，恰好他送灵柩到广肇山庄去了，未曾回来，只有同居的一个王端甫在那里，代他招呼。

这王端甫是个医生。我请问过姓氏之后，便同他闲谈，问起希铨是甚么病死的。端甫只叹一口气，并不说是甚么病。我不免有点疑心，正要再问，端甫道："听景翼说起，同阁下是世交，不知交情可深厚？"我道："这也无所谓深厚不深厚，总算两代相识罢了。"端甫道："我也是和鸿甫相好。近来鸿甫老的糊涂了，这黎氏的家运，也闹了个一败涂地。我们做朋友的，看着也没奈何。偏偏慕枚又先死了，这一家人只怕从此没事的了。"我道："究竟希铨是甚么病死的？"端甫叹道："那里是病死的，是吃生鸦片烟死的呀！"我惊道："为着甚么事？"端甫道："竟是鸿甫写了信来叫他死的。"我更是大惊失色，问是甚么缘故。

端甫道："这也一言难尽。鸿甫的那一位老姨太太，本是他夫人的陪嫁丫头。他弟兄三个，都是嫡出；这位姨太太，也生过两个儿子，却养不住。鸿甫夫人便把希铨指给他，所以这位姨太太十分爱惜希铨。希铨又得了个瘫痪的病，总医不好。上前年就和他娶了个亲。这种瘫子，有谁肯嫁他，只娶了人家一个粗丫头。去年那老姨太太不在了，把自己的几口皮箱，都给了希铨。这希铨也索作怪，娶了亲来，并不曾圆房，却同一个朋友同起同卧。这个朋友是一个下等人，也不知他姓甚么，只知道名字叫阿良。家里人都说希铨和那阿良，有甚暧昧的事。希铨又本来生一张白脸，柔声下气，就和女人一般的，也怪不得人家疑心。然而这总是房帏琐事，我们旁边人却不敢乱说。这一位景翼先生，他近来赋闲得无聊极了，手边没有钱化，便向希铨借东西当，希铨却是一毛不拔的，因此弟兄们闹不对了。景翼便把阿良那节事写信给鸿甫，信里面总是加了些油盐酱醋。鸿甫得了信，便写了信回来，叫希铨快死；又另外给景翼信，叫他逼着兄弟自尽。我做同居的，也不知劝了多少。谁知这位景翼，竟是别有肺肠的，他的眼睛只看着老姨太太的几口皮箱，那里还有甚么兄弟，竟然亲自去买了鸦片烟来，立逼着希铨吃了。一头咽了气，他便去开那皮箱，谁知竟是几口空箱子，里面塞满了许多字纸、砖头、瓦石，这才大失所望。大家又说是希铨在时，都给了阿良了。然而这个却又毫无凭据的，不好去讨。只好哑子吃黄连，自家心里苦罢了。”我听了一番话，也不觉为之长叹。一会儿，景翼回来了，彼此周旋了一番，我便告辞回去。

过了两天，王端甫忽然气冲冲的走来，对我说道：“景翼这东西，真是个畜生！岂有此理！”我忙问甚么事。端甫道：“希铨才死了有多少天，他居然把他的弟妇卖了！”我道：“这还了得！卖到了甚么地方去了？”端甫道：“卖到妓院里去了！”我不觉顿足道：“可曾成交？”端甫道：“今天早起，人已经送去了；成交不成交，还没知道。”我道：“总要设法止住他才好。”端甫道：“我也为了这个，来和你商量。我今天打听了一早起，知道他卖在虹口广东妓院里面。我想不必和景翼那厮说话，我们只到妓院里，和他把人要回来再讲。所以特地来约同你去，因为你懂得广东话。”原来端甫是盂河人，不会说广东话。我笑问道：“你怎么知道我懂广东话呢？”端甫道：“你前两天和景翼说的，不是广东话么。”我道：“只怕他成了交，就是懂话也不中用。”端甫道：“所以要赶着办，迟了就怕误事。”我道：“把人要了出来，作何安置呢？也要预先筹画好了呀。”端甫道：“且要了出来再说。嫁总是要嫁的，他还没有圆过房，并且一无依靠的，又有了景翼那种大伯子，那里能叫人家守呢。”我道：“此刻天气不早了，你就在这里吃了晚饭，我同你去走走罢。左右救出这个女子来，总是一件好事。”端甫答应了。

饭后便叫了两辆东洋车，同到虹口去。那一条巷子叫同顺里。走了进去，只见两边的人家，都是乌里八糟的。走到一家门前，端甫带着我进去，一直上到楼上。这一间楼面，便隔做了两间。楼梯口上，挂了一盏洋铁洋油灯，黑暗异常。入到房里，只见安设着一张板床，高高的挂了一顶洋布帐子；床前摆了一张杉木抽屉桌子；靠窗口一张杉木八仙桌，桌上放着一盏没有磁罩的洋灯，那玻璃灯筒儿，已是熏得漆黑焦黄的了；还有一个大瓦钵，满满的盛着一钵切碎的西瓜皮，七横八竖的放着几双毛竹筷子。

我头一次到这等地方，不觉暗暗称奇，只得将就坐下。便有两个女子上来招呼，一般的都是生就一张黄面，穿了一套拷绸衫裤，脚下没有穿袜，拖了一双皮鞋，一个眼皮上还长了一个大疤，都前来问贵姓。我道："我们不是来打茶围的，要来问你们一句话，你去把你们鸨母叫了上来。"那一个便去了。我便问端甫，可认得希铨的妻子。端甫道："我同他同居，怎么不认得。"

一会儿，那鸨妇上来了。我问他道："听说你这里新来一个姑娘，为甚么不见？"鸨妇脸上现了错愕之色，回眼望一望端甫，又望着我道："没有呀。"说话时，那两个妓女，又在那里交头接耳。我冷笑道："今天姓黎的送来一个人，还没有么？"鸨妇道："委实没有。我家现在只有这两个。"我道："这姓黎的所卖的人，是他自己的弟妇，如果送到这里，你好好的实说，交了出来，我们不难为你。如果已经成交，我们还可以代你追回身价。你倘是买了不交出来，你可小心点！"鸨妇慌忙道："没有，没有！你老爷吩咐过，如果他送来我这里，也断不敢买了。"我把这番问答，告诉了端甫。端甫道："我懂得。我打听得明明白白的，怎么说没有！"我对鸨妇道："我们是打听明白了来的，你如果不交出人来，我们先要在这里搜一搜。"鸨妇笑道："两位要搜，只管搜就是。难道我有这么大的胆，敢藏过一个人。我老实说了罢：人是送来看过的，因为身价不曾讲成。我不知道这里面还有别样葛藤，幸得两位今夜来，不然，等买成了才晓得，那就受累了。"我道："他明明带到你这里来的，怎么不在这里？你这句话有点靠不住。"鸨妇道："或者他又带到别处去看，也难说的。吃这个门户饭的，不止我这一家。"我听了，又告诉了端甫，只得罢休。当下又交代了几句万不可买的话，方才出来，与端甫分手。约定明日早上，我去看他，顺便觑景翼动静，然后分投回去。

德泉问事情办得妥么。我道："事情不曾办妥，却开了个眼界。我向来不曾到过妓院，今日算是头一次。常时听见人说甚么花天酒地，以为是一个好去处，却不道是这么一个地方，真是耳闻不如目见了。"德泉道："是怎么样地方？"我就把所见的，一一说了。德泉笑道："那是最坏的地方；有好的，你没有见过。多偕我同你去打一个茶围，你便知道了。"

说时，恰好有人送了一张条子来，德泉看了笑道："那有这等巧事！说要打茶围，果然就有人请你吃花酒了。"说罢，把那条子递给我看。原来是赵小云请德泉和我到尚仁里黄银宝处吃酒。那一张请客条子，是用红纸反过来写的。德泉便对来人说："就来。"原来赵小云自从卖了那小火轮之后，曾来过两次，同我也相熟了，所以请德泉便顺带着请我。我意思要不去。德泉道："这吃花酒本来不是一件正经事，不过去开开眼界罢了。只去一次，下次不去，有甚么要紧呢。"看看钟才九点一刻，于是穿了长衣，同德泉慢慢的走去。

在路上，德泉说起小云近日总算翻了一个大身，被一个马矿师聘了去，每月薪水二百二十两，所以就阔起来了。这是制造局里几吊钱一个月的学生。你想值得到二百多两的价值，才给人家几吊钱，叫人家怎么样肯呢。我道："然而既是倒贴了他膏火教出来的，也要念念这个学出本事的源头。"德泉道："自然做学生的也要思念本源，但是你要用他呀；搁着他不用，他自然不能不出来谋事了。"我道："化了钱，教出了人材，却被外人去用，其实也不值得。"德泉道："这个岂止一个赵小云，曾文正和李合肥，从前派美国的学生，回来之后，去做洋行买办，当律师翻译的，不知多少呢。"一面说着话，不觉走到了，便入门一径登楼。这一登楼，有分教：

涉足偶来花世界，猜拳酣战酒将军。

不知此回赴席，有无怪现状，且待下回再记。

第三十三回
假风雅当筵呈丑态　真义侠拯人出火坑

当下我两人走到楼上，入到房中，赵小云正和众人围着桌子吃西瓜。内中一个方佚庐是认得的。还有一个是小云的新同事，叫做李伯申。一个是洋行买办，姓唐，表字玉生，起了个别号，叫做啸庐居士，画了一幅《啸庐吟诗图》，请了多少名士题诗；又另有一个外号，叫做酒将军，因为他酒量好，所以人家送他这么一个外号，他自己也居之不疑。当下彼此招呼过了，小云让吃西瓜。那黄银宝便拿瓜子敬客，请问贵姓。我抬头看时，大约这个人的年纪，总在二十以外了；鸡蛋脸儿，两颧上现出几点雀斑，搽了粉也盖不住，鼻梁上及两旁，又现出许多粉刺，厚厚的嘴唇儿，浓浓的眉毛儿；穿一件广东白香云纱衫子，束一条黑纱百裥裙，里面衬的是白官纱裤子。却有一样可奇之处，他的举动，甚为安详，全不露着轻佻样子。敬过瓜子之后，就在一旁坐下。

他们吃完了西瓜，我便和佚庐说起那《四裔编年表》，果然错得利害，所以我也无心去看他的事迹了。——他一个年岁都考不清楚，那事迹自然也靠不住了，所以无心去看他。佚庐道："这个不然。他的事迹都是从西史上译下来的。他的西历并不曾错，不过就是错了华历。这华历有两个错处：一个是错了甲子，一个是合错了西历。只为这一点，就闹的人家眼光撩乱了。"唐玉生道："怎的都被你们考了出来，何妨去纠正他呢？"佚庐笑道："他们都是大名家编定的，我们纵使纠正了，谁来信我们；不过考了出来，自己知道罢了。"

玉生道："做大名家也极容易。像我小弟，倘使不知自爱，不过是终身一个买办罢了；自从结交了几位名士，画了那《啸庐吟诗图》，请人题咏，那题咏的诗词，都送到报馆里登在报上，此刻那一个不知道区区的小名，从此出来交结个朋友也便宜些。"说罢，呵呵大笑。又道："此刻我那《吟诗图》，题的人居然有了二百多人，诗、词、歌、赋，甚么体都有了，写的字也是真、草、隶、篆，式式全备；只少了一套曲子，我还想请人拍一套曲子在上头，就可以完全无憾了。"说罢，又把题诗的人名字，屈着手指头数出来，说了许多甚么生，甚么主人，甚么居士，甚么词人，甚么词客，……滔滔汩汩，数个不了。

小云道："还是办我们的正经罢。时候不早了，那两位怕不来了，摆起来罢，我们一面写局票。"房内的丫头老妈子，便一迭连声叫摆起来。小云叫写局票，一一都写了，只有我没有。小云道："没有就不叫也使得。"玉生道："无味，无味！我来代一个。"就写了一个西公和沈月英。一时起过手巾，大众坐席。黄银宝上来筛过一巡酒，敬过瓜子，方在旁边侍坐。

我们一面吃酒，一面谈天。我说起："这里妓院，既然收拾得这般雅洁，只可惜那叫局的纸条儿，太不雅观。上海有这许多的诗人墨客，为甚么总没有人提倡，同他们弄些好笺纸？"玉生道："好主意！我明天就到大吉楼买几盒送他们。"我道："这又不好。总要自己出花样，或字或画，或者贴切这个人名，或者贴切吃酒的事，才有趣呢。"玉生道："这更有趣了。画画难求人，还是想几个字罢。"说着，侧着头想了一会道："'灯红酒绿'好么？"我道："也使得。"玉生又道："'骚人韵士，絜果兰因'，八个字更好。"我笑道："有谁名字叫韵兰的，这两句倒是一副现成对子。"玉生道："你既然会出主意，何妨想一个呢？"我道："现成有一句《西厢》，又轻飘，又风雅，又贴切，何不用呢？"玉生道："是那一句？"我道："管教那人来探你一遭儿。"玉生拍手道："好，好！妙极，妙极！”又闭着眼睛，曼声念道：“管教那人来探你一遭儿。妙极，妙极！”小云道：“你用了这一句，我明日用西法画一个元宝刻起来，用黄笺纸刷印了，送给银宝，不是‘黄银宝’三个字都有了么？”说罢，大家一笑。

叫的局陆续都到，玉生代我叫的那沈月英也到了。只见他流星送目，翠黛舒眉，倒也十分清秀。玉生道：“寡饮无味，我们何不豁拳呢？”小云道：“算了罢，你酒将军的拳，没有人豁得过。”玉生不肯，一定要豁，于是打起通关来。一时履舄交错，钏动钗飞。我听见小云说他拳豁得好，便留神去看他出指头，一路轮过来到我，已被我看的差不多了，同他对豁五拳，却赢了他四拳；他不服气，再豁五拳，却又输给我三拳；他还不服气，要再豁，又拿大杯来赌酒，这回他居然输了个“直落五”。小云呵呵大笑道：“酒将军的旗倒了！”我道：“豁拳太伤气，我们何妨赌酒对吃呢。一样大的杯子，取两个来，一人一杯对吃，看谁先叫饶，便是输了。”玉生道：“倒也爽快！”便叫取过两个大茶盅来，我和他两个对饮。一连饮过二十多杯，方才稍歇；过了一会，又对吃起来，又是一连二三十杯。德泉道：“少吃点罢，天气热呀。”于是我两人方才住了。一会儿，席散了，各人都辞去。

一同出门，好好的正走着，玉生忽然哇的一声吐了。连忙站到旁边，一只手扶着墙，一面尽情大吐，吐完了，取手巾拭泪。说道：“我今天没有醉，这……这是他……他们的酒太……太新了！”一句话还未说完，脚步一浮，身子一歪，几乎跌个筋斗，幸得方佚庐、李伯申两个，连忙扶住。出了巷口，他的包车夫扶了他上车去了。各人分散。

我和德泉两个回去，在路上说起玉生不济。我道：“在南京时，听继之说上海的斗方名士，我总以为继之糟蹋人，今日我才亲眼看见了。我恼他那酒将军的名字，时常诌些歪诗，登在报上，我以为他的酒量有多大，所以要和他比一比。是你劝住了，又是天热，不然，再吃上十来杯，他还等不到出来才吐呢。天底下竟有这些狂人，真是奇事！”当下回去，洗澡安歇。

次日，我惦着端甫处的事，一早起来，便叫车到虹口去。只见景翼正和端甫谈天。端甫和我使个眼色，我就会了意，不提那件事，只说二位好早。景翼道：“我因为和端甫商量一件事，今日格外早些。”我问甚么事。景翼叹口气道：“家运颓败起来，便接二连三的出些古怪事。舍弟没了才得几天，舍弟妇又逃走去了！”我只装不知道这事，故意诧异道：“是几时逃去的？”景翼道：“就是昨天早起的事。”我道：“倘是出去好好的嫁一个人呢，倒还罢了；只不要葬送到那不相干的地方去，那就有碍府上的清誉了。”景翼听了我这句话，脸上涨得绯红，好一会才答道：“可不是！我也就怕的这个。”端甫道：“景兄还说要去追寻；依我说，他既然存了去志，就寻回来，也未必相安。况且不是我得罪的话，黎府上的境况也不好，去了可以省了一口人吃饭，他妇人家坐在家里，也做不来甚么事。”我道：“这倒也说得是。这一传扬出去，寻得着寻不着还不晓得，先要闹得通国皆知了。”景翼一句话也不答，看他那样子，很是局促不安。我向端甫使个眼色，起身告辞。端甫道：“你还到那里去？”我道：“就回去。”端甫道：“我们学学上海人，到茶馆里吃碗早茶罢。”我道：“左右没事，走走也好。”又约景翼，景翼推故不去。

我便同端甫走了出来。端甫道：“我昨夜回来，他不久也回来了，那脸上现了一种惊惶之色，不住的唉声叹气，我未曾动问他。今天一早，他就来和我说，弟妇逃走了。这件事你看怎处？”我道：“我也筹算过来，我们既然沾了手，万不能半途而废，一定要弄他个水落石出才好。只怕他已经成了交，那边已经叫他接了客，那就不成话了。”端甫道：“此刻无踪无影的，往那里去访寻呢。只得破了脸，追问景翼。”我道：“景翼这等行为，就是同他破脸，也不为过；不过事情未曾访明，似乎太早些。我们最好是先在外面访着了，再和他讲理。”端甫道：“外面从何访起呢？”我道：“昨天那鸨妇虽然嘴硬，那形色甚是慌张，我们再到他那里问去。”端甫道：“也是一法。”于是同走到那妓院里。

那鸨妇正在那里扫地呢，见了我们，便丢下扫帚，说道：“两位好早。不知又有甚么事？”我道：“还是来寻黎家媳妇。”鸨妇冷笑道：“昨天请两位在各房里去搜，两位又不搜，怎么今天又来问我？在上海开妓院的，又不是我一家，怎见得便在我这里？”我听了不觉大怒，把桌子一拍道：“姓黎的已经明白告诉了我，说他亲自把弟妇送到你这里的，你还敢赖！你再不交出来，我也不和你讲，只到新衙门里一告，等老爷和你要，看你有几个指头捱拶子！”鸨妇闻了这话，才低头不语。我道：“你到底把人藏在那里？”鸨妇道：“委实不知道，不干我事。”我道：“姓黎的亲身送他来，你怎么委说不知？你果然把他藏过了，我们不和你要人，那姓黎的也不答应。”鸨妇道：“是王大嫂送来的，我看了不对，他便带回去了，那里是甚么姓黎的送来！”我道：“甚么王大嫂？是个甚么人？”鸨妇道：“是专门做媒人的。”我道：“他住在甚么地方？你引我去问他。”鸨妇道：“他住在广东街，你两位自去找他便是，我这里有事呢。”我道：“你好糊涂！你引了我们去，便脱了你的干系；不然，我只向你要人！”

鸨妇无奈，只得起身引了我们到广东街，指了门口，便要先回去。我道：“这个不行！我们不认得他，要你先去和他说。”鸨妇只得先行一步进去。我等也跟着进去。只见里面一个浓眉大眼的黑面肥胖妇人，穿着一件黑夏布小衣，两袖勒得高高的，连胳膊肘子也露了出来；赤着脚，穿了一双拖鞋，那裤子也勒高露膝；坐在一张矮脚小凳子上，手里拿着一把破芭蕉扇，在那里扇着取凉。鸨妇道："大嫂，秋菊在你这里么？"我暗问端甫道："秋菊是谁？"端甫道："就是他弟妇的名字。"我不觉暗暗称奇。此时不暇细问，只听得那王大嫂道："不是在你家里么？怎么问起我来？你又带了这两位来做甚么？"鸨妇涨红了脸道："不是你带了他出来的，怎么说在我家？"王大嫂站起来大声道："天在头上！你平白地含血喷人！自己做事不机密，却想把官司推在我身上！"鸨妇也大声道："都是你带了这个不吉利、克死老公的货来带累我！我明明看见那个货头不对，当时还了你的，怎么凭空赖起来！"王大嫂丢下了破芭蕉扇，口里嚷道："天杀的！你自己胆小，和黎二少交易不成，我们当场走开，好好的一个秋菊在你房里，怎么平白地赖起我来！我同你拚了命，和你到十王殿里，请阎王爷判这是非！"说时迟，那时快，他一面嚷着，早一头撞到鸨妇怀里去。鸨妇连忙用手推开，也嚷着道："你昨夜被鬼遮了眼睛，他两个同你一齐出来，你不看见么？"

我听他两个对骂的话里有因，就劝住道："你两个且不要闹，这个不是拚命的事。昨夜怎么他两个一同出来，你且告诉了我，我自有主意，可不要遮三瞒四的；说得明白，找出人来，你们也好脱累。"王大嫂道："你两位不厌烦琐，等我慢慢的讲来。"又指着端甫道："这位王先生，我认得你，你只怕不认得我。我时常到黎家去，总见你的。前天黎二少来，说三少死了，要把秋菊卖掉，做盘费到天津寻黎老爷，越快越好。我道：'卖人的事，要等有人要买才好讲得，那里性急得来。'他说：'妓院里是随时可以买人的。'我还对他说：'恐怕不妥当，秋菊虽是丫头出身，然而却是你们黎公馆的少奶奶，卖到那里去须不好听，怕与你们老爷做官的面子有碍。'他说："秋菊何尝算甚么少奶奶！三少在日，并不曾和他圆房。只有老姨太太在时，叫他一声媳妇儿；老太太虽然也叫过两声，后来问得他做丫头的名字叫秋菊，就把他叫着玩，后来就叫开了。阖家人等，那个当他是个少奶奶。今日卖他，只当卖丫头。'他说得这么斩截，我才答应了他。"又指着鸨妇道："我素知这个阿七妈要添个姑娘，就来和他说了。昨天早起，我就领了秋菊到他家去看。到了晚上，我又带了黎二少去，等他们当面讲价。黎二少要他一百五十元，阿七妈只还他八十。还是我从中说合，说当日娶他的时候，也是我的原媒，是一百元财礼，此刻就照一百元的价罢。两家都依允了，契据也写好了，只欠未曾交银。忽然他家姑娘来说，有两个包探在楼上，要阿七妈去问话。我也吃了一惊，跟着到楼上去，在门外偷看，见你两位问话。我想王先生是他同居，此刻出头邀了包探来，这件事沾不得手。等问完了话，阿七妈也不敢买了，我也不敢做中了，当时大家分散，我便回来。他两个往那里去了，我可不晓得了。"

我问端甫道："难道回去了？"端甫道："断未回去！我同他同居，统共只有两楼两底的地方，我便占了一底，回去了岂有不知之理。"我道："莫非景翼把他藏过了？然而这种事，正经人是不肯代他藏的，藏到那里去呢？"端甫猛然省悟道："不错，他有一个咸水妹相好，和我去坐过的，不定藏在那里。"我道："如此，我们去寻来。"端甫道："此刻不过十点钟，到那些地方太早。"我道："我们只说有要紧事找景翼，怕甚么！"说罢，端甫领了路一同去。

好得就在虹口一带地方，不远就到了。打开门进去，只见那咸水妹蓬着头，像才起来的样子。我就问景翼有来没有。咸水妹道："有个把月没有来了。他近来发了财，还到我们这里来么，要到四马路嫖长三去了！"我道："他发了甚么财？"咸水妹道："他的兄弟死了，八口皮箱里的金珠首饰、细软衣服，怕不都是他的么！这不是发了财了！"我见这情形，不像是同他藏着人的样子，便和端甫起身出来。端甫道："这可没处寻了，我们散了罢，慢慢再想法子。"正想要分散，我忽然想起一处地方来道："一定在那里！"便拉着端甫同走。正是：

踏破铁鞋无觅处，得来全不费工夫。

不知想着甚么地方，且待下回再记。

第三十四回 蓬荜中喜逢贤女子 市井上结识老书生

当下正要分手，我猛然想起那个甚么王大嫂，说过当日娶的时候，也是他的原媒，他自然知道那秋菊的旧主人的了。或者他逃回旧主人处，也未可知，何不去找那王大嫂，叫他领到他旧主人处一问呢。当下对端甫说了这个主意，端甫也说不错。于是又回到广东街，找着了王大嫂，告知来意。

王大嫂也不推辞，便领了我们，走到靖远街，从一家后门进去。门口贴了"蔡宅"两个字。王大嫂一进门，便叫着问道："蔡嫂，你家秋菊有回来么？"我等跟着进去，只见屋内安着一铺床，床前摆着一张小桌子，这边放着两张竹杌；地下爬着两个三四岁的孩子；广东的风炉，以及沙锅、瓦罐等，纵横满地。原来这家人家，只住得一间破屋，真是寝于斯、食于斯的了。我暗想这等人家也养着丫头，也算是一件奇事。只见一个骨瘦如柴的妇人，站起来应道："我道是谁，原来是王大嫂。那两位是谁？"王大嫂道：

"是来寻你们秋菊的。"那蔡嫂道："我搬到这里来，他还不曾来过，只怕他还没有知道呢。要找他有甚么事，何不到黎家去？昨天我听见说他的男人死了，不知是不是？"王大嫂道："有甚不是！此刻只怕尸也化了呢。"蔡嫂道："这个孩子好命苦！我很悔当初不曾打听明白，把他嫁了个瘫子；谁知他瘫子也守不住！这两位怎么忽然找起他来？"一面说，一面把孩子抱到床上，一面又端了竹杌子过来让坐。

王大嫂便把前情后节，详细说了出来。蔡嫂不胜错愕道："黎二少枉了是个读书人，怎么做了这种禽兽事！无论他出身微贱，总是明媒正娶的，是他的弟妇，怎么要卖到妓院里去？纵使不遇见这两位君子仗义出头，我知道了也是要和他讲理的，有他的礼书、婚帖在这里。我虽然受过他一百元财礼，我办的陪嫁，也用了七八十。我是当女儿嫁的，不信，你到他家去查那婚帖，我们写的是义女，不是甚么丫头；就是丫头，这卖良为娼，我告到官司去，怕输了他！你也不是个人，怎么平白地就和他干这个丧心的事！须知这事若成了，被我知道，连你也不得了；你四个儿子死剩了一个，还不快点代他积点德，反去作这种孽。照你这种行径，只怕连死剩那个小儿子还保不住呢！"一席话，说得王大嫂哑口无言。

我不禁暗暗称奇，不料这筚门圭窦中，有这等明理女子，真是"十步之内，必有芳草"。因说道："此刻幸得事未办成，也不必埋怨了，先要找出人来要紧。"蔡嫂流着泪道："那孩子笨得很，不定被人拐了，不但负了两位君子的盛心，也枉了我抚养他一场！"又对王大嫂道："他在青云里旧居时，曾拜了同居的张婶婶做干娘。他昨夜不敢回夫家去，一定找我，我又搬了，张婶婶一定留住了他。然而为甚么今天还不送他来我处呢？要就到他那里去看看，那里没有，就绝望了。"说着，不住的拭泪。我道："既然有了这个地方，我们就去走走。"蔡嫂站起来道："恕我走路不便，不能奉陪了，还是王大嫂领路去罢。两位君子做了这个好事，公侯万代！"说着，居然呜呜的哭起来，嘴里叫着"苦命的孩子"。

我同端甫走了出来，王大嫂也跟着。我对端甫道："这位蔡嫂很明白，不料小户人家里面有这种人才！"端甫道："不知他的男人是做甚么的？"王大嫂道："是一个废人，文不文，武不武，穷的没饭吃，还穿着一件长衫，说甚么不要失了斯文体统。两句书只怕也不曾读通，所以教了一年馆，只得两个学生，第二年连一个也不来了。此刻穷的了不得，在三元宫里面测字。"我对端甫道："其妇如此，其夫可知，回来倒可以找他谈谈，看是甚么样的人。"端甫道："且等把这件正经事办妥了再讲。只是最可笑的是，这件事我始终不曾开一句口，是我闹起来的，却累了你。"我道："这是甚么话！这种不平之事，我是赴汤蹈火，都要做的。我虽不认得黎希铨，然而先君认得鸿甫，我同他便是世交，岂有世交的妻子被辱也不救之理。承你一片热心知照我，把这个美举分给我做，我还感激你呢。”

端甫道：“其实广东话我句句都懂，只是说不上来；像你便好，不拘那里话都能说。”我道：“学两句话还不容易么。我是凭着一卷《诗韵》学说话，倒可以有‘举一反三’的效验。”端甫道：“奇极了！学说话怎么用起《诗韵》来？”我道：“并不奇怪。各省的方音，虽然不同，然而读到有韵之文，却总不能脱韵的。比如此地上海的口音，把歌舞的歌字读成‘孤’音，凡五歌韵里的字，都可以类推起来：‘搓’字便一定读成‘粗’音，‘磨’字一定读成‘模’音的了。所以我学说话，只要得了一个字音，便这一韵的音都可以贯通起来，学着似乎比别人快点。”端甫道：“这个可谓神乎其用了！不知广东话又是怎样？”我道：“上海音是五歌韵混了六鱼、七虞，广东音却是六鱼、七虞混了四豪，那‘都’、‘刀’两个字是同音的，这就可以类推了。”端甫道：“那么‘到’、‘妒’也同音了？”我道：“自然。”端甫道：“‘道’、‘度’如何？”我道：“也同音。”端甫喜道：“我可得了这个学话求音的捷径了。”

一面说着话，不觉到了青云里。王大嫂认准了门口，推门进去，我们站在他身后。只见门里面一个肥胖妇人，翻身就跑了进去，还听得咯蹬咯蹬的楼梯响。王大嫂喊道：“秋菊，你的救星恩人到了，跑甚么！”我心中一喜道：“好了！找着了！”就跟着王大嫂进去。只见一个中年妇人在那里做针黹，一个小丫头在旁边打着扇。见了人来，便站起来道：“甚风吹得王大嫂到？”王大嫂道：“不要说起！我为了秋菊，把腿都跑断了，却没有一些好处。张婶婶，你叫他下来罢。”那张婶婶道：“怎么秋菊会跑到我这里来？你不要乱说！”王大嫂道：“好张婶婶！你不要瞒我，我已经看见他了。”张婶婶道：“听见说你做媒，把他卖了到妓院里去，怎么会跑到这里。你要秋菊还是问你自己。”王大嫂道：“你还说这个呢，我几乎受了个大累！”说罢，便把如此长短的说了一遍。张婶婶才欢喜道：“原来如此。秋菊昨夜慌慌张张的跑了来，说又说得不甚明白，只说有两个包探，要捉他家二少。这两位想是包探了？”王大嫂道：“这一位是他们同居的王先生，那一位是包探。”我听了，不觉哈哈大笑道：“好奇怪，原来你们只当我是包探。”王大嫂呆了脸道：“你不是包探么？”我道：“我是从南京来的，是黎二少的朋友，怎么是包探。”王大嫂道：“你既然和他是朋友，为甚又这样害他？”我笑道：“不必多说了，叫了秋菊下来罢。”张婶婶便走到堂屋门口，仰着脸叫了两声。只听得上面答道：“我们大丫头同他到隔壁李家去了。”

原来秋菊一眼瞥见了王大嫂，只道是妓院里寻他，忽然又见他身后站着我和端甫两个，不知为了甚事，又怕是景翼央了端甫拿他回去，一发慌了，便跑到楼上。楼上同居的，便叫自己丫头悄悄的陪他到隔壁去躲避。张婶婶叫小丫头去叫了回来，那楼上的大丫头自上楼去了。

只见那秋菊生得肿胖脸儿，两条线缝般的眼，一把黄头发，腰圆背厚，臀耸肩横。不觉心中暗笑，这种人怎么能卖到妓院里去，真是无奇不有的了。又想这副尊容，怎么配叫秋菊！这“秋菊”两个字何等清秀，我们家的春兰，相貌甚是娇好，我姊姊还说他不配叫“春兰”呢，这个人的尊范，倒可以叫做“冬瓜”。想到这里，几乎要笑出来。忽又转念：我此刻代他办正经事，如何暗地里调笑他，显见得是轻薄了。连忙止了妄念道：“既然找了出来，我们且把他送回蔡嫂处罢，他那里惦记得很呢。”张婶婶道：“便是我清早就想送他回去，因为这孩子嘴舌笨，说甚么包探咧、妓院咧，又是二少也吓慌了咧，我不知是甚么事，所以不敢叫他露脸。此刻回去罢。但不知还回黎家不回？”我道：“黎家已经卖了他出来了，还回去作甚么！”于是一行四个人，出了青云里，叫了四辆车，到靖远街去。

那蔡嫂一见了秋菊，没有一句说话，搂过去便放声大哭。秋菊不知怎的，也哀哀的哭起来。哭了一会，方才止住。问秋菊道：“你谢过了两位君子不曾？”秋菊道：“怎的谢？”蔡嫂道：“傻丫头！磕个头去。”我忙说：“不必了。”他已经跪下磕头。那房子又小，挤了一屋子的人，转身不得，只得站着生受了他的。他磕完了，又向端甫磕头。我便对蔡嫂道：“我办这件事时，正愁着找了出来，没有地方安插他；我们两个，又都没有家眷在这里。此刻他得了旧主人最好了，就叫他暂时在这里住着罢。”蔡嫂道：“这个自然，黎家还去得么。他就在我这里守一辈子，我们虽是穷，该吃饭的熬了粥吃，也不多这一口。”我道：“还讲甚么守的话！我听说希铨是个瘫废的人，娶亲之后，并未曾圆房，此刻又被景翼那厮卖出来，已是义断恩绝的了，还有甚么守节的道理。赶紧的同他另寻一头亲事，不要误了他的年纪是真。”蔡嫂道：“人家明媒正娶的，圆房不圆房，谁能知道。至于卖的事，是大伯子的不是，翁姑丈夫，并不曾说过甚么。倘使不守，未免礼上说不过去，理上也说不过去。”我道：“他家何尝把他当媳妇看待，个个都提着名儿叫，只当到他家当了几年丫头罢了。”蔡嫂沉吟了半晌道：“这件事还得与拙夫商量，妇道人家，不便十分作主。”我听了，又叮嘱了两句好生看待秋菊的话，与端甫两个别了出来。

取出表一看，已经十二点半了。我道：“时候不早了，我们找个地方吃饭去罢。”端甫道：“还有一件事情，我们办了去。”我讶道：“还有甚么？”端甫道：“这个蔡嫂，煞是来得古怪，小户人家里面，那里出生这种女子。想来他的男人，一定有点道理的，我们何不到三元宫去看看他？”我喜道："我正要看他，我们就去来。只是三元宫在那里，你可认得？"端甫向前指道："就在这里去不远。"于是一同前去。

走到了三元宫，进了大门，却是一条甬道，两面空场，没有甚么测字。再走到庙里面，廊下摆了一个测字摊；旁边墙上，贴了一张红纸条子，写着"蔡侣笙论字处"。摊上坐了一人，生得眉清目秀，年纪约有四十上下，穿了一件捉襟见肘的夏布长衫。我对端甫道："只怕就是他。我们且不要说穿，叫他测一个字看。"端甫笑着，点了点头。我便走近一步，只见摊上写着"论字四文"。我顺手取了一个纸卷递给他。他接在手里，展开一看，是个"捌"字。他把字写在粉板上，便问叩甚么事。我道："走了一个人，问可寻得着。"他低头看了一看道："这个字左边现了个'拐'字，当是被拐去的；右边现了个'别'字，当是别人家的事，与问者无干；然而'拐'字之旁，只剩了个侧刀，不成为利，主那拐子不利；'别'字之旁，明现'手'字，若是代别人寻觅，主一定得手。却还有一层：这个'别'字不是好字眼，或者主离别；虽然寻得着，只怕也要离别的意思。并且这个'捌'字，照字典的注，含着有'破'字、'分'字的意思，这个字义也不见佳。"

我笑道："先生真是断事如神！但是照这个断法，在我是别人的事，在先生只怕是自己的事呢。"他道："我是照字论断，休得取笑！"我道："并不是取笑，确是先生的事。"他道："我有甚么事，不要胡说！"一面说着，便检点收摊。我因问道："这个时候就收摊，下半天不做生意么？"他也不言语，把摊上东西，寄在香火道人处道："今天这时候还不送饭来，我只得回去吃了再来。"我跟在他后头道："先生，我们一起吃饭去，我有话告诉你。"他回过头来道："你何苦和我胡缠！"我道："我是实话，并不是胡缠。"端甫道："你告诉了他罢，你只管藏头露尾的，他自然疑心你同他打趣。"他听了端甫的话，才问道："二位何人？有何事见教？"我问道："尊府可是住在靖远街？"他道："正是。"我指着墙上的招帖道："侣笙就是尊篆？"他道："是。"我道："可是有个尊婢嫁在黎家？"他道："是。"我便把上项事，从头至尾，说了一遍。侣笙连忙作揖道："原来是两位义士！失敬，失敬！适间简慢，望勿见怪！"

正在说话时，一个小女孩，提了一个篮，篮内盛了一盂饭，一盘子豆腐，一盘子青菜，走来说道："蔡先生，饭来了。你家今天有事，你们阿杏也没有工夫，叫我代送来的。"我便道："不必吃了，我们同去找个地方吃罢。"侣笙道："怎好打搅！"我道："不是这样讲。我两个也不曾吃饭，我们同去谈谈，商量个善后办法。"侣笙便叫那小孩子把饭拿回去，三人一同出庙。

端甫道："这里虹口一带没有好馆子，怎么好呢？"我道："我们只要吃两碗饭罢了，何必讲究好馆子呢。”端甫道：“也要干净点的地方。那种苏州饭馆，脏的了不得，怎样坐得下！还是广东馆子干净点，不过这个要蔡先生才在行。”侣笙道：“这也没有甚么在行不在行，我当得引路。”于是同走到一家广东馆子里，点了两样菜，先吃起酒来。

我对侣笙道：“尊婢已经寻了回来了。我听说他虽嫁了一年多，却不曾圆房，此刻男人死了，景翼又要把他卖出来，已是义断恩绝的了。不知尊意还是叫他守，还是遣他嫁？”侣笙低头想了一想道：“讲究女子从一而终呢，就应该守；此刻他家庭出了变故，遇了这种没廉耻、灭人伦的人，叫他往那里守？小孩子今年才十九岁，岂不是误了他后半辈子？只得遣他嫁的了。只是有一层，那黎景翼弟妇都卖得的，一定是个无赖，倘使他要追回财礼，我却没得还他。这一边任你说破了嘴，总是个再醮之妇，那里还领得着多少财礼抵还给他呢。”我筹思了半晌道：“我有个法子，等吃过了饭，试去办办罢。”只这一设法，有分教：

凭他无赖横行辈，也要低头伏了输。

不知是甚法子，如何办法，且听下回分解。

第三十五回
声罪恶当面绝交　聆怪论笑肠几断

我因想起一个法子，可以杜绝景翼索回财礼，因不知办得到与否，未便说穿。当下吃完了饭，大家分散，侣笙自去测字，端甫也自回去。我约道：“等一会，我或者仍要到你处说话，请你在家等我。”端甫答应去了。

我一个人走到那同顺里妓院里去，问那鸨妇道：“昨天晚上，你们几乎成交，契据也写好了，却被我来冲散，未曾交易。姓黎的写下那张契据在那里？你拿来给我。”鸨妇道：“我并未有接收他的，说声有了包探，他就匆匆的走了，只怕他自己带去了。”我道：“你且找找看。”鸨妇道：“往那里找呀？”我现了怒色道：“此刻秋菊的旧主人出来了，要告姓黎的，我来找这契据做凭据。你好好的拿了出来便没事；不然，呈子上便带你一笔，叫你受点累！”鸨妇道：“这是那里的晦气！事情不曾办成，倒弄了一窝子的是非口舌。”说着，走到房里去，拿了一个字纸篓来道：“我委实不曾接收他的，要就团在这里，这里没有便是他带去了。你自己找罢，我不识字。”

我便低下头去细检，却被我检了出来，已是撕成了七八片了。我道：

"好了，寻着了。只是你还要代我弄点浆糊来，再给我一张白纸。"鸨妇无奈，叫人到裁缝店里，讨了点浆糊，又给了我一张白纸，我就把那撕破的契据，细细的粘补起来。那上面写的是：

立卖婢契人黎景翼，今将婢女秋菊一口，年十九岁，凭中卖与阿七妈为女，当收身价洋二百元。自卖之后，一切婚嫁，皆由阿七妈作主；如有不遵教训，任凭为良为贱，两无异言，立此为据。

下面注了年月日，中保等人；景翼名字底下，已经签了押。我一面粘补，一面问道："你们说定了一百元身价，怎么写上二百元？"鸨妇道："这是规矩如此，恐怕他翻悔起来，要来取赎，少不得要照契上的价，我也不至吃亏。"

我补好了，站起来要走。鸨妇忽然发了一个怔，问道："你拿了这个去做凭据，不是倒像已经交易过了么？"我笑道："正是。我要拿这个呈官，问你要人。"鸨妇听了，要想来夺，我已放在衣袋里，脱身便走。鸨妇便号啕大哭起来。

我走出巷口，便叫一辆车，直到源坊衖去。见了端甫，我便问："景翼在家么？"端甫道："我回来还不曾见着他，说是吃醉酒睡了，此刻只怕已经醒了罢。"说话时，景翼果然来了。我猝然问道："令弟媳找着了没有？"景翼道："只好由他去，我也无心去找他了。他年纪又轻，未必能守得住；与其他日出丑，莫若此时由他去了的干净。"我冷笑道："我倒代你找着了。只是他不肯回来，大约要你做大伯伯的去接他才肯来呢。"景翼吃惊道："找着在那里？"我在衣袋里，取出那张契据，摊在桌上道："你请过来，一看便知。"景翼过来一看，只吓得他唇青面白，一言不发。原来昨夜的事，他只知是两个包探，并不知是我和端甫干的。

端甫道："你怎么把这个东西找了出来？"我一面把契据收起，一面说道："我方才吃饭的时候，说有法子想，就是这个法子。"回头对景翼道："你是个灭绝天理的人，我也没有闲气和你说话！从此之后，我也不认你是个朋友！今日当面，我要问你讨个主意。我得了这东西，有三个办法：第一个是拿去交给蔡侣笙，叫他告你个卖良为贱；第二个是仍然交还阿七妈，叫他拿了这个凭据和你要人，没有人交，便要追还身价；第三个是把这件事的详细情形，写一封信，连这个凭据，寄给你老翁看。问你愿从那一个办法？"景翼只是目定口呆，无言可对。我又道："你这种没天理的人！向你讲道理，就同向狗讲了一般！我也不值得向你讲！只是不懂道理，也还应该要懂点利害；你既然被人知穿了，冲散了，这个东西，为甚还不当场烧了，留下这个祸根？你不要怨我设法收拾你，只怨你自己粗心荒唐。"端甫道："你三个办法，第一个累他吃官司不好，第三个累他老子生气也不好，还是用了第二个罢。"景翼始终不发一言，到了此时，站起来走出去。才到了房门口，便放声大哭，一直走到楼上去了。

端甫笑向我道："亏你沉得下这张脸！"我道："这种没天理的人，不同他绝交等甚么！他嫡亲的兄弟尚且可以逼得死，何况我们朋友！"端甫道："你拿了这凭据，当真打算怎么办法？"我悄悄的道："才说的三个办法，都可以行得，只是未免太狠了。他与我无怨无仇，何苦逼他到绝地上去。我只把这东西交给侣笙，叫他收着，遣嫁了秋菊，怕他还敢放一个屁！"端甫道："果然是个好法子。"我又把对鸨妇说谎，吓得他大哭的话，告诉了端甫。端甫大笑道："你一会工夫，倒弄哭了两个人，倒也有趣。"我略坐了一会，便辞了出来。

坐车到了三元宫，把那契据交给侣笙道："你收好了，只管遣嫁秋菊。如他果来罗唆，你便把这个给他看，包他不敢多事。"侣笙道："已蒙拯救了小婢，又承如此委曲成全，真是令人感入骨髓！"我道："这是成人之美的事情，何必言感。如果有暇，可到我那里谈谈。"说罢，取一张纸，写了住址给他。侣笙道："多领盛情，自当登门拜谢。"我别了出来，便叫车回去。

我早起七点钟出来，此刻已经下午三点多钟了。德泉接着道："到那里畅游了一天？"我道："不是畅游，倒是乱钻。"德泉笑道："这话怎讲？"我道："今天汗透了，叫他们舀水来擦了身再说。"小伙计们舀上水来。德泉道："你向来不出门，坐在家里没事；今天出了一天的门，朋友也来了，请吃酒的条子也到了，求题诗的也到了，南京信也来了。"我一面擦身，一面说道："别的都不相干，先给南京信我看。"德泉取了出来，我拆开一看，是继之的信，叫我把买定的东西，先托妥人带去，且莫回南京，先同德泉到苏州去办一件事，那件事只问德泉便知云云。我便问德泉。德泉道："他也有信给我，说要到苏州开一家坐庄，接应这里的货物。"我道："到苏州走一次倒好，只是没有妥人送东西去；并且那个如意匣子，不知几时做得好？"德泉道："匣子今天早起送来了，妥人也有，你只写封回信，我包你办妥。"说罢，又递了一张条子给我，却是唐玉生的，今天晚上请在荟芳里花多福家吃酒，又请题他的那《啸庐吟诗图》。我笑道："一之为甚，其可再乎？"德泉道："岂但是再，方才小云、佚庐都来过，佚庐说明天请你呢。上海的吃花酒，只要三天吃过，以后便无了无休的了。"我道："这个了不得，我们明天就动身罢，且避了这个风头再说。"德泉笑道："你不去，他又不来捉你，何必要避呢？你才说今天乱钻，是钻甚么来？"我道："所有虹口那些甚么青云里、靖远街都叫我走到了，可不是乱钻。"德泉道："果然你走到那些地方做甚么？"我就把今天所办的事，告诉了他一遍。德泉也十分叹息。

我到房里去，只见桌上摆了一部大册子，走近去一看，却是唐玉生的《啸庐吟诗图》。翻开来看，第一张是小照，布景的是书画琴棋之类；以后便是各家的题咏，全是一班上海名士。我无心细看，便放过一边。想起他那以吟诗命图，殊觉可笑。这四个字的字面，本来很雅的，不知怎么叫他搬弄坏了，却一时想不出个所以然来，那里有心去和他题。今日走的路多，有点倦了，便躺在醉翁椅上憩息，不觉天气晚将下来。

方才吃过夜饭，玉生早送请客条子来。德泉向来人道："都出去了，不在家，回来就来。"我忙道："这样说累他等，不好，等我回他。"遂取过纸笔，挥了个条子，只说昨天过醉了，今天发了病，不能来。德泉道："也代我写上一笔。"我道："你也不去么？"德泉点头。我道："不能说两个都有病呀，怎么说呢？"想了一想，只写着说德泉忙着收拾行李货物，明日一早往苏州，也不得来。写好了交代来人。

过了一会，玉生亲身来了，一定拉着要去。我推说身子不好，不能去。玉生道："我进门就听见你说笑了，身子何尝不好，不过你不赏脸罢了。我的脸你可以不赏，今日这个高会，你可不能不到。"我问是甚么高会。玉生道："今天请的全是诗人，这个会叫做'竹汤饼会'。"我道："奇了！甚么叫做'竹汤饼会'？"玉生道："五月十三是竹生日，到了六月十三，不是竹满月了么。俗例小孩子满月要请客，叫做'汤饼宴'；我们商量到了那天，代竹开汤饼宴，嫌那'宴'字太俗，所以改了个'会'字，这还不是个高会么。"我听了几乎忍不住笑。被他缠不过，只得跟着他走。

出门坐了车，到四马路，入荟芳里，到得花多福房里时，却已经黑压压的挤满一屋子人。我对玉生道："今天才初九，汤饼还早呢。"玉生道："我们五个人都要做，若是并在一天，未免太局促了，所以分开日子做。我轮了第一个，所以在今天。"我请问那些人姓名时，因为人太多，一时混的记不得许多了。却是个个都有别号的，而且不问自报，古离古怪的别号，听了也觉得好笑。一个姓梅的，别号叫做几生修得到客；一个游过南岳的，叫做七十二朵青芙蓉最高处游客；一个姓贾的，起了个楼名，叫做前生端合住红楼，别号就叫了前身端合住红楼旧主人，又叫做我也是多情公子。只这几个最奇怪的，叫我听了一辈子都忘不掉的，其馀那些甚么诗人、词客、侍者之类，也不知多少。

众人又问我的别号，我回说没有。那姓梅的道："诗人岂可以没有别号；倘使不弄个别号，那诗名就湮没不彰了。所以古来的诗人，如李白叫青莲居士，杜甫叫玉豁生。"我不禁扑嗤一声笑了出来。忽然一个高声说道："你记不清楚，不要乱说，被人家笑话。"我忽然想起当面笑人，不是好事，连忙敛容正色。又听那人道："玉豁生是杜牧的别号，只因他两个都姓杜，你就记错了。”姓梅的道：“那么杜甫的别号呢？”那人道：“樊川居士不是么。”这一问一答，听得我咬着牙，背着脸，在那里忍笑。

忽然又一个道：“我今日看见一张颜鲁公的墨迹，那骨董掮客要一千元。字写得真好，看了他，再看那石刻的碑帖，便毫无精神了。”一个道：“只要是真的，就是一千元也不贵，何况他总还要让点呢。但不知写的是甚么？”那一个道：“写的是苏东坡《前赤壁赋》。”这一个道：“那么明日叫他送给我看。”我方才好容易把笑忍住了，忽然又听了这一问一答，又害得我咬牙忍住；争奈肚子里偏要笑出来，倘再忍住，我的肚肠可要胀裂了。

姓贾的便道：“你们都不必谈古论今，赶紧分了韵，作‘竹汤饼会’诗罢。”玉生道：“先要拟定了诗体才好。”姓梅的道：“只要作‘七绝’，那怕作两首都不要紧。千万不要作‘七律’，那个对仗我先怕：对工了，不得切题；切了题，又对不工；真是‘吟成七个字，撚断几根髭’呢。”我戏道：“怕对仗，何不作‘古风’呢？”姓梅的道：“你不知道古风要作得长，这个‘竹汤饼’是个僻典，那里有许多话说呢。”我道：“古风不必一定要长，对仗也何必要工呢。”姓梅的道：“古风不长，显见得肚子里没有材料；至于对仗，岂可以不工！甚至杜少陵的‘香稻啄馀鹦鹉粒，碧梧栖老凤凰枝’，我也嫌他那‘香’字对不得‘碧’字，代他改了个‘白’字。海上这一般名士那一个不佩服，还说我是杜少陵的一字师呢。”忽然一个问道：“前两个礼拜，我就托你查查杜少陵是甚么人，查着了没有？”姓梅的道：“甚么书都查过，却只查不着。我看不必查他，一定是杜甫的老子无疑的了。”那个人道：“你查过《幼学句解》没有？”姓梅的扑嗤一声，笑了出来道：“亏你只知得一部《幼学句解》！我连《龙文鞭影》都查过了。”我听了这些话，这回的笑，真是忍不住了，任凭咬牙切齿，总是忍不住。

正在没奈何的时候，忽然一个人走过来递了一个茶碗，碗内盛了许多纸阄，道：“请拈韵。”我倒一错愕道：“拈甚么韵？”那个人道：“分韵做诗呢。”我道：“我不会做诗，拈甚么韵呢？”那个人道：“玉生打听了足下是一位书启老夫子，岂有书启老夫子不会做诗的。我们遇了这等高会，从来不请不做诗的人，玉生岂是乱请的么。”我被他缠的不堪，只得拈了一个阄出来；打开一看，是七阳，又写着“竹汤饼会即席分韵，限三天交卷”。那个人便高声叫道：“没有别号的新客七阳。”那边便有人提笔记帐。那个人又递给姓梅的，他却拈了五微，便悔恨道：“偏是我拈了个窄韵。”那个人又高声报道：“几生修得到客五微。”如此一路递去。

我对姓梅的道：“照了尊篆的意思，倒可以加一个字，赠给花多福。”姓梅的道：“怎么讲？”我道：“代他起个别号，叫做几生修得到梅客，不是隐了他的‘花’字么。”姓梅的道：“妙极，妙极！”忽又顿住口道：

“要不得。女人没有称客的，应该要改了这个字。”我道：“就改了个女史，也可以使得。”姓梅的忽然拍手道：“有了。就叫几生修得到梅词史。他们做妓女的本来叫做词史，我们男人又有了词人、词客之称，这不成了对了么。”说罢，一叠连声，要找花多福，却是出局未回。他便对玉生道：“啸庐居士，你的贵相好一定可以成个名妓了，我们送他一个别号，有了别号，不就成了名妓了么。”忽又听得妆台旁边有个人大声说道：“这个糟蹋得还了得！快叫多福不要用！”原来上海妓女行用名片，同男人的一般起一个单名，平常叫的只算是号；不知那一个客人同多福写了个名片，是“花锡”二字，这明明是把“锡”贴切“福”字的意思。这个人不懂这个意思，一见了便大惊小怪的说道：“富贵人家的女子，便叫千金小姐；这上海的妓女也叫小姐，虽比不到千金，也该叫百金，纵使一金都不值，也该叫个‘银’字，怎么比起‘锡’来！”我听了，又是忍笑不住。忽然号里一个小伙计来道：“南京有了电报到来，快请回去。”我听了此言，吃了一大惊，连忙辞了众人，匆匆出去。正是：

才苦笑肠几欲断，何来警信扰芳筵？

不知此电有何要事，且待下回再记。

第三十六回
阻进身兄遭弟谮　破奸谋妇弃夫逃

我从前在南京接过一回家乡的电报，在上海接过一回南京的电报，都是传来可惊之信，所以我听见了“电报”两个字，便先要吃惊。此刻听说南京有了电报，便把我一肚子的笑，都吓回去了。匆匆向玉生告辞。玉生道：“你有了正事，不敢强留。不知可还来不来？”我道：“翻看了电报，没有甚么要紧事，我便还来；如果有事，就不来了。客齐了请先坐，不要等。”说罢，匆匆出来，叫了车子回去。

入门，只见德泉、子安陪侣笙坐着。我忙问：“甚么电报？可曾翻出来？”德泉道：“那里是有甚么电报。我知道你不愿意赴他的席，正要设法请你回来，恰好蔡先生来看你，我便撒了个谎，叫人请你。”我听了，这才放心。蔡侣笙便过来道谢。我谦逊了几句，又对德泉道：“我从前接过两回电报，都是些恶消息，所以听了电报两个字，便吓的魂不附体。”德泉笑道：“这回总算是个虚惊。然而不这样说，怕他们不肯放你走。”我道：

"还亏得这一吓，把我笑都吓退了；不然，我迸了一肚子的笑，又不敢笑出来，倘使没有这一吓，我的肚子只怕要迸破了呢。"

侣笙道："有甚么事这样好笑？"我方把方才听得那一番高论，述了出来。侣笙道："这班人可以算得无耻之尤了！要叫我听了，怒还来不及呢，有甚么可笑！"我道："他平空把李商隐的玉谿生送给杜牧，又把牧之的樊川加到老杜头上，又把少陵、杜甫派做了两个人，还说是父子，如何不好笑。况且唐朝颜清臣又写起宋朝苏子瞻的文章来，还不要笑死人么。"侣笙笑道："这个又有所本的。我曾经见过一幅《史湘云醉眠芍药裀图》，那题识上，就打横写了这九个字，下面的小字是'曾见仇十洲有此粉本，偶背临之'。明朝人能画清朝小说的故事，难道唐朝人不能写宋朝人的文章么。"子安道："你们读书人的记性真了不得，怎么把古人的姓名、来历、朝代，都记得清清楚楚的？"我道："这个又算甚么呢。"侣笙道："索性做生意人不晓得，倒也罢了，也没甚可耻；譬如此刻叫我做生意，估行情，我也是一窍不通的，人家可不能说我甚么，我原是读书出身，不曾学过生意，这不懂是我分内的事。偏是他们那一班人，胡说乱道的，闹了个斯文扫地，听了也令人可恼。"

我又问起秋菊的事。侣笙道："已和内人说定，择人遣嫁了。可笑那王大嫂，引了个阿七妈来，百般的哭求，求我不要告他。我对他说，并不告他。他一定不信，求之不已，好容易才打发走了。我本来收了摊就要来拜谢，因为白天没有工夫，却被他缠绕的耽搁到此刻。"

我道："我们豁去虚文，且谈谈正事。那阿七妈是我吓唬他的，也不必谈他。不知阁下到了上海几年，一向办些甚么事？这个测字摊，每天能混多少钱？"侣笙道："说来话长。我到上海有了十多年了。同治末年，这里的道台姓马，是敝同乡；从前是个举人，在京城里就馆，穷的了不得，先父那时候在京当部曹，和他认得，很照应他。那时我还年纪轻，也在京里同他相识，事以父执之礼；他对了先父，却又执子侄之礼。人是十分和气的。日子久了，京官的俸薄，也照应不来许多；先母也很器重他，常时拿了钗钏之类，典当了周济他。后来先父母都去世了，我便奉了灵柩回去。服满之后，侥幸补了个廪。听见他放了上海道，我仗着从前那点交情，要出来谋个馆地；谁知上了二三十次衙门，一回也不曾见着。在上海住的穷了，不能回去。我想这位马道台，不像这等无情的，何以这样拒绝我。后来仔细一打听，才知道是我舍弟先见了他，在他跟前，痛痛的说了我些坏话；因他最恨的是吃鸦片烟，舍弟便头一件说我吃上了烟瘾，以后的坏话，也不知他怎么说的了。因此他恼了。我又见不着他，无从分辩，只得叹口气罢了。后来另外自己谋事，就了几回小馆地，都不过仅可餬口，舍眷便寻到上海来，更加了一层累。这几年失了馆地，更闹的不得了。因看见敝同乡，多有在虹口一带设蒙馆的，到了无聊之时，也想效颦一二，所以去年就设了个馆。谁知那些学生，全凭引荐的，我一则不懂这个窍，二来也怕求人，因此只教得三个学生，所得的束脩，还不够房租，到了今年，就不敢干了。然而又不能坐吃，只得摆个摊子来胡混，那里能混出几个钱呢。”我听了这话，暗想原来是个仕宦书香人家，怪不得他的夫人那样明理。因问道：“你令弟此刻怎样了呢？”侣笙道：“他是个小班子的候补，那时候马道台和货捐局说了，委了他浏河厘局的差使；不多两年，他便改捐了个盐运判，到两淮候补，近来听说可望补缺了。”

我道：“那测字断事，可有点道理的么？”侣笙道：“有甚么道理，不过胡说乱道，骗人罢了。我从来不肯骗人，不过此时到了日暮途穷的时候，不得已而为之。好在测一个字，只要人家四个钱，还算取不伤廉；倘使有一个小小馆地，我也决不干这个的了。”我道：“是胡说乱道的，何以今日测那个“捌”字，又这样灵呢？”侣笙笑道：“这不过偶然说着罢了。况且‘测’字本是‘窥测’、‘测度’的意思，俗人却误了个‘拆’字，取出一个字来，拆得七零八落，想起也好笑。还有一个测字的老笑话，说是：‘有人失了一颗珍珠，去测字，取了个“酉”字，这个测字的断不出来。旁边一个朋友笑道：“据我看这个酉字，那颗珠子是被鸡吃了。你回去杀了鸡，在鸡肚里寻罢。”那失珠的果然杀了家里几个鸡，在鸡肚子里，把珠子寻出来了。欢喜得了不得，买了彩物去谢测字的。测字的也欢喜，便找了那天在旁边的朋友，要拜他做先生，说是他测的字灵。过两天，一个乡下人失了一把锄头，来测字，也取了个“酉”字。测字的猝然说道：“这一把锄头一定是鸡吃了。”乡人惊道：“鸡怎的会吃下锄头去？”测字的道：“这是我先生说过，不会错吃。你只回去把所养的鸡杀了，包你在鸡肚里找出锄头来。”乡人那里肯信，测字的便带了他去见先生说明缘故。先生道：“这把锄头在门里面。你家里有甚么常关着不开的门么？”乡人道：“有了门，那里有常关着的呢。只有田边看更的草房，那两扇门是关的时候多。”先生道：“你便往那里去找。”乡人依言，果然在看更草房里找着了。又一天，铁店里失了铁锤，也去测字，也拈了个“酉”字。测字的道：“是鸡吃了。”铁匠怒道：“凭你牛也吃不下一个铁锤去，莫说是鸡！”测字的道：“你家里有常关着的门，在那门里找去，包你找着。”铁匠又怒道：“我店里的排门，是天亮就开，卸下来倚在街上的；我又不曾倒了店，那里有常关着的门！”测字的道：“这是我先生说的，无有不灵，别的我不知道。”铁匠不依，又同去见先生，说明缘故。先生道：“起先那失珠的，因为十二生肖之中，酉生肖鸡，那珠子又是一样小而圆的东西，所以说是鸡吃了；后来那把锄头，因为西字像掩上的两扇门，所以那么断；今天这个铁锤，他铁匠店里终日敞着门的，那里有常关的门呢。这个西字，竖看像铁砧，横看像风箱，你只往那两处去找罢。”果然是在铁砧底下找着了。’这可虽是笑话，也可见得是测字不是拆字。”

我道：“测字可有来历？”侣笙道：“说到来历，可又是拆字不是测字了。曾见《玉堂杂记》内载一条云：‘谢石善拆字，有士人戏以“乃”字为问。石曰：“及字不成，君终身不及第。”有人遇于涂，告以妇不能产，书“日”字于地。石曰：“明出地上，得男矣。”’又《夷坚志》载：‘谢石拆字，名闻京师。’这个就是拆字的来历。”我道：“我曾见过一部书，专讲占卜的，我忘了书名了；内中分开门类，如六壬课、文王课之类，也有测字的一门。”侣笙道：“这都是后人附会的，还托名邵康节先生的遗法。可笑一代名人，千古之后，负了这个冤枉。”

我暗想这位先生甚是渊博，连《玉堂杂记》那种冷书都看了。想要试他一试，又自顾年纪比他轻得多，怎好冒昧。因想起玉生的图来，便对他说道：“有个朋友托我题一个图，我明日又要到苏州去了，无暇及此，敢烦阁下代作一两首诗，不知可肯见教？”侣笙道：“不知是个甚么图？”我便取出图来给他看。他一看见题签，便道：“图名先劣了。我常在报纸上，见有题这个图的诗，可总不曾见过一句好的。”我道：“我也不曾细看里面的诗，也觉得这个图名不大妥当。”侣笙道：“把这个诗字去了，改一个甚么吟啸图，还好些。”我道：“便是。字面都是很雅的，却是他们安放得不妥当，便搅坏了。”侣笙翻开图来看了两页，仍旧掩了，放下道：“这种东西，同他题些甚么！题了污了自己笔墨；写了名字上去，更是污了自己名姓。只索回了他，说不会作诗罢了。见委代作，本不敢推辞，但是题到这上头去的，我不敢作。倘有别样事见委，再当效劳。”我暗想这个人自视甚高，看来文字总也好的，便不相强。再坐了一会，侣笙辞去。

德泉道：“此刻已经十点多钟了，你快去写了信，待我送到船上去，带给继之。”我道：“还来得及么？”德泉道：“来得及之至！并且托船上的事情，最好是这个时候；倘使去早了，船上帐房还没有人呢。”我便赶忙写了信，又附了一封家信，封好了交给德泉。德泉便叫人拿了小火轮船及如意，自己带着去了。

子安道：“方才那个蔡侣笙，有点古怪脾气，他已经穷到摆测字摊，还要说甚么污了笔墨，污了姓名，不肯题上去；难道题图不比测字干净么？”我道：“莫怪他。我今日亲见了那一班名士，实在令人看不起。大约此人的脾气也过于鲠直，所以才潦倒到这步地位。他的那位夫人，更是明理慈爱。这样的人我很爱敬他，回去见了继之，打算要代他谋一个馆地。”子安道：

"这种人只怕有了馆地也不得长呢。"我道："何以见得？"子安道："他穷到这种地位，还要看人不起；得了馆地，更不知怎样看不起人了。"我道："这个不然。那一班人本来不是东西，就是我也看他们不起；不过我听了他们的胡说要笑，他听了要恨，脾气两样点罢了。"说着，我又想起他们的说话，不觉狂笑了一顿。一会，德泉回来了，便议定了明日一准到苏州。大家安歇，一宿无话。

次日早起，德泉叫人到船行里雇船。这里收拾行李。忽然方佚庐走来，约今夜吃酒，我告诉他要动身的话，他便去了。忽然王端甫又走来说道："有一桩极新鲜的新闻。"我忙问甚么事。端甫道："昨日你走了之后，景翼还在楼上哭个不了，哭了许久，才不听见消息。到得晚上八点来钟，他忽然走下来，找他的老婆和女儿，说是他哭的倦了，不觉睡去，此时醒来，却不见老婆，所以下来找他；看见没有，他便仍上楼去。不一会，哭丧着脸下来，说是几件银首饰、绸衣服都不见了，可见得是老婆带了那五岁的女儿逃走了。"我笑道："活应该的！他把弟妇拐卖了，还要栽他一个逃走的名字，此刻他的妻子真个逃走了也罢了。"端甫道："他的妻子来路本不甚清楚，又不曾听见他娶妻，就有了这个人。有人说他是个咸水妹，还有人说他那女孩子也是带来的。"我一想道："不错。我前年在杭州见他时，他还说不曾娶妻；算他说过就娶，这三年的工夫，那里能养成个五岁孩子呢。"端甫道："他也是前年十月间到上海的。鸿甫把他们安顿好了，才带了少妾到天津去，不料就接二连三的死人，此刻竟闹的家散人亡了。景翼从昨夜到此刻还没有睡，今天早起又不想出去寻找，不知打甚么主意。"我道："来路不正的，他自然见势头不妙，就先奉身以退了。他也明知寻亦无益，所以不去寻了，这倒是他的见识。"端甫见我们行色匆匆，也不久坐，就去了。我同德泉两个，叫人挑了行李，同到船上，解维向苏州而去。

一路上晓行夜泊，在水面行走，倒觉得风凉，不比得在上海那重楼迭角里面，热起来没处透气。两天到了苏州，找个客栈歇下。先把客栈住址，发个电报到南京去，因为怕继之有信没处寄之故。

歇息已定，我便和德泉在热闹市上走了两遍。我道："我们初到此地，人生路不熟，必要找作一个人做向导才好。"德泉道："我也这么想。我有一个朋友，叫做江雪渔，住在桃花坞，只是问路不便。今天晚了，明日起早些乘着早凉去。"我道："怕问路，我有个好法子。不然我也不知这个法子，因为有一回在南京走迷了路，认不得回去，亏得是骑着马，得那马夫引了回去；后来我就买了一张南京地图，天天没事便对他看，看得烂熟，走起路来，就不会迷了。我们何不也买一张苏州地图看看，就容易找得多了。"德泉道："你骑了马走，怎么也会迷路？难道马夫也不认得么？"我便把那回在南京看见“张大仙有求必应”的条子，一路寻去的话，说了一遍。德泉便到书坊店里要买苏州图，却问了两家都没有。

到了次日，只得先从栈里问起，一路问到桃花坞，果然会着了江雪渔。只见他家四壁都钉着许多画片，桌子上堆着许多扇面，也有画成的，也有未画成的。原来这江雪渔是一位画师，生得眉清目秀，年纪不过二十多岁。当下彼此相见，我同他通过姓名。雪渔便问：“几时到的？可曾到观前逛过？”原来苏州的玄妙观算是城里的名胜，凡到苏州之人都要去逛，苏州人见了外来的人，也必问去逛过没有。当下德泉便回说昨日才到，还没去过。雪渔道：“如此我们同去吃茶罢。”说罢，相约同行。我也久闻玄妙观是个名胜，乐得去逛一逛。谁知到得观前，大失所望，真是百闻不如一见。正是：

徒有虚名传齿颊，何来胜地足遨游。

未知逛过玄妙观之后，又有何事，且待下回再记。

第三十七回 说大话谬引同宗 写佳画偏留笑柄

我当日只当苏州玄妙观是个甚么名胜地方，今日亲身到了，原来只是一座庙；庙前一片空场，庙里摆了无数牛鬼蛇神的画摊；两廊开了些店铺，空场上也摆了几个摊。这种地方好叫名胜，那六街三市，没有一处不是名胜了。想来实在好笑。山门外面有两家茶馆，我们便到一家茶馆里去泡茶，围坐谈天。德泉便说起要找房子，请雪渔做向导的话。雪渔道：“本来可以奉陪，因为近来笔底下甚忙，加之夏天的扇子又多，夜以继日的都应酬不下，实在腾不出工夫来。”德泉便不言语。

雪渔又道：“近来苏州竟然没有能画的，所有求画的，都到我那里去。这里潘家、彭家两处，竟然没有一幅不是我的。今年端午那一天，潘伯寅家预备了节酒，前三天先来关照，说请我吃节酒。到了端午那天，一早就打发轿子来请，立等着上轿，抬到潘家，一直到仪门里面，方才下轿。座上除了主人之外，先有一位客，我同他通起姓名来，才知道是原任广东藩台姚彦士方伯，官名上头是个‘觐’字，底下是个‘元’字，是嘉庆己未状元姚文僖公的嫡孙。那天请的只有我们两个。因为伯寅系军机大臣，虽然丁忧在家，他自避嫌疑，绝不见客。因为伯寅令祖文恭公，是嘉庆己未会试房官，姚文僖公是这科的进士，两家有了年谊，所以请了来。你道他好意请我吃酒？原来他安排下纸笔颜料，要我代他画钟馗。人家端午日画的钟馗，不过是用硃笔大写意，钩两笔罢了；他又偏是要设色的，又要画三张之多，都是五尺纸的。我既然入了他的牢笼，又碍着交情，只得提起精神，同他赶忙画起来。从早上八点钟赶到十一点钟，画好了三张，方才坐席吃酒；吃到了十二点钟正午，方才用泥金调了硃砂，点过眼睛。这三张东西，我自己画的也觉得意，真是神来之笔。我点过睛，姚方伯便题赞。我方才明白请他吃酒，原来是为的要他题赞。这一天直吃到下午三点钟才散。我是吃得酩酊大醉，伯寅才叫打轿子送我回去，足足害了三天酒病。"

德泉等他说完了道："回来就到我栈房里吃中饭，我们添两样菜，也打点酒来吃，大家叙叙也好。"雪渔道："何必要到栈里，就到酒店里不好么？"德泉道："我从来没有到过苏州，不知酒店里可有好菜？"雪渔道："我们讲吃酒，何必考究菜，我觉得清淡点的好。所以我最怕和富贵人家来往，他们总是一来燕窝，两来鱼翅的，吃得人也腻了。"

我因为没有话好说，因请问他贵府那里。雪渔道："原籍是湖南新宁县。"我道："那么是江忠烈公一家了？"雪渔道："忠烈公是五服内的先伯。"我道："足下倒说的苏州口音。"雪渔道："我们这一支从明朝万历年间，由湖南搬到无锡；康熙末年，再由无锡搬到苏州；到我已经八代了。"我听了，就同在上海花多福家听那种怪论一般，忍不住笑，连忙把嘴唇咬住。暗想今天又遇见一位奇人了，不知蔡侣笙听了，还是怒还是笑。因忍着笑道："适在尊寓，拜观大作，佩服得很！"雪渔道："实在因为应酬太忙，草草得很。幸得我笔底下还快，不然，就真正来不及了。"

德泉道："我们就到酒店里吃两杯如何？"雪渔道："也罢。我许久不吃早酒了；翁六先生由京里寄信来，要画一张丈二纸的寿星，待我吃两杯回去，乘兴挥毫。"说着，德泉会了茶钱，相将出来，转央雪渔引路，到酒店里去；坐定，要了两壶酒来，且斟且饮。雪渔的酒量，却也甚豪。酒至半酣，德泉又道："我们初到此地，路径不熟，要寻一所房子，求你指引指引，难道这点交情都没有么？"雪渔道："不是这样说。我实在一张寿星，明天就要的。你一定要我引路，让我今天把寿星画了，明天再来奉陪。"德泉又灌了他三四大碗，说道："你今天可以画得好么？"雪渔道："要动起手来，三个钟头就完了事了。"德泉又灌了他两碗，才说道："我们也不回栈吃饭了，就在这里叫点饭菜吃饭，同到你尊寓，看你画寿星，当面领教你的法笔。在上海时我常看你画，此刻久不看见了，也要看看。"雪渔道："这个使得。"于是交代酒家，叫了饭菜来，吃过了，一同仍到桃花坞去。

到了雪渔家，他叫人舀了热水来，一同洗过脸。又拿了一锭大墨，一个墨海，到房里去。又到厨下取出几个大碗来，亲自用水洗净；把各样颜色，分放在碗里，用水调开；又用大海碗盛了两大碗清水。一面张罗，一面让我们坐。我也一面应酬他，一面细看他墙上画就的画片：也有花卉翎毛，也有山水，也有各种草虫小品，笔法十分秀劲；然而内中失了章法的也不少。虽然如此，也不能掩其所长。我暗想此公也可算得多才多艺了。我从前曾经要学画两笔山水，东涂西抹的，闹了多少时候，还学不会呢。不知他这是从那里学来的。因问道："足下的画，不知从那位先生学的？"雪渔道："先师是吴三桥。"我暗想吴三桥是专画美人的，怎么他画出这许多门来。可见此人甚是聪明，虽然喜说大话，却比上海那班名士高的多了。我一面看着画，一面想着，德泉在那里同他谈天。

过了一会，只听见房里面一声"墨磨好了"，雪渔便进去，把墨海端了出来。站在那里想了一想，把椅子板凳，都搬到旁边；又央着德泉，同他把那靠门口的一张书桌，搬到天井里去。自己把地扫干净了，拿出一张丈二纸来，铺在地下，把墨海放在纸上；又取了一碗水，一方干净砚台，都放下；拿一枝条幅笔，脱了鞋子，走到纸上，跪下弯着腰，用笔蘸了墨，试了浓淡，先画了鼻子，再画眼睛，又画眉毛画嘴，钩了几笔胡子，方才框出头脸，补画了耳朵。就站起来自己看了一看。我站在旁边看着，这寿星的头，比巴斗还大。只见他退后看了看地步，又跪下去，钩了半个大桃子，才画了一只手；又把桃子补完全了，恰好是托在手上。方才起来，穿了鞋子，想了半天，取出一枝对笔、一根头绳、一枝帐竿竹子，把笔先洗净了，扎在帐竿竹子上，拿起地下的墨水等，把帐竿竹子扛在肩膀上，手里拿着对笔，蘸了墨，试了浓淡，然后双手拿起竹子，就送到纸上去，站在地上，一笔一笔的画起来；双脚一进一退的，以补手腕所不及。不一会儿，全身衣褶都画好了，把帐竿竹子倚在墙上，说道："见笑，见笑！"我道："果然画法神奇！"雪渔道："不瞒两位说：自我画画以来，这种大画，连这张才两回；上回那个是借裱画店的裱台画的，还不如今日这个爽快。"德泉道："亏你想出这个法子来！"雪渔道："不由你不想，家里那里有这么大的桌子呢；莫说桌子，你看铺在地下，已经占了我半间堂屋了。"一面谈着天，等那墨笔干了，他又拿了揸笔，蹲到画上，着了颜色。等到半干时候，他便把钉在墙上的画片都收了下来，到隔壁借了个竹梯子，把一把杌子放在桌上，自己站上去，央德泉拿画递给他，又央德泉上梯子上去，帮他把画钉起来。我在底下看着，果然神采奕奕。

又谈了一会，我取表一看，才三点多钟。德泉道："我们再吃酒去罢。"雪渔道："此刻就吃，未免太早。"德泉道："我们且走着玩，到了五六点钟再吃也好。"于是一同走了出来，又到观前去吃了一回茶，才一同回栈。德泉叫茶房去买了一坛原坛花雕酒来，又去叫了两样菜，开坛炖酒，三人对吃。德泉道："今天看房子来不及了，明日请你早点来，陪我们同去。"雪渔道："这苏州城大得很，像这种大海捞针一般，往那里看呢？"德泉道："只管到市上去看看，或者有个空房子，或者有店家召盘的，都可以。"雪渔道："召盘的或者还可以碰着，至于空房子，市面上是不会有的。到明日再说罢。"于是痛饮一顿，雪渔方才辞去。

德泉笑道："几碗黄汤买着他了。"我道："这个人酒量很好。"德泉道："他生平就是欢喜吃酒，画两笔画也过得去。就是一个毛病，第一欢喜嫖，又是欢喜说大话。"我想起他在酒店里的话，不觉笑起来道："果然是个说大话的人，然而却不能自完其说。他认了江忠源做五服内的伯父，却又说是明朝万历年间由湖南迁江苏的，岂不可笑！以此类推，他说的话，都不足信的了。"德泉道："本来这扯谎说大话，是苏州人的专长。有个老笑话，说是一个书呆子，要到苏州，先向人访问苏州风俗。有人告诉他，苏州人专会说谎，所说的话，只有一半可信。书呆子到了苏州，到外面买东西，买卖人要十文价，他还了五文，就买着了。于是信定了苏州人的说话，只能信一半的了。一天问一个苏州人贵姓，那苏州人说姓伍。书呆子心中暗暗称奇道，原来苏州人有姓'两个半'的。这个虽是形容书呆子，也可见苏州人之善于扯谎，久为别处人所知的了。"

我道："他今天那张寿星的画法，却也难为他。不知多少润笔？"德泉道："上了这样大的，只怕是面议的了。他虽然定了仿单，然而到了他穷极渴酒的时候，只要请他到酒店里吃两壶酒，他就甚么都肯画了。"我道："他说忙得很，家里又画下了那些，何至于穷到没酒吃呢？"德泉笑道："你看他有一张人物么？"我道："没有。"德泉道："凡是画人物，才是人家出润笔请他画的；其馀那些翎毛、花卉、草虫小品，都是画了卖给扇子店里的，不过几角洋钱一幅中堂，还不知几时才有人来买呢。他们这个，叫做'交行生意'。"

我道："喜欢扯谎的人，多半是无品的，不知雪渔怎样？"德泉道："岂但扯谎的无品，我眼睛里看见画得好的画家，没有一个有品的。任伯年是两三个月不肯剃头的，每剃一回头，篦下来的石青、石绿，也不知多少。这个还是小节。有一位任立凡，画的人物极好，并且能画小照。刘芝田做上海道的时候，出五百银子，请他画一张合家欢；先差人拿了一百两，放了小火轮到苏州来接他去。他到了衙门里，只画了一个脸面，便借了二百两银子，到租界上去玩，也不知他玩到那里，只三个月没有见面；一天来了，又画了一只手，又借了一百两银子，就此溜回苏州来了。那位刘观察，化了四百银子只得了一张脸、一只手。你道这个成了甚么品格呢？又吃的顶重的烟瘾，人家好好的出钱请他画的，却搁着一年两年不画；等穷的急了，没有烟吃的时候，只要请他吃二钱烟，要画甚么是甚么。你想这种人是受人抬举的么！说起来他还是名士派呢。还有一个胡公寿，是松江人，诗、书、画都好，也是赫赫有名的。这个人人品倒也没甚坏处，只是一件，要钱要的太认真了。有一位松江府知府任满进京引见，请他写的、画的不少，打算带进京去送大人先生礼的；开了上款，买了纸送去，约了日子来取。他应允了，也就写画起来。到了约定那一天，那位太守打发人拿了片子去取。他对来人说道：'所写所画的东西，照仿单算要三百元的润笔，你去拿了润笔来取。'来人说道：'且交我拿去，润笔自然送来。'他道：'我向来是先润后动笔的，因为是太尊的东西，先动了笔，已经是个情面，怎么能够一文不看见就拿东西去！'来人没法，只得空手回去，果然拿了三百元来，他也把东西交了出来。过了几天，那位太守交卸了，还住在衙门里。定了一天，大宴宾客，请了满城官员，与及各家绅士，连胡公寿也请在内。饮酒中间，那位太守极口夸奖胡公寿的字画，怎样好，怎样好；又把他前日所写所画的，都拿出来彼此传观，大家也都赞好。太守道：'可有一层，像这样好东西，自然应该是个无价宝了，却只值得三百元！我这回拿进京去，送人要当一份重礼的；倘使京里面那些大人先生，知道我仅化了三百元买来的，却送几十家的礼，未免要怪我悭吝，所以我也不要他了。'说罢，叫家人拿火来一齐烧了。羞得胡公寿逃席而去。从此之后，他遇了求书画的，也不敢孳孳计较了，还算他的好处。"我道："这段故事，好像《儒林外史》上有的，不过没有这许多曲折；这位太守，也算善抄蓝本的了。"说话之间，天色晚将下来，一宿无话。

次日起来，便望雪渔，谁知等到十点钟还不见到。我道："这位先生只怕靠不住了。"德泉道："有酒在这里，怕他不来。这个人酒便是他的性命。再等一等，包管就到了。"说声未绝，雪渔已走了进来，说道："你们要找房子，再巧也没有，养育巷有一家小钱庄，只有一家门面，后进却是三开间、四厢房的大房子，此刻要把后进租与人家。你们要做字号，那里最好了。我们就去看来。"德泉道："费心得很！你且坐坐，我们吃了饭去看。"雪渔道："先看了罢，吃饭还有一会呢；而且看定了，吃饭时便好痛痛的吃酒。"德泉笑道："也罢，我们去看了来。"于是一同出去，到养育巷看了，果然甚为合式。说定了，明日再来下定。

于是一同回栈，德泉沿路买了两把团扇，几张宣纸，又买了许多颜料、画笔之类。雪渔道："你又要我画甚么了？"德泉道："随便画甚么都好。"回到栈里，吃午饭时，雪渔又吃了好些酒。饭后，德泉才叫他画一幅中堂。雪渔道："是你自己的，还是送人的？"德泉道："是送一位做官的，上款写‘继之’罢。”雪渔拿起笔来，便画了一个红袍纱帽的人，骑了一匹马，马前画一个太监，双手举着一顶金冠。画完了，在上面写了“马上升官”四个字。问道：“这位继之是甚么官？”德泉道：“是知县。”他便写“继之明府大人法家教正”。我暗想继之不懂画，何必称他法家呢。正这么想着，只见他接着又写“质诸明眼，以为何如”。这“明眼”两个字，又是抬头写的。我心中不觉暗暗可惜道：“画的很好，这个款可下坏了！”再看他写下款时，更是奇怪。正是：

偏是胸中无点墨，喜从纸上乱涂鸦。

要知他写出甚么下款来，且待下回再记。

第三十八回
画士攘诗一何老脸　官场问案高坐盲人

只见他写的下款是：“吴下雪渔江笠醉笔，时同客姑苏台畔。”我不禁暗暗顿足道：“这一张画可糟蹋了！”然而当面又不好说他，只得由他去罢。此时德泉叫人买了水果来醒酒，等他画好了，大家吃西瓜，旁边还堆着些石榴莲藕。

吃罢了，雪渔取过一把团扇，画了鸡蛋大的一个美人脸，就放下了。德泉道：“要画就把他画好了，又不是杀强盗示众，单画一个脑袋做甚么呢？”雪渔看见旁边的石榴，就在团扇上也画了个石榴，又加上几笔衣褶，就画成了一个半截美人，手捧石榴。画完，就放下了道：“这是谁的？”德泉道：“也是继之的。”雪渔道：“可惜我今日诗兴不来，不然，题上一首也好。”我心中不觉暗暗好笑，因说道：“我代作一首如何？”雪渔道：“那就费心了。”我一想，这个题目颇难，美人与石榴甚么相干？要把他扭在一起，也颇不容易。这个须要用作“无情搭”的钩挽钓渡法子，才可以连得合呢。想了一想，取过笔来写出四句，是：

兰闺女伴话喃喃，摘果拈花笑语憨。
闻说石榴最多子，何须蘐草始宜男。

雪渔接去看了道：“萱草是宜男草，怎么这蘐草也是宜男草么？”他却把这“蘐”字念成“爰”音，我不觉又暗笑起来。因说道：“这个‘蘐’字同‘萱’字是一样的，并不念做‘爰’音。”雪渔道：“这才是呀，我说的天下不能有两种宜男草呢。”说罢，便把这首诗写上去。那上下款竟写的是："继之明府大人两政，雪渔并题。"我心中又不免好笑，这竟是当面抢的。我虽是答应过代作，这写款又何妨含糊些，便老实到如此，倒是令人无可奈何。

只见他又拿起那一把团扇道："这又是谁的？"德泉指着我道："这是送他的。"雪渔便问我欢喜甚么。我道："随便甚么都好。"他便画了一个美人，睡在芭蕉叶上；旁边画了一度红栏，上面用花青烘出一个月亮。又对我说道："这个也费心代题一首罢。"我想这个题目还易；而且我作了他便攘为己有的，就作得不好也不要紧，好在作坏了由他去出丑，不干我事。我提笔写道：

一天凉月洗炎熇，庭院无人太寂寥。
扑罢流萤微倦后，戏从栏外卧芭蕉。

雪渔见了，就抄了上去，却一般的写着"两政""并题"的款。我心中着实好笑，只得说了两声"费心"。

此时德泉又叫人去买了三把团扇来。雪渔道："一发拿过来都画了罢。你有本事把苏州城里的扇子都买了来，我也有本事都画了他。"说罢，取过一把，画了个浔阳琵琶，问写甚么款。德泉道："这是我送同事金子安的，写'子安'款罢。"雪渔对我道："可否再费心题一首？"我心中暗想，德泉与他是老朋友，所以向他作无厌之求；我同他初会面，怎么也这般无厌起来了！并且一作了，就攘为己有，真可以算得涎脸的了。"因笑了笑道："这个容易。"就提笔写出来：

四弦弹起一天秋，凄绝浔阳江上头。
我亦天涯伤老大，知音谁是白江州？

他又抄了，写款不必赘，也是"两政""并题"的了。

德泉又递过一把道："这是我自己用的，可不要美人。"他取笔就画了一幅苏武牧羊，画了又要我题。我见他画时，明知他画好又要我题的了，所以早把稿子想好在肚里，等他一问，我便写道：

雪地冰天且耐寒，头颅虽白寸心丹。
眼前多少匈奴辈，等作群羊一例看。

雪渔又照抄了上去，便丢下笔不画了。德泉不依道："只剩这一把了，画完了我们再吃酒。"我问德泉道："这是送谁的？"德泉道："我也不曾想定。但既买了来，总要画了他；这一放过，又不知要搁到甚么时候了。"我想起文述农，因对雪渔道："这一把算我求你的罢。你画了，我再代你题诗。"雪渔道："美人、人物委实画不动了，画两笔花卉还使得。"我道："花卉也好。"雪渔便取过来，画了两枝夹竹桃。我见他画时，先就把诗作好了；他画好了，便拿过稿去，抄在上面。诗云：

林边斜绽一枝春，带笑无言最可人。

欲为优婆宣法语，不妨权现女儿身。

却把“宣”字写成了个“宜”字。又问我上款。我道：“述农。”他便写了上去。写完，站起来伸一伸腰道：“够了。”我看看表时，已是五点半钟。德泉叫茶房去把藕切了，炖起酒来，就把藕下酒。吃到七点钟时，茶房开上饭来，德泉叫添了菜，且不吃饭，仍是吃酒；直吃到九点钟，大家都醉了，胡乱吃些饭，便留雪渔住下。

次日早起，便同到养育巷去，立了租折，付了押租，方才回栈。我便把一切情形，写了封信，交给栈里帐房，代交信局，寄与继之。及至中饭时，要打酒吃，谁知那一坛五十斤的酒，我们三个人，只吃了三顿，已经吃完了。德泉又叫去买一坛。

饭后央及雪渔做向导，叫了一只小船，由山塘摇到虎丘去，逛了一次。那虎丘山上，不过一座庙；半山上有一堆乱石，内中一块石头，同馒头一般，上面錾了“点头”两个字，说这里是生公说法台的故址，那一块便是点头的顽石。又有剑池、二仙亭、真娘墓。还有一块吴王试剑石，是极大的一个石卵子，截做两段的，同那点头石一般，都是后人附会之物，明白人是不言而喻的；不过因为他是个古迹，不便说破他去杀风景。那些无知之人，便啧啧称奇，想来也是可笑。

过了一天，又逛一次范坟。对着的山，真是万峰齐起，半山上錾着钱大昕写的“万笏朝天”四个小篆。又逛到天平山上去。因为天气太热，逛过这回，便不再到别处了。

这天接到继之的信，说电报已接到，嘱速寻定房子，随后便有人来办事云云。这两天闲着，我想起伯父在苏州，但不知住在那里，何不去打听打听呢。他到此地，无非是要见抚台，见藩台，我只到这两处的号房里打听，自然知道了。想罢，便出去问路，到抚台衙门号房里打听，没有。因为天气热了，只得回栈歇息。过一天，又到藩台衙门去问，也没有消息，只得罢了。

这天雪渔又来了，嬲着要吃酒，还同着一个人来。这个人叫做许澄波，是一个苏州候补佐杂。相见过后，我和德泉便叫茶房去叫了几样菜，买些水果之类，炖起酒来对吃。

这位许澄波，倒也十会倜傥风流，不像个风尘俗吏。我便和他谈些官场事情，问些苏州吏治。澄波道：“官场的事情有甚么谈头，无非是靠着奥援与及运气罢了。所以官场与吏治，本来是一件事；晚近官场风气日下，官场与吏治，变成东西背驰的两途了。只有前两年的谭中丞还好，还讲究些吏治；然而又嫌他太亲细事了，甚至于卖烧饼的摊子，他也叫人逐摊去买一个来，每个都要记着是谁家的，他老先生拿天平来逐个秤过，拣最重的赏他几百文，那最轻的便传了来大加申斥。”我道：“这又何必呢，未免太琐屑了。”澄波道：“他说这些烧饼，每每有贫民买来抵饭吃的，重一些是一些。做买卖的人，只要心平点，少看点利钱，那些贫民便受惠多了。”我笑道：“这可谓体贴入微了。”

澄波道：“他有一件小事，却是大快人意的；有一个乡下人，挑了一挑粪，走过一家衣庄门口，不知怎样，把粪桶打翻了，溅到衣庄的里面去；吓的乡下人情愿代他洗，代他扫，只请他拿水拿扫帚出来。那衣庄的人也不好，欺他是乡下人，不给他扫帚，要他脱下身上的破棉袄来揩；乡下人急了，只是哭求。登时就围了许多人观看，把一条街都塞满了。恰好他老先生拜客走过，见许多人，便叫差役来问是甚么事。差役过去把一个衣庄伙计及乡下人，带到轿前，乡下人哭诉如此如此。他老先生大怒，骂乡下人道：‘你自己不小心，弄龌龊了人家地方，莫说要你的破棉袄来揩，就要你舐干净，你也只得舐了。还不快点揩了去！’乡下人见是官分付的，不敢违拗，哭哀哀的脱下衣服去揩。他又叫把轿子抬近衣庄门口，亲自督看。衣庄里的人，扬扬得意。等那乡下人揩完了，他老先生却叫衣庄伙计来，分付‘在你店里取一件新棉袄赔还乡下人。’衣庄伙计稍为迟疑，他便大怒，喝道：‘此刻天冷的时候，他只得这件破棉袄御寒，为了你们弄坏了，还不应该赔他一件么。你再迟疑，我办你一个欺压乡愚之罪！’衣庄里只得取了一件绸棉袄，给了乡下人。看的人没有一个不称快。”我道：“这个我也称快。但是那衣庄里，就给他一件布的也够了，何必要给他绸的，格外讨好呢？”澄波笑道：“你须知大衣庄里，不卖布衣服的呀。”我不觉拍手道：“这乡下人好造化也！”

澄波道：“自从谭中丞去后，这里的吏治就日坏了。”雪渔道：“谭中丞非但吏治好，他的运气也真好。他做苏州府的时候，上海道是刘芝田。正月里，刘观察上省拜年，他是拿手版去见的。不多两个月，他放了粮道，还没有到任；不多几天，又升了臬台，便交卸了府篆，进京陛见；在路上又奉了上谕，着毋庸来京，升了藩台，就回到苏州来到任；不上几个月，抚台出了缺，他就护理抚台。那时刘观察仍然是上海道，却要上省来拿手版同他叩喜。前后相去不过半年，就颠倒过来。你道他运气多好！”说罢，满满的干了一杯，面有得意之色。

澄波道：“若要讲到运气，没有比洪观察再好的了！”雪渔愕然道：“是那一位？”澄波道：“就是洪瞎子。”雪渔道：“洪瞎子不过一个候补道罢了，有甚么好运气？”澄波道：“他两个眼睛都全瞎了，要是别人一百个也参了，他还是络绎不绝的差使，还要署臬台，不是运气好么。”我道：“认真是瞎子么？”澄波道：“怎么不是！难道这个好造他谣言的么。”雪渔笑道："不过是个大近视罢了，怎么好算全瞎。倘使认真全瞎了，他又怎样还能够行礼呢？不能行礼，还怎样能做官？"

澄波道："其实我也不知他还是全瞎，还是半瞎。有一回抚台请客，坐中也有他；饮酒中间，大家都往盘子里抓瓜子磕，他也往盘子里抓，可抓的不是瓜子，抓了一手的糖黄皮蛋，闹了个哄堂大笑。你若是说他全瞎，他可还看见那黑黑儿的皮蛋，才误以为瓜子，好像还有一点点的光。可是他当六门总巡的时候，有一天差役拿了个地棍来回他，他连忙升了公座，那地棍还没有带上来，他就'混帐羔子''王八蛋'的一顿臭骂；又问你一共犯过多少案子了，又问你姓甚么，叫甚么，是那里人。问了半天，那地棍还没有带上来，谁去答应他呢？两旁差役，只是抿着嘴暗笑。他见没有人答应，忽然拍案大怒，骂那差役道：'你这个狗才！我叫你去访拿地棍，你拿不来倒也罢了，为甚么又拿一个哑子来搪塞我！'"澄波这一句话，说的众人大笑。澄波又道："若照这件事论，他可是个全瞎的了。若说是大近视，难道公案底下有人没有都分不出么。"我道："难道上头不知道他是个瞎子？这种人虽不参他，也该叫他休致了。"澄波道："所以我说他运气好呢。"德泉道："俗语说的好，'朝里无人莫做官'，大约这位洪观察是朝内有人的了。"四个人说说笑笑，吃了几壶酒就散了。雪渔、澄波辞了去。

次日，继之打发来的人已经到了，叫做钱伯安。带了继之的信来，信上说苏州坐庄的事，一切都托钱伯安经管；伯安到后，德泉可回上海；如已看定房子，叫我也回南京，还有别样事情商量云云。当下我们同伯安相见过后，略为憩息，就同他到养育巷去看那所房子，商量应该怎样装修。看了过后，伯安便去先买几件木器动用家伙，先送到那房子里去。在客栈歇了一宿，次日伯安即搬了过去。

我们也叫客栈里代叫一只船，打算明日动身回上海去。又拖德泉到桃花坞去看雪渔，告诉他要走的话。雪渔道："你二位来了，我还不曾稍尽地主之谊，却反扰了你二位几遭；正打算过天风凉点叙叙，怎么就走了？"德泉道："我们至好，何必拘拘这个。你几时到上海去，我们再叙。"德泉在那里同他应酬，我抬头看见他墙上，钉了一张新画的美人，也是捧了个石榴，把我代他题的那首诗写在上面，一样的是"两政""并题"的上下款，心中不觉暗暗好笑。雪渔又约了同到观前吃了一碗茶，方才散去。临别，雪渔又道："明日恕不到船上送行了。"德泉道："不敢，不敢。你几时到上海去，我们痛痛的吃几顿酒。"雪渔道："我也想到上海许久了，看几时有便我就来；这回我打算连家眷一起都搬到上海去了。"说罢作别，我们回栈。

次日早起，就结算了房饭钱，收拾行李上船，解维开行，向上海进发。回到上海，金子安便交给我一张条子，却是王端甫的，约着我回来即给他信，他要来候我，有话说云云。我暂且搁过一边，洗脸歇息。子安又道："唐玉生来过两次，头一次是来催题诗，我回他到苏州去了；第二次他来把那本册页拿回去了。"我道："拿了去最好，省得他来麻烦。"当下德泉便稽查连日出进各项货物帐目。

我歇息了一会，便叫车到源坊衖去访端甫，偏他又出诊去了；问景翼时，说搬去了；我只得留下一张条子出来，缓步走着，去看侣笙，谁知他也不曾摆摊，只得叫了车子回来。

回到号里时，端甫却已在座。相见已毕，端甫先道："你可知侣笙今天嫁女儿么？"我道："嫁甚么女儿？可是秋菊？"端甫道："可不是。他恐怕又像嫁给黎家一样，夫家仍只当他丫头，所以这回他认真当女儿嫁了。那女婿是个木匠，倒也罢了。他今天一早带了秋菊到我那里叩谢；因知道你去了苏州，所以不曾来这里。我此刻来告诉你景翼的新闻。"我忙问："又出了甚么新闻了？"端甫不慌不忙的说了出来。正是：

任尔奸谋千百变，也须落魄走穷途。

未知景翼又出了甚么新闻，且待下回再记。

第三十九回
老寒酸峻辞干馆　小书生妙改新词

我听见端甫说景翼又出了新闻，便忙问是甚么事。端甫道："这个人只怕死了！你走的那一天，他就叫了人来，把几件木器及空箱子等，一齐都卖了，却还卖了四十多元。那房子本是我转租给他的，欠下两个月房租，也不给我，就这么走了。我到楼上去看，竟是一无所有的了。"我道："他家还有慕枚的妻子呀，那里去了？"端甫道："慕枚是在福建娶的亲，一向都是住在娘家，此刻还在福建呢。那景翼拿了四十多元洋钱，出去了三天，也不知他到那里去的。第四天一早，我还没有起来，他便来打门；我连忙起来时，家人已经开门放他进来了。蓬着头，赤着脚，鞋袜都没有，一条蓝夏布裤子，也扯破了，只穿得一件破多罗麻的短衫。见了我就磕头，要求我借给他一块洋钱。问他为何弄得这等狼狈，他只流泪不答。又告诉我说，从前逼死兄弟，图卖弟妇，一切都是他老婆的主意，他此刻懊悔不及。我问他要一块洋钱做甚么，他说到杭州去做盘费，我只得给了他，他就去了。直到今天，仍无消息。前天我已经写了一封信，通知鸿甫去了。"我道："这种人由他去罢了，死了也不足惜。"

端甫道："后来我听见人说，他拿了四十多元钱，到赌场上去，一口气就输了一半；第二天再赌，却赢了些；第三天又去赌，却输的一文也没了。出了赌场，碰见他的老婆，他便去盘问，谁知他老婆已经另外跟了一个人，便甜言蜜语的引他回去，却叫后跟的男人，把他毒打了一顿。你道可笑不可笑呢。"

我道："侣笙今日嫁女儿，你有送他礼没有？"端甫道："我送了他一元，他一定不收，这也没法。"我道："这个人竟是个廉士！"端甫道："他不廉，也不至于穷到这个地步了。况且我们同他奔走过一次，也更是不好意思受了。他还送给我一副对，写的甚好；他说也送你一副，你收着了么？"我道："不曾。"因走进去问子安。子安道："不错，是有的，我忘了。"说着，在架子上取下来。我拿出来同端甫打开来看，写的是"慷慨丈夫志，跌宕古人心"一联，一笔好董字，甚是飞舞。我道："这个人潦倒如此，真是可惜可叹！"端甫道："你看南京有甚么事，荐他一个也好。"我道："我本有此意。而且我还嫌回南京去急不及待，打算就在这号里安置他一件事，好歹送他几元银一月；等南京有了好事，再叫他去。你道如何？"端甫道："这更好了。"当下又谈了一会，端甫辞了去。

我封了四元洋银贺仪，叫出店的送到侣笙那里去。一会仍旧拿了回来，说他一定不肯收。子安笑道："这个人倒穷得硬直。"我道："可知道不硬直的人，就不穷了。"子安道："这又不然。难道有钱的人，便都是不硬直的么？"我道："不是如此说。就是富翁也未尝没有硬直的；不过穷人倘不是硬直的，便不肯安于穷，未免要设法钻营，甚至非义之财也要妄想，就不肯像他那样摆个测字摊的了。"当下歇过一宿。

次日我便去访侣笙，怪他昨日不肯受礼。但笙道："小婢受了莫大之恩，还不曾报德，怎么敢受！"我道："这些事还提他做甚么。我此刻倒想代你弄个馆地，只是我到南京去，不知几时才有机会；不如先奉屈到小号去，暂住几时，就请帮忙办理往来书信。"侣笙连忙拱手道："多谢提挈！"我道："日间就请收了摊，到小号里去。"侣笙沉吟了一会道："宝号办笔墨的，向来是那一位？"我道："向来是没有的，不过我为足下起见，在这里摆个摊，终不是事，不如到小号里去，奉屈几时，就同干俸一般。等我到南京去，有了机会，便来相请。"侣笙道："这却使不得！我与足下未遇之先，已受先施之惠；及至萍水相遇，怎好为我破格！况且生意中的事情，与官场截然两路，断不能多立名目，以致浮费，岂可为我开了此端。这个断不敢领教！如蒙见爱，请随处代为留心，代谋一席，那就受惠不浅了。"我道："如此说，就同我一起到南京去谋事如何？"侣笙道："好虽好，只是舍眷无可安顿，每日就靠我混几文回去开销，一时怎撇得下呢？”我道：“这不要紧，在我这里先拿点钱安家便是。”侣笙道：“足下盛情美意，真是令人感激无地！但我向来非义不取，无功不受；此刻便算借了尊款安家，万一到南京去谋不着事，将何以偿还呢。还求足下听我自便的好。如果有了机会，请写个信来，我接了信，就料理起程。”我听了他一番话，不觉暗暗嗟叹，天下竟有如此清洁的人，真是可敬。只得辞了他出来。

顺路去看端甫。端甫也是十分叹息道：“不料风尘中有此等气节之人！你到南京，一定要代他设法，不可失此朋友。但不知你几时动身？”我道：“打算今夜就走。在苏州就接了南京信，叫快点回去，说还有事，正不知是甚么事。”说话时，有人来诊脉，我就辞了回去。

是夜附了轮船动身，第三天一早，到了南京。我便叫挑夫挑了行李上岸，骑马进城，先到里面见过吴老太太及继之夫人。老太太道：“你回来了！辛苦了！身子好么？我惦记你得很呢。”我道：“托干娘的福，一路都好。”老太太道：“你见过娘没有？”我道：“还没有呢。”老太太道：“好孩子！快去罢！你娘念你得很。你回来了，怎么不先见娘，却先来见我？你见了娘，也不必到关上去，你大哥一会儿就回来了。我今天做东，整备了酒席，贺荷花生日；你回来了，就带着代你接风了。”我陪笑道：“这个那里敢当！不要折煞干儿子罢！”老太太道：“胡说！掌嘴！快去罢。”

我便出来，由便门过去，见过母亲、婶婶、姊姊。母亲问几时到的。我道：“才到。”母亲问见过干娘和嫂子没有。我道：“都见过了。我这回在上海，遇见伯父的。”母亲道：“说甚么来？”我道：“没说甚么，只告诉我说小七叔来了。”母亲讶道：“来甚么地方？”我道：“到了上海，在洋行里面。我去见过两次。他此刻白天学生意，晚上念洋书。”姊姊道：“这小孩子怪可怜的，六七岁上没了老子，没念上两年书，就荒废了，在家里养得同野马一般。此刻不知怎样了？”我道：“此刻好了，很沉静，不像从前那种七纵八跳的了。”母亲瞅了我一眼道：“你小时候安静！”姊姊道：“没念几年书，就去念洋书，也不中用。”我道：“只怕他自己还在那里用功呢。我看他两遍，都见他床头桌上，堆着些《古文观止》、《分类尺牍》之类；有不懂的，还问过我些。他此刻自己改了个号，叫做叔尧；他的小名叫土儿，读书的名字，就是单名叫一个‘尧’字，此刻号也用这个‘尧’字。我问他是甚么意思。他说小时候，父母因为他的八字五行缺土，所以叫做土儿，取‘尧’字做名字，也是这个意思；其实是毫无道理的，未必取了这种名字，就可以补上五行所缺。不过要取好的号，取不出来。他底下还有老八、老九，所以按孟、仲、叔、季的排次，加一个‘叔’字在上面做了号，倒爽利些。”姊姊讶道：“读了两年书的孩子，发出这种议论，有这种见解，就了不得！”

我道："本来我们家里没有生出笨人过来。"母亲道："单是你最聪明！"我道："自然。我们家里的人已经聪明了，更是我娘的儿子，所以又格外聪明些。"婶婶道："了不得，你走了一次苏州，就把苏州人的油嘴学来了；从来拍娘的马屁，也不曾有过这种拍法。"我道："我也不是油嘴，也不是拍马屁，相书上说的'左耳有痣聪明，右耳有痣孝顺'。我娘左耳朵上有一颗痣，是聪明人，自然生出聪明儿子来了。"姊姊走到母亲前，把左耳看了看道："果然一颗小痣，我们一向倒不曾留心。"又过来把我两个耳朵看过，拍手笑道："兄弟这张嘴真学油了！他右耳上一颗痣，就随口杜撰两句相书，非但说了伯娘聪明，还要夸说自己孝顺呢。"我道："娘不要听姊姊的话，这两句我的确在《麻衣神相》上看下来的。"姊姊道："伯娘不要听他，他连书名都闹不清楚，好好的《麻衣相法》，他弄了个《麻衣神相》。这《麻衣相法》是我看了又看的，那里有这两句。"我道："好姊姊！何苦说破我！我要骗骗娘相信我是个天生的孝子，心里好偷着欢喜，何苦说破我呢。"说的众人都笑了。

只见春兰来说道："那边吴老爷回来了。"我连忙过去，到书房里相见。继之笑着道："辛苦，辛苦！"我也笑道："费心，费心！"继之道："你费我甚么心来？"我道："我走了，我的事自然都是大哥自己办了，如何不费心。"坐下便把上海、苏州一切细情都述了一遍。继之道："我催你回来，不为别的，我这个生意，上海是个总字号，此刻苏州分设定了，将来上游芜湖、九江、汉口，都要设分号，下游镇江，也要设个字号，杭州也是要的。你口音好，各处的话都可以说，我要把这件事烦了你。你只要到各处去开辟码头，经理的我自有人。将来都开设定了，你可往来稽查。这里南京是个中站，又可以时常回来，岂不好么。"我道："大哥何以忽然这样大做起来？"继之道："我家里本是经商出身，岂可以忘了本。可有一层：我在此地做官，不便出面做生意，所以一切都用的是某记，并不出名；在人家跟前，我只推说是你的。你见了那些伙计，万不要说穿，只有管德泉一个知道实情，其馀都不知道的。"我笑道："名者，实之宾也；吾其为宾乎？"继之也一笑。

我道："我去年交给大哥的，是整数二千银子；怎么我这回去查帐，却见我名下的股份，是二千二百五十两？"继之道："那二百五十两，是去年年底帐房里派到你名下的；我料你没有甚么用处，就一齐代你入了股。一时忘记了，没有告诉你。你走了这一次，辛苦了，我给你一样东西开开心。"说罢，在抽屉里取出一本极旧极残的本子来。这本子只有两三页，上面浓圈密点的，是一本词稿。我问道："这是那里来的？"继之道："你且看了再说，我和述农已是读的烂熟了。"

誠則靈

我看第一阕是《误佳期》，题目是“美人嚏”。我笑道：“只这个题目便有趣。”继之道：“还有有趣的呢。”我念那词：

浴罢兰汤夜，一阵凉风恁好。陡然娇嚏两三声，消息难分晓。 莫是意中人，提着名儿叫？笑他鹦鹉却回头，错道侬家恼。

我道：“这倒亏他着想。”

再看第二阕是《荆州亭》，题目是“美人孕”。我道：“这个可向来不曾见过题咏的，倒是头一次。”再看那词是：

一自梦熊占后，惹得娇慵病久。个里自分明，羞向人前说有。 镇日贪眠作呕，茶饭都难适口。含笑问檀郎：梅子枝头黄否？

我道：“这句‘羞向人前说有’，亏他想出来。”

又有第三阕是《解佩令》“美人怒”，词是：

喜容原好，愁容也好，蓦地间怒容越好。一点娇嗔，衬出桃花红小，有心儿使乖弄巧。 问伊声悄，凭伊怎了，拚温存解伊懊恼。刚得回嗔，便笑把檀郎推倒，甚来由到底不晓。

我道：“这一首是收处最好。”

第四阕是《一痕沙》“美人乳”。我笑道：“美人乳明明是两堆肉，他用这《一痕沙》的词牌，不通！”继之笑道：“莫说笑话，看罢。”我看那词是：

迟日昏昏如醉，斜倚桃笙慵睡。乍起领环松，露酥胸。 小簇双峰莹腻，玉手自家摩戏。欲扣又还停，尽憨生。

我道：“这首只平平。”继之道：“好高法眼！”我道：“不是我的法眼高，实在是前头三阕太好了；如果先看这首，也不免要说好的。”

再看第五阕是《蝶恋花》“夫婿醉归”。我道：“咏美人写到夫婿，是从对面着想，这题目先好了，词一定好的。”看那词是：

日暮挑灯闲徙倚，郎不归来留恋谁家里？及至归来沉醉矣，东歪西倒扶难起。 不是贪杯何至此？便太常般，难道侬嫌你？只恐瞢腾伤玉体，教人怜惜浑无计。

我道：“这却全在美人心意上着想，倒也体贴入微。”

第六阕是《眼儿媚》“晓妆”：

晓起娇慵力不胜，对镜自松惺。淡描青黛，轻匀红粉，约略妆成。 檀郎含笑将人戏，故问夜来情。回头斜眄，一声低啐，你作么生！

我道：“这一阕太轻佻了，这一句‘故问夜来情’，必要改了他方好。”继之道：“改甚么呢？”我道：“这种香艳词句，必要使他流入闺阁方好；有了这种猥亵句子，怎么好把他流入闺阁呢。”继之道：“你改甚么呢？”我道："且等我看完了，总要改他出来。"

因看第七阕，是《忆汉月》"美人小字"。词是：

恩爱夫妻年少，私语喁喁轻悄。问到小字每模糊，欲说又还含笑。　被他缠不过，说便说郎须记了。切休说与别人知，更不许人前叫！

我不禁拍手道："好极，好极！这一阕要算绝唱了。亏他怎么想得出来！"继之道："我和述农也评了这阕最好，可见得所见略同。"我道："我看了这一阕，连那'故问夜来情'也改着了。"继之道："改甚么？"我道："改个'悄地唤芳名'，不好么？"继之拍手道："好极，好极！改得好！"

再看第八阕，是《忆王孙》"闺思"：

昨宵灯爆喜情多，今日窗前鹊又过，莫是归期近了么？鹊儿呵！再叫声儿听若何？

我道："这无非是晨占喜鹊，夕卜灯花之意，不过痴得好玩。"

第九阕是《三字令》"闺情"。我道："这《三字令》最难得神理，他只限着三个字一句，那得跌宕！"看那词是：

人乍起，晓莺鸣，眼犹饧；帘半卷，槛斜凭，绽新红，呈嫩绿，雨初经。　开宝镜，扫眉轻，淡妆成；才歇息，听分明，那边厢，墙角外，卖花声。

我道："只有下半阕好。"这一本稿，统共只有九阕，都看完了。

我问继之道："词是很好，但不知是谁作的？看这本子残旧到如此，总不见得是个时人了。"继之道："那天我闲着没事，到夫子庙前闲逛，看见冷摊上有这本东西，只化了五个铜钱买了来。只恨不知作者姓名。这等名作，埋没在风尘中，也不知几许年数了；倘使不遇我辈，岂不是徒供鼠啮虫伤，终于复瓿！"我因继之这句话，不觉触动了一桩心事。正是：

一样沉沦增感慨，伟人瑰宝共风尘。

不知触动了甚么心事，且待下回再记。

第四十回 披画图即席题词　发电信促归阅卷

我听见继之赞叹那几阕词，说是倘不遇我辈，岂不是终于复瓿，我便忽然想起蔡侣笙来，因把在上海遇见黎景翼，如此这般，告诉了一遍。又告诉他蔡侣笙如何廉介，他的夫人如何明理，都说了一遍。继之道：“原来你这回到上海，干了这么一回事，也不虚此一行。”我道：“我应允了蔡侣笙，一到南京，就同他谋事，求大哥代我留意。”继之道：“你同他写下两个名条，我觑便同他荐个事便了。”说话间，春兰来叫我吃午饭，我便过去。

饭后在行李内取出团扇及画片，拿过来给继之，说明是德泉送的。继之先看扇子，把那题的诗念了一遍道：“这回倒没有抄错。”我道：“怎么说是抄的？”继之道：“你怎么忘了？我头回给你看的那把团扇，把题花卉的诗题在美人上，不就是这个人画的么。”我猛然想起当日看那把团扇来，并想起继之说的那诗画交易的故事，又想起江雪渔那老脸攘诗，才信继之从前的话，并不曾有意刻画他们。因把在苏州遇见江雪渔的话，及代题诗的话，述了一遍。老太太在旁听见，便说道：“原来是你题的诗，快念给我听。”继之把扇子递给他夫人。他夫人便念了一遍，又逐句解说了。老太太道：“好口彩！好吉兆！果然石榴多子！明日继之生了儿子，我好好的请你。”我笑说“多谢”。

继之摊开那画片来看，见了那款，不觉笑道：“他自己不通，如何把我也拉到苏州去？好好的一张画，这几个字写的成了废物了。”我道：“我也曾想过，只要叫裱画匠，把那几个字挖了去，还可以用得。”继之道：“只得如此的了。”

我又回去，把我的及送述农的扇子，都拿来给继之看。继之道：“这都是你题的么？”我道：“是的。他画一把，我就题一首。”继之道：“这个人画的着实可以，只可惜太不通了。但既然不通，就安分些，好好的写个上下款也罢了，偏要题甚么诗；你看这几首诗，他将来又不知要错到甚么画上去了。”

我道：“他自己说是吴三桥的学生呢。”继之道：“这也说不定的。说起吴三桥，我还买了一幅小中堂在那里，你既喜欢题诗，也同我题上两首去。”我道：“画在那里？”继之道：“在书房里，我同你去看来。”于是一同到书房里去。

继之在书架上取下画来，原来是一幅美人，布景是满幅梅花，梅梢上烘出一钩斜月，当中月洞里，露出美人，斜倚在熏笼上。裱的全绫边，那绫边上都题满了，却剩了一方。继之指着道：“这一方就是虚左以待的。”我道：“大哥那里去找了这些人题？”继之道：“我那里去找人题，买来就是如此的了。”我道：“这一方的地位很大，不是一两首绝诗写得满的。”继之道：“你就多作几首也不妨。”我想了一想道：“也罢。早上看了绝妙好词，等我也效颦填一阕词罢。”继之道：“随你便。”我取出《诗韵》翻了一翻，填了一阕《疏影》，词曰：

香消烬歇，正冷侵翠被，霜禽啼彻。斜月三更，谯鼓城笳，一枕梦痕明灭。无端惊起佳人睡，况酒醒天寒时节。算几回倚遍熏笼，依旧黛眉双结。　　良夜迢迢甚伴？对空庭寂寞，花光清绝。蓦逗春心，偷数年华，独自暗伤离别。年来消瘦知何似，应不减素梅孤洁。且待伊塞上归来，密与拥炉愁说。

用纸写了出来，递给继之道："大哥看用得，我便写上去。"继之看了道："你倒是个词章家呢。但何以忽然用出那离别字眼出来？"我道："这有甚一定的道理，不过随手拈来，就随意用去。不然，只管赞梅花的清幽，美人的标致，有甚意思呢。我只觉得词句生涩得很。"继之道："不生涩！很好！写上去罢。"我摊开画，写了上去，署了款。继之便叫家人来，把他挂起。

日长无事，我便和继之对了一局围棋。又把那九阕香奁词抄了，只把《眼儿媚》的"故问夜来情"，改了个"悄地唤芳名"，拿去给姊姊看。姊姊看了一遍道："好便好，只是轻薄些。"我道："这个只能撇开他那轻薄，看他的巧思。"姊姊笑道："我最不服气，男子们动不动拿女子做题目来作诗填词，任情取笑！"我道："岂但作诗填词，就是画画，何尝不是：只画美人，不画男子；要画男子，除非是画故事，若是随意坐立的，断没有画个男子之理。"姊姊道："正是。我才看见你的一把团扇，画的很好，是在那里画来的？"我道："在苏州。姊姊欢喜，我写信去画一把来。"姊姊道："我不要。你几时便当，顺便同我买点颜料来，还要买一份画碟、画笔；我的丢在家里，没有带来。"我欢喜道："原来姊姊会画，是几时学会的？我也要跟着姊姊学。"

正说到这里，吴老太太打发人来请，于是一同过去。那边已经摆下点心。吴老太太道："我今天这个东做得着，又做了荷花生日，又和干儿子接风。这会请先用点心，晚上凉快些再吃酒。"我因为荷花生日，想起了'竹汤饼会'来，和继之说了。继之道："这种人只算得现世！"我道："有愁闷时听听他们的问答，也可以笑笑。"于是把在花多福家所闻的话，述了一遍。母亲道："你到妓院里去来？"我道："只坐得一坐就走的。"姊姊道："依我说，到妓院里去倒不要紧，倒是那班人少亲近些。"我道："他硬拉我去的，谁去亲近他。"姊姊道："并不是甚么亲近不得，只小心被他们熏臭了。"说的大众一笑。当夜陪了吴老太太的高兴，吃酒到二炮才散。

次日继之出城，我也到关上去，顺带了团扇送给述农。大家不免说了些别后的话，在关上盘桓了一天。到晚上，继之设了个小酌，单邀了我同述农两个吃酒，赏那香奁词。述农道："徒然赏他，不免为作者所笑，我们也应该和他一阕。"我道："香奁体我作不来；并且有他的珠玉在前，我何敢去佛头着粪！”继之道：“你今天题画的那一阕《疏影》，不是香奁么？”我道：“那不过是稍为带点香奁气。他这个是专写儿女的，又自不同。”

述农道：“说起题画，一个朋友前天送来一个手卷要我题，我还没工夫去作。不如拿出来，大家题上一阙词罢。”我道：“这倒使得。”述农便亲自到房里取了来，签上题着“金陵图”三字。展开来看，是一幅工笔青绿山水，把南京的大概，画了上去。继之道：“用个甚么词牌呢？”述农道：“词牌倒不必限。”我道：“限了的好。不限定了，回来有了一句合这个牌，又有一句合那个牌，倒把主意闹乱了。”继之道：“秦淮多丽，我们就用《多丽》罢。”我道：“好。我已经有起句了：‘大江横，古今烟锁金陵。’”述农道：“好敏捷！”我道：“起两句便敏捷，这个牌，还有排偶对仗，颇不容易呢。”继之道：“我也有个起句，是‘古金陵，秦淮烟水冥冥’。”我道：“既如此，也限了八庚韵罢。”于是一面吃酒，一面寻思。倒是述农先作好了，用纸誊了出来。继之拿在手里，念道：

> 水盈盈，吴头楚尾波平。指参差帆樯隐处，三山天外摇青。丹脂销墙根蛩泣，金粉灭江上烟腥。北固云颓，中泠泉咽，潮声怒吼石头城。只千古《后庭》一曲，回首不堪听！休遗恨霸图销歇，王、谢飘零！　　但南朝繁华已烬，梦蕉何事重醒？舞台倾夕烽惊雀，歌馆寂燐火为萤。荒径香埋，空庭鬼啸，春风秋雨总愁凝。更谁家秦淮夜月，笛韵写凄清？伤心处画图难足，词客牵情。

继之念完了，便到书案上去写，我站在前面，看他写的是：

> 古金陵，秦淮烟水冥冥。写苍茫势吞南北，斜阳返射孤城。泣胭脂泪干陈井，横铁锁缆系吴舲。《玉树》歌残，铜琶咽断，怒潮终古不平声。算只有蒋山如壁，依旧六朝青。空馀恨凤台寂寞，鸦点零星。　　叹豪华灰飞王、谢，那堪鼙鼓重惊！指灯船光销火蜃，凭水榭影乱秋萤。坏堞荒烟，寒笳夜雨，鬼燐鹃血暗愁生。画图中长桥片月，如对碧波明。乌衣巷年年燕至，故国多情。

我等继之写完，我也写了出来，交给述农看。我的词是：

> 大江横，古今烟锁金陵。忆六朝几番兴废，恍如一局棋枰。见风飒去来眼底，望楼橹颓败心惊。几代笙歌，十年鼙鼓，不堪回首叹雕零。想昔日秦淮觞咏，似幻梦初醒。空留得一轮明月，渔火零星。　　最销魂红羊劫尽，但馀一座孤城。剩铜驼无言衰草，闻铁马凄断邮亭。举目沧桑，感怀陵谷，落花流水总关情。偶披图旧时景像，历历可追凭。描摹出江山如故，输与丹青。

当下彼此传观，又吃了一回酒。述农自回房安歇。

继之对我道：“你将息两天，到芜湖走一次。你但找定了屋子，就写信给我，这里派人去；你便再到九江、汉口，都是如此。”我道：“这找房子的事，何必一定要我？”继之道：“你去找定了，回来可以告诉我一切细情；若叫别人去，他们去了，就在那里办事了。还有一层：将来你往来稽查，也还可以熟悉些。”我道：“这里南京开办么？”继之道：“这里叫德泉倒派人上来办，才好掩人耳目。你从上江回来，就可以到镇江去。”我道：“这里书启的事怎样呢？”继之道：“我这个差事，上前天奉了札子，又连办一年；书启我打算另外再请人。”我道：“那么何不就请了蔡侣笙呢？”继之道：“但不知他笔下如何？”我道：“包你好！我虽然未见过他的东西，然而保过廪的人，断不至于不通；顶多作出来的东西，有点腐八股气罢了，何况还不见得。他还送我一副对子，一笔好董字。”继之道：“我就请了他，你明日就写信去罢，连关书一齐寄去也好。”我听说不胜之喜，连夜写好了，次日一早，便叫家人寄去。又另外寄给王端甫一信，嘱他劝驾。

我便赁马进城，顺路买了画碟、画笔、颜料等件；又买了几张宣纸、扇面、画绢等，回来送与姊姊，并央他教我画。姊姊道：“你只要在旁边留着心看我画，看多了就会了，难道还要把着手教么。”我道：“我从前学画山水，学了三个多月，画出来的山，还像一个土馒头，我就丢下了。”姊姊便裁了一张小中堂。我道：“画甚么？”姊姊道：“画一幅美人，送我干嫂子。”说罢坐下，调开颜色，先画了个美人面，又布了一树梅花。我道：“姊姊可是看见了书房那张，要背临他的稿子？”姊姊道：“大凡作画要临稿本，便是低手。书房那是我看见的，我却并不临他。”我道：“初学时总是要临的。”姊姊道：“这个自然。但是学会之后，总要胸中有了丘壑，要画甚么，就是甚么，才能称得画家。”

说话间，春兰拿了一卷东西进来，说是他家周二爷从关上带回来的。拆开看时，原是那幅《金陵图》，昨夜的词，未曾写上，今天继之、述农都写了，拿来叫我写的。姊姊道：“书房那张，你也题了一阕词，怎么这样词兴大发？我这张也要请教一阕了。”我道：“才题过一张梅花美人，今日再题，恐怕要犯了。”姊姊道：“胡说！我不信你腹俭到如此。我已经填了一阕《解语花》，在干嫂子那里，你去看来。”我道：“既如此，我不看词，且看画的是甚么样子个大局，我好切题做去。”姊姊道：“没有甚么样子，就是一个月亮；一个美人，站在梅花树下。”我便低头思索一会，问姊姊要纸写出来。姊姊道：“填的甚么词牌？不必写，先念给我听。”我道：“自然也是《解语花》。”因念道：

思萦邓尉，梦绕罗浮，身似梅花瘦。故园依旧，慵梳掠，谁共寻芳携手？芳心恐负，正酒醒天寒时候。唤丫鬟招鹤归来，请与冰魂守。　　羌笛怕听吹骤，念陇头人远，怎堪回首，翠蛾愁皱。相偎处，惹得暗香盈袖。凝情待久，无限恨，癯仙知否？应为伊惆怅江南，月落参横后。

姊姊听了道：“大凡填词，用笔要如快马入阵，盘旋曲折，随意所之。我们不知怎的，总觉着有点拙涩，词句总不能圆转，大约总是少用功之过。念我的你听：

芳痕淡抹，粉影含娇，隐隐云衣迭。一般清绝，偎花立，空自暗伤离别。销魂似妾，心上事更凭谁说？倩何人寄语陇头，镜里春难折。　　寂寞黄昏片月，伴珊珊环佩，满庭香雪，蛾眉愁切。关情处，怕听丽谯吹彻。冰姿似铁，叹尔我，生来孤洁。恐飘残倦倚风前，一任霜华拂。”

我道：“姊姊这首就圆转得多了。”姊姊道：“也不见得。”此时那画已画好了，我便把题词写上。又写了那《金陵图》的题词。

过得两天，我便到芜湖去，看定了房子，等继之派人来经理了，我又到九江，到汉口；回南京歇了几天，又到镇江，到杭州。从此我便来往苏、杭及长江上下游。原来继之在家乡，提了一笔巨款来，做这个买卖，专收各路的土货，贩到天津、牛庄、广东等处去发卖，生意倒也十分顺手。我只管往来稽查帐目，在路的日子多，在家的日子少，这日子就觉得容易过了。不知不觉过了一个周年。

直到次年七月里，我稽查到了上海，正在上海号里住下，忽接了继之的电报，叫速到南京去，电文简略，也不曾叙明何事。我想继之大关的差使，留办一年，又已期满，莫非叫我去办交代；然而办交代用不着我呀。既然电报来叫，必定是一件要事，我且即日动身去罢。正是：

只道书来询货殖，谁知此去却衡文。

未知此去有何要事，且听下回再记。

第四十一回
破资财穷形极相　感知己沥胆披肝

我接了继之电信，便即日动身，到了南京，便走马进城，问继之有甚要事。恰好继之在家里，他且不说做甚么，问了些各处生意情形，我一一据实回答。我问起蔡侣笙。继之道：“上月藩台和我说，要想请一位清客，要能诗，能酒，能写，能画的，杂技愈多愈好；又要能谈天，又要品行端方，托我找这样一个人。你想叫我往那里去找。只有侣笙，他琴棋书画，件件可以来得，不过就是脾气古板些；就把他荐去了，倒甚是相得。大关的差事，前天也交卸了。”我道：“述农呢？”继之道：“述农馆地还连下去。”我道：“这回叫我回来，有甚么事？”继之道：“你且见了老伯母，我们再细谈。”我便出了书房，先去见了吴老太太及继之夫人，方才过来见了母亲、婶娘、姊姊，谈了些家常话。

我见母亲房里，摆着一枝三镶白玉如意，便问是那里来的。母亲道：“上月我的生日，蔡侣笙送来的，还有一个董其昌手卷。”我仔细看了那如意一遍，不觉大惊道：“这个东西，怎么好受他的！虽然我荐他一个馆地，只怕他就把这馆地一年的薪水还买不来！这个如何使得！”母亲道：“便是我也说是小生日，不惊动人，不肯受。他再三的送来，只得收下。原是预备你来家，再当面还他的。”我道：“他又怎么知道母亲生日呢？”姊姊道：“怕不是大哥谈起的。他非但生日那天送这个礼，就是平常日子送吃的，送用的，零碎东西，也不知送了多少。”我道：“这个使不得！偏是我从荐了他的馆地之后，就没有看见过他。”姊姊道：“难道一回都没见过？”我道：“委实一回都没见过。他是住在关上的，他初到时，来过一次，那时我到芜湖去了；嗣后我就东走西走，偶尔回来，也住不上十天八天，我不到关上，他也无从知道，赶他知道了，我又动身了：所以从来遇不着。——还有那手卷呢？”姊姊在抽屉里取出来给我看，是一个三丈多长的绫本。

我看了，便到继之那边，和继之说。继之道：“他感激你得很呢，时时念着你。这两样东西，我也曾见来。若讲现买起来呢，也不知要值多少钱。他说这是他家藏的东西，在上海穷极的时候，拿去押给人家了。两样东西，他只押得四十元；他得了馆地之后，就赎了回来，拿来送你。”我道：“是他先代之物，我更不能受，明日待我当面还了他。此刻他在藩署里，近便得很，我也想看看他去。”

继之道：“你自从丢下了书本以来，还能作‘八股’么？”我笑道：“我就是未丢书本之前，也不见得能作‘八股’。”继之道：“说虽是如此说，你究竟是在那里作的。我记得你十三岁考书院，便常常的取在五名前；以后两年出了门，我可不知道了。”我道：“此刻凭空还问这个做甚么呢？”继之道：“只管胡乱谈谈，有何不可。”我道：“我想这个不是胡乱谈的，或者另外有甚么道理。”继之笑着，指着一个大纸包道：“你看这个是甚么？”我拆开来一看，却是钟山书院的课卷。我道：“只怕又是藩台委看的？”继之道：“正是。这是生卷，——童卷是侣笙在那里看——藩台委了我，我打算要烦劳了你。”我道：“帮着看是可以的，不过我不能定甲乙。”继之道：“你只管定了甲乙，顺着迭起来，不要写上，等我看过再写就是了。”我道：“这倒使得。但不知几时要？这里又是多少卷？要取几名？”继之道：“这里共是八百多卷，大约取一百五十卷左右。佳卷若多，就多取几卷也使得。你几时可以看完就几时要，但是越快越好，藩台交下来好几天了，我专等着你。你在这里看，还是拿过去看？”我道：“但只看看，不过天把就看完了；但是还要加批加圈，只怕要三天。我还是拿过去看的好，那边静点，这边恐怕有人来。”继之道：“那么你拿过去看罢。”我笑道：“看了使不得，休要怪我。”继之道：“不怪你就是。”

当下又谈了一会，继之叫家人把卷子送到我房里去，我便过来。看见姊姊正在那里画画。我道：“画甚么？”姊姊道：“九月十九，是干娘五十整寿，我画一堂海满寿屏，共是八幅。”我道：“呀！这个我还不曾记得。我们送甚么呢？”姊姊道：“这里有一堂屏了；还有一个多月呢，慢慢办起来，甚么不好送。”我道：“这份礼，是很难送的：送厚了，继之不肯收；送薄了，过不去。怎么好呢？”想了一想道：“有了一样了。我前月在杭州，收了一尊柴窑的弥勒佛，只化得四吊钱，的真是古货。只可惜放在上海。回来写个信，叫德泉寄了来。”

姊姊道：“你又来了，柴窑的东西，怎么只卖得四吊钱？”我道：“不然我也不知，因为这东西买得便宜，我也有点疑心，特为打听了来。原来这一家人家，本来是杭州的富户，祖上在扬州做盐商的；后来折了本，倒了下来，便回杭州。生意虽然倒了，却也还有几万银子家资。后来的子孙，一代不如一代，起初是卖田，后来卖房产，卖桌椅东西，卖衣服首饰，闹的家人仆妇也用不起了。一天，在堆存杂物的楼上看见有一大堆红漆竹筒子，也不知是几个。这是扬州戴春林的茶油筒子，知道还是祖上从扬州带回来的茶油，此刻差不多上百年了，想来油也干了，留下他无用，不如卖了。打定了主意，就叫了收买旧货的人来，讲定了十来个钱一个，当堂点过，却是九十九个，都卖了。过得几天，又在角子上寻出一个，想道：‘这个东西原是一百个，那天怎样寻他不出来’。摇了一摇，没有声响，想是油都干了。想这油透了的竹子，劈细了生火倒好，于是拿出来劈了。原来里面并不是油，却是用木屑藏着一条十两重的足赤金条子。不觉又惊又喜，又悔又恨：惊的是许久不见这样东西，如今无意中又见着了；喜的是有了这个，又可以换钱化了；悔的是那九十九个，不应该卖了；恨的是那天见了这筒子，怎么一定当他是茶油，不劈开来先看看再卖。只得先把这金子去换了银来。有银在手，又忘怀了，吃喝嫖赌，不上两个月又没了。他自想眼睁睁看着九百九十两金子，没福享用，吊把钱把他卖了，还要这些东西作甚么，不如都把他卖了完事。因此索性在自己门口，摆了个摊子，把那眼前用不着的家私什物，都拿出来，只要有人还价就卖。那天我走过他门口，看见这尊佛，问他要多少钱，他并不要价，只问我肯出多少。我说了四吊，原不过说着玩，谁知他当真卖了。”

姊姊道：“不要撒谎，天下那里有这种呆人。”我道：“惟其呆，所以才能败家；他不呆，也不至于如此了。这些破落户，千奇百怪的形状，也说不尽许多。记得我小时候上学，一天放晚学回家，同着一个大学生走，遇了一个人，手里提着一把酒壶。那大学生叫我去揭开他那酒壶盖，看是甚么酒。我顽皮，果然蹑足潜踪在他后头，把壶盖一揭，你道壶里是些甚么？原来不是酒，不是茶，也不是水，不是湿的，是干的，却是一壶米！”说的姊姊噗嗤的一声笑了道：“这是怎么讲？”我道：“那个人当时就大骂起来，要打我，吓得我摔了壶盖，飞跑回家去。明日我问那大学生，才知道这个人是就近的一个破落户，穷的逐顿买米；又恐怕人讥笑，所以拿一把酒壶来盛米。有人遇了他，他还说顿顿要吃酒呢。就是前年我回去料理祠堂的一回，有一天在路上遇见子英伯父，抱着一包衣服，在一家当铺门首东张西望。我知道他要当东西，不好去撞破他，远远的躲着偷看。那当门是开在一个转角子上，他看见没人，才要进去，谁知角子上转出一个地保来，看见了他，抢行两步，请了个安，羞得他脸上青一片、红一片，嘴里喃喃呐呐的不知说些甚么，就走了，只怕要拿到别家去当了。”

姊姊道：“大约越是破落户，越要摆架子，也是有的。”我道：“非但摆架子，还要贪小便宜呢。我不知听谁说的，一个破落户，拾了一个斗死了的鹌鹑，拿回家去，开了膛，拔了毛，要炸来吃，又嫌费事，家里又没有那些油。因拿了鹌鹑，假意去买油炸脍，故意把鹌鹑掉在油锅里面，还做成大惊小怪的样子；那油锅是沸腾腾的，不一会就熟了。人家同他捞起来，他非但不谢一声，还要埋怨说：‘我本来要做五香的，这一炸可炸坏了，五香的吃不成了！’”姊姊笑道：“你少要胡说罢，我这里赶着要画呢。”

我也想起了那尊弥勒佛，便回到房里，写了一封寄德泉的信，叫人寄去。一面取过课本来看，看得不好的，便放在一边；好的，便另放一处。看至天晚，已看了一半。暗想原来这件事甚容易的。晚饭后，又潜心去看，不知不觉，把好不好都全分别出来了。天色也微明了，连忙到床上去睡下。一觉醒来，已是十点钟。母亲道：“为甚睡到这个时候？”我道：“天亮才睡的呢。”母亲道：“晚上做甚么来？”我道：“代继之看卷子。”母亲便不言语了。我便过来，和继之说了些闲话。

饭后，再拿那看过好的，又细加淘汰，逐篇加批加圈点。又看了一天，晚上又看了一夜，取了一百六十卷，定了甲乙，一顺迭起。天色已经大明了，我便不再睡，等继之起来了，便拿去交给他道：“还有许多落卷，叫人去取了来罢。”继之翻开看了两卷，大喜道：“妙，妙！怎么这些批语的字，都摹仿着我的字迹，连我自己粗看去，也看不出来。”我道：“不过偶尔学着写，正是婢学夫人，那里及得到大哥什一！”继之道：“辛苦得很！今夜请你吃酒酬劳。”我道：“这算甚么劳呢。我此刻先要出去一次。”继之问到那里。我道：“去看蔡侣笙。”继之道：“正是。他和我说过，你一到了就知照他，我因为你要看卷子，所以不曾去知照得。你去看看他也好。”

我便出来，带了片子，走到藩台衙门，到门房递了，说明要见蔡师爷。门上拿了进去，一会出来，说是蔡师爷出去了，不敢当，挡驾。我想来得不凑巧，只得怏怏而回，对继之说侣笙不在家的话。继之道：“他在关上一年，是足迹不出户外的，此刻怎么老早就出去了呢？”话还未说完，只见王富来回说：“蔡师爷来了。”我连忙迎到客堂上，只见蔡侣笙穿了衣冠，带了底下人，还有一个小厮挑了两个食盒。侣笙出落得精神焕发，洗绝了从前那落拓模样，眉宇间还带几分威严气像。见了我，便抢前行礼，吓的我连忙回拜。起来让坐。侣笙道：“今日带了贽见，特地叩谒老伯母，望乞代为通禀一声。”我道：“家母不敢当，阁下太客气了！”侣笙道：“前月老伯母华诞，本当就来叩祝，因阁下公出，未曾在侍，不敢造次；今日特具衣冠叩谒，千万勿辞！”

我见他诚挚，只得进来，告知母亲。母亲道：“你回了他就是了。”我道：“我何尝不回；他诚挚得很，特为具了衣冠，不如就见他一见罢。”姊姊道：“人家既然一片诚心，伯娘何必推托，只索见他一见罢了。”母亲答应了，婶娘、姊姊都回避过，我出来领了侣笙进去。侣笙叫小厮挑了食盒，一同进去，端端正正的行了礼。我在旁陪着，又回谢过了。侣笙叫小厮端上食盒道：“区区几色敝省的土仪，权当贽见，请老伯母赏收。”母亲道：“一向多承厚赐，还不曾道谢，怎好又要费心！”我道：“侣笙太客气了！我们彼此以心交，何必如此烦琐？”侣笙道：“改日内子还要过来给老伯母请安。”母亲道：“我还没有去拜望，怎敢枉驾！”我道：“嫂夫人几时接来的？”侣笙道：“上月才来的，没有过来请安，荒唐得很。”我道：“甚么话！嫂夫人深明大义，一向景仰的。我们书房里坐罢。”侣笙便告辞母亲，同到书房里来。我忙让宽衣。

侣笙一面与继之相见。我说道：“侣笙何必这样客气，还具起衣冠来？”侣笙道：“我们原可以脱略，要拜见老伯母，怎敢亵渎。”我道：“上月家母寿日，承赐厚礼，概不敢当，明日当即璧还。”侣笙道：“这是甚么话！我今日披肝沥胆的说一句话：我在穷途之中，多承援手，荐我馆谷，自当感激。然而我从前也就过几次馆，也有人荐的；就是现在这个馆，是继翁荐的，虽是一般的感激，然而总没有这种激切。须知我这个是知己之感，不是恩遇之感。当我落拓的时候，也不知受尽多少人欺侮；我摆了那个摊，有些居然自命是读书人的，也三三两两常来戏辱。所谓人穷志短，我那里敢和他较量，只索避了。所以头一次阁下过访时，我待要理不理的，连忙收了摊要走，也是被人戏辱的多了，吓怕了，所以才如此。”

我道：“这班人就很没道理，人家摆个摊，碍他甚么，要来戏侮人家呢？”侣笙道：“说来有个缘故。因为我上一年做了个蒙馆，虹口这一班蒙师，以为又多了一个，未免要分他们的润，就很不愿意了。次年我因来学者少，不敢再干，才出来测字。他们已经是你一嘴我一嘴的说是只配测字的，如何妄想坐起馆来。我因为坐在摊上闲着，常带两本书去看看。有一天，我看的是《经世文编》，被一个刻薄鬼看见了，就同我哄传起来，说是测字先生看《经世文编》，看来他还想做官，还想大用呢。从此就三三两两，时来挖苦。你想我在这种境地上处着，忽然天外飞来一个绝不相识、绝不相知之人，赏识我于风尘之中，叫我焉得不感！”说到这里，流下泪来。“所以我当老伯母华诞之日，送上两件薄礼，并不是表我的心，正要阁下留着，做个纪念；倘使一定要还我，便是不许我感这知己了。”说着，便起身道：“方伯那里还有事等着，先要告辞了。”我同继之不便强留，送他出去。

我回来对继之说道：“在我是以为闲闲一件事，却累他送了礼物，还赔了眼泪，倒叫我难为情起来。”继之道：“这也足见他的肫挚。且不必谈他，我们谈我们的正事罢。”我问谈甚么正事。继之指着我看定的课卷，说出一件事来。正是：

只为金篦能刮眼，更将玉尺付君身。

未知继之说出甚么事来，且待下回再记。

第四十二回 露关节同考装疯　入文闱童生射猎

当下继之对我说道：“我日来得了个闱差，怕是分房，要请一个朋友到里面帮忙去，所以打电报请你回来。我又恐怕你荒疏了，所以把这课卷试你一试，谁知你的眼睛竟是很高的。此刻我决意带你进去。”我道：“只要记得那‘八股’的范围格局，那文章的魄力之厚薄，气机之畅塞，词藻之枯腴，笔仗之灵钝，古文时文，总是一样的。我时文虽荒了，然而当日也曾入过他那范围的，怎会就忘了，况且我古文还不肯丢荒的。但是怎能够同着进去？这个玩意儿，却没有干过。”继之道：“这个只好要奉屈的了，那天只能扮作家人模样混进去。”我道：“大约是房官，都带人进去的了？”继之道：“岂但房官，是内帘的都带人进去的。常有到了里面，派定了，又更动起来的。我曾记得有过一回，一个已经分定了房的，凭空又撤了，换了一个收掌。”我道：“这又为甚么？”继之道：“他一得了这差使，便在外头通关节，收门生，谁知临时闹穿了，所以弄出这个笑话。”

我道：“这科场的防范，总算严密的了，然而内中的毛病，我看总不能免。”继之道：“岂但不能免，并且千奇百怪的毛病，层出不穷：有偷题目出去的，有传递文章进号的，有换卷的。”我道：“传递先不要说他，换卷是怎样换法呢？”继之道：“通了外收掌，初十交卷出场，这卷先不要解，在外面请人再作一篇，誉好了，等进二场时交给他换了。广东有了闱姓一项，便又有压卷及私拆弥封的毛病。广东曾经闹过一回，一场失了十三本卷子的。你道这十三个人是那里的晦气。然而这种毛病，都不与房官相干，房官只有一个关节是毛病。”我道：“这个玩意儿我没干过，不知关节怎么通法？”继之道：“不过预先约定了几个字，用在破题上，我见了便荐罢了。”我道：“这么说，中不中还不能必呢。”继之道：“这个自然。他要中，去通主考的关节。”

我道：“还有一层难处，比如这一本不落在他房里呢？”继之道：“各房官都是声气相通的，不落在他那里，可以到别房去找；别房落到他那里的关节卷子，也听人家来找。最怕遇见一种拘迂古执的，他自己不通关节，别人通了关节，也不敢被他知道。那种人的房，叫做黑房。只要卷子不落在黑房里，或者这一科没有黑房，就都不要紧了。”我笑道：“大哥还是做黑房，还是做红房？”继之道：“我在这里，绝不交结绅士，就是同寅中我往来也少，固然没有人来通我的关节，我也不要关节；然而到了里面，我却不做甚么正颜厉色的君子去讨人厌，有人来寻甚么卷子只管叫他拿去。”我笑道：“这倒是取巧的办法，正人也做了，好人也做了。”

继之道：“你不知道黑房是做不得的。现在新任的江宁府何太尊，他是翰林出身，在京里时有一回会试分房，他同人家通了关节，就是你那个话，偏偏这本卷子不曾到他房里。他正在那里设法搜寻，可巧来了一位别房的房官是个老翰林，著名的是个‘清朝孔夫子’，没有人不畏惮他的，这位何太尊不知怎样一时糊涂，就对他说有个关节的话；谁知被他听了，便大嚷起来，说某房有关节，要去回总裁。登时闹的各房都知道了，围过来看，见是这位先生吵闹，都不敢劝。这位太尊急了，要想个阻止他的法子，那里想得出来，只得对他作揖打拱的求饶。他那里肯依，说甚么‘皇上家抡才大典，怎容得你们为鬼为蜮！照这样做起来，要屈煞了多少寒畯，这个非回明白了，认真办一办，不足以警将来’。何太尊到了此时，人急智生，忽的一下，直跳起来，把双眼瞪直了，口中大呼小叫，说神说鬼的，便装起疯来。那位老先生还冷笑道：‘你便装疯，也须瞒不过去。’何太尊更急了，便取起桌上的裁纸刀，飞舞起来，吓的众人倒退。他又是东奔西逐的，忽然又撩起衣服，在自己肚子上划了一刀。众人才劝住了那位老先生，说他果然真疯了，不然那里肯自己戳伤身子。那位老先生才没了说话。当时回明了，开门把他扶了出去，这才了事。你想，自己要做君子，立崖岸，却不顾害人，这又何苦呢。”我道：“这一场风波，确是闹的不小。那位先生固然太过，然而士人进身之始，即以贿求，将来出身做官的品行，也就可想了。”继之道：“这个固是正论，然而以‘八股’取士，那作‘八股’的就何尝都是正人。”

说话时，春兰来说午饭已经开了，我就别了继之，过来吃饭，告诉母亲，说进场看卷的话。母亲道：“你有本事看人家的卷，何不自己去中一个？你此刻起了服，也该回去赶小考，好歹挣个秀才。”我道：“挣了秀才，还望举人；挣了举人，又望进士；挣了进士，又望翰林；不点翰林还好，万一点了，两吊银子的家私，不上几年，都要光了；再没有差使，还不是仍然要处馆。这些身外的功名，要他做甚么呢？”母亲道：“我只一句话，便惹了你一大套。这样说，你是不望上进的了。然则你从前还读书做甚么？”我道：“读书只求明理达用，何必要为了功名才读书呢。”姊姊道：“兄弟今番以童生进场看卷，将来中了几个出来，再是他们去中了进士，点了翰林，却都是兄弟的门生了。”我笑道：“果然照姊姊这般说，我以后不能再考试了。”姊姊道：“这却为何？”我道：“我去考试，未必就中，倘迟了两科，我所荐中的都已出了身，万一我中在他们手里，那时候明里他是我的老师，暗里实在我是他的老师，那才不值得呢。”

吃过了饭，我打算去回看侣笙，又告诉了他方才的话。姊姊道：“他既这样说，就不必退还他罢。做人该爽直的地方，也要爽直些才好，若是太古板，也不入时宜。”母亲道：“他才说他的太太要来，你要去回拜他，先要和他说明白，千万不要同他那个样子，穿了大衣服来，累我们也要穿了陪他。”我道：“我只说若是穿了大衣服，我们挡驾不会他，他自然不穿了。”说罢，便出来。

到藩台衙门里，会了侣笙。只见他在那里起草稿。我问他作甚么。侣笙道：“这里制军的折稿。衙门里几位老夫子都弄不好，就委了方伯，方伯又转委我。”我道：“是甚么奏稿，这般烦难？”侣笙道：“这有甚么烦难，不过为了前回法越之役，各处都招募了些新兵，事定了，又遣散了；募时与散时，都经奏闻。此时有个廷寄下来，查问江南军政，就是这件事要作一个复折罢了。”我又把母亲的话，述了一遍。佀笙道：“本来应该要穿大衣过去的，既然老伯母分付，就恭敬不如从命了。”我又问是几时来。佀笙道：“本来早该去请安了，因为未曾得先容，所以不敢冒昧。此刻已经达到了，就是明天过来。”

我道：“尊寓在那里？”佀笙道：“这署内闲房尽多着，承方伯的美意，指拨了两间，安置舍眷。”我道：“秋菊没有跟了来么？”佀笙道：“他已经嫁了人，如何能跟得来。前天接了信，已经生了儿子了。这小孩子倒好，颇知道点好歹。据内人说，他自从出嫁之后，不像那般蠢笨了，聪明了许多。他家里供着端甫和你的长生禄位，旦夕香花供奉，朔望焚香叩头。”我大惊道：“这个如何使得！快写信叫他不要如此！况且这件事是王端甫打听出来的，我在旁边不过代他传了几句话，怎么这样起来。他要供，只供端甫就够了，攀出我来做甚么呢。”佀笙笑道：“小孩子要这样，也是他一点穷心，由他去干罢了，又不费他甚么。”我道：“并且无谓得很！他只管那样仆仆亟拜，我这里一点不知，彼有所施，我无所受，徒然对了那木头牌子去拜，何苦呢！”佀笙道：“这是他出于至诚的，谅来止也止他不住。去年端甫接了家眷到上海，秋菊那小孩子时常去帮忙；家眷入宅时，房子未免要另外装修油漆，都是他男人做的，并且不敢收受工价，连物料都是送的。这虽是小事，也可见得他知恩报恩的诚心，我倒很喜欢。”我道：“施恩莫望报，何况我这个断不能算恩，不过是个路见不平，聊助一臂之意罢了。”佀笙道：“你便自己要做君子，施恩不望报；却不能责他人必为小人，受恩竟忘报呀。”说得我笑了，然而心中总是闷闷不乐。

辞了回来，告诉姊姊这件事。母亲、婶婶一齐说道：“你快点叫他写信去止住了，不要折煞你这孩子！”姊姊笑道：“那里便折得煞，他要如此，不过是尽他一点心罢了。”我道：“这样说起来，我初到南京时，伯父出差去了，伯母又不肯见我，倘不遇了继之，怕我不流落在南京；幸得遇了他，不但解衣推食，并且那一处不受他的教导，我也应该供起继之的长生禄位了？”姊姊笑道：“枉了你是个读书明理之人！这种不过是下愚所为罢了。岂不闻‘士为知己者死’？又岂不闻‘国士遇我，国士报之’？从古英雄豪杰，受人意外之恩时，何尝肯道一个‘谢’字；等他后来行他那报恩之志时，却是用出惊天动地的手段，这才是叫做报恩呢。据我看，继之待你，那给你馆地招呼你一层，不过是朋友交情上应有之义；倒是他那随时随事教诲你，无论文字的纰缪，处世的机宜，知无不言，这一层倒是可遇不可求的殊恩，不可不报的。”我道：“拿甚么去报他呢？”姊姊道：“比如你今番跟他去看卷子，只要能放出眼光，拔取几个真才，本房里中的比别房多些，内中中的还要是知名之士，让他享一个知文之名，也可以算得报他了。其馀随时随事，都可以报得。只要存了心，何时非报恩之时，何地非报恩之地，明人还要细说么。”

我道：“只是我那回的上海走的不好，多了一点事，就闹的这里说感激，那里也说感激，把这种贵重东西送了来，看看他也有点难受。我从此再不敢多事了。”姊姊道：“这又不然。路见不平，拔刀相助，本来是抑强扶弱，互相维持之意。比如遇了老虎吃人，我力能杀虎的，自然奋勇去救；就是力不能杀虎，也要招呼众人去救，断没有坐视之理。你见了他送你的东西难受，不过是怕人说你望报的意思；其实这是出于他自己的诚心，与你何干呢。”我道：“那一天寻到了侣笙家里，他的夫人口口声声叫我君子；见了侣笙，又是满口的义士，叫得人怪害臊的。”母亲道：“叫你君子、义士不好，倒是叫你小人、混帐行子的好！”姊姊道：“不是的。这是他的天真，也是他的稚气，以为做了这一点点的事，值不得这样恭维。你自己看见并没有出甚么大力量，又没有化钱，以为是一件极小的事；不知那秋菊从那一天以后的日子，都是你和王端甫给他过的了，如何不感激！莫说供长生禄位，就是天天来给你们磕头，也是该的。”我摇头道：“我到底不以为然。”姊姊笑道：“所以我说你又是天真，又是稚气。你满肚子要做施恩不受报的好汉，自己又说不出来。照着你这个性子，只要莫磨灭了，再加点学问，将来怕不是个侠士！”我笑道：“我说姊姊不过，只得退避三舍了。”说罢，走了出来，暗想姊姊今天何以这样恭维我，说我可以做侠士，我且把这话问继之去。

走到书房里，继之出去了，问知是送课卷到藩台衙门去的。我便到上房里去，只见老妈子、丫头在那里忙着叠锡箔，安排香烛，整备素斋。我道：“干娘今天上甚么供？”吴老太太道：“今天七月三十，是地藏王菩萨生日。他老人家，一年到头都是闭着眼睛的，只有今天是张开眼睛。祭了他，消灾降福。你这小孩子，怎不省得？”我向来厌烦这些事，只为是老太太做的，不好说甚么，便把些别话岔开去。

继之夫人道：“这一年来，兄弟总没有好好的在家里住。这回来了，又叫你大哥拉到场里去，白白的关一个多月，这是那里说起。”我道：“出闱之后，我总要住到拜了干娘寿才动身，还有好几天呢。”老太太道：“你这回进去帮大哥看卷，要小心些，只要取年轻的，不要取年老的，最好是都在十七岁以内的。”我道：“这是何意？”老太太道：“你才十八岁，倘使那五六十岁的中在你手里，不叫他羞死么！”我笑道：“我但看文章，怎么知道他的年纪？”老太太道：“考试不要填了三代、年、貌的么？”我道：“弥封了的，看不见。”老太太道：“还有个法子，你只看字迹苍老的，便是个老头子。”我道：“字迹也看不见，是用誊录誊过的。”老太太笑道：“这就没法了。”正说笑着，继之回来了，问笑甚么，我告诉了，大家又笑了一笑。我谈了几句，便回到自己房里略睡一会，黄昏时，方才起来吃饭。一宿无话。

次日，蔡侣笙夫人来了，又过去见了吴老太太、继之夫人。我便在书房陪继之。他们盘桓了一天才散。

光阴迅速，不觉到了初五日入闱之期，我便青衣小帽，跟了继之，带了家人王富，同到至公堂伺候。行礼已毕，便随着继之入了内帘。继之派在第三房，正是东首的第二间。外面早把大门封了，加上封条。王富便开铺盖。开到我的，忽诧道：“这是甚么？”我一看，原来是一枝风枪。继之道：“你带这个来做甚么？”我道：“这是在上海买的，到苏、杭去，沿路猎鸟，所以一向都是卷在铺盖里的。这回家来了，家里有现成铺陈，便没有打开他，进来时就顺便带了他，还是在轮船上卷的呢。”说罢，取过一边。这一天没有事。

第二天早起，主考差人出来，请了继之去，好一会才出来。我问有甚么事。继之道：“这是照例的写题目。”我问甚么题。继之道：“告诉了你，可要代我拟作一篇的。”我答应了。继之告诉了我，我便代他拟作了一个次题、一首诗。

到了傍晚时候，我走出房外闲望，只见一个鸽子，站在檐上。我忽然想起风枪在这里，这回用得着了。忙忙到房里，取了枪，装好铅子，跑出来，那鸽子已飞到墙头上；我取了准头，板动机簧，飕的一声着了，那鸽子便掉了下来。我连忙跑过去拾起一看，不觉吃了一惊。正是：

任尔关防严且密，何如一弹破玄机。

不知为了何事大惊，且待下回再记。

第四十三回
试乡科文闱放榜　上母寿戏彩称觞

当时我无意中拿风枪打着了一个鸽子，那鸽子便从墙头上掉了下来，还在那里腾扑。我连忙过去拿住，觉得那鸽子尾巴上有异，仔细一看，果是缚着一张纸；把他解了下来，拆开一看，却是一张刷印出来已经用了印的题目纸。不觉吃了一惊。丢了鸽子，拿了题目纸，走到房里，给继之看。继之大惊道："这是那里来的？"我举起风枪道："打来的。我方才进来拿枪时，大哥还低着头写字呢。"继之道："你说明白点，怎么打得来？"我道："是拴在鸽子尾巴上，我打了鸽子，取下来的。"继之道："鸽子呢？"我道："还在外面墙脚下。"说话间，王富点上蜡烛来。继之对王富道："外面墙脚下的鸽子，想法子把他藏过了。"王富答应着去了。

我道："这不消说是传递了。但是太荒唐些，怎么用这个笨鸽子传递？"继之道："鸽子未必笨，只是放鸽子的人太笨了，到了这个时候才放。大凡鸽子，到了太阳下山时，他的眼睛便看不见，所以才被你打着。"说罢，便把题目纸在蜡烛上烧了。我道："这又何必烧了他呢？"继之道："被人看见了，这岂不是嫌疑所在。你没有从此中过来，怨不得你不知道此中利害。此刻你和我便知道了题目，不足为奇；那外面买传递的不知多少，这一张纸，你有本事拿了出去，包你值得五六百元，所以里面看这东西很重。听说上一科，题目已经印了一万六千零六十张，及至再点数，少了十张，连忙劈了板片，另外再换过题目呢。"我笑道："防这些士子，就如防贼一般，他们来考试，直头是来取辱。前几天家母还叫我回家乡去应小考，我是再也不去讨这个贱的了。"

继之道："科名这东西，局外人看见，似是十分名贵，其实也贱得很。你还不知，到中了进士去殿试，那个矮桌子，也有三条腿的，也有两条腿的，也有破了半个面子的，也有全张松动的；总而言之，是没有一张完全能用的。到了殿试那天，可笑一班新进士，穿了衣冠，各人都背着一张桌子进去。你要看见了，管你肚肠也笑断了，嘴也笑歪了呢。"我笑道："大哥想也背过的了？"继之道："背的又不是我一个。"我道："背了进去，还要背出来呢。"继之道："这是定做的粗东西，考完了就撂下了，谁还要他。"

闲话少提。到了初十以后，就有朱卷送来了。起先不过几十本，我和继之分看，一会就看完了；到后来越弄越多，大有应接不暇之势。只得每卷只看一个起讲：要得的就留着，待再看下文；要不得的，便归在落卷一起。拣了好的，给继之再看；看定了，就拿去荐。头场才了，二场的经卷又来；二场完了，接着又是三场的策问。可笑这第三场的卷子，十本有九本是空策，只因头场的"八股"荐了，这个就是空策，也只得荐在里面。我有心要拣一本好策，却只没有好的，只要他不空，已经算好了。

后来看了一本好的，却是头、二场没有荐过，便在落卷里对了出来；看他那经卷，也还过得去，只是那"八股"不对。我问继之道："这么一本好策，奈何这个人不会作'八股'！"继之看了道："他这个不过枝节太多，大约是个古文家，你何妨同他略为改几个字，成全了这个人。"我吐出舌头，提起笔道："这个笔，怎么改得上去？"继之道："我文具箱里带着有银朱锭子。"我道："亏大哥怎么想到，就带了来。可是预备改朱卷的？"继之道："是内帘的，那一个不带着。你去看，有两房还堂而皇之的摆在桌上呢。"我开了文具箱，取了朱锭、朱砚出来，把那本卷子看了两遍，同他改了几个字，收了朱砚，又给继之看。继之看过了，笑道："真是点铁成金，会者不难，只改得二三十个字，便通篇改观了。这一份我另外特荐，等他中了，叫他来拜你的老师。"我道："大哥莫取笑。请你倒是力荐这本策，莫糟蹋了，这个人是有实学的。"继之果然把他三场的卷子，叠做一叠，拿进去荐。回来说道："你特荐的一本，只怕有望了。两位主考正在那里发烦，说没有好策呢。"

三场卷子都看完了，就没有事，天天只是吃饭睡觉。我道："此刻没有事，其实应该放我们出去了，还当囚犯一般，关在这里做甚么呢。此刻倒是应试的比我们逍遥了。"继之忽地扑嗤的笑了一声。我道："这有甚么好笑？"继之道："我不笑你，我想着一个笑话，不觉笑了。"我道："甚么笑话？"继之道："也不知是那一省那一科的事，题目是'邦君之妻'一章。有一本卷子，那破题是：'圣人思邦君之妻，愈思而愈有味焉。'"我听了不觉大笑。继之道："当下这本卷子，到了房里，那位房官看见了，也像你这样一场大笑，拿到隔壁房里去，当笑话说；一时惊动了各房，都来看笑话。笑的太利害了，惊动了主考，吊了这本卷子去看，要看他底下还有甚笑话。谁知通篇都是引用《礼经》，竟是堂皇典丽的一篇好文章。主考忙又交出去，叫把破题改了荐进去，居然中在第一名。"我道："既是通篇好的，为何又闹这个破题儿？"继之道："传说是他梦见他已死的老子，教他这两句的，还说不用这两句不会中。"我道："那里有这么灵的鬼，只怕靠不住。"继之道："我也这么说。这件事没有便罢，倘若有的，那个人一定是个狂士，恐怕人家看不出他的好处，故意在破题上弄个笑话，自然要彼此传观，看的人多了，自然有看得出的。是这个主意也不定。"

我道："这个也难说。只是此刻我们不得出去，怎么好呢？"继之道："你怎么那么野性？"我道："不是野性。在家里那怕一年不出门，也不要紧；此地关着大门，不由你出去，不觉就要烦燥起来。只要把大门开了，我就住在这里不出去也不要紧。"继之道："这里左右隔壁，人多得很，找两个人谈天，就不寂寞了。"我道："这个更不要说。那做房官的，我看见他，都是气像尊严，不苟言笑的，那种官派，我一见先就怕了。那些请来帮阅卷的，又都是些耸肩曲背的，酸的怕人；而且又多半是吃鸦片烟的，那嘴里的恶气味，说起话直喷过来，好不难受！里面第七房一个姓王的，昨天我在外面同他说了几句话，他也说了十来句话，都是满口之乎者也的；十来句话当中，说了三个‘夫然后’”。继之笑道：“亏你还同他记着帐！”我道：“我昨天拿了风枪出去，挂了装茶叶的那个洋铁罐的盖做靶子，在那里打着玩。他出来一见了，便摇头摆尾的说道：‘此所谓有文事者，必有武备。’他正说这话时，我放了一枪，中了靶子，砉的一声响了。他又说道：‘必以此物为靶始妙，盖可以聆声而知其中也；不然，此弹太小，不及辨其命中与否矣。’说罢，又过来问我要枪看，又问我如何放法。我告诉了他，又放给他看。他拿了枪，自言自语的，一面试演，一面说道：‘必先屈而折之，夫然后纳弹；再伸之以复其原，夫然后拨其机簧；机动而弹发，弹着于靶，夫然后有声。’”继之笑道：“不要学了，倒是你去打靶消遣罢。”我便取了洋铁罐盖和枪，到外头去打了一回靶，不觉天色晚了。

自此以后，天天不过打靶消遣。主考还要搜遗，又时时要斟酌改几个朱卷的字，这都是继之自己去办了。直等到九月十二方才写榜，好不热闹！监临、主考之外，还有同考官、内外监试、提调、弥封、收掌、巡绰各官，挤满了一大堂。一面拆弥封唱名，榜吏一面写，从第六名写起，两旁的人，都点了一把蜡烛来照着，也有点一把香的，只照得一照，便拿去熄了，换点新的上来，这便是甚么“龙门香”、“龙门烛”了。写完了正榜，各官歇息了一回，此时已经四更天光景了，众官再出来升座，再写了副榜，然后填写前五名。到了此时，那点香点烛的，更是热闹。直等榜填好了，卷起来，到天色黎明时，开放龙门，张挂全榜。

此时继之还在里面，我不及顾他，犹如临死的人得了性命一般，往外一溜，就回家去了。时候虽早，那看榜的人，却也万头攒动。一路上往来飞跑的，却是报子分投报喜的。我一面走，一面想着：“作了几篇臭‘八股’，把姓名写到那上头去，便算是个举人，到底有甚么荣耀？这个举人，又有甚么用处？可笑那班人，便下死劲的去争他，真是好笑！”又想道：“我何妨也去弄他一个。但是我未进学，必要捐了监生，才能下场。化一百多两银子买那张皮纸，却也犯不着。”一路想着，回到家，恰好李升打着轿子出来去接继之。我到里面去，家里却没有人，连春兰也不看见，只有一个老妈子在那里扫地。我知道都在继之那边了，走了过去，果然不出我之所料，上前一一见过。

母亲道：“怎么你一个人回来？大哥呢？”我道：“大哥此刻只怕也就要出来了。我被关了一个多月，闷得慌了，开了龙门就跑的。”吴老太太道：“我的儿！你辛苦了！我们昨天晚上也没有睡，打了一夜牌，一半是等你们，一半也替你们分些辛苦。”说着，自己笑了。姊姊道：“只关一个多月，便说是慌了，像我们终年不出门的怎样呢！”我道：“不是这样说。叫我在家里不出门，也并不至于发闷；因为那里眼睁睁看着有门口，却是封锁了，不能出来的，这才闷人呢。而且他又不是不开，也常常开的，拿伙食东西等进来，却不许人出进，一个在门外递入，一个在门里接收；拿一个碗进来，连碗底都要看过。无论何人，偶然脚踹了门阈，旁边的人便叱喝起来。主考和监临说话，开了门，一个坐在门里，一个坐在门外。”母亲道：“怎么场里面的规矩这么严紧？”我道：“甚么规矩！我看着直头是捣鬼！要作弊时，何在乎这个门口。我还打了一个鸽子，鸽子身上带着题目呢。”老太太道：“规矩也罢，捣鬼也罢，你不要管了，快点吃点心罢。”说着，便叫丫头：“拿我吃剩下的莲子汤来。”我忙道：“多谢干娘。”

等了一会，继之也回来了。与众人相见过，对我说道：“本房中了几名，你知道了么？”我道：“我只管看卷子，不管记帐，那里知道。”继之道：“中了十一卷，又拨了三卷给第一房，这回算我这房最多了。你特荐的好策，那一本中在第十七名上。两位主考都赞我好法眼，那里知道是你的法眼呢。”我道：“大哥自己也看的不少，怎么都推到我身上？”继之道：“说也奇怪，所中的十一卷，都是你看的，我看的一卷也不曾中。”说罢，吃了点心，又出去了。大约场后的事，还要料理两天，我可不去帮忙了。

坐了一会，我便回去。母亲、婶婶、姊姊，也都辞了过来。只见那个柴窑的弥勒佛，已经摆在桌上了。我问寿屏怎样了。姊姊道：“已经裱好了。但只有这两件，还配些甚么呢？伯娘意思，要把这如意送去。我那天偶然拿起来看，谁知紫檀柄的背后，镶了一块小小的像牙，侣笙把你救秋菊和遇见他的事，详详细细的撰了一篇记刻在上面，这如何能送得人。”我听见连忙开了匣子，取出如意来看，果然一片小牌子，上面刻了一篇记。那字刻得细入毫芒，却又波磔分明。不觉叹道：“此公真是多才多艺！”姊姊道：“你且慢赞别人，且先料理了这件事，应该再配两样甚么？”我道：“急甚么！明日去配上两件衣料便是。”

忽然春兰拿了一封信来，是继之给我的。拆开看时，却是叫我写请帖的签条，说帖子都在书房里。我便过去，见已套好了一大叠帖子，签条也粘好了，旁边一本簿子，开列着人名，我便照写了。这一天功夫，全是写签条，写到了晚上九点钟，才完了事。交代家人，明日一早去发。一宿无话。

次日，我便出去，配了两件衣料回来，又配了些烛酒面之类，送了过去。却只受了寿屏、水礼，其馀都退了回来。往返推让了几次，总是不受，只得罢了。

继之商通了隔壁，到十九那天，借他的房子用，在客堂外面天井里，拆了一堵墙，通了过去。那隔壁是一所大房子，前面是五开间大厅；后进的宽大，也相仿佛，不过隔了东西两间暗房，恰好继之的上房开个门，可以通得过去。就把大厅上的屏风撤去，一律挂了竹帘，以便女客在内看戏。前面天井里，搭了戏台；在自己的客堂里，设了寿座。先一天，我备了酒，过去暖寿。又叫了变戏法的来，玩了一天。连日把书房改做了帐房，专管收礼、发赏号的事。

到了十九那一天，一早我先过去拜寿。只见继之夫妇，正在盛服向老太太行礼。铺设得五色缤纷，当中挂了姊姊画的那一堂寿屏，两旁点着五六对寿烛。我也上前去行过礼。那边母亲、婶婶、姊姊，也都过来了。我恐怕有女客，便退了出来，到外面寿堂上去。只见当中挂着一堂泥金寿屏，是藩台送的，上面却是侣笙写的字；两旁是道台、首府、首县的寿幛；寿座上供了一匣翡翠三镶如意，还有许多果品之类，也不能尽记。地下设了拜垫，两旁点了两排寿烛，供了十多盆菊花。走过隔壁看时，一律的挂着寿联、寿幛，红光耀眼。阶沿墙脚，都供了五色菊花。不一会，继之请的几位知客，都衣冠到了。除了上司挡驾之外，其馀各同寅纷纷都到，各局所的总办、提调、委员，无非是些官场。

到了午间，摆了酒席，一律的是六个人一桌。入席开戏，席间每来一个客，便跳一回加官，后面来了女客，又跳女加冠，好好的一本戏，却被那跳加官占去了时候不少。

到了下午时候，我回到后面去解手，方才走到寿座的天井里，只见一个大脚女人，面红耳赤，满头是汗，直闯过来。家人们连忙拦住道："女客从这边走。"就引他到上房里去。我回家解过手，仍旧过来，只见座上各人，都不看戏，一个个的都回过脸来，向帘内观看。那帘内是一片叫骂之声，不绝于耳。正是：

庭前方竞笙歌奏，座后何来叫骂声？

不知叫骂的是谁，又是为着甚事叫骂，且待下回再记。

第四十四回
苟观察被捉归公馆　吴令尹奉委署江都

当日女客座上，来的是藩台夫人及两房姨太太、两位少太太、一位小姐，这是他们向有交情的，所以都到了；其馀便是各家官眷，都是很有体面的，一个个都是披风红裙。当这个热闹的时候，那里会叫骂起来？原来那位苟才，自从那年买嘱了那制台亲信的人，便是接二连三的差事；近来又委了南京制造局总办，又兼了筹防局、货捐局两个差使，格外阔绰起来。时常到秦淮河去嫖，看上了一个妓女，化上两吊银子，讨了回去做妾，却不叫大老婆得知，另外租了小公馆安顿。他那位大老婆是著名泼皮的，日子久了，也有点风闻，只因不曾知得实在，未曾发作。这回继之家的寿事，送了帖子去，苟才也送了一份礼。请帖当中，也有请的女客帖子。他老婆便问去不去。苟才说："既然有了帖子，就去一遭儿也好。"谁知到了十八那天，苟才对他说："吴家的女帖是个虚套，继之夫人病了，不能应酬，不去也罢。"他老婆倒也信了。你道他为何要骗老婆？只因那讨来的婊子，知道这边有寿事唱戏，便撒娇撒痴的要去看热闹，苟才被他缠不过，只得应许了。又怕他同老婆当面不便，因此撒了一个谎，止住了老婆。又想只打发侍妾来拜寿，恐怕继之见怪；好在两家眷属不曾来往过，他便置备了二品命妇的服式，叫婊子穿上，扮了旗装，只当是正室。传了帖子进去，继之夫人相见时，便有点疑心，暗想他是旗人，为甚裹了一双小脚，而且举动轻佻，言语鹘突，喜笑无时，只是不便说出。

苟才的公馆与继之处相去不过五六家，今日开通了隔壁，又近了一家，这边锣鼓喧天，鞭炮齐放，那边都听得见。家人仆妇在外面看见女客来的不少，便去告诉了那苟太太。这几个仆妇之中，也有略略知道这件事的，趁便讨好，便告诉他说听说老爷今天叫新姨太太到吴家拜寿听戏，所以昨天预先止住了太太，不叫太太去。他老婆听了，便气得三尸乱暴，七窍生烟，趁苟才不在家，便传了外面家人来拷问。家人们起先只推不知，禁不起那妇人一番恫喝，一番软骗，只得说了出来。妇人又问了住处，便叫打轿子。再三吩咐家人，有谁去送了信的，我回来审出来了，先撕下他的皮，再送到江宁县里打屁股，因此没有人敢给信。他带了一个家人，两名仆妇，径奔小公馆来。进了门去，不问情由，打了个落花流水。喝叫把这边的家人仆妇绑了，叫带来的家人看守，"不是我叫放，不准放"。

又带了两名仆妇，仍上轿子，奔向继之家来。我在寿座天井里碰见的正是他。因为这天女客多，进出的仆妇不少，他虽跟着有两个仆妇，我可不曾留意。他一径走到女座里，又不认得人，也不行礼，直闯进去。继之夫人也不知是甚么事，只当是谁家的一个仆妇。他竟直闯第一座上，高声问道："那一个是秦淮河的蹄子？"继之夫人吃了一惊。我姊姊连忙上去拉他下来，问他找谁，"怎么这样没规矩！那首座的是藩台、盐道的夫人，两边陪坐的都是首府、首县的太太，你胡说些甚么！"妇人道："便是藩台夫人便怎么！须知我也不弱！"继之夫人道："你到底找谁？"妇人道："我只找秦淮河的蹄子！"我姊姊怒道："秦淮河的蹄子是谁？怎么会走到这里来？那里来的疯婆子，快与我打出去！"妇人大叫道："你们又下帖子请我，我来了又打我出去，这是甚么话！"继之夫人道："既然如此，你是谁家宅

眷？来找谁？到底说个明白。”妇人道：“我找苟才的小老婆。”继之夫人道：“苟大人的姨太太没有来，倒是他的太太在这里。”妇人问是那一个，继之夫人指给他看。妇人便撇了继之夫人，三步两步闯了上去，对准那婊子的脸上，劈面就是一个大巴掌。那婊子没有提防，被他猛一下打得耳鸣眼热，禁不得劈拍劈拍接连又是两下，只打得珠花散落一地。连忙还手去打，却被妇人一手挡开。只这一挡一格，那婊子带的两个镀金指甲套子，不知飞到那里去了。妇人顺手把婊子的头发抓住，拉出座来，两个扭做一堆，口里千蹄子，万淫妇的乱骂；婊子口里也嚷骂老狐狸，老泼货。我姊姊道：“反了！这成个甚么样子！”喝叫仆妇把这两个怪物，连拖带拽的拉到自己上房那边去；又叫继之夫人，只管招呼众客，这件事我来安排；又叫家人快请继之。

此时我正解完了手，回到外面，听见里面叫骂，正不知为着甚事，当中虽然挂的是竹帘，望进去却隐隐约约的，看不清楚。看见家人来请继之，我也跟了进去看看。只见他两个在天井里仍然扭做一团，妇人伸出大脚，去踩那婊子的小脚；踩着他的小脚尖儿，痛的他站立不住，便倒了下来，扭着妇人不放，妇人也跟着倒了；婊子在妇人肩膀上，死命的咬了一口，而且咬住了不放；妇人双手便往他脸上乱抓乱打，两个都哭了。我姊姊却端坐在上面不动。各家的仆妇挤了一天井看热闹。继之忙问甚么事。姊姊道：“连我们都不知道。大哥快请苟大人进来，这总是他的家事，他进来就明白了，也可以解散了。”继之叫家人去请。姊姊便仍到那边去了。

不一会，家人领着苟才进来。那妇人见了，便撇了婊子，尽力挣脱了咬口，飞奔苟才，一头撞将过去，便动手撕起来，把朝珠扯断了，撒了一地。妇人嘴里嚷道：“我同你去见将军去！问问这宠妾灭妻，是出在《大清会典》那一条上？你这老杀才！你嫌我老了，须知我也曾有年轻的时候对付过你来！你就是讨婊子，也不应该叫他穿了我的命服，居然充做夫人！你把我安放到那里？须知你不是皇帝，家里没有冷宫！你还一个安放我的所在来，我便随你去干！”苟才气的目瞪口呆，只连说“罢了罢了”。那婊子盘膝坐在地上，双手握着脚尖儿，嘴里也是老泼货，老不死的乱骂。一面爬起来，一步一拐的，走到苟才身边撕住了哭喊道：“你当初许下了我，永远不见泼辣货的面，我才嫁你；不然，南京地面，怕少了年轻标致的人，怕少了万贯家财的人，我要嫁你这个老杀才！你骗了我入门，今天做成这个圈套捉弄我！到了这里，当着许多人羞辱我！”一边一个，把苟才褫住，倒闹得苟才左右为难。我同继之又不好上前去劝。苟才只有叹气顿足，被他两个闹得衣宽带松，补服也扯了下来。闹了好一会，方才说道：“人家这里拜寿做喜事，你们也太闹的不成话了，有话回家去说呀。”妇人听说，拉了苟才便走。继之倒也不好去送，只得由他去了。婊子倒是一松手道：“凭你老不要脸的抢了汉子去，我看你死了也搂他到棺材里！”继之对我道：“还是请你姊姊招呼他罢。”说着出去了。我叫仆妇到那边，请了姊姊过来，姊姊便带那婊子到我们那边去，我也到外面去了。

此时众人都卸了衣冠，撤了筵席，桌上只摆了瓜子果碟。众人看见继之和我出去，都争着问是甚么事，只得约略说了点。大家议论纷纷，都说苟才的不是，怎么把命服给姨娘穿起来，怪不得他夫人动气，然而未免暴燥些。有个说苟观察向来讲究排场，却不道今天丢了这个大脸。

正在议论之间，忽听得外面一迭连声叫报喜。正要叫人打听时，早抢进了一个人，向继之请了个安道：“给吴老爷报喜、道喜！”继之道：“甚么事？”那人道：“恭喜吴老爷！署理江都县，已经挂了牌了！”原来藩台和继之，是几代的交情，向来往来甚密；只因此刻彼此做了官，反被官礼拘束住了，不能十分往来，也是彼此避嫌的意思。藩台早就有心给继之一个署缺，因知道今天是他老太太的整寿，前几天江都县出了缺，论理就应该即刻委人，他却先委了扬州府经历暂行代理，故意挨到今日挂牌，要博老太太一笑。这来报喜的，却是藩台门上。向来两司门上是很阔的，候补州县官，有时要望同他拜个把子也够不上呢，他如何肯亲来报喜？因为他知道藩台和继之交情深，也知道藩台今天挂牌的意思，所以特地跑来讨好。又出来到寿座前拜了寿。继之让他坐，他也不敢就坐，只说公事忙，便辞去了。这话传到了里头去，老太太欢喜不尽，传话出来，叫这出戏完了，点一出《连升三级》（戏名也）。戏班里听见这个消息，等完了这出戏，又跳了一个加官讨了赏，才唱点戏。

到了晚上，点起灯烛，照耀如同白日，重新设席，直到三鼓才散。我进去便向老太太道喜。劳乏了一天，大家商量要早点安歇。我和姊姊便奉了母亲、婶婶回家。我问起那位苟姨太太怎样了。姊姊道：“那种人真是没廉耻！我同了他过来，取了奁具给他重新理妆，他洗过了脸，梳掠了头髻，重施脂粉，依然穿了命服，还过去坐席，毫不羞耻。后来他家里接连打发三起人接他，他才去了。”我道：“回去还不知怎样吵呢。”姊姊道：“这个我们管他做甚！”说罢，各自回房歇息。

次日，继之先到藩署谢委，又到督辕禀知、禀谢，顺道到各处谢寿。我在家中，帮着指挥家人收拾各处，整整的忙了三天，方才停当。

此时继之已经奉了札子，饬知到任，便和我商量。因为中秋节后，各码头都未去过，叫我先到上江一带去查一查帐目，再到上海、苏、杭，然后再回头到扬州衙门里相会。我问继之，还带家眷去不带。继之道：“这署事不过一年就回来了，还搬动甚么呢。我就一个人去，好在有你来往于两间，这一年之中，我不定因公晋省也有两三次，莫若仍旧安顿在这里罢。”我听了，自然无甚说话。当下又谈谈别的事情。

忽然家人来报说：“藩台的门上大爷来了。”继之便出去会他。一会儿进来了，我忙问是甚么事。继之道：“方伯升了安徽巡抚，方才电报到了，所以他来给我一个信。”说着，便叫取衣服来，换过衣帽，上衙门去道喜。

继之去后，我便到上房里去，恰好我母亲和姊姊也在这边，大家说起藩台升官，都是欢喜，自不必说；只有我姊姊，默默无言，众人也不在意。

过了一会，继之回来了，说道：“我本来日间便要禀辞到任，此刻只得送过中丞再走的了。”我道：“新任藩台是谁？只怕等新任到了算交代，有两个月呢。”继之道：“新藩台是浙江臬台升调的，到这里本来有些日子，因为安徽抚台是被参的，这里中丞接的电谕是‘迅赴新任，毋容来京请训’，所以制台打算委巡道代理藩司，以便中丞好交卸赴新任去，大约日子不能过远的，顶多不过十天八天罢了。”说着话，一面卸下衣冠，又对我说道：“起先我打算等我走后，你再动身；此刻你犯不着等我了，过一两天，你先到上江去，我们还是在江都会罢。我近来每处都派了自己家里人在那里，你顺便去留心查察，看有能办事的，我们便派了他们管理；算来自己家里人，总比外人靠得住。”我答应了。

过了两天，附了上水船，到汉口去，稽查一切。事毕回到九江，一路上倒没有甚么事。九江事完之后，便附下水船到了芜湖，耽搁了两天。打听得今年米价甚是便宜，我便译好了电码，亲自到电报局里去，打电报给上海管德泉，叫他商量应该办否。刚刚走到电报局门口，只见一乘红轿围的蓝呢中轿，在局门口憩下，轿子里走出一个人来，身穿湖色绉纱密行棉袍，天青缎对襟马褂，脸上架了一副茶碗口大的墨晶眼镜，头上戴着瓜皮纱小帽。下得轿来，对我看了一眼，便把眼镜摘下，对我拱手道：“久违了！是几时到的？”我倒吃了一个闷葫芦，仔细一看，原来不是别人，正是在大关上和挑水阿三着像棋的毕镜江；面貌丰腴的了不得，他不向我招呼，我竟然要认不得他了。当下只得上前厮见。镜江便让我到电局里客堂上坐。我道：“我要发个电信呢。”他道：“这个交给我就是。”我只得随他到客堂里去，分宾坐下。他便要了我的底子，叫人送进去。一面问我现在在甚么地方，可还同继之一起。我心里一想，这种人何犯上给他说真话，因说道：“分手多时了。此刻在沿江一带跑跑，也没有一定事情。”他道：“继之这种人，和他分了手倒也罢了，这个人刻薄得很。舍亲此刻当这局子的老总，带了兄弟来，当一个收支委员。本来这收支上面还有几位司事，兄弟是很空的；无奈舍亲事情忙，把一切事都交给兄弟去办，兄弟倒变了这局子的老总了。说来也不值当，拿了收支的薪水，办的总办的事，你说冤不冤呢。”我听了一席话，不觉暗暗好笑，嘴里只得应道："这叫做'能者多劳'啊。"正说话时，便来了两个人，都是趾高气扬的，嚷着叫调桌子打牌。镜江便邀我入局，我推说不懂，要了电报收单，照算了报费，便辞了回去。

第二天德泉回电到了，说准定赁船来装运。我一面交代照办，便附了下水船，先回南京去一趟。继之已经送过中丞，自己也到任去了。姊姊交给我一封信，却是蔡侣笙留别的，大约说此番随中丞到安徽去，后会有期的话。我盘桓了两天，才到上海，和德泉商量了一切。又到苏州走了一趟，才到杭州去。料理清楚，要打算回上海去，却有一两件琐事不曾弄明白，只得暂时歇下。

这天天气晴明，我想着人家逛西湖都在二三月里，到了这个冬天，湖上便冷落得很；我虽不必逛湖，又何妨到三雅园去吃一杯茶，望望这冬天的湖光山色呢。想罢，便独自一人，缓步前去。刚刚走到城门口，劈头遇见一个和尚，身穿破衲，脚踏草鞋，向我打了一个问讯。正是：

不是偷闲来竹院，如何此地也逢僧？

不知这和尚是谁，且待下回再记。

第四十五回
评骨董门客巧欺蒙　送忤逆县官托访察

你道那和尚是谁？原来不是别人，正是那逼死胞弟、图卖弟妇的黎景翼。不觉吃了一惊，便问道："你是几时出家的？为甚弄到这个模样？"景翼道："一言难尽！自从那回事之后，我想在上海站不住了，自己也看破一切，就走到这里来，投到天竺寺，拜了师傅做和尚。谁知运气不好，就走到那里都不是，那些僧伴，一个个都和我不对。只得别了师傅，到别处去挂单，终日流离浪荡，身边的盘费，弄的一文也没了，真是苦不胜言！"他一面说话，我一面走，他只管跟着，不觉到了三雅园。我便进去泡茶，景翼也跟着进去坐下。茶博士泡上茶来。景翼又问我到这里为甚事，住在那里。我心中一想，我个人招惹他不得，因说道："我到这里没有甚么事，不过看个朋友，就住我朋友家里。"景翼又问我借钱，我无奈，在身边取了一圆洋银给他，他才去了。

那茶博士见他去了，对我说道："客人怎么认得这个和尚？"我道："他在俗家的时候，我就认得他的。"茶博士道："客人认得他也罢！"我道："这话奇了！我已经认得他了，怎么能够不认得呢。"茶博士道："客人有所不知：这个和尚不是个好东西，专门调戏人家妇女，被他师傅说他不守清规，把他赶了出来。他又投到别家庙儿里去。有一回，城里乡绅人家做大佛事，请了一百多僧众念经，他也投在里面，到了人家，却乘机偷了人家许多东西，被人家查出了，送他到仁和县里去请办，办了个枷号一个月示众。从此他要挂单，就没有人家肯留他了。"我听了这话，只好不做理会。闲坐了一回，眺望了一回湖光山色，便进城来。

忽然想起当年和我办父亲后事的一位张鼎臣，我来到杭州几次，总没有去访他；此时想着访他谈谈，又不知他住在那里。仔细想来，我父亲开店的时候，和几家店铺有来往，我在帐簿上都看见过的，只是一时想不起来。猛可想起鼓楼弯保合和广东丸药店，是当日来往极熟的，只怕他可以知道鼎臣下落。想罢，便一径问路到鼓楼弯去，寻到了保合和，只见里面纷纷发行李出来，不知何故。我便挨了进去，打着广东话，向一位有年纪的拱手招呼，问他贵姓。那人见我说出广东话，以为是乡亲，便让坐送茶，说是姓梁，号展图。又转问了我，我告诉了，并说出来意，问他知道张鼎臣下落不知。展图道："听说他做了官了，我也不知底细，等我问问舍侄便知道了。"说罢，便向一个后生问道："你知道张鼎臣现在那里？"那后生道："他捐了个盐知事，到两淮候补去了。"只见一个人闯了进来道："客人快点下船罢，不然潮要来了！"展图道："知道，我就来。"我道："原来老丈要动身，打扰了！"说罢起身。展图道："我是要到兰溪去走一次。"我别了出来，自行回去。

到了次日，便叫了船仍回上海，耽搁一天，又到镇江稽查了两天帐目，才雇了船渡江到扬州去。入到了江都县衙门，自然又是一番景像。除了继之之外，只有文述农是个熟人。我把各处的帐目给继之看了，又述了各处的情形，便与述农谈天。此时述农派做了帐房，彼此多时未见，不免各诉别后之事。我便在帐房里设了榻位，从此和述农联床夜话。好得继之并不叫我管事，闲了时，便到外面访访古迹，或游几处名胜。最好笑的，是相传扬州的二十四桥，一向我只当是个名胜地方；谁知到了此地问时，那二十四桥竟是一条街名。被古人欺了十多年，到此方才明白。继之又带了我去逛花园。原来扬州地方，花园最多，都是那些盐商盖造的；上半天任人游玩，到了下午，园主人就来园里请客，或做戏不等。

这天述农同了我去逛容园。据说这容园是一个姓张的产业，扬州花园算这一所最好；除了各处楼台亭阁之外，单是厅堂，就有了三十八处，却又处处的装璜不同。游罢了回来，我问起述农，说这容园的繁华，也可以算绝顶了。久闻扬州的盐商阔绰，今日到了此地，方才知道是名不虚传。述农道："他们还是拿着钱不当钱用，每年冤枉化去的不知多少；若是懂得的，少化几个冤枉钱，还要阔呢。"我道："银钱都积在他们家里也不是事，只要他肯化了出来，外面有得流通便好，管他冤枉不冤枉。搁不住这班人都做了守财虏，年年只有入款，他却死搂着不放出来，不要把天下的钱，都辇到他家么。"述农道："你这个自是正论。然而我看他们化的钱，实在冤枉得可笑！平白无端的，养了一班读书不成的假名士在家里，以为是亲近风雅，要借此洗刷他那市侩的名字。化了钱养了几个寒酸，倒也罢了，那最奇的，是养了两班戏子，不过供几个商家家宴之用，每年要用到三万多银子！这还说是养了几个人；只有他那买古董，却另外成就一种癖性，好好的东西拿去他不买，只要把东西打破了拿去，他却出了重价。"我不觉笑道："这却为何？"述农道："这件事你且慢点谈，可否代我当一个差？我请你吃酒。"我道："说得好好的，又当甚么差？"

述农在箱子里，取出一卷画来，展开给我看，却是一幅横披，是阮文达公写的字。我道："忽然看起这个做甚么？"述农指着一方图书道："我向来知道你会刻图书，要请你摹出这一个来，有个用处。"我看那图书时，却是"节性斋"三个字。因说道："这是刻的近于邓石如一派，还可以仿摹得来，若是汉印就难了。但不知你仿来何用？"述农一面把横披卷起，仍旧放在箱子里道："摹下来自有用处。方才说的那一班盐商买古董，好东西他不要，打破了送去，他却肯出价钱，你道他是甚么意思？原来他拿定了一个死主意，说是那东西既是千百年前相传下来的，没有完全之理；若是完全的，便是假货。因为他们个个如此，那一班贩古董的知道了，就弄了多少破东西卖给他们。你说冤枉不冤枉？有一个在江西买了一个花瓶是仿成化窑的东西，并不见好，不过值上三四元钱；这个人却叫玉工来，把瓶口磨去了一截，配了座子，贩到扬州来，却卖了二百元。你说奇不奇呢。他那买字画，也是这个主意，见了东西，也不问真假，先要有名人图书没有；也不问这名人图书的真假，只要有了两方图书，便连字画也是真的了。我有一个董其昌手卷，是假的，藏着他没用，打算冤给他们，所以请你摹了这方图书下来，好盖上去。"

我笑道："这个容易，只要买了石来。但怕他看出是假的，那就无谓了。"述农道："只要先通了他的门客，便不要紧。"我道："他的门客，难道倒帮了外人么？"述农道："这班东西懂得甚么外人内人，只要有了回用，他便拍合。有一回有个人拿了一幅画去卖，要价一千银子，那门客要他二成回用，那人以为做生意九五回用，是有规矩的，如何要起二成来，便不答应他。他说若不答应，便交易不成，不要后悔。卖画的自以为这幅画是好的，何忧卖不去，便没有答应他。及至拿了画去看，却是画的一张人物，大约是‘岁朝图’之类，画了三四个人，围着掷骰子，骰盘里两颗骰子坐了五，一个还在盘里转，旁边一个人，举起了手，五指齐舒，又张开了口，双眼看着盘内，真是神彩奕奕。东家看了，十分欢喜，以为千金不贵。那门客却在旁边说道：‘这幅画虽好，可惜画错了，便一文不值。’东家问他怎么画错了。他说：‘三颗骰子，两颗坐了五，这一颗还转着未定，喝骰子的人，不消说也喝六的了；他画的那喝骰子的，张开了口，这“六”字是合口音，张开了口，如何喝得“六”字的音来？’东家听了，果然不错，便价也不还，退了回去。那卖画的人，一场没趣，只得又来求那门客。此时他更乐得拿腔了，说已经说煞了，挽回不易，必要三成回用。卖画的只得应允了。他却拿了这幅画，仍然去见东家，说我仔细看了这画，足值千金。东家问有甚凭据。他说：‘这幅画是福建人画的，福建口音叫“六”字，犹如扬州人叫“落”字一般，所以是开口的；他画了开口，正所以传那叫“六”字之神呢。’他的东家听了，便打着扬州话‘落落’的叫了两声，果然是开口的，便乐不可支，说道：‘亏得先生渊博，不然几乎当面错过。’马上兑了一千银子出来，他便落了三百。”

我听了，不觉笑起来道：“原来多懂两处方言，却有这等用处。但不知这班盐商怎么弄得许多钱？我看此中必定有个弊端。”述农道：“这个何消说得。这里面的毛病，我也弄不清楚。闻得两淮盐额有一千六百九万多引，叫做‘纲盐’。每引大约三百七十斤，每斤场价不过七八文，课银不过三厘多；运到汉口，便每斤要卖五六十文不等。愈远愈贵，并且愈远愈杂。这里场盐是雪白的，运到汉口，便变了半黄半黑的了。有部帖的盐商，叫做‘根窝’。有根窝的，每盐一引，他要抽银一两，运脚公用。每年定额是七十万，近来加了差不多一倍；其实运脚所用，不及四分之一，汉口的岸费，每引又要派到一两多，如何不发财。所以盐院的供应，以及缉私犒赏，赡养穷商子孙，一切费用，都出在里面。最奇的，他们自己对自己，也要做弊：总商去见运司，这是他们商家的公事了，见运司那个手本，不过几十文就买来了，他开起帐来，却是一千两。你说奇不奇？”

我听到这里，不觉吐出了舌头道：“这还了得！难道众商家就由得他混开么？”述农道：“这个我们局外人那里知道，他自然有许多名目立出来。其实纲盐之利，不在官不在民，商家独占其利；又不能尽享，大约幕友、门客等辈分的不少，甚至用的底下人、丫头、老妈子，也有馀润可沾。船户埠行，有许多代运盐斤，情愿不领脚价，还怕谋不到手的，所以广行贿赂，连用人也都贿遍了，以求承揽载运。”我道：“不领脚价，也有甚好处么？”述农道：“自然有好处。凡运盐到了汉口，靠在码头上，逐船编了号头，挨号轮销。他只要弄了手脚，把号头编得后些，赶未及轮到他船时，先把盐偷着卖了；等到轮着他时，却就地买些私盐来充数。这个办法，叫做‘过笼蒸糕’。万一买不着私盐，他便连船也不要了，等夜静时，凿穿了船底，由他沉下去，便报了个沉没。这个办法叫做‘放生’。后来两江总督陶文毅公知道这种弊端，便创了一个票盐的办法：无论那一省的人，都可以领票，也不论数目多少；只要领了票，一样的到场灶上计引授盐，却仍然要按着引地行销。此时一众盐商，无弊可作，窘的了不得，于是怨恨陶公，入于骨髓；无可发泄，却把陶公的一家人编成了纸牌，我还记得有一张是画了一个人，拿了一双斧头砍一棵桃树，借此以为咒诅之计。你道可笑么。”我道：“这种不过儿戏罢了，有甚益处。”述农道：“从行了票盐之后，却是倒了好几家盐商，盐法为之一变。此时为日已久，又不知经了多少变局了。”

我因为谈了半天盐务，忽然想起张鼎臣，便想去访他，因开了他的官阶名姓，叫人到盐运司衙门去打听。一面踱到继之签押房里来。继之正在那里批着公事，见了我，便放下了笔道：“我正要找你，你来得恰好。”我道：“有甚么事找我呢？”继之道：“我到任后，放告的头一天，便有一个已故盐商之妾罗魏氏，告他儿子罗荣统的不孝。我提到案下问时，那罗荣统呆似木鸡，一句话也说不出。问他话时，他只是哭。问罗魏氏，却又说不出个不孝的实据，只说他不听教训，结交匪人。问他匪人是那个，他又说不出，只说是都已跑了。只得把罗荣统暂时管押。不过一天，又有他罗氏族长来具结保了去，只说是领回管束。本来就放下了，前几天我偶然翻检旧案卷，见前任官内，罗魏氏已经告过他一次忤逆，便问起书吏。据那书吏说：罗荣统委实不孝，有一年结交了几个匪徒，谋弑其母；幸而机谋不密，得为防备，那匪徒便逃走了。罗魏氏便把儿子送了不孝，经族长保了出去。从此每一个新官到任，罗魏氏便送一次，一连四五任官，都是如此。我想这个里面，必定有个缘故。你闲着没事，何妨到外面去查访个明白。”我道：“他母亲送了不孝，他族长保了去便罢了。自古说，‘清官难断家务事’，那里管得许多呢，访他做甚么。”继之道：“这件事可小可大。果然是个不孝之子，也应该设法感化他，这是行政上应有之义。万一他果然是个结交匪类的人，也要提防他，不要在我手里出了个逆伦重案，这是我们做官的私话，如何好看轻了。”我道：“既如此，我便去查访便了。只是怎么个访法呢？”继之道：“这个那里论得定。好在不是限定日子，只要你在外面，随机应变的暗访罢了。茶坊酒肆之中，都可以访得。况且他罗家也是著名的盐商，不过近年稍为疲了点罢了，在外面还是赫赫有名的，怕没人知道么。”于是我便答应了。

谈了一会，仍到帐房里来。述农正在有事，我只在旁边闲坐。过一会，述农事完了，对我笑道：“我恰才开发厨房里饭钱，忽然想着一件可笑的事，天下事真是无奇不有。”我忙问是甚么事。述农不慌不忙，说出一件事来。正是：

一任旁人讥龌龊，无如廉吏最难为。

不知述农到底说出甚么事，且待下回再记。

第四十六回
翻旧案借券作酬劳　告卖缺县丞难总督

当下我笑对述农道："因为开销厨子想出来的话，大约总不离吃饭的事情了？"述农道："虽然是吃饭的事情，却未免吃的龌龊一点。前任的本县姓伍，这里的百姓起他一个浑名，叫做'五谷虫'。"我笑道："《本草》上的'五谷虫'不是粪蛆么？"述农道："因为粪蛆两个字不雅，所以才用了这个别号呀。那位伍大令初到任时，便发誓每事必躬必亲，绝不假手书吏家丁；大门以内的事，无论公私，都要自己经手。百姓们听见了，以为是一个好官，欢喜的了不得。谁知他到任之后，做事十分刻薄，又且一钱如命。别的刻剥都不说了，这大门里面的一所毛厕，向来系家丁们包与乡下人淘去的，每月多少也有几文好处。这位伍大令说：'是我说过不假手家丁的，还得我老爷自己经手。'于是他把每月这几文臭钱也囊括了，却叫厨子经手去收，拿来抵了饭钱。这不是个大笑话么。"我道："那有这等琐碎的人，真是无奇不有了！"

说话之间，去打听张鼎臣的人回来了，言是打听得张老爷在古旗亭地方租有公馆。我听了便记着，预备明日去拜访。一面正和述农谈天，忽然家人来报说："继之接了电报。"我连忙和述农同到签押房来，问是甚事。原来前回那江宁藩台升了安徽扶台，未曾交卸之前数天，就把继之请补了江都县，此时部复回来议准了，所以藩署书吏，打个电报来通知。于是大家都向继之道喜。

过了这天，明日一早，我便出了衙门，去拜张鼎臣。鼎臣见了我，十分欢喜，便留着谈天。问起我别后的事，我便大略告诉了一遍。又想起当日我父亲不在时，十分得他的力。他又曾经拦阻我给电信与伯父，是我不听他的话，后来闹到如此。我虽然不把这些事放在心上，然而母亲已是大不愿意的了。当日若是听了他的话，何至如此。鼎臣又问起我伯父来，我只得也略说了点。说到自从他到苏州以后，便杳无音信的话，鼎臣叹了一口气道："我拿一样东西你看。"说罢，引我到他书房去坐，他在文具箱里，取出一个信封，在信封里面，抽出一张条子来递给我。我接过来一看，不觉吃了一惊，原来是我伯父亲笔写给他的一百两银子借票。我还没有开口，鼎臣便说道："那年在上海长发栈，令伯当着大众说谢我一百两银子的，我为人爽直，便没有推托。他到了晚上，和我说穷的了不得，你令先翁遗下的钱，他又不敢乱用，要和我借这一百银子。你想当时我怎好回复他，只好允了，他便给了我这么一张东西。自别后，他并一封信也不曾有来过。我前年要办验看，寄给他一封信，要张罗点盘费，他只字也不曾回。"我道："便是小侄别后，也不曾有信给世伯请安，这两年事情又忙点，还求世伯恕我荒唐。"鼎臣道："这又当别论。我们是交割清楚的了，彼此没了手尾，便是事忙路远，不写信也极平常；纠葛未清的，如何也好这样呢。"此时我要代伯父分辩几句，却是辩无可辩，只好不做声；而且自己家里人做下这等对不住人的事，也觉得难为情，想到这里，未免局促不安。鼎臣便把别话岔开，谈谈他的官况，又讲讲两淮的盐务。

我便说起述农昨天所说纲盐的话。鼎臣道："这是几十年前的话了。自从改了票盐之后，盐场的举动都大变了。大约当改盐票之时，很有几家盐商吃亏的；慢慢的这个风波定了之后，倒的是倒定了，站住的也站住了。只不过商家之外，又提拔了多少人发财，那就是盐票之功了。当日曾文正做两江时，要栽培两个戚友，无非是送两张盐票，等他们凭票贩盐，这里头发财的不少。此刻有盐票的人，自己不愿做生意，还可以拿这票子租给人家呢。"我道："改了票盐之后，只怕就没有弊病了。"鼎臣道："天下事有一利即有一弊，那里有没有弊病的道理。不过我到这里日子浅，统共只住了一年半，不曾探得实在罢了。"当下又谈了一会，便辞了回来。

回到衙门口，只见许多轿马。到里面打听，才知道继之补实的信，外面都知道了，此时同城各官与及绅士，都来道喜。过得几天，南京藩台的饬知到了，继之便打点到南京去禀谢。我此时离家已久，打算一同前去。继之道："我去，顶多前后五天，便要回到此地的，你何不等我回来了再走呢。"我便答应了。

过一天，继之便到府里禀知动身。我无事便访鼎臣；或者不出门，便和述农谈天。忽然想起继之叫我访察罗荣统的事，据说是个盐商，鼎臣现在是个盐官，我何不问问鼎臣，或者他知道些，也说不定。想罢，便到古旗亭去，访着鼎臣，寒暄已毕，我问起罗荣统的事。鼎臣道："这件事十分奇怪，外面的人言不一，有许多都说是他不孝，又有许多说他母亲不好的。大抵家庭不睦是有的，那罗荣统怎样不孝，只怕不见得。若要知道底细，只有一个人知道。"我忙问是谁。鼎臣道："大观楼酒馆里的一个厨子，是他家用的多年老仆，今年不知为着甚么，辞了出来，便投到大观楼去。他是一定知道的。”我道：“那厨子姓甚么？叫甚么呢？”鼎臣道：“这可不知道了。不过前回有人请我吃馆子，说是罗家出来了一个厨子，投到大观楼去，做得好鱼翅。这厨子是在罗家二十多年，专做鱼翅的，合扬州城里的盐商请客，只有他家的鱼翅最出色，后来无论谁家请客，多有借他这厨子的。我不过听了这句话罢了，那里去问他姓名呢。”我道：“这就难了。不比馆子里当跑堂的，还可以去上馆子，假以辞色，问他底细；这厨子是虽上他馆子，也看不见的，怎样打听呢。”鼎臣道：“你苦苦的打听他做甚么呢？”我道：“也不是一定要苦苦打听他，不过为的人家多说扬州城里有个不孝子，顺便问一声罢了。”

当下又扯些别话，谈了几句，便辞了鼎臣回去，和述农商量，有甚法子可以访察得出的。述农道：“有了这厨子，便容易了。多咱继翁请客，叫他传了那厨子来当一次差，我们在旁边假以辞色，逐细盘问他，怕问不出来。”我道：“这却不好。我们这里是衙门，他那里敢乱说，不怕招是非么。”述农道：“除此之外，可没有法子了。”我道：“因为那厨子，我又想起一件事来：他罗家用的仆人，一定不少，总有辞了出来的，只要打听着一个，便好商量。”述农道：“这又从何打听起来呢？”我道：“这个只好慢慢来的了。”当时便把这件事暂行搁下。

不多几天，继之回来了，又到本府去禀知，即日备了文书，申报上去，即日作为到任日子。一班书吏衙役，都来叩贺；同城文武官和乡绅等，重新又来道喜。继之一一回拜谢步，忙了几天，方才停当。我便打算回南京去走一遭。继之便和我商量道：“日子过的实在是快，不久又要过年了。你今番回去，等过了年，便到上江一带去查看。我陆续都调了些自己本族人在各号里，你去查察情形，可以叫他们管事的，就派了他们管事，左右比外人靠得住些；回头便到下江一带去，也是如此。都办好了，大约二月底三月初，可以到这里，我到了那时，预备和你接风。”我笑道：“一路说来，都是正事，忽然说这么一句收梢，倒像唱戏的好好一出正戏，却借着科诨下场，格外见精神呢。”说的继之也笑了。

我因为日内要走，恐怕彼此有甚话说，便在签押房和继之盘桓，谈谈说说。我问起新任方伯如何。继之摇头道：“方伯倒没有甚么，所用的人，未免太难了，到任不到两个月，便闹了一场大笑话。”我道：“是甚么事呢？”继之道：“总不过为补缺的事。大约做藩台的，照例总有一个手折，开列着各州县姓名；那捐班人员，另有一个轮补的规矩。这件事连我也闹不清楚。大抵每出了一个缺，看应该是那一个轮到，这个轮到的人，才具如何，品行如何，藩台都有个成见的。或者虽然轮到，做藩台的也可以把他捺住；那捺住之故，不是因这个人才具不对，品行不好，便是调剂私人，应酬大帽子了。他拟补的人，便开在手折上面；所开又不止一个人，总开到两三个，第一个总是应该补的，第二三个是预备督抚拣换的。然而历来督抚拣换的甚少。藩台写了这本手折，预备给督抚看的，本来办得十分机密。这一回那藩台开了手折，不知怎样，被他帐房里一位师爷偷看见了，便出来撞木钟。听说是盐城的缺，藩台拟定一个人，被他看见了，便对那个人说：'此刻盐城出了缺，你只消给我三千银子，我包你补了。'那个人信了他，兑给他三千银子。谁知那藩台不知怎样，忽然把那个人的名字换了，及至挂出牌来，竟不是他。那个人便来和他说话。他暗想这个木钟撞哑了，然而句容的缺也要出快了，这个人总是要轮到的，不如且把些说话搪塞过去再说。便说道：'这回本来是你的，因为制台交代，不得不换一个人；几天句容出缺，一定是你的了。'句容与盐城都是好缺，所以那个人也答应了。到过了几天，挂出句容的牌来，又不是的。那个人又不答应了。他又把些话搪塞过去。再过了几天，忽然挂出一张牌来，把那个人补了安东。这可不得了了，那个人跑到官厅上去，大闹起来，说安东这个缺，每年要贴三千的，我为甚反拿三千银子去买！他闹得个不得了，藩台知道了，只得叫那帐房师爷还了他三千银子，并辞了他的馆地，方才了事。"

我道："凡赃私的银，是与受同科的，他怎敢闹出来？"继之道："所以这才是笑话啊。"我道："这个人也可谓胆大极了。倘使藩台是有脾气的，一面撵了帐房，一面详参了他，岂不把功名送掉了。大不了藩台自己也自行检举起来，失察在先，正办在后，顶多不过一个罚俸的处分罢了。"继之笑道："照你这样火性，还能出来做官么。这个人闹了一场，还了他银子便算了，还算好的呢。前几年福建出了个笑话，比这个还利害，竟是总督敌不过一个县丞，你说奇不奇呢。"我道："这一定又是一个怪物了。"

继之道："这件事我直到此刻，还有点疑心，那福建侯官县县丞的缺怎么个好法，竟有人拿四千银子买他！我仿佛记得这县丞姓彭，他老子是个提督。那回侯官县丞是应该他轮补的，被人家拿四千银子买了去。他便去上制台衙门，说有要紧公事禀见；制台不知是甚么，便见了他。他见了面不说别的，只诉说他这个县丞捐了多少钱，办验看、指省又是多少钱，从某年到省，直到如今，候补费又用了多少钱，要制台照数还了他，注销了这个县丞，不做官了。制台大怒，说他是个疯子。又说：'都照你这样候补得不耐烦，便要还银注销，那里还成个体统！'他说：'还银注销不成体统，难道买缺倒是个体统么？这回侯官县丞，应该是卑职轮补的，某人化了四千银子买了去，这又是个甚么体统？'制军一想，这回补侯官县丞的，却是自己授意藩司，然而并未得钱，这句话是那里来的。不觉又大怒起来，说道：'你说的话可有凭据么？'他道：'没有真凭实据，卑职怎敢放恣！'制台就叫他拿凭据出来。他道：'凭据是可以拿得，但是必要请大帅发给两名亲兵，方能拿到。'制台便传了两名亲兵来，叫他带去。他当着制台，对两名亲兵说：'这回我是奉了大帅委的，我叫你拿甚么人，便拿甚么人。'制台也分付，只管听彭县丞的指挥去拿人。他带了两个亲兵，只走到麒麟门外，便把一个裁缝拿了，翻身进去回话，说这个便是凭据。制台又大怒起来，说：'这是我从家乡带来的人，最安分，那有这等事！并且一个裁缝，怎么便做得动我的主？'他却笑道：'大帅何必动怒。只要交委员问他的口供，便知真假。他是大帅心爱的人，承审委员未必敢难为他。等到问不出凭据时，大帅便把卑职参了，岂不干净！'制台一肚子没好气，只得发交闽县问话。

他便意气扬扬的跑到闽县衙门，立等着对质。闽县知县那里肯就问。他道：'堂翁既是不肯问，就请同我一起去辞差。这件事非同小可，我在这里和制军拚命拚出来的，稍迟一会，便有了传递，要闹不清楚了。这件事闹不清楚，我一定丢了功名；我的功名不要紧，只怕京控起来，那时就是堂翁也有些不便。'知县被他逼的没法，只得升座提审，他却站在底下对质。那裁缝一味抵赖。他却嬉皮笑脸的，对着裁缝蹲了下来，说道：'你不要赖了。某日有人来约你在某处茶楼吃茶；某日又约你某处酒楼吃酒；某日你到某人公馆里去；某日某人引你家里来，送给你四千两银子的票子，是某家钱庄所出的票，号码是第几号，你拿到庄上去照票，又把票打散了，一千的一张，几百的几张，然后拿到衙门里面去。你好好的说了，免得又要牵累见证。你再不招，我可以叫一个人来，连你们在酒楼上面，坐那一个座，吃那几样菜，说的甚么话，都可以一一说出来的呢。'那裁缝没得好赖，只得供了，说所有四千银子，是某人要补侯官县丞缺的使费，小姐得了若干，某姨太太得了若干，某姨太太得了若干，太太房里大丫头得了若干，孙少爷的奶妈得了若干，一一招了，画了供。闽县知县便要去禀复。他说问明了便不必劳驾，我来代回话罢。说罢，攫取了那张亲供便走。"正是：

取来一纸真凭据，准备千言辨是非。

要知那县丞到底闹到甚么样子，且待下回再记。

第四十七回
恣儿戏末秩侮上官　忒轻生荐人代抵命

继之说到这里，我便插嘴道："法堂上的亲供，怎么好攫取？这不成了儿戏么。"继之道："他后来更儿戏呢！拿了这张亲供去见制台，却又不肯交过手，只自己拿着张开了给制台看。嘴里说道：'凭据有在这里，请教大帅如何办法？'制台见了，倒不能奈何他，只得说道：'我办给你看！'他道：'不知大帅几时办呢？'制台没好气的说道：'三天之内总办了。'说罢不睬他，便进去了。他出来等了三天，不见动静，又去上衙门，制台给他一个不见。他等到了衙门期那天，司道进见的时候，却跟着司道掩了进去。人家正在拱揖行礼的时候，他突然走近制台跟前，把制台的衣裳一拉，说道：'喂！你说三天办给我看啊，今天第几天了？我看见那裁缝，又在那里安安稳稳的做衣裳了！'此时他闯在前面，藩台恰好在他后头，看见这种情形，便轻轻的拉他一把；他回头看时，藩台又轻轻的说道：'没规矩！'他听见藩台又说了这句话，便大声道：'没规矩！卖缺的便没规矩！我不像一班奴颜婢膝的，只知道巴结上司，自以为规矩的了不得。我明日京控起来，看谁没规矩！'说罢，又把那裁缝的亲供背诵了一遍，对臬台说道：'你是司刑名的，画了这过付赃私的供，只要这里姨太太一句话便要了出来，是有规矩是没规矩？'此时一众官员，面面相觑，没奈他何。制台是气的三尸乱暴，七窍生烟，一迭连声叫把裁缝锁了，交首县去，是谁叫他出来的！他却冷笑道：'是七姨太太叫出来的。我也知道了，还装湖涂呢！'说着，便佯长而出。嘴里自言自语道：'搁不住我不干了，看你咬掉了我的□□！甚么叫个规矩！'走到了大堂以外，看见两个戈什哈，正押着那裁缝要走。那裁缝道：'太爷，你何苦定要和我作对呢！'他笑道：'却是难为了你，你再求七姨太太去罢。'戈什哈道：'好大的县丞！'他道：'大也罢，小也罢，豁着我这县丞和总督去碰，总碰得他过。'说着，自去了。

"到了下半天，忽然藩台传他去见。对他说：'制军也知道这回老兄受了委屈了，交代给你老兄一个缺。'他却呵呵大笑起来道：'我若是要了缺，我便是为私不为公了。我一心要和他整顿整顿吏治，个把缺何足以动我心。他若不照例好好的办，我便到京里上控，方见得我始终是为公事。我此刻受了一个缺，一年半载之后，他何难把我奏参了。他虽然年纪大，须知我年纪虽不及他，然而也不是个小孩子，他不要想把这点小甜头来哄我。我只等三天不见明文，或者他的办法不对，我便打算进京去上控，你叫他小心点就是！'说罢，竟就不别而行的去了。"

我道："这个人倒是有心要整顿的。"继之道："甚么有心整顿！不过乘机讹诈，故为刁难罢了。你想这件事牵涉到上房姨太太、小姐，叫那制台怎样办法呢；那裁缝的亲供，又落在他手里。所以后来反是制台托人出来说话，同他讲和。据说那候官县丞缺，一年有八千的好处，三年一任，共是二万四千金，被他讹的一定要了一任好处才罢了手呢。"我笑道："这倒是桩爽快事。假使候补官个个如此，那卖缺之风，可以绝了。"

继之也笑道："你这句话，只好在这里说；若到外面说了，人家就要说此风不可长了。其实官场上面的笑话，车载斗量，也不知多少。前年和法兰西打仗的时候，福建长门炮台，没有人敢去守，只有一个姓蓝的都司肯去。他叫做蓝宝堂，得了札子到差之后，便去见总督，回说向来当炮台统领的都是提督、总兵，此刻卑职还是个都司，镇压不住，求大帅想法子。总督说：'你本是个都司，有甚法子好想呢？'他说：'大帅不能想法子，卑职驾驭不来，只好要辞差了。'制台一想，那法兰西虎视眈眈的看着福建，这个差事大家都不肯当，若准他辞了，又委那个呢。只得答应他道：'你且退去，我这里同你想法子便了。'他道：'顶色不红，一天也驾驭不住。卑职只得在这里等着，等大帅想了法子之后，再回防次去的了。'制台被他嬲的没了法，便发气道：'那么你去戴个红顶子，暂算一个总兵罢。'他便打了个扦，说：'谢过大帅。'居然戴起红顶子来。"我道："这竟是无赖了。"

继之道："这个人听说从小就无赖。他小时候和他娘住在娘舅家里，大约是没了老子的了。却又不安分，一天偷了他娘舅四十元银，没处安放，怕人在身上搜出，却拿到当铺里当了两元。他娘舅疑心到他，却又搜不出赃证。他娘等他睡着了，搜他衣袋，搜出当票来，便去赎了出来，正是四十元的原赃。他娘未免打了他一顿，他便逃走了，走到夹板船上去当水手，几年没有音信回去。过了三四年，他忽然托人带了八十元银送给他母亲。他母亲盘问来人，知道他在夹板船上，并且船也到了，便要见他一面，叫来人去说。来人对他说了，他又打发人去说，说道：'我今生今世不回家的了！要见我，可到岸边来见。'他娘念子情切，便飞奔岸边来。他却早已上岸，远远望见他母亲来了，便爬上树去。那棵树又高又大，他一直爬到树梢。他娘来了，他便问：'你要见我做甚么？'他娘说：'你爬到树上做甚么，快下来相见。'他说：'我下来了，你要和我覙琐。我是发过誓不回家的了。从前为了四十元银，你已经和我绝了母子之情，我此刻加倍还了你，从此义绝恩绝了。你要见我，无非是要看看我的面貌，此刻看见了，你可回去了。'

他娘说：‘我守在此处，你终要下来。’他说：‘你再不走，我这里一撒手，便跌下来死了，看你怎样！’他娘没了法，哀求他下来，他始终不下，哭哭啼啼的去了。他便笑嘻嘻的下来。对着娘，他还这等无赖呢。”我道：“这不独无赖，竟是灭尽天性的了。”

继之道：“他还有无赖的事呢。他管带海航差船的时候，有一个福建船政局的提调，奉了船政大臣的委，到台湾去公干，及至回福州时，坐了他的船。那提调也不好，好好的官舱他不坐，一定要坐管带的房。若是别人，也没有不将就的。谁知遇了他这个宝货，一听说提调要坐他的房，他马上把一房被褥家伙都搬了出来，只剩下一所空房，便请那提调去住。骗得提调进房，他却把门锁了，自己带了钥匙，然后把船驶到澎湖相近，浪头最大的地方，颠播了一日一夜；又不开饭给他吃。那提调被他颠播得呕吐狼籍，腹中又是饥饿不堪，房门又锁着，叫人也没得答应。同他在海上飘了三天，才驶进口。进口之后，还不肯便放，自己先去见船政大臣，说‘此番提调坐了船来，卑职伺候不到，被提调大人动了气，在船上任情糟蹋，自己带了爨具，便在官舱烧饭，卑职劝止，提调又要到卑职房里去烧饭，卑职只得把房让了出来；下次遇了提调的差，请大人另派别人’云云。告诉了一遍，方才回船，把他放了。那提调狼狈不堪，到了岸上，见了钦差，回完了公事话，正要诉苦，才提到了‘海航管带’四个字，被钦差拍着桌子，狗血喷头的一顿大骂。”我笑道：“虽然是无赖，却倒也爽快。”

继之道：“虽然是爽快，然而出来处世，究竟不宜如此。我还记得有一个也是差船管带，却忘记了他的姓名了，带的是伏波轮船。他是广东人，因为伏波轮常时驻扎福州，便回广东去接取家眷，到福州居住。在广东上轮船时，恰好闽浙总督何小宋的儿子中了举，也带着家眷到福州。海船的房舱本来甚少，都被那位何孝廉定去了。这位管带也不管是谁，便硬占了人家定下的两个房舱。那何孝廉打听得他是伏波管带，只笑了一笑，不去和他理论。等到了福州，没有几天，那管带的差事就撤掉了。你想取快一时的，有甚益处么。不过这蓝宝堂虽然无赖，却有一回无赖得十分爽快的：是前年中法失和时，他守着长门炮台。忽然有一天来了一艘外国兵船，——我忘了是那一国的了，总而言之，不是法兰西的。——他见了，以为我们正在海疆戒严的时候，别国兵轮如何好到我海口里来，便拉起了旗号，叫他停轮。那船上不理，仍旧前行。他又打起了旗号知照他，再不停轮，便开炮了。那船上仍旧不理。他便开了一炮，轰的一声，把那船上的望台打毁了，吊桥打断了，一个大副受了重伤，只得停了轮。到了岸上来，惊动了他的本国领事打官司。一时福建的大小各官，都吓得面无人色，战战兢兢的出来会审；领事官也气忿忿的来到。这蓝宝堂却从从容容的，到了法堂之上，侃侃直谈，据着公理争辩，竟被他得了赢官司。岂不争气？谁知当时闽省大吏，非独不奖他，反责备他，交代说这一回是侥幸的，下次无论何国船来，不准如此。后来法国船来了，他便不敢做主，打电报到里面去请示，回电来说不准开炮；等第二艘来了，再请示，仍旧不准；于是法兰西陆续来了二十多号船，所以才有那马江之败呢。”

我道：“说起那马江之败，近来台湾改了行省，说的是要展拓生番的地方；头回我在上海经过，听得人说，这件事颇觉得有名无实。不知到底是怎么回事？”继之道：“便是我这回到省里去，也听得这样说。有个朋友从那边来，说非但地方弄不好，并且那一位刘省三大帅，自己害了自己。”我道：“这又为何？”继之道：“那刘省帅向来最恨的是吃鸦片烟，这是那一班中兴名将公共的脾气，惟有他恨的最利害。凡是属下的人，有烟瘾的，被他知道了，立刻撤差驱逐，片刻不许停留；是他帐下的兵弁犯了这个，还要以军法从事呢。到了台湾，瘴气十分利害，凡是内地的人，大半都受不住，又都说是鸦片烟可以销除瘴气，不免要吃几口，又恐怕被他知道，于是设出一法，要他自己先上了瘾。”我道：“他不吃的，如何会上瘾？”继之道：“所以要设法呀。设法先通了他的家人，许下了重谢。省帅向来用长烟筒吃旱烟，叫他家人代他装旱烟时，偷搀了一个鸦片烟泡在内，天天如是。约过了一个多月，忽然一天不搀烟泡了，老头子便觉得难过，眼泪鼻涕，流个不止。那家人知道他瘾来了，便乘机进言，说这里瘴气重得很，莫非是瘴气作怪，何不吃两口鸦片试试看。他那里肯吃，说既是瘴气，自有瘴气的方子，可请医生来诊治。那里禁得医生也是受了贿嘱的，诊过了脉，也说是瘴气，非鸦片不能解。他还是不肯吃。熬了一天，到底熬不过，虽然吃了些药，又不见功效，只得拿鸦片烟来吃了几口下肚，便见精神，从此竟是一天不能离的了。这不是害了自己么？”

我道：“这种小人，真是防不胜防。然而也是吃旱烟之过，倘使连这旱烟都不吃，他又从何下手呢。”继之道：“就是连旱烟不吃，也可以有法子的。我初到省那一年，便当了一个洋务局的差事。一个同寅是广东人，他对我说：香港有一个外国人，用了一个厨子，也不知用了多少年了，一向相安无事。忽然一天，把那厨子辞掉了，便觉得合家人都无精打彩起来，吃的东西，都十分无味。以为新来的厨子不好，再换一个，也是如此，没了法，只得再叫那旧厨子来。说也奇怪，他一回来，可合家都好了。”我道：“难道酒菜里面也可以下鸦片烟么？”继之道：“酒菜里面虽不能下，外国人饭后，必吃一杯咖啡，他煮咖啡之时，必用一个烟泡放在里面，等滚了两滚，再捞起来。这咖啡本来是苦的，又搀上糖才吃，如何吃得出来。久而久之，就上了瘾了。”我道：“鸦片烟本是他们那里来的，就叫他们吃上了，不过是‘即以其人之道，还治其人之身’。但不知那刘省帅吃上了之后怎么样？”继之道：“已经吃上了，还怎么样呢。”

我道：“他说要开拓生番的地方，到底不知开拓了多少？”继之道：“头回看见京报有他的奏章，说是已经降了多少，每人给与剃刀一把，大约总有些降服的。然而究竟是未开化的人，纵然降服了，也不见得是靠得住。他那杀人不眨眼的野性，忽然高兴，又杀个把人来玩玩，如何约束得住他呢。而且他杀人专杀的是我们这些人，自己却不肯相杀的。他还有一层，绝不怕死，说出来还要令人可笑呢。那生番里面，也有个头目，省帅因为生番每每出来杀人，便委员到里面去，和他的头目立了一个约：如果我们这些人杀了生番，便是一人抵一命；若是生番杀了我们这些人，却要他五个人抵一个命。这不过要吓得他不敢再杀人的意思。他那头目也应允了。谁知立了约不多几天，就有了生番杀人的事。地方官便捉拿凶手。谁知这个生番，只有夫妻两个，父母、兄弟、子女都没有的，虽捉了来，还不够抵命。也打算将就了结了。谁知过得几天，有三个生番自行投到，说是凶手的亲戚荐他来抵命，以符五人之数的。你说奇不奇。”正是：

义侠捐生践然诺，鸿毛番重泰山轻。

要知后事如何，且待下回再记。

第四十八回
内外吏胥神奸狙猾　风尘妓女豪侠多情

我正和继之说着话时，只见刑房书吏，拿了一宗案卷进来。继之叫且放下，那书吏便放下，退了出去。我道：“人家都说衙门里书吏的权，比官还大，差不多州县官竟是木偶，全凭书吏做主的，不知可有这件事？”继之道：“这看本官做得怎样罢了，何尝是一定的。不过此辈舞弊起来，最容易上下其手。这一边想不出法子，便往那一边想；那一边又想不出来，他也会别寻门路。总而言之；做州县官的，只能把大出进的地方防闲住了；那小节目不能处处留心，只得由他去的了。”

我道：“把大出进的防闲住了，他们纵在小节目上出些花样，也不见得能有多少好处了。怎么我见他们都是很阔绰的呢？”继之道：“这个那里说得定。他们遇了机会，只要轻轻一举手，便是银子。前年苏州接了一角刑部的钉封文书；凡是钉封文书，总是斩决要犯的居多，拆开来一看，内中却是云南的一个案件。大家看见，莫名其妙，只得把他退回去。直等到去年年底，又来了一角，却是处决一名斩犯。事后大家传说，才知道这里面一个大毛病。原来这一名斩犯，本来是个富家之子，又是个三代单传，还没有子女，不幸犯了个死罪，起先是百计出脱，也不知费了多少钱，无奈证据确凿，情真罪当，无可出脱，就定了个斩立决，通详上去。从定罪那天起，他家里便弄尽了神通，先把县署内监买通了，又出了重价，买了几个乡下姑娘，都是身体胐壮的，轮流到内监去陪他住宿，希图留下一点血脉。然而这件事迟早却不由人做主的，所以多耽搁一天好一天，于是又在臬司和抚台那里，设法耽搁，这里面已经不知捺了多少日子了。却又专差了人到京里去，在刑部里打点。铁案如山的，虽打点也无用。于是用了巨款，赌通了书吏，求他设法，不求开脱死罪，只求延缓日子。刑部书吏得了他的贿赂，便异想天开的，设出一法来。这天该发两路钉封文书，一路是云南的，一路是江苏的，他便轻轻的把江苏案卷放在云南文书壳里，把云南案卷放在江苏文书壳里；等一站站的递到了江苏，拆开看过，知道错了，又一站站的退回刑部。刑部堂司各官，也是莫名其妙，跟查起来，知道是错封了，只好等云南的回来再发。又不知等了多少时候，云南的才退回来，然后再封发了。这一转换间，便耽搁了一年多。你说他们的手段利害么！”我道：“耽搁了这一年多，不知这犯人有生下子女没有？”继之道：“这个谁还打听他呢。”

我道：“文书何以要用钉封？这却不懂，并且没有看见过这样东西。”继之道：“儿戏得很！那文书不用浆糊封口，只用锥子在上面扎一个眼儿，用纸拈穿上，算是一个钉子，算是这件事情非常紧急，来不及封口的意思。”我道：“不怕人家偷拆了看么？”继之道：“怕甚么！拆看钉封公文是照例的。譬如此刻有了钉封公文到站，遇了空的时候，只管拆开看看，有甚么要紧，只要不把他弄残缺了就是了。”我道：“弄残缺了就怎样呢？”继之道：“此刻譬如我弄残缺了，倒有个现成的法子了。从前有一个出过事的，这个州县官是个鸦片鬼，接到了这件东西，他便抽了出来，躺在烟炕上看。不提防发了一个烟迷，把里面文书烧了一个角。这一来吓急了，忙请了老夫子来商量。这个老夫子好得很，他说幸而是烧了里面的，还有法子好想；若是烧了壳子，就没法想了。然而这个法子要卖五千银子呢。那鸦片鬼没法，只得依了他。他又说，这个法子做了出来便不稀奇，怕东翁耍赖，必得先打了票子再说出来。鸦片鬼没法，只得打了票子给他。他接了票子，拿过那烧不尽的文书，索性放在灯头上烧了。可笑那鸦片鬼吓得手足无措，只说‘这回坑死我了！’他却不慌不忙，拿一张空白的文书纸，放在壳子里面，仍然钉好，便发出去。那鸦片鬼还不明白，扭着他拚命。他偏不肯就说出这里面的道理来，故意取笑，由得那鸦片鬼着急。闹了半天，他方才说道：'这里发出去，交到下站，下站拆开看了，是个空白，请教他敢声张么，也不过照旧封好发去罢了；以下站站如此，直等到了站头，当堂开拆，见了个空白，他那里想得到是半路掉换的呢，无非是怪部吏粗心罢了。如此便打回到部里去。部里少不免要代你担了这粗心疏忽的罪过；纵不然，他便行文到各站来查，试问所过各站，谁肯说是我私下拆开来看过的呢，还不是推一个不知。就是问到这里，也把"不知"两个字还了他，这件事不就过去了么。'可笑那鸦片鬼，直到此时才恍然大悟，没命的去追悔那五千银子。"我笑道："大哥说话，一向还是这样，只管形容别人。"继之也笑道："这一个小小玄虚，说穿了一文不值的，被他硬讹了五千银子，如何不懊悔。便是我凭空上了这个当，我也要懊悔的，何尝是形容人家呢。"

说话时，述农着人来请我到帐房里，我便走了过去。原来述农已买了一方青田石来，要我仿刻那一方节性斋的图书。我笑道："你真要干这个么？"述农道："无论干不干，仿刻一个，总不是犯法的事。"说着，取出那幅横披来。我先把图书石验了大小，嫌他大了些，取过刀来，修去了一道边；验得大小对了，然后摹了那三个字，镌刻起来，刻了半天，才刻好了。取过印色，盖了一个，看有不对的去处，又修改了一会，盖出来看，却差不多了。述农看了，说像得很。另取一张薄贡川纸来，盖了一个，蒙在那横披的图书上去对。看了又看道："好奇怪！竟是一丝不走的。"不觉手舞足蹈起来，连横披一共拿给继之看去。继之也笑道："居然充得过了。"述农笑道："继翁，你提防他私刻你的印信呢。"我笑道："不合和你作了这个假，你倒要提防我做贼起来了。"

继之道："只是印色太新了，也是要看出来的。"述农道："我学那书画家，撒上点桃丹，去了那层油光，自然不新了。"我道："这个不行。要弄旧他也很容易，只是卖了东西，我要分用钱的。"述农笑道："阿弥陀佛！人家穷的要卖字画了，你还要分用钱呢。"我笑道："可惜不是福建人画的掷骰子图，不然，我还可望个三七分用呢。"述农笑道："罢，罢，我卖了好歹请你。你说了那甚么法子罢，说了出来，算你是个金石家。"我道："这又不是甚么难事。你盖了图书之后，在图书上铺上一层顶薄的桑皮纸，在纸上撒点石膏粉，叫裁缝拿熨斗来熨上几熨，那印色油自然都干枯了，便是旧的；若用桃丹，那一层鲜红，火气得很，那里充得过呢。"述农道："那么我知道了，你那里是甚么金石家，竟是一个制造赝鼎的工匠！"

说的继之也笑了道："本来作假是此刻最趋时的事。方才我这里才商量了一起命案的供词。你想命案供词还要造假的，何况别样。"我诧道："命案怎么好造假的？"继之道："命案是真的，因这一起案子牵连的人太多，所以把供词改了，免得牵三搭四的；左右'杀人者死'，这凶手不错就是了。"

述农道："不错。从前我到广东去就事，恰好就碰上一回，几乎闹一个大乱子，也是为的是真命假案。"我道："甚么又是真命假案呢？"述农道："就是方才说的改供词的话了。总而言之：出了一个命案，问到结案之后，总要把本案牵涉的枝叶，一概删除净尽，所以这案就不得不假了。那回广东的案子，实在是械斗起的；然而叙起械斗来，牵涉的人自然不少，于是改了案卷，只说是因为看戏碰撞，彼此扭殴致毙的。这种案卷，总是臬司衙门的刑名主稿。那回奏报出去之后，忽然刑部里来了一封信，要和广州城大小各衙门借十万银子。制台接了这封信，吃了一大惊，却又不知为了甚么事。请了抚台来商量，也没有头绪。一时两司、道、府都到了，彼此详细思索，才想到了奏报这案子，声称某月某日看戏肇事，所以说这一天恰好是忌辰；凡忌辰是奉禁鼓乐的日子，省会地方，如何做起戏来！这个处分如何担得起！所以部里就借此敲诈了。当下想出这个缘故，制台便狠命的埋怨臬司；臬司受了埋怨，便回去埋怨刑名老夫子。那刑名老夫子检查一检查，果然不错。因笑道：'我当是甚么大事，原来为了这个，也值得埋怨起来！'臬台见他说得这等轻描淡写，更是着急，说道：'此刻大部来了信，要和合省官员借十万银子。这个案是本衙门的原详，闹了这个乱子，怕他们不向本衙门要钱，却怎生发付？'那刑名师爷道：'这个容易。只要大人去问问制台，他可舍得三个月俸？如果舍得，便大家没事；如果舍不得，那就只可以大家摊十万银子去应酬的了。'臬台问他舍得三个月俸，便怎么办法。他又不肯说，必要问明了制台，方才肯把办法说出来。臬台无奈，只得又去见制台。制台听说只要三个月俸，如何不肯，便一口应承了。交代说：'只要办得妥当，莫说三个月，便是三年也愿意的。'臬司得了意旨，便赶忙回衙门去说明原委。他却早已拟定一个折稿了。那折稿起首的帽子是：'奏为自行检举事：某月日奏报某案看戏肇事句内，看字之下，戏字之上，误脱落一猴字'云云。照例奏折内错一个字，罚俸三个月，于是乎热烘烘的一件大事，轻轻的被他弄的瓦解冰销。你想这种人利害么。"我笑道："原来这等大事也可以假的，区区一个图章，更不要紧了。"当下谈了一会各散。我到鼎臣处，告诉他要到南京，顺便辞行。

到了次日，我便收拾行李，渡江过去。到得镇江号里，却得了一封继之的电报，说上海有电来，叫我先到上海去一次。我便附了下水轮船，径奔上海，料理了些生意的事，盘桓了两天，又要动身。这天晚上，正要到金利源码头上船，忽然金子安从外面走来，说道："且慢着走罢，此刻黄浦滩一带严紧得很！"管德泉吃了一惊道："为着甚么事？"子安道："说也奇怪，无端来了几十个人去打劫有利银行，听说当场拿住了两个；此刻派了通班巡捕，在黄浦滩一带稽查呢。"我道："怎么银行也去打劫起来，真是无

奇不有了。”子安道：“在上海倒是头一次听见。”德泉道：“本来银行最易起歹人的觊觎，莫说是打劫，便是冒取银子的也不少呢。他的那取银的规矩，是上半天送了支票去，下半天才拿银子，所以取银的人，放下票子就先走了，到下半天才去拿；等再去拿的时候，是绝无凭据的了，倘被一个冒取了去，更从那里追寻呢。”子安道：“这也说说罢了，那里便冒得这般容易。”德泉道：“我不是亲眼见过的，也不敢说。前年我一个朋友到有利去取银，便被人冒了。他先知道了你的数目，知道你送了票子到里面去了，他却故意和你拉殷勤，请你吃茶吃酒，设法绊住你一点、半点钟，却另差一个人去冒取了来，你奈他何呢。”

这里正在说话，忽然有人送来一张条子，德泉接来看了，转交与我，原来是赵小云请到黄银宝处吃花酒，请的是德泉、子安和我三个人。德泉道：“横竖今夜黄浦滩路上不便，缓一天动身也不要紧，何妨去扰他这一顿呢。”我是无可无不可的，便答应了。德泉又叫子安。子安道：“我奉陪不起，你二位请罢，替我说声心领谢谢。”我和德泉便不再强。

二人出来，叫了车，到尚仁里黄银宝家，与赵小云厮见。此时坐上已有了四五个客，小云便张罗写局票。内中只有我没有叫处。小云道：“我来荐给你一个。”于是举笔一挥而就。我看时，却是写的“东公和里沈月卿。”一一写过了发下去，这边便入席吃酒。不一会，诸局陆续到了。沈月卿坐在我背后。我回头一看，见是个瘦瘦的脸儿，倒还清秀。只见他和了琵琶，唱了一枝小曲。又坐了一会，便转坐到小云那边去，与我恰好是对面；起先在我后面时，不便屡屡回头看他，此时倒可以任我尽情细看了。只见他年纪约有二十来岁，清俊面庞，眉目韶秀，只是隐隐含着忧愁之色。更有一层奇特之处：此时十一月天气，明天已是冬至，所来的局，全都穿着细狐、洋灰鼠之类，那面子更是五光十色，头上的首饰，亦都甚华灿，只有那沈月卿只穿了一件玄色绉纱皮袄，没有出锋，看不出甚么统子，后来小云输了拳，他伸手取了酒杯代吃，我这边从他袖子里看去，却是一件羔皮统子；头上戴了一顶乌绒女帽，连帽准也没有一颗。我暗想这个想是很穷的了。正在出神之时，诸局陆续散去，沈月卿也起身别去。他走到房门口，我回眼一望，头上扎的是白头绳，押的是银押发，暗想他原来是穿着孝在这里。正在想着，猛听得小云问道：“我这个条子荐得好么？”我道：“很静穆！也很清秀！”小云道：“既然你赏识了，回来我们同去坐坐。”一时席散了，各人纷纷辞去。

小云留下我和德泉，等众人散完了，便约了同到沈月卿家去，于是出了黄银宝家，径向东公和里来。一路上只见各妓院门首，都是车马盈门，十分热闹。及到了沈月卿处，他那院里各妓房内，也都是有人吃酒，只有月卿房内是静悄悄的。三人进内坐定，月卿过来招呼。小云先说道：“我荐了客给你，特为带他来认认门口，下次他好自己来。”月卿一笑道谢。小云又道：“那柳老爷可曾来？”月卿见问，不觉眼圈儿一红。正是：

骨肉每多乖背事，风尘翻遇有情人。

未知月卿为着甚事伤心，且待下回再记。

第四十九回 串外人同胞遭晦气 摘词藻嫖界有机关

当下我看见沈月卿那种神情，不禁暗暗疑讶。只见他用手向后面套房一指道：“就在那里。”小云道：“怎么坐到小房间里去？我们是熟人，何妨请出来谈谈。”月卿道：“他怕有人来吃酒，不肯坐在这里。”小云道：“吃过几台了？”月卿摇摇头。小云讶道：“怎么说？”我笑道：“你又怎么说？难道必要有人吃酒的么？”小云道：“你不懂得，明天冬至，今天晚上叫‘冬至夜’，他们的规矩，这一夜以酒多为荣，视同大典的。”我听了，方才明白沿路上看见热闹之故。小云又对月卿道：“不料你为了柳老爷，弄到这个样子！”月卿道：“我已是久厌风尘，看着这等事，绝不因之动心；只是外间的飞短流长，未免令人闻而生厌罢了。”

我听了这几句话，觉得他吐属闲雅，又不觉纳罕起来。小云道：“我倒并不为飞短流长所动，你就叫他们摆起一桌来。”小云这句话才说出来，早有一个十七八岁的丫头，走近一步问道：“赵老爷可是要吃酒？”小云点点头。那丫头便请点菜。小云说：“不必点。”他便咯蹬咯蹬的走到楼下去了。小云笑着对我道：“这一桌酒应该让了你；你应酬了他这个大典，也是我做媒人的面子。”我道：“我向来没干过这个。”小云笑道：“谁是出世便干的？总是从没干过上来的啊。”月卿道：“这位老爷是初交，赵老爷，何必呢。”小云又对我道：“你不知道这位月卿，是一个又豪侠，又多情的人，并且作得好诗。你要是知道了他的底细，还不知要怎样倾倒呢。”月卿道：“赵老爷不要谬奖，令人惭愧！”

我问小云道：“你要吃酒，还不赶紧请客？况且时候不早了。”小云道：“时候倒不要紧，上海本是个不夜天，何况今夜。客倒是不必请了，大众都有应酬，难请得很，就请了柳采卿过来罢。”说着，又对月卿道：“就央及你去请一声罢，难道还要写请客票么。”月卿便走到后房去，一会儿，同着柳采卿过来。只见那采卿，生得一张紫色胖脸儿，唇上疏疏的两撇八字黑须；身裁是痴肥笨重，步履蹒跚；身穿着一件大团花二蓝线绉皮袍，天青缎灰鼠马褂。当下各人一一相见，通过姓名；小云道过违教，方才坐下。外场早已把席面摆好，小云忙着要写局票。采卿不叫外局，只写了本堂沈月卿。小云道：“客已少了，局再少，就太寂寞了。”我道：“人少点，清谈也很好；并且你同采翁两位，都是月卿的老客，你说月卿豪侠多情，何妨趁此清谈，把那豪侠多情之处告诉我呢。”小云道：“你要我告诉你也容易，不过你要把今日这一席，赏赏他那豪侠多情之处才好呢。”我一想，我前回买他那个小火轮船时，曾经扰过他一顿，今夜又是他请的，我何妨借此作为还席呢。因说道：“就是我的，也没甚要紧。”小云大喜，便乱七八糟，自己写了多少局票，嘴里乱叫起手巾。于是大家坐席。

我坐了主位，月卿招呼过一阵，便自坐向后面唱曲。我便急要请问这沈月卿豪侠多情的梗概。小云猛然指了采卿一下道：“你看采翁这副尊范，可是能取悦妇人的么？”我被他突然这一问，倒棱住了，不懂是甚么意思。小云又道：“外间的人，传说月卿和采卿是恩相好。”我道：“甚么叫做‘恩相好’？”小云笑道：“这是上海的一句俗话，就是要好得很的意思。”我道：“就是要好，也平常得很。”小云道：“不是这等说。凡做妓女的，看上了一个客人，只一心向他要好，置他客于不顾，这才叫恩相好。凡做恩相好的，必要这客人长得体面，合了北边一句话，叫做‘小白脸儿’，才够得上呢。你看采翁这副尊范，像这等人不像？”我道：“然则这句话从何而来的呢？”小云道：“说来话长。你要知底细，只问采翁便知。”柳采卿这个人倒也十分爽快，不等问，便一五一十的告诉了我。

原来采卿是一个江苏候补府经历，分在上海道差遣。公馆就在城内。生下两个儿子，大的名叫柳清臣，才一十八岁，还在家里读书，资质向来鲁钝，看着是不能靠八股猎科名的了；采卿有心叫他去学生意，却又高低不就。忽然一天，他公馆隔壁一个姓方的，带了一个人来相见，说是姓齐，名明如，向做洋货生意，专和外国人交易。此刻有一个外国人，要在上海开一家洋行，要请一个买办；这买办只要先垫出五千银子，不懂外国话也使得。因听姓方的说起，说柳清臣要做生意，特地来推荐。采卿听了一想，向来做买办，是出息甚好的，不禁就生了个侥幸之心。当下便对那齐明如说：“等商量定了，过一天给回信。”于是就出来和朋友商量，也有说好的，也有说不好的。采卿终是发财心胜，听了那说不好的，以为人家妒忌；听了那说好的，就十分相信。便在沈月卿家请齐明如吃了一回酒，准定先垫五千银子，叫儿子清臣去做买办。又叫明如带了清臣去见过外国人，问答的说话，都是由明如做通事。过了几天，便订了一张洋文合同，清臣和外国人都签了字，齐明如做见证，也签了字。采卿先自己拼凑了些，又向朋友处通融挪借，又把他夫人的金首饰拿去兑了，方才凑足五千银子，交了出去。就在五马路租定了一所洋房，取名叫景华洋行。

开了不彀三个月，五千银子被外国人支完了不算，另外还亏空了三千多；那外国人忽然不见了，也不知他往别处去了，还是藏起来。这才着了忙，四面八方去寻起来，那里有个影子。便是齐明如也不见了。亏空的款子，人家又来催逼，只得倒闭了。往英国领事处去告那外国人，英领事在册籍上一查，没有这个人的名字；更是着忙，托了人各处一查，总查不着，这才知道他是一个没有领事管束的流氓，也不知他是那一国的，还不知他是外国人不是。于是只得到会审公堂去告齐明如。谁知齐明如是一个做外国衣服的成衣匠，本是个光蛋，官向他追问外国人的来历，他只供说是因来买衣服认得，并且不知他的来历。官便判他一个串骗，押着他追款。俗语说得好："不怕凶，只怕穷。"他光蛋般一个人，任凭你押着，粃糠那里榨得出油来！此刻这件事已拖了三四个月，还未了结，讨债的却是天天不绝。急得采卿走头无路，家里坐不住，便常到沈月卿家避债。

这沈月卿今年恰好二十岁，从十四岁上，采卿便叫他的局，一向不曾再叫别人。缠头之费，虽然不多，却是节节清楚；如今六七年之久，积算起来，也不为少了。前两年月卿向鸨母赎身时，采卿曾经帮了点忙，因此月卿心中十分感激。这回看见采卿这般狼狈，便千方百计，代采卿凑借了一千元；又把自己的金珠首饰，尽情变卖了，也凑了一千元，一齐给与采卿，打点债务。这种风声，被别个客人知道了，因此造起谣言来，说他两人是恩相好。……采卿觍缕述了一遍，我不觉抬头望了月卿一眼，说道："不图风尘中有此人，我们不可不赏一大杯！"

正待举杯要吃，小云猛然说道："对不住你！你化了钱请我，却倒装了我的体面。"我举眼看时，只见小云背后，珠围翠绕的，坐了七八个人。内中只有一个黄银宝是认得的，却是满面怒容，冷笑对我道："费你老爷的心！"我听了小云的话，已是不懂，又听了这么一句，更是茫然，便问怎么讲。小云道："无端的在这里吃寡醋，说这一席是我吃的，怕他知道，却屈你坐了主位，遮他耳目，你说奇不奇？"我不禁笑了一笑道："这个本来不算奇，律重主谋，怪了你也不错。"那黄银宝不懂得"律重主谋"之说，只听得我说怪得不错，便自以为料着了，没好气起身去了。

小云道："索性虚题实做一回。"便对月卿道："叫他们再预备一席，我请客！"我道："时候太晚了，留着明天吃罢。"小云道："你明天动身，我给你饯行；二则也给采翁解解闷。今夜四马路的酒，是吃到天亮不希奇的。”我道：“我可不能奉陪了。”管德泉道：“我也不敢陪了，时候已经一下钟了。”小云道：“只要你二位走得脱！”说着，便催着草草终席。我和德泉要走，却被小云苦苦拉着，只得依他。小云又去写局票，问我叫那一个。我道：“去年六月间，唐玉生代我叫过一个，我却连名字也忘了，并且那一个局钱还没有开发他呢。”德泉道：“早代你开发了，那是西公和沈月英。”小云道：“月英过了年后，就嫁了人了。”我道：“那可没有了。”小云道：“我再给你代一个。”我一定不肯，小云也就罢了，仍叫了月卿。大家坐席。此时人人都饱的要涨了，一样一样的菜拿上来，只摆了一摆，便撤了下去，就和上供的一般，谁还吃得下。幸得各人酒量还好，都吃两片梨子、苹果之类下酒。

我偶然想起小云说月卿作得好诗的话，便问月卿要诗看。月卿道：“这是赵老爷说的笑话，我何尝会作诗。”小云听说，便起身走向梳妆台的抽屉里，一阵乱翻，却翻不出来。采卿对月卿道：“就拿出来看看何妨。”月卿才亲自起身，在衣橱里取出薄薄的一个本子来，递给采卿；采卿转递给我。我接在手里，翻开一看，写的小楷虽不算好，却还端正。内中有批的，有改的，有圈点的。我道：“这是谁改过的？”月卿接口道：“柳老爷改的；便是我诌两句，也是柳老爷教的。”我对采卿道：“原来你二位是师弟，怪不得如此相待了。”采卿道：“说着也奇！我初识他时，才十四岁。我见他生得很聪明，偶尔教他识几个字，他认了，便都记得；便买了一部《唐诗》教教他，近来两年，居然被他学会了。我想女子学作诗，本是性之所近，苏、常一带的妓女，学作诗更应该容易些。”我道：“这句话很奇，倒要请教是怎么讲？”采卿道：“他们从小学唱那小调，本来就是七字句的有韵之文；并且那小调之中，有一种马如飞撰的叫做‘马调’，词句之中，很有些雅驯的。他们从小就输进了好些诗料在肚子里，岂不是学起来更容易么。”我点头道：“这也是一理。”因再翻那诗本，拣一首浓圈密点的一看，题目是《无题》，诗是：

自怜生就好丰裁，疑是云英谪降来。
弄巧试调鹦鹉舌，学愁初孕杜鹃胎。
铜琶铁板声声恨，剩馥残膏字字哀。
知否有人楼下过，一腔心事暗成灰。

好春如梦酿愁天，何必能痴始可怜！
杨柳有芽初蘸水，牡丹才蕊不胜烟。
从知眼底花皆幻，闻说江南月未圆。
人静漏残灯惨绿，碧纱窗外一声鹃。

我看了，不觉暗暗惊奇，古来才妓之说，我一向疑为后人附会，不图我今日亲眼看见了。据这两首诗，虽未必便可称才，然而在闺秀之中，已经不可多得，何况在北里呢。因对采卿道："这是极力要炼字炼句的，真难为他！"月卿接口道："这都是柳老爷改过才誊正的。"采卿道："这里面有两首《野花》诗，我始终未改一字，请你批评批评。"说罢，取过本子去，翻给我看。只见那诗是：

蓬门莫笑托根低，不共杨花逐马蹄。
混迹自怜依旷野，添妆未许入深闺。
荣枯有命劳嘘植，闻达无心谢品题。
……

我看到这里，不觉击节道："好个'闻达无心谢品题'！往往看见报上，有人登了些诗词，去提倡妓女，我看着那种诗词，也提倡不出甚么道理来。"采卿道："姑勿论提倡出甚么道理，先问他被提倡的懂得不懂，再提倡不迟。"月卿听说，忽然嗤的一声笑。我问笑甚么。月卿道："前回有一位客人，叫甚么遁叟，填了一阕《长相思》词，赠他的相好吴宝香，登了报。过得一天，那遁叟到宝香家去，忽然被宝香扭住了不依。"我笑道："这又为何？"月卿道："总是被那些识一个字不识一个字的人见了，念给他听，他听了题目《赠吴宝香调寄长相思》一句，所以恼了，说遁叟造他谣言，说他害相思病了，所以和他不依。"说得我和小云都笑了。

我再看那《野花》诗是：

……
惆怅秋风明月夜，荒烟蔓草助凄凄。

惭愧飘零古道旁，本来无意绽青黄。
东皇曾许分馀润，村女何妨理俭妆。
讵借馨香迷蛱蝶，不胜蹂躏怨牛羊。
可怜车马分驰后，剩粉残脂吊夕阳！

我看毕道："寄托恰合身分，居然名作了。"

只见月卿附着采卿耳朵说了两句话。采卿便问我和唐玉生可是相识。我道："只去年六月里同过一回席，这两回到上海都未遇着。"采卿道："倘偶然遇见了，请不必谈起月卿作诗的事。"我道："作诗又不是甚么坏事，何必要秘密呢？"采卿道："不是要秘密，是怕他们闹不清楚。"我想起那一班人的故事，不觉又好笑。便道："也怪不得月卿要避他们，他们那死不通的材料，实在令人肉麻！"说着，便把他们"竹汤饼会"的故事，略略述了一遍。月卿也是笑不可仰。

采卿道："我教月卿识几个字，虽不是有意秘密，却除了几个熟人之外，没有人知道，不像那堂哉皇哉收女弟子的。"我道："不错。我常在报上看见有个甚么侍者收甚么女弟子，弄了好些诗词之类，登在报上面，还有作诗词贺他的。"采卿道："可不是！这都是那轻薄少年做出来的，要借这报纸做他嫖的机关。"我道："嫖还有甚么机关，这说奇了。"采卿道："这一班本是寒畯，掷不起缠头，便弄些诗词登在报上，算揄扬他，以为市恩之地，叫那些妓女们好巴结他，不敢得罪他；倘得罪了他时，他又弄点讥刺的诗词去登报，这还不是机关么。其实有几个懂得的，所以有遁叟与吴宝香那回事。"

说犹未了，忽听得楼下外场高叫一声"客来"，便听得咯蹬咯蹬上楼梯的声音，房里丫头便迎了出去。正是：

毁誉方闻凭喜怒，蹒跚又听上梯阶。

未知那来人是谁，且待下回再记。

第五十回
溯本源赌徒充骗子　走长江舅氏召夫人

那丫头掀帘出去，便听得有人问道："赵老爷在这里么？"丫头答应在，那人便掀帘进来。抬头看时，却是方佚庐。大家起身招呼。只见他吃的满面通红，对众人拱一拱手，走到席边一看，呵呵大笑道："你们整整齐齐的摆在这里，莫非是摆来看的？不然，何以热炒盘子，也不动一动呢？"小云便叫取凳子让他坐。佚庐道："我不是赴席的，是来请客的，请你们各位一同去。"小云道："是你请客？"佚庐道："不是我请，是代邀的。"小云在身边取出表来一看，吐出舌头道："三下一刻了。是你请客我便去，你代邀的我便少陪了。"月卿插嘴道："便是方老爷也可以不必去了。外面西北风大得很，天已阴下来，提防下雪。并且各位的酒都不少了，到外面去吹了风，不是玩的。"佚庐道："果然。我方才在外面走动，很作了几个恶心，头脑子生疼，到了屋里，暖和多了。"说着便坐下，叫拿纸笔来，写个条子回了那边，只说寻不着朋友，自己也醉了，要回去了。写毕，叫外场送去。方才和采卿招呼，彼此通过姓名。

坐了一会便散席。月卿道："此刻天要快亮了，外面寒气逼人，各位不如就在这里谈谈，等天亮了去；或者要睡，床榻被窝，都是现成的。"众人或说走，或说不走，都无一定。只有柳采卿住在城里，此时叫城门不便，准定不能走的。便说道：“不然，我再请一席，就可以吃到天亮了。”小云道：“这又何苦呢。方才已经上了一回供了，难道再要上一回么。”月卿道：“那么各位都不要走，我叫他们生一盆炭火来，昨天有人送给我一瓶上好的雨前龙井茶，叫他们酽酽的泡上一壶，我们围炉品茗，消此长夜，岂不好么。”众人听说，便都一齐留下。

佚庐道：“月卿一发做了秀才了，说起话来，总是掉文。”月卿笑道：“这总是识了几个字，看了几本书的不好，不知不觉的就这样说起来，其实并不是有意的。”小云道：“有一部小说，叫做《花月痕》，你看过么？”月卿道：“看过的。”小云道：“那上头的人，动辄嘴里就念诗，你说他是有意，是无意？”月卿道：“天下那里有这等人，这等事！就是掉文，也不过古人的成句，恰好凑到我这句说话上来，不觉冲口而出的，借来用用罢了；不拘在枕上，在席上，把些陈言老句，吟哦起来，偶一为之，倒也罢了，却处处如此，那有这个道理！这部书作得甚好，只这一点是他的疵瑕。”采卿道：“听说这部书是福建人作的，福建人本有这念诗的毛病。”小云忽然呵呵大笑起来。众人忙问他笑甚么。小云道：“我才听了月卿说甚么疵瑕，心中正在那里想：‘疵瑕者，毛病之文言也。’这又是月卿掉文。不料还没有想完，采翁就说出‘毛病’两个字来，所以好笑。”说话间，丫头早把火盆生好，茶也泡了，一齐送了进来，众人便围炉品茗起来。

佚庐与采卿谈天，采卿又谈起被骗一事。佚庐道：“我们若是早点相识，我断不叫采翁去上这个当。你道齐明如是个甚么人？他出身是个外国成衣匠，却不以成衣匠为业，行径是个流氓，事业是靠局赌。从前犯了案，在上海县监禁了一年多；出来之后，又被我办过他一回。”采卿道：“办他甚么？”佚庐道：“他有一回带了两个合肥口音的人来，说是李中堂家里的帐房，要来定做两艘小轮船，叫我先打了样子看过，再定价钱。这两艘小轮船，到有七八千银子的生意，自然要应酬他，未免请他们吃一两回酒；他们也回请我，却是吃花酒。吃完之后，他们便赌起来，邀我入局。我只推说不会，在旁边观看，见他们输赢很大，还以为他们是豪客。后来见一个输家输的急了，竟拿出庄票来赌，也输了，又在身边掏出金条来。我心里才明白了，这是明明局赌，他们都是通同一气的，要来引我。须知我也是个老江湖，岂肯上你的当。然而单是避了你，我也不为好汉，须给点颜色你看看。当夜局散之后，我便有意说这赌牌九很有趣，他们便又邀我入局。我道：‘今天没有带钱，过天再来。’于是散了。我一想，这两艘小轮船，不必说是不买的了，不过借此好入我的门。但是无端端的要我打那个图样，虽是我自己动手，不费本钱，可是耽搁了我多少事；若是别人请我画起来，最少也要五十两银子。我被他们如此玩弄，那里肯甘心。到明天齐明如一个人来了，我便向他要七十两画图银，请他们来看图。明如邀我出去，我只推说有事，一连几天，不会他们。于是齐明如又同了他们来，看过图样，略略谈了一谈船价。我又先向他要这画图钱。齐明如从中答应，说傍晚在一品香吃大菜面交，又约定了是夜开局。我答应了，送了他们去。

“到了时候，我便到一品香取了他七十两的庄票。看看他们一班人都齐了，我推说还有点小事，去去就来。出来上了马车，到后马路照票，却是真的。连忙回到四马路，先到巡捕房里去。那巡捕头是我向来认得的，我和他说了这班人的行径，叫他捉人；捕头便派了几名包探、巡捕，跟我去捉人。我和那探捕约好，恐怕他们这班人未齐，被他跑了一个，也不值得，不如等我先上去，好在坐的是靠马路的房间，如果他们人齐了，我掷一个酒杯下来，这边再上去，岂不是好。那探捕答应了，守在门口。我便走了上楼，果然内中少了一个人，问起来，说是取本钱去的。一面让我点菜。俄延了一会，那个人来了，手里提了一个外国皮夹，嘴里嚷道：‘今天如果再输，我便从此戒赌了！’我看见人齐，便悄悄拿了一个玻璃杯，走到栏杆边，轻轻往下一丢，四五名探捕，一拥上楼，入到房间，见人便捉。我一同到了捕房，做了原告。在他们身边，搜出了不少的假票子、假金条。捕头对我说：‘这些假东西，告他们骗则可以，告他赌，可没有凭据。’说时，恰好在那皮夹里搜出两颗像牙骰子。我道：‘这便是赌具。’捕头看了看，问怎么赌法。我道：‘单拿这个赌还不算骗人，我还可以在他这里拿出骗人的凭据。’捕头疑讶起来，拿起骰子细看。我道：‘把他打碎了，这里面有铅。’捕头不信。我问他要了个铁锤，把骰子磕碎了一颗，只见一颗又白又亮的东西，骨碌碌滚到地下，却不是铅，是水银。捕头这才信了。这一个案子，两个合肥人办了递解；还有两个办了监禁一年，期满驱逐出境，齐明如侥幸没有在身上搜出东西，只办了个监禁半年。你想这种人结交出甚么好外国人来。”

采卿道：“此刻这外国人逃走了，可有甚么法子去找他？”佚庐道：“往那里找呢？并且找着了也没用。我们中国的官，见了外国人比老子还怕些，你和他打官司那里打得赢。”德泉道：“打官司只讲理，管他甚么外国人不外国人！”佚庐道：“有那许多理好讲！我前回接了家信，敝省那里有一片公地，共是二十多亩，一向荒弃着没用，却被一个土棍瞒了众人，四两银子一亩，卖给了一个外国人。敝省人最迷信风水，说那片地上不能盖造房子，造了房子，与甚么有碍的。所以众人得了这个信息慌了，便往县里去告。提那土棍来问，已经卖绝了，就是办了他，也没用。众人又情愿备了价买转来，那外国人不肯。众人又联名上控，省里派了委员来查办。此时那外国人已经兴工造房子了。那公地旁边，本来有一排二三十家房子，单靠这公地做出路的，他这一造房子，却把出路塞断了，众人越发急了。等那委员到时，都拿了香，环跪在委员老爷跟前，求他设法。”佚庐说到这里，顿住了口道：“你几位猜猜看，这位委员老爷怎么个办法？”众人听得正在高兴，被他这一问，都呆着脸去想那办法。我道：“我们想不出，你快说了罢。”佚庐道：“大凡买了贼赃，明知故买的，是与受同科；不知误买的，应该听凭失主备价取赎。这个法律，只怕是走遍地球，都是一样的了。地棍私卖公地，还不同贼赃一般么。这位委员老爷，才是神明父母呢，他办不下了，却叫人家把那二三十家房子，一齐都卖给了那外国人算完案。”一席话说得众人面面相觑，不能赞一词。

佚庐又道：“做官的非但怕外国人，还有一种人，他怕得很有趣的。有一个人为了一件事去告状，官批驳了，再去告，又批驳了。这个人急了，想了个法子，再具个呈子，写的是‘具禀教民某某’。官见了，连忙传审。把这个案判断清楚了之后，官问他：‘你是教民，信的是甚么教？’这个人回说道：‘小人信的是孔夫子教。’官倒没奈他何。”说的众人一齐大笑。

当下谈谈说说，不觉天亮。月卿叫起下人收拾地方，又招呼了点心，众人才散，其时已经九点多钟了。我和德泉走出四马路，只见静悄悄的绝少行人，两旁店铺都没有开门。便回到号里，略睡一睡。是夜便坐了轮船，到南京去。

到家之后，彼此相见，不过都是些家常说话，不必多赘。停顿下来，母亲取出一封信，及一个大纸包，递给我看。我接在手里一看，是伯父的信，却从武昌寄来的。看那信上时，说的是王俎香现在湖南办捐局差事，前回借去的三千银子，已经写信托他代我捐了一个监生，又捐了一个不论双单月的候选通判，统共用了三千二百多两银子，连利钱算上，已经差不多。将来可以到京引见，出来做官，在外面当朋友，终久不是事情……云云。又叙上这回到湖北，是两湖总督奏调过去，现在还没有差使。

我看完了，倒是一怔。再看那大纸包的是一张监照、一张候选通判的官照，上面还填上个五品衔。我道：“拿着三千多银子，买了两张皮纸，这才无谓呢；又填了我的名字，我要他做甚么！”母亲道：“办个引见，不知再要化多少？就拿这个出去混混也好，总比这跑来跑去的好点。”我道：“继之不在这里，我敢说一句话：这个官竟然不是人做的！头一件先要学会了卑污苟贱，才可以求得着差使；又要把良心搁过一边，放出那杀人不见血的手段，才弄得着钱。这两件事我都办不到的，怎么好做官！”母亲道：“依你说，继之也卑污苟贱的了？”我道：“怎么好比继之。他遇了前任藩台同他有交情，所以样样顺手。并且继之家里钱多，就是永远没差没缺，他那候补费总是绰绰有馀的。我在扬州看见张鼎臣，他那上运司衙门，是底下人背了包裹，托了帽盒子，提了靴子，到官厅上去换衣服的；见了下来，又换了便衣出来。据说这还是好的呢，那比张鼎臣不如的，还要难看呢。”

母亲道：“那么这两张照竟是废的了？”我道：“看着罢，碰个机会，转卖了他。”母亲道：“转卖了，人家顶了你的名字也罢了，难道还认了你的祖宗三代么？”我道：“这不要紧，只要到部里化上几个钱，可以改的。”母亲道：“虽如此说，但是那个要买，又那个知道你有官出卖？”我道：“自从前两年开了这个山西赈捐，到了此刻，已成了强弩之末，我看不到几时，就要停止的了。到了停止之后，那一班发官迷的，一时捐不及，后来空自懊悔，倘遇了我这个，他还求之不得呢。到了那时，只怕还可以多卖他几百银子。”姊姊从旁笑道：“兄弟近来竟入了生意行了，处处打算赚钱，非但不愿意做官，还要拿着官来当货物卖呢。”我笑道：“我这是退不了的，才打算拿去卖；至于拿官当货物，这个货只有皇帝有，也只有皇帝卖，我们这个，只好算是‘饭店里买葱’。”当下说笑一回，我仍去料理别的事。

有话便长，无话便短。不知不觉，早又过了新年，转瞬又是元宵佳节，我便料理到汉口去。打听得这天是怡和的上水船。此时怡和、太古两家，南京还没有趸船，只有一家，因官场上落起见，是有的。我便带了行李，到怡和洋篷上去等。等不多时，只见远远的一艘轮船，往上水驶来，却是有趸船一家的。暗想今日他家何以也有船来，早知如此，便应该到他那趸船去等，也省了坐划子。正想着时，洋篷里的人，也三三两两议论起来。那船也渐驶渐近了，趸船上也扯起了旗子；谁知那船一直上驶，并不停轮。我向来是近视眼，远远的只隐约看见船名上，一个字是三点水旁的，那一个字便看不出了。旁边的人都指手画脚，有个说是这个，有个说是那个，有个说断不是那个，那个字笔画没有那么多。然而为甚么一直上驶，并不停轮呢？于是又纷纷议论起来：有个说是恐怕上江那里出了乱事，运兵上去的；有个说是不知专送甚么大好老到那里的；有个说怕是因为南京没有客，没有货，所以不停泊的。……大众瞎猜瞎论了一回，早望见红烟囱的元和船到了，在江心停轮。这边的人，纷纷上了划子船，划到轮船边上去。轮船上又下来了多少人。一会儿便听得一声铃响，船又开行了。

我找了一个房舱，放下行李，走出官舱散坐，和一班搭客闲谈，说起有一艘船直放上水的事，各人也都不解。恰好那里买办走来，也说道：“这是向来未曾见过之事，并且开足了快车。我们这元和船，上水一点钟走十二英里，在长江船里，也算头等的快船了。我们在镇江开行，他还没有到，此刻倒被他赶上前头去了。”旁边一个帐房道：“他那个船只怕一点货也不曾装，你不看他轻飘飘的么，船轻了，自然走得快些。但不知到底为了甚么事。”当下也是胡猜乱度了一回，各自散开。

第三天船到了汉口，我便登岸，到蔡家巷字号里去。一路上只听见汉口的人，三三两两的传说新闻。正是：

直溯长江翻醋浪，谁教平地起酸风？

不知传说甚么新闻，且待下回再记。

第五十一回 喜孜孜限期营篷室 乱烘烘连夜出吴淞

耳边只听得那些汉口人说甚么吃醋吃到这个样子，才算是个会吃醋的；又有个说，自然他必要有了这个本事，才做得起夫人；又有个说这有甚么希奇，只要你做了督办，你的婆子也会这样办法。我一路上听得不明不白。一直走到字号里，自有一班伙友接待，不消细说。我稽查了些帐目，掉动了两个人。与众人谈起，方才知道那艘轮船直放上水的缘故，怪不得人家三三两两，当作新闻传说，说甚么吃醋吃醋；照我看起来，这场醋吃的，只怕长江的水也变酸了呢！

原来这一家轮船公司有一个督办，总公司在上海，督办自然也在上海了。这回那督办到汉口来勾当公事，这里分公司的总理，自然是巴结他的了。那一位督办，年纪虽大，却还色心未死。有一天出门拜客，坐在轿子里，走到一条甚么街，看见一家门首，有一个十七八岁的姑娘，生得十分标致。他看在眼里，记在心上，回到分公司里，便说起来。那总理要巴结他，便问了街名及门口的方向，着人去打听。打听了几天，好容易打听着了，便挽人去对那姑娘的父母说，要代督办讨他做小。汉口人最是势利，听见说督办要，如何不乐从。可奈这姑娘虽未出嫁，却已是许了人家的了。总理听说，便着人去叫了那姑娘的老子来，当面和他商量，叫他先把女儿送到公司里来，等督办看过，看得果然对了，另有法子商量；虽然许了人家，也不要紧的。这是那总理小心，恐怕督办遇见的不是这个人，自己打听错了的意思。那姑娘的老子道：“他女孩子家害臊，怕不肯来，你家。”总理道：“我明天请督办在这屋里吃大菜。”又指着一个窗户道：“这窗户外面是个走廊，我们约定了时候，等吃大菜时，只叫你女儿在窗户外面走过便是，又不要当面看他。”那姑娘的老子答应着，约了时候去了。回到家里，和他婆子商量，如何骗女儿去呢？想来想去，没有法子，只得直说了。谁知他女儿非但不害臊，并且听见督办要讨他做姨太太，欢喜得甚么似的，一口便答应了。

到了明天，一早起来，着意打扮，浑身上下都换过衣服，又穿上一条撒腿裤子；打扮好了，便盼太阳落山。到了下午四点钟时，他老子叫了一乘囚笼似的小轿子，叫女儿坐了；自己跟在后头，直抬到公司门前歇下。他老子悄悄地领他走了进去。那看门的人，都是总理预先知照过的，所以并无阻挡。那位姑娘走到走廊窗户外面，故意对着窗户里面嫣然一笑，俄延了半晌。此时总理正在那里请督办吃大菜，故意请督办坐在正对窗户的一把椅子上。此时吃的是英腿蛋，那督办用叉子托了一个整蛋，低下头正要往嘴里送，猛然瞥见窗外一个美人，便连忙把那蛋往嘴里一送，意思要快点送到嘴里，好快点抬起头来看；谁知手忙脚乱，把蛋送歪了，在胡子上一碰，碰破了那蛋，糊的满胡子的蛋黄，他自己还不觉着。抬头看见那美人，正在笑呢。回头对总理道："莫非我在这里做梦？"总理道："明明在这里吃大菜，怎么是做梦。"督办道："我前天看见的那姑娘，怎么会跑到这里来？还不是做梦么。"说完，再回头看时，已不见了。督办道："可惜，可惜走了。不然，请他来吃两样。想他既然来得，想来总肯吃的。"

总理听了，连忙亲自离座，出来招呼，幸得他父女两个还不曾走。总理便对那姑娘的老子道："督办要请你女儿吃大菜，但不知他肯吃不肯？"他老子道："督办赏脸，那里敢说个不字，你家。姑娘进去罢，我在外面等你。"那姑娘便扭扭捏捏的跟了总理进去，也不懂得叫人，也不懂得万福，只远远的靠桌子坐下。早有当差的送上一份汤匙刀叉。总理对那姑娘说道："这是本公司的督办。"那姑娘回眼望了督办一望，嗤的一声笑了；连忙用手帕掩着口，尽情狂笑。那督办一怔道："笑甚么？莫非笑我老么？"那姑娘忍着笑，轻轻的说道："胡子。"只说得两个字，又复笑起来。总理对督办仔细一望，只见那碰在胡子上的鸡蛋黄，流到胡子尖儿上，凝结得圆圆儿的，倒像是小珊瑚珠儿挂在上面，还有两处被蛋黄把胡子粘连起来的。因说道："胡子脏了。"便回头叫手巾。谁知蛋黄有点干了，擦不下来。当差的送上洗脸水，方才洗净了。

此时当差的早把一盘汤，送到那姑娘跟前。督办便道："请吃汤。"那女子又掩着口，笑了一会道："我们湖北汤是喝的，不是吃的。"又道："拿盘子盛汤，回来拿么子盛菜？"说罢，拿起汤匙喝汤，却把汤匙碰得那盘子砰訇砰訇乱响。喝完了，还有点底子，他却放下汤匙，双手拿起盘子来喝，恰好把盘子盖在脸上。这回却是督办呵呵一笑，引得陪席众人都笑了。那姑娘道："喝剩下来糟蹋了罪过的，你家。"此时当差的受了总理的分付，把各人的菜先停一停，先把那姑娘吃的送上，好等后来一齐吃，一齐完，于是收了汤盘上去，送上一盘白汁鳜鱼来。那姑娘怔怔的道："怎么没得筷子？"督办道："吃大菜是用刀叉吃的，不用筷子。"说罢，又取自己跟前的刀叉，演给他看。那姑娘果然如法泡制吃了。却剩了一段鱼脊骨吃不干净，只得用手拿起来吮了又吮。总理暗想：他将来是督办的姨太太，今天岂可以叫他尽着闹笑话。又不便教他，于是又分付当差的，以后只拣没有骨头的给那姑娘吃。当差的自然到厨房里关照去了。谁知到后来，吃着一样纸围鸽，他却又拿起那张纸来，舐了几舐。一时吃毕，喝过咖啡，大家散坐。有两个本公司里的人请来陪坐的，都各自办事去了。那姑娘也告辞走了。

此时只有督办、总理及督办的舅老爷在座，——这舅老爷是从上海跟着来的——三人散坐闲谈。那舅老爷便道："那里弄来的这个姑娘？粗得很！"督办道："这是女孩子的憨态，要这样才有意味呢。"总理方才看见情形，本来也虑到督办嫌他粗，今得了此言，便放下了心。因自献殷勤，把如何去打听，如何挽人去说，如何叫他来看，……一一都说了。又道："这姑娘已经许了人家了，我想只要给他点银子，叫他退了婚，他们小户人家，有了银子，怕他不答应么。并且可以许他女婿，如果肯退婚时，看他是个甚么材料，就在公司里派他一个事情。我想又有了银子，又有了事情，他断乎不会不肯的。"督办听了一番言语，只快活得眉花眼笑，说道："多谢！费心得很！但是我还有个无厌之求，求你要办就从速办，因为我三五天就要到上海去的。"总理道："就是说成了，也要看个日子啊。"督办笑道："我们吃了一辈子洋务饭，还信这个么。说定了，一乘轿子抬了来就完了。"总理连连答应。当下各自散开。

不提防那舅老爷从旁听了，连忙背着督办，把这件事情写了出来，译成电码，到电报局里，打了一个急电到上海给他姊姊去了。他姊姊是谁？就是这位督办的继室夫人。那夫人比督办小了二十多岁。督办本来是满堂姬妾的了，因为和官场往来，正室死了之后，内眷应酬起来，没有个正室不像样子，所以才娶了这位继室。这位继室夫人生得十分精明强干，成亲的第三天，便和督办约法三章，约定从此之后，不许再娶姨太太。督办那时老夫得其少妻，心中无限欢喜，自然一口应允了。夫人终是放心不下，每逢督办出门，必要叫着他兄弟同走。嘴里说是等他兄弟练点见识，其实是叫他兄弟暗中做督办的监督，恐怕他在外头胡混。

这回得了他兄弟的电报，不觉酸风勃发，巴不得拿自己拴在电报局的电线上，一下子就打到汉口去才好。叫人到公司里去问，今天本公司有长江船开没有。去了一会，回来说是长江船刚刚昨天开了，今天上午到了一艘，要后天才是本公司的船期。夫人低头想了一想，便叫人预备马车，连忙收拾了几件随身衣服及梳头东西，带了两个老妈子，坐上马车，直到本公司码头上，上了那长江轮船，入到大餐间坐下。便叫请船主，请买办，谁知都不在船上。夫人恼了，叫快去寻来。船上执事人等见是督办夫人，如何敢违拗，便忙着分头去寻。此时已是晚上八点来钟的时候，夫人等得十分焦燥。幸得分头去寻的人多，一会儿在外国总会里把船主找来了。见了夫人，自然脱帽为礼。怎奈言语不通，夫人说的话，船主一句也听不懂。船主便叫了西崽来传话，那西崽又懂一句不懂一句的，说不完全。夫人气的三尸乱暴，七窍生烟。船主虽然不懂话，气色是看得出来的，又不知他恼些甚么。那西崽传话，只传得一句，说夫人要马上开船去汉口；问他为着甚么事，西崽又闹不清楚。船主一想，船上的管事只怕比西崽好点，便叫西崽去叫管事，偏偏管事也上岸去了。

正在无可奈何的时候，幸得茶房在妓院里把买办找来了。夫人一见了，便冷笑道："好买办！督办整个船交给你，船一到了码头就跑了！万一有点小事出了，这个干纪谁担戴得起来！"一句话吓得买办不敢答应，只垂了手，说得两个"是"字。夫人又道："我有要紧事情，要到汉口。你替我传话，叫船主即刻开船赶去，我赏他三千银子，叫他辛苦一次。"买办听了，不知是何等要事，想了一想道："开船是容易，夫人说一声，怕他敢不开！只是还有半船货未曾起上，要等明天起完了货，才可以开得呢。"夫人怔了一怔道："就带着这货走，等回头来再起，不一样么？"买办想了一想道："带着货走是可以的，只是关上要罗唆。这边出口要给他出口税，到那边进口又要给他进口税；等回头来，那边又要出口税，这边又要进口税：我们白白代人上那些冤枉税，何犯着呢。上江来的又都是土货，不比洋货，仍复退出口有退税的例。单是这件事为难。"夫人道："你和船主说说看，可有甚么法子商量。"

买办便先对船主说明了夫人要他即刻开船，赏他三千银子的话。说了，又把还有半船货未起完的话说了，和他商量。船主听说有三千银子，自然乐从。又想了一想道："即刻连夜开夜工起货，只怕到天亮也起完了；起完了就可以开船。随便甚么大事，也不在乎这一夜。只是这件事要公司做主，我们先要和公司商量妥了才对。"买办道："督办夫人要特开一次船，公司也没有不答应之理。"船主点头称是。买办把这番话转对夫人说了。夫人道："好，好！那么你们就快点去办，一面多叫小工，能够半夜里起完更好。"买办听了，方答应一个"是"字，回身要走。夫人又叫住道："能在天亮以前起完了，我再赏你一千银子。快去干罢。"

买办答应了，连忙出来，自己到公司里说知原委。公司执事人听得督办夫人要开船，不知是何等大事，那里敢违拗，只得援例请关，报关出口。那买办又分投打发人去开栈房门，又去找管舱的，一面招呼工头去叫小工；船主也打发人去寻大伙、二伙，大车、二车，叫一律回船预备；大伙回来了，便叫人传知各水手，大车回来了，便叫人传知各火夫：一时间忙乱起来。偏偏栈房开了，货舱开了，小工也到得不少了，那两个收筹的却还没有找得来。当时帐房里还有一个人未曾上岸，买办把他叫来，当了收筹脚色；然而只管得一个舱口，还有一个，买办便自己动起手来。好忙呀！顿时乱纷纷，呀许之声大作。

看官，大凡在船上当职事的人，一到了码头，便没魂灵的往岸上跑：也有回家的，也有打茶围、吃花酒的，也有赌钱的，也有吃花烟的，也有打野鸡的，也有看朋友的。这是个个船上如此，个个船上的人如此，不足为奇的。但是这几种人之中，那回家的自然好找；就是嫖的赌的，他们也有个地方好追寻；那看朋友的，虽然行无定踪，然而看完了朋友，有家的自然回家，可以交代他家里通知，没有家的，到半夜里自然回船上来了；只有那打野鸡的踪迹，最是没处追寻。这船上的两个收筹朋友，船到了之后，别人都上岸去了，只有他两个要管着起货；到了晚上收了工，焉有不上岸之理。偏又他两个上岸之后，约定同去打野鸡，任凭你翻天复地去找，只是找不着。这买办和那帐房，便整整的当了一夜收筹，直到船开了出口，他两个还在那里做梦呢。

买办心中要想捞夫人那一千银子，叫了工头来，要他加班，只要能在四点钟以前清了舱，答应他五十元酬谢。工头起初不肯，后来听见有了五十元的好处，便应允了。叫人再分投去叫小工，加班赶快。船主忽然想起，又叫人去把领港的找了回来。

夫人在船上也是陪着通霄不寐。到半夜里，忽然想想，叫一个老妈子来，交给他一个钥匙，叫他回公馆里去，“请金姨太太快点收拾两件随身衣服到船上来，和我一起到汉口去；这个钥匙，叫金姨太太开了我那个第六十五号皮箱，箱里面有一个红皮描金小拜匣，和我拿得来，钥匙带好。”老妈子答应去了。过了一点钟的时候，金姨太太果然带了那老妈子坐马车来了。老妈子扶到船上，与夫人相见，交代了拜匣、钥匙，夫人才把接电报的话，告诉了一遍。原来督办公馆的房子极大，夫人接了电报，众人都不曾知道，只知道夫人乘怒坐了马车出门，又不知到那里去的；及至马夫回来说起，方才知道，又不知为了甚么，要干甚么，所以此时夫人对金姨太太追述一遍，金姨太太方才明白。陪着夫人闲谈，一会走到外面栏杆上俯看，一会怕冷了，又退了回来。要睡那里睡得着，只好坐在那里，不住的掏出金表来看时候。

真是“有钱使得鬼推磨’，到了四点一刻钟时候，只见买办进来回说：

"货起完了，马上开船了。"果然听得起锚声，拔跳声，忽的汽筒里呜呜的响了一声，船便移动了。此时正是正月十七八的时候，乘着下半夜的月色，鼓轮出口，到了吴淞，天色方才平明。这夫人的心，方才略定。正是：

老夫欲置房中宠，娘子班来水上军。

要知走了几时方到汉口，到汉口之后，又是甚么情形，且待下回再记。

第五十二回
酸风醋浪拆散鸳鸯　半夜三更几疑鬼魅

当下出了吴淞口，天色才平明。夫人和金姨太太到床上略躺了一躺。到十点钟时起来，梳洗过了；西崽送上牛奶点心，用过之后，夫人便叫西崽去叫买办来。一会儿买办来了，垂手请示。夫人在描金拜匣里，取出一千两的一张票子来，放在桌上道："你辛苦了一夜，这个给你喝杯酒罢。你去和我叫船主来。"买办看见了银票，满脸堆下笑来，连忙请了一个安，说"谢夫人赏"，便伸手取了。夫人见他请安没有样式，不觉好笑。那买办辞了夫人出去，一会儿进来，回道："船主此刻正在那里驶船，不能走开，等下了班就来。"夫人道："那么你代我给了他罢。"说罢，又在描金拜匣里，取出一张三千两的银票来，放在桌上，买办便拿了出去。

到了十二点钟，西崽送上大餐，夫人和金姨太太对坐着吃大菜。只见船主和买办，在窗户外面幌了一幌去了，夫人也没做理会。一会吃完了大菜，那买办才带了船主进来。那船主满面笑容，脱下帽子，对着夫人叽咕叽咕的说了两句。买办便代他传话道："船主说：谢夫人的赏赐！他祝夫人身体康健！"夫人笑了一笑道："你问他，我们沿路不要耽搁，开足了快车，几时可以到汉口？"买办问了船主，回道："约后天晚上半夜里可以到得。因为是个空船，不敢十分开足了车，恐怕船要颠播。"夫人着急道："我不怕颠播；那怕把船颠播坏了，有督办担当。你叫他赶紧开足了快车，不要误了我的事！"买办和船主说了，船主只得答应了，和买办辞了出来。

此时是大伙的班，船主便到船头上和大伙说知；大伙便发下快车号令；大车听了号铃，便把机器开足，那船便飞也似的向上水驶去。所过各处码头，本公司的趸船望见船来了，都连忙拉了旗子迎接，谁知那船理也不理，一直过去了；趸船上只得又把旗子扯下。这里船上的水手人等看见了，嘻嘻哈哈的说着笑。

果然好快船，走了两天半，早到了汉口了。汉口趸船上的人，远远望见了来船，便扯起了旗子。众人望见来船甚轻，都十分疑讶；并且算定今天不是有船到的日期，不解是何缘故。来船驶近趸船，相隔还有一丈多远，那买办便倚在船栏上，和趸船司事招呼，高声说道："快点预备轿子！督办太太和姨太太到了。"司事吃了一惊，连忙叫人去把督办的绿呢大轿及总理的蓝呢官轿请来，当差人等飞奔的去了。司事连忙叫人取出现成的红绸，满趸船上张挂起来。一面将闲杂人等，一齐驱散；一面自己和同事几个人，换了衣帽，拿了手本，来船还隔着一尺多远，便一跃而过，直到大餐间禀见请安，恭迎宪太太、宪姨太太。公司里面此时早知道了，督办不免吃了一惊，不知为了甚事。

总理自从那晚上吃了大菜之后，次日一早，就打发人叫了那姑娘的老子来，叫他去找着原媒，去说退亲，限今天一天之内回话。"他若是肯退，我这里贴还他一百吊钱，并且在公司里面安置他一个事；他若是不肯，我却另有办法。"那姑娘的老子，连连答应着去了。到了下午，便带了他那个未曾成亲的女婿来，却是个白脸小后生。见了总理，便抢上前，打了个扦道："谢你家栽培！"总理只伸了一伸手，问那姑娘的老子道："他就是你的女婿么？"姑娘的老子道："起头是我的女婿，此刻他退了亲，就不是的咧，你家。"总理问那后生道："你是肯退亲了么？"后生道："莫说还没成亲的，就是成过了亲，督办说要，那个敢道个不字，你家。"总理笑了一笑，叫当差的到帐房取一百吊钱来。总理又问后生道："你向来做甚么的？"后生道："向来在森裕木器店里当学徒，你家。"总理道："可是学木匠？"后生道："不是。他家的木器，都是从宁波运来的。"总理道："那么是学写算？"后生道："是，你家。"说话时，当差的送来一百吊的钱票。回道："师爷问：出在甚么帐上？"总理想了一想道："一百吊钱，杂用帐上随便那一笔带过去就是了。"当差答应"是"，回头就走。总理又叫"来"，当差回来站住。总理出了一会神道："再去拿一百吊来。这一百吊暂时宕一宕，我再想法子报销。"当差答应去了。总理把钱票给与后生道："这里一百吊钱，给你另外说一头亲事。"后生连忙接了，又打了个扦道："谢你家！"总理道："你这孩子还有点意思。你常来走走，我觑便看公司的职事有缺，我派你一个事情。"后生又忙打了一个扦道："谢你家。"总理道："没事你先去罢。"后生道："是，你家。"遂退了出来。

恰好当差取到一百吊钱票子，总理便交给姑娘的老子道："这个给你做聘金。三两天里头，督办就来娶的。"姑娘老子道："这是多少？你家。"总理道："一百吊。"姑娘老子陪笑道："请你家高升点罢，你家。"总理道："督办赏识了你的女儿，后来的福气正长呢，此刻争甚么。"姑娘老子道："是，你家。高升点，你家。我家姑娘头回定亲的时节，受了他家二十吊钱定礼；此时退了亲，这二十吊就要退还他了，你家一百吊，我只落了八十吊，你家。请高升点，你家。"总理道："那么那二十吊我再贴给你就是了。"姑娘老子陪笑道："谢你家。再请高升点，你家。你家不在乎此，你家。"总理被他嬲不过，又给了他五十吊的票子，方才罢休。又约定了后天傍晚去娶，他方才退去。总理又去告诉了督办，督办自是欢喜。

一时合公司都忙起来。你想督办要娶姨太太，那一个不趋承巴结；还有那赶不上巴结的，引为憾事呢。这里乱烘烘的忙着，那里会做梦想到太太已经动身了呢。到了后天，一切事情都妥当了，只等傍晚去迎娶。总理把自己的一乘蓝呢官轿，换上红绸轿帏，在轿顶上打叉儿披了两条红绿彩绸；恰好停妥下来，忽报督办太太和姨太太来了，要这乘轿子去接。总理听了一想，这是预备的喜轿，不宜再动，且去借一乘官轿来罢。交代当差的去了，自己便连忙换了衣帽，走到趸船上去迎接。

这公司本是背江建造，前门在街上，后面就是大江，所以不出大门一步，就到了江边。一时到了趸船，跨过船上去，夫人及姨太太还没有出来。总理这才想起，不曾拿手本，忙着叫当差去取，自己等在船上。买办连忙过来招呼，让到官舱里坐等。此时督办带来的家人，已有七八个戴了大帽过来伺候。总理问起宪太太几时动身，为着甚事，何以不先给一个信。买办道："到底不知为了甚事。上前天我们才到上海，货还没有起完，到了半夜里，忽然宪太太来了，风雷火炮的一阵，马上就要开船，脸上很带点怒色。"总理吃了一惊道："为甚么？"买办道："不知道啊。"

道犹未了，忽听得外面一叠连声的喊"传伺候"。总理、买办两个连忙出来，只见两位宪太太，已经在上层梯子下来了。总理、买办连忙垂了手站班。谁知那位宪太太，正眼也不看一看；倒是那宪姨太太，含笑点了点头。两个老妈子搀着过了趸船，自有趸船司事站班伺候宪太太上轿，然后随了总理先行一步，急急过了跳板，步上码头，飞奔到公司花厅门口站班伺候。此处公司办事人，是备有衣帽的，都穿着了来站班迎接。不一会，宪太太轿子到了，在花厅门口下轿，姨太太也下轿，先后都到花厅里，和督办厮见，总理及各人方才退去回避了。

那督办和舅老爷早等在花厅里面。夫人一见了面，便对督办冷笑道："哼！办得好事！"督办听说夫人来了，早有三分猜到这件事泄漏了；忙着人到船上去打听，知道那种忙促动身情形，就猜到了五分，然而不知他怎生知道的；此时见面，见了这个情形，已是十分猜透。猛然想起这件事，一定是舅老爷打了电报去的，不觉对舅老爷望了一眼。舅老爷不好意思，把头一低。夫人道："新姨娘几时过的门？生得怎么个标致模样儿？也好等我们见识见识。”督办道：“那里有这个事！怪不得夫人走进来满脸怒气。这是谁造出来的谣言？”夫人冷笑道：“你要办这个事，除非我眼睛瞎了，耳朵聋了！你把人家已经定亲的姑娘，要硬逼着人家退亲，就是有势力，也不是这等用法！”督办猛吃一惊，暗想难道这些枝节，也由电信传去的？因勉强分辩道：“这个不过说着玩的一句笑话，那里人家便肯退亲！”夫人听说，望着舅老爷，怔了一怔。舅老爷望着夫人，把嘴对着花厅后面，努了一努。夫人道：“有话便说，做这些鬼脸做甚么！”舅老爷把头一低，默默无言。

夫人站起来道：“金姨，我们到里面看看新姨去。”说着，扶了老妈子先走，姨太太也跟着进去。夫人走到花厅后进，只见三间轩敞平屋，一律的都张灯结彩，比花厅上尤觉辉煌，却都是客座陈设，看不出甚么，也没有新姨，只有几个仆人，垂手侍立。回头一望，院子东面有个便门，便走过去一看，只见另外一个院落，种的竹木森森，是个花园景致。靠北有三间房子，走进去一看，也是张着灯彩，当中明晃晃的点着一对龙凤花烛。有两个老妈子，过来相见招呼。这两个老妈子，是总理新代雇来，预备粗使的，村头村脑，不懂规矩，也不知是督办太太。夫人问道：“新姨娘呢？”老妈子道：“新姨娘还没娶过来，听说要三点钟呢，你家。你家请屋里坐坐罢，这边是新房，你家。”早有跟来的老妈子打起大红缎子硬门帘，夫人进去一看，一式的是西式陈设：房顶上交加纵横，绷了五色绸彩花；外国床上，挂了湖色绉纱外国式的帐子，罩着醉杨妃色的顾绣帐檐，两床大红鹦哥绿的绉纱被窝，白褥子上罩了一张五彩花洋毡，床当中一叠放了两个粉红色外国绸套的洋式枕头；床前是一张外国梳妆台，当中摆着一面俯仰活动的屏镜，旁边放着一瓶林文烟花露水，一瓶兰花香水。随手把小抽屉拉开一看，牙梳、角抿，式式俱全，还有两片柏叶，几颗莲子、桂圆之类；再拉开大抽屉一看，是一匣夹边小手巾，一叠广东绣花丝巾，还有一绞粉红绒头绳。不觉转怒为笑道：“这班办差的倒也周到！”说的金姨太太也笑了。再看过去，梳妆台那边，是一排外国椅子；对着椅子那边，是一口高大玻璃门衣柜；外面当窗是一张小圆桌子，上面用哥窑白磁盆供着一棵蟹爪水仙花，盆上贴着梅红纸剪成的双喜字。

猛抬头看见窗外面一个人，正是舅老爷，夫人便叫他进来。舅老爷进来笑道：“姊姊来得好快！幸得早到了三四点钟工夫，不然，还有戏看呢。那时生米成了熟饭，倒不好办了。”夫人道：“此刻怎样？”舅老爷道：“此刻说是不娶了，姊夫已经对总理说过，叫人去回了那家；但不知人家怎样。”夫人道：“此刻姊夫在那里？”舅老爷道：“步行出去了，不知往那里去的。”夫人听说，便仍旧带了金姨太太，步出花厅，舅老爷也跟在后面。

恰好迎头遇了督办回来。夫人冷笑道："好个说着玩的笑话！里面新房也是摆着玩的笑话么？"督办涎着脸道："这是替夫人办的差。"说的夫人和金姨太太都扑嗤的一声笑了。舅老爷道："其实姊夫并无此心，都是这里的总理撮弄出来的。"督办乘机又涎脸道："就是这句话。人家好意送给我一个姨娘，难道我好意思说我怕老婆，不敢要么。"说的金姨太太和舅老爷都笑个不住。夫人却正颜厉色的对舅老爷说道："叫他们叫总理来！"站在廊下伺候的家人，便一迭连声的叫"传总理"。原来这位夫人，向来庄重寡言，治家严肃，家人们对了夫人，比对了督办还惧怕三分，所以一听了这话，便都争先恐后的去了，督办要阻止也来不及。

一会儿总理到了，捏手捏脚的走上来，对夫人请了个安，回身又对金姨太太请了个安。督办便让他坐。他只在下首，斜签着坐了半个屁股。夫人歇了半天，没有言语，忽然对着总理道："督办年纪大了，要你们代他活的不耐烦！"这句话吓得总理不知所对，挺着腰，两个眼睛看着鼻子，回道："是，是，是。"这三个"是"字一说，倒引的夫人和金姨太太扑嗤一声笑了出来，督办也笑了，舅老爷一想也笑了；总理自己回想一想，满脸涨的绯红。夫人又敛容正色道："你们为着差使起见，要巴结督办，那是我不来管你；但是巴结也走一条正路，甚么事情不好干，甚么东西不好送，却弄一个妖狐狸来媚他老头子。可是你代他活的不耐烦？"总理这才回道："卑职不敢。"夫人道："别处我不管，以后督办到了汉口，走差了一步，我只问你！"总理一句话也回不出来。督办着实代他难过，因对他说道："你有公事，请便罢。"总理巴不得一声，站起来辞了就走，到了外面，已是吓的汗透重裘了。

过了一天，便是本公司开船日期，夫人率领金姨太太，押着督办下船，回上海去了。他们下船那一天，恰好是我到汉口那一天。这公司里面，地大人多，知道了这件事，便当做新闻，到外头来说，一人传十，十人传百，不到半天，外面便沸沸扬扬的传遍了，比上了新闻纸传的还快。

我在汉口料理各事停当，想起伯父在武昌，不免去看看。叫个划子，划过对江，到几处衙门里号房打听，都说是新年里奉了札子，委办宜昌土捐局，带着家眷到差去了。我只得仍旧渡江回来。但是我伯父不曾听见说续弦纳妾，何以有带家眷之说，实在不解。

即日趁了轮船，沿路到九江、芜湖一带去过，回到南京。南京本来也有一家字号，这天我在字号里吃过晚饭，谈了一回天，提着灯笼回家。走过一条街上，看见几团黑影子，围着一炉火，吃了一惊。走近看时，却是三四个人在那里蹲着，口中唧喳有声；旁边是一个卖汤圆的担子，那火便是煮汤圆的火。我走到近时，几个人一齐站起来。正是：

怪状奇形呈眼底，是人是鬼不分明。

不知那几个是甚么人，且待下回再记。

第五十三回
变幻离奇治家无术　误交朋友失路堪怜

那几个人却是对着我走来，一个提着半明不灭的灯笼，那两个每人扛着一根七八尺长的竹竿子。走到和我摩肩而过的时候，我举起灯笼向他们一照，那提灯笼的是个驼子，那扛竹竿子的一个是一只眼的，一个满面烟容，火光底下看他，竟是一张青灰颜色的脸儿，却一律的都穿着残缺不完全的号衣，方才想着是冬防查夜的，那两根不是竹竿，是长矛。不觉叹一口气，暗想这还成了个甚么样子。不觉站住了脚，回头看他，慢慢的见他走远了。

忽听得那卖汤圆的高叫一声："卖圆子咧！"接着又咕哝道："出来还没做着二百钱的生意，却碰了这几个瘟神，去了二十多个圆子，汤瓢也打断了一个！"一面唠叨，一面洗碗。猛然又听得一声怪叫，却是那几个查夜的在那里唱京调。我问那卖汤圆的道："难道他们吃了不给钱的么？怎么说去了二十几个？"卖汤圆的道："给钱！不要说只得两只手，就再多生两只手，也拿他不动。"我道："这个何不同他理论？"卖汤圆的道："那里闹得他过！闹起来，他一把辫子拉到局里去，说你犯夜。"我道："何不到局里告他呢？"卖汤圆的道："告他，以后还想做生意么！"我一想此说也不错，叹道："那只得避他的了！"卖汤圆的道："先生，你不晓得我们做小生意的难处，出来做生意要喊的，他们就闻声而来了。"我听了不觉叹气，一路走回家去。

我再表明一遍：我的住家虽在继之公馆隔壁，然而已经开通了，我自己那边大门是长关着的，总是走继之公馆大门出进的。我走进大门，继之的家人迎着说道："扬州文师爷来了，住在书房里。"我听了，便先到书房里来，和述农相见，问几时到的，为甚事上省。述农道："下午傍晚到的，有点公事来。"又问我几时到下江去。我道："三五天里面，也打算动身了。我打算赶二月中旬到杭州逛一趟西湖，再到衙门里去。"述农道："你今年只怕要出远门呢。听见继之说，打算请你到广东去。"我道："也好。等我多走一处地方，也多开一个眼界。"说罢，我便先到两边上房里都去走一次，然后再出来和述农谈天。

我说起方才遇见那冬防查夜兵的情形。述农道："你上下江走了这两年，见识应该增长得多了，怎么还是这样少见多怪的？他们穿了号衣出来，白吃两个汤圆，又算得甚么！你不知道这些营兵，有一个上好徽号，叫做'当官强盗'呢。近边地方有了一个营盘，左右那一带居民，就不要想得安逸：田里种的菜，池里养的鱼，放出来的鸡子鸭子，那一种不是任凭那些营兵随意携取，就同是营里公用的东西一般；过往的乡下妇女，任凭他调笑，谁敢和他较量一句半句。你要看见那种情形，还不知要怎样大惊小怪呢。——头回继之托你查访那罗魏氏送罗荣统不孝的一节，你访着了没有？"我道："我在扬州的时候很少，那里访得着。"述农道："倒被我查得清清楚楚的了。说起他这件事，倒可以做一部传奇。"我道："是怎样访着的？继之可曾知道？"述农道："我这回来在镇江访着的，继之还不曾得知。"我道："扬州的事何以倒到镇江去访得来，这也奇了！"

述农道："罗家那个厨子不在大观楼了，到镇江去开了个馆子。这回到镇江，遇了几个朋友，盘桓了几天，天天上他那馆子，就被我问了个底细。原来这罗魏氏不是个东西！罗荣统是个过继的儿子。他家本是个盐商，自从废了纲盐，改了票盐之后，他家也领了有二十多张盐票，也是数一数二的富家。罗魏氏本来生过一个儿子，养到三岁上就死了；不久他的丈夫也死了；就在近支里面，抱了这个罗荣统来承嗣。罗魏氏自从丈夫死后，便把一切家政，都用自己娘家人管了。那一班人得到事权到手，便没有一处不侵蚀，慢慢的就弄的不成样子了。把那些盐票，一张一张的都租给人家去办，竟有一大半租出去的了；剩下的自己又无力去办了，只得弃置在一旁；那租出去的，慢慢把租费拖欠了，也没有人去追取。大凡做盐商的，向来是阔绰惯的了，吃酒唱戏，是他的家常事；那罗府上已经败到这个样子，那一位罗太太还是循着他的老例去闹阔绰，只要三天自己家里没请客，便闹说饥荒了、寒尘了。

"当时罗荣统还是个小孩子，自然不懂得；及至那锦绣帷中，弦歌队里长大起来，仍然是不知稼穑艰难，混混沌沌的过日子。他家里有个老家人，看不过了，便觑个便，劝罗荣统把家务整顿整顿，又把家里的弊病，逐一说了出来。这罗荣统起初不以为意，禁不得这老家人屡次苦劝，罗荣统也慢慢留起心来，到帐房里留意稽查，那老家人又从旁指点，竟查出好些花帐来。无奈管帐的、当事的，都是他的娘舅、姨夫、表兄之类，就有一两个本族的人，也是仰承他母亲鼻息的，那里敢拿他怎样。只好去给他母亲商量，却碰了他母亲一个大钉子，说'我青年守节，苦苦的绷着这个家，抚养你成人，此刻你长大了，连我娘家人也不能容一个了'。罗荣统碰了这个钉子，吓得不敢则声，只得仍旧去和那老家人商量。那老家人倒有主意，说道：'现在家里虽然还有几张盐票，然而放着不用，也同没有一般。此刻家里闹拮据了，外面看着很好，不知内里已经空得不像样子了，那里还能办盐；只好设法先把糜费省了，家里现有的房产田产，或者可以典借几万银子，逐渐把盐办起来，等办有起色，再取赎回来，慢慢的整顿；还可以把租给人家的盐票要回来，仍旧自己办。趁着此时动手，还可望个挽回；再过几年，便有办法，也怕来不及了。然而要办这件事，非得要先把几个当权的去了不行；若要去了这几个当权的，非下辣手不行。还有一层：去了这几个，也要添进几个办事的，方才妥当。'主仆两个，安排计策，先把那当权的历年弊病，查了好几件出来；又暗暗地约了几个本族可靠的人，前来接事。一面写了一张呈子，告那当权的盘踞舞弊。约定了日子，往江都县去告；连衙门上下人，都打点好了，只等呈子进去，即刻传人收押，一面便好派人接管一切。

"也是合当有事，他主仆两个商议这件事时，只有一个小书僮在旁，也算是机密到极处的了。一天，书僮到帐房里去领取工钱，不知怎样，碰了个钉子。这书僮便咕哝起来，背转身出去，一路自言自语道：'此刻便是你强，过两天到了江都县监里，看你还强到那里！'这句话却被那帐房听了一半，还有一半听不清楚，便喝叫仆人，把书僮抓了回来，问他说甚么。那帐房本来是罗魏氏的胞兄，合宅人都叫他舅太爷，平日仗着妹子信用，作威作福，连罗荣统都不放在眼里，被那书僮咕哝了，如何不怒！况且又隐约听得他说甚么江都县监里的话，益发动了真火，抓了回来，便喝令打了一顿嘴巴，问他说甚么。书僮吓的不敢言语，只哀哀的哭。舅太爷又很很的踢了两脚，一定要追问他说甚么江都县监里；再不说，便叫拿绳子捆了吊起来。这十来岁的小孩子，怎么禁得起这般的吓唬，只得把罗荣统主仆两个商量的话，说了一遍，却又说不甚清楚。舅太爷听了，暴跳如雷，喝叫捆了书僮，径奔上房来，把书僮的话，一五一十对妹子说了。

"罗魏氏不听犹可，一听了这话，只气得三尸乱暴，七窍生烟，一迭连声，喝叫把畜生拿来。家人们便赶到书房去请罗荣统。荣统知道事情发觉，吓得瑟瑟乱抖，一步一俄延的，到了上房。罗魏氏只恨的咬牙跺脚，千畜生、万畜生的骂个不了。又说：'我苦守了若干年，守大了你，成了个人，连娘舅也要告起来了，眼睛里想来连娘也没有的了！你是个过继的，要是我自己生的，我今天便剐了你！'罗荣统一个字也不敢回答。罗魏氏便带了舅太爷，到书房里去搜。把那呈子搜了出来，舅太爷念了一遍，把罗魏氏气一个死！喝叫仆人把老家人捆了，先痛打了一顿；然后送到县里去，告他引诱少主人为非；又在禁卒处化上几文，竟把那老家人的性命，不知怎样送了，报了个病毙。那舅太爷还放心不下，恐怕罗荣统还要发作，叫罗魏氏把他送了不孝，先存下案，好叫他以后动不得手。然后弄两个本族父老，做好做歹，保了出来，把他囚禁在家里。从此遇了一个新官到任，便送他一回不孝。你说这件事冤枉不冤枉呢。”我道：“天下事真无奇不有！母子之间，何以闹到如此呢？”

述农道：“近来江都又出了一个笑话，那才奇呢。有一天，县里接了一个呈子，是告一个盐商的，说那盐商从前当过长毛，某年陷某处，某年掠某处，都叙得原原本本。叙到后来，说是克复南京时，这盐商乘乱混了出城，又到某处地方，劫了一笔巨赃，方才剃了头发，改了名字，冒领了几张盐票，贩运淮盐；此时老而不死，犹复包藏祸心，若不尽法惩治，无以彰国法云云。继之见他告得荒唐，并且说甚么包藏祸心，又没有指出证据，便没有批出来。那些盐商，时常也和官场往来，被告的这个，继之也认得他，年纪已上七十岁的了。有一日，遇见了他，继之同他谈起，有人将他告了。他听了很以为诧异。过一天，便到衙门里来拜会，要那呈子来看。谁知他只看得一行，便气的昏迷过去，几乎被他死在衙门里面。立刻传了官医，姜汤开水，一泡子乱救，才把他救醒过来。问他为甚么这般气恼，——你猜他为甚么来？”我道：“我不知道，你快说罢。”

述农站起来，双手一拍道：“这具名告他的，是他的嫡嫡亲亲的儿子！你说奇不奇！”我听了，不觉愕然道：“天底下那里有这种儿子，莫不是疯了！”述农道：“总而言之：姬妾众多，也是一因。据那盐商自己说，有五六房姬妾，儿子也七八个；告他的是嫡出。盐商自己因为年纪大了，预先把家当分开，每个儿子若干，都是很平均的。他却又每一个妾，另外分他三千银子，正室早亡故了，便没有分着。这嫡出的儿子，不肯甘心，在家里不知闹成个甚么样的了。末末了，却闹出这个玩意来。”我道：“这种儿子，才应该送他不孝呢。”述农道：“何尝不想送他！他递了呈子之后，早跑的不知去向了。”当下夜色已深，各自归寝。

过了两天，述农的事勾当妥了，便赶着要回扬州，我便和他同行。到了镇江，述农自过江去。我在镇江料理了两天，便到上海。管德泉、金子安等辈，都一一相见，自不必说。

一天没事，在门口站着闲看，忽然一个人手里拿着一纸冤单，前来诉冤，告帮。抬头看时，是一个乡下老头子，满脸愁容，对着我连连作揖，嘴里说话是绍兴口气。我略问他一句，他便唠唠叨叨的，述了一遍。我在衣袋里随意掏了几角洋钱给他去了。

据他说是绍兴人，一向在绍兴居住，不曾出过门。因为今年三月要嫁女儿，拿了一百多洋钱，到上海来要办嫁装，便有许多亲戚、朋友、街邻等人，顺便托他在上海带东西，这个十元，那个八元，统共也有一百多元，连自己的就有了三百外洋钱了。到了杭州住在客栈里，和一个同栈的人相识起来；知道这个人从上海来的，就要回上海去，这老头子便约他同行，又告诉他到上海买东西，求他指引。那人一口应允，便一同到了上海，也同住在一个客栈里，并且同住一个房间。那个人会作诗，在船上作了两首诗，到了栈房时，便誊了出来，叫茶房送到报馆里去，明天报上，便同他登了出来。那老头子便以为他是体面的了不得的人。又带着老头子到绸缎店里，剪了两件衣料，到算帐时，洋钱又多用了一二分，譬如今天洋钱价应该是七钱三分的，他却用了个七钱四五，老头子更是欢喜感激，说是幸亏遇见了先生，不然，我们乡下人那里懂得这些法门。

过了一两天，他写了一封信，交给老头子，叫他代送到徐家汇甚么学堂里一个朋友，说是要请这个朋友出来谈谈，商量做生意；又给了二百铜钱他坐车。老头子答应了，坐了车子，到了徐家汇，问那学堂时，却是没有人知道；人生路不熟的，打听了半天，却只打听不着。看看天色早晚下来了，这条路又远，只得回去。却又想着，信没有给他送到，怎好拿他的钱坐车，遂走了回去。好在走路是乡人走惯的。然而徐家汇到西门是一条马路，自然好走；及至到了租界外面，便道路纷歧，他初到的人，如何认得。沿途问人，还走错了不少路，竟到晚上八点多钟，才回到客栈。走进自己住的房一看，嗳呀！不好了！那个人不见了，便连自已的衣箱行李，也没有了，竟是一间空房。连忙走到帐房问时，帐房道："他动身到苏州去了。"老头子着了急，问他走他的，为甚么连我的行李也搬了去。帐房道："你们本是一起来的，我们那里管得许多。"老头子急的哭了。帐房问了备细情由，知道他是遇了骗子，便教他到巡捕房里去告。老头子只得去告了。巡捕头虽然答应代他访缉，无奈一时那里就缉得着。他在上海举目无亲，一时又不敢就走，要希冀拿着了骗子，还要领赃，只得出来在外面求乞告帮。正是：

谁知萍水相逢处，已种天涯失路因。

未知后事如何，且待下回再记。

第五十四回
告冒饷把弟卖把兄　戕委员乃侄陷乃叔

那绍兴老头子唠叨了一遍，自向别家去了。我回到里面，便对德泉说知。德泉道："骗个把乡下人，有甚么希奇。藩库里的银子，也有人有本事去骗出来呢。"我道："这更奇了！不知是那里的事？"德泉道："这就是前两年山东的事。说起来，话长得很，这里还像有点因果报应在里面呢。先是有两个人，都是县丞班子，向来都是办粮台差事的。两个人的名字，我可记不清楚了，单记得一个姓朱的，一个姓赵的，两个人是拜把子的兄弟，非常要好，平日无话不谈。后来姓朱的办了验看，到山东候补去了，和姓赵的许久不通音问了。山东藩库里存了一笔银子，是预备支那里协饷的。忽然一天，来了个委员，投到了一封提饷文书，文书上叙明即交那委员提解来，这边便备了公事，把饷银交那委员带去了。谁知过了两个月，那边又来了一角催饷文书，不觉大惊。查察起来，才知道起先那个文书是假的。只得另外筹了款项解了过去。一面出了赏格，访拿这个冒领的骗子，却是大海捞针似的，那里拿得着。看看过了大半年，这件事就搁淡下来了。

"忽然一天，姓赵的到了山东，去拜那姓朱的老把弟，说是已经加捐了同知，办了引见，指省江苏；因为惦着老把弟，特为绕着道儿，到济南来探望的。两个人自有一番阔叙。明天，姓朱的到客栈里回拜，只见他行李甚多，仆从煊赫，还带着两个十七八岁的侍妾，长得十分漂亮。姓朱的心中暗暗称奇，想起相隔不过几年，何以他便阔到如此，未免歆羡起来。于是打算应酬他几天，临了和他借几百银子。看见人家阔了，便要打算向人家借钱，这本是官场中人的惯技，不足为奇的。于是那姓朱的，便请他吃花酒，逛大明湖，盘桓了好几天，老把兄叫得应天响。这天又叫了船，在大明湖吃酒，姓朱的慢慢的把羡慕他的话也说出来了。姓赵的叹口气道：'大凡我们捐个小功名，出来当差的，大半都是为贫而仕；然而十成人当中，倒有了九成九是越仕越贫的。就以你我而论：办了多少年粮台，从九品保了一个县丞，算是过了一班；讲到钱呢，还是囊空如洗，一天停了差使，便一天停了饭碗。如果不是用点机变，发一注横财，那里能够发达。'姓朱的道：'机变便怎样？老把兄何不指教我一点。'姓赵的道：'机变是要随机应变的，那里教得来。'姓朱的道：'老把兄只要把自己行过的机变，告诉我一点，就是指教了。'姓赵的此时已经吃了不少的酒，有点醉了，便正色道：'老弟，我告诉你一句话，只许你我两个知道，不能告诉第三个人的。'说着，便附耳说道：'老把弟，你知道我的钱是那里来的？就是你们山东藩库的银子啊。我当着粮台差使时，便偷着用了几颗印，印在空白文书上；当时我也不曾打算定是怎样用法，后来撤了差，便做了个提饷文书，到这里来提去一笔款。这不是神不知、鬼不觉的事么。'姓朱的大惊道：'那么你还到这里来！上头出着赏格拿人呢！'姓赵的道：'那时候我用的是假名姓。并且我的头发早已苍白了，又没有留须；头回我到这里，上院的时候，先把乌须药拿头发染的漆黑，把胡子根儿刮得光光儿的，用引见胰子把脸擦得亮亮儿的，谁还看得出我的年纪。我到手之后，一出了济南，便把胡子留起来。你看我此刻须发都是苍白的了，谁还知道是我。并且犯了这等大事，没有不往远处逃的，谁还料到我自到这里来。老弟，你千万要机密，这是我贴身的姬妾都不知道的，咱们自己弟兄不要紧，所以我告诉你一点。’姓朱的连连答应。

“及至席散之后，天色已晚。姓朱的回到家里，暗想老把兄真有能耐，平白地藩库的银子也拿去用了，怎能够也有机会学他一遭便好。想来想去，没有法子。忽然一转念道：‘放着现成机会在这里，何不去干他一干呢。’又想了一想道：‘不错啊，升官发财，都靠着这一回了。’打定了主意，便换过衣冠，连夜上院，口称禀报机密。抚台听见说有机密事，便传进去见。他便把这姓赵的前情后节，彻底禀明。禀完，又请了一个安说：‘本来上头出过赏格拿这个人，此刻不敢领赏银，只求大帅给一个破格保举。’抚台道：‘老兄既然不领官赏，就把他随身所带的尽数充赏便了；至于保举一层，自然要给你的。’他又打了个扦谢过。抚台道：‘那么老兄便去见历城令商量罢。’他辞了出来，又忙去找历城县。历城县听说是抚台委来的，连忙请见。他先把情节说了，然后请知县派差去拿人。知县道：‘还是连夜去拿吧，还是等明天呢？’他此时跑的乏了，因说道：‘等明天去罢。明天请派差先到晚生公馆里去，议定了下手方法才好；不然，冒冒失失的跑去，万一遇不见，倒走了风声，把他吓跑了，就费手脚了。’知县便连连答应。他就回家安歇。

“到了明天，县里因为拿重要人犯，派了通班捕役，到他公馆伺候。他和捕役说明，叫他们且在客栈前后门守住，等听见里面鞭炮响，才进去拿人。说定了，他便叫人买了一挂鞭炮，揣在怀里，带了通班捕役，去找他老把兄。两人相见，谈了几句天；他故意拿了一枝水烟筒吸烟，顺脚走到院子里去，把鞭炮放起来。姓赵的在屋里听见，甚是诧异道：‘这是谁放的鞭……’说犹未了，一班差役，早蜂拥进来。姓朱的伸手把姓赵的一指，众差役便上前擒住。姓赵的慌了，忙问道：‘为了甚么事？’差役们不由分说，先上了刑具。便问：‘朱太爷，犯眷怎样发落？’姓朱的道：‘奉宪只拿他一个，这些有我在这里看管。’姓赵的这才知道被老把弟卖了。不觉叹一口气道：‘好老把弟！卖得我好！这回我的脑袋可送在你手里了！然而你这样待朋友，只怕你的脑袋也不过暂时寄在脖子上罢了！’众差役不等他说完，便簇拥着他去了。这姓朱的便沉下脸来，把那带来的仆从，都撵走了。叫了人来，把那些行李，都抬回自家公馆里去；那两个侍妾，也叫轿子抬去，居然拥为己有了。这行李里面，有十多口皮箱子，还有一千多现银，真是人财两进。

“过得几天，定了案，这姓赵的杀了。抚台给他开了保举，免补县丞，以知县留省尽先补用。部里议准了，登时又升了官。抚台还授意藩台，给他一个缺。藩台不知怎样，知道他两个的底细，以为姓赵的所犯的罪，本来该杀，然而姓朱的是他至交，不应该出他的首：若说是为了国法，所以公尔忘私，然而姓朱的却又明明为着升官发财，才出首的：所以有点看不起这个人。这会抚台要给他缺，藩台有意弄一个苦缺给他，就委他署了一个兖州府的峄县。

"这峄县是著名的苦缺，他虽然不满意，然而不到一年，一个候补县丞升了一个现任知县，也是兴头的，便带了两个侍妾去到任，又带了一个侄儿去做帐房。做到年底下，他那侄少爷嫌出息少，要想法子在外面弄几文；无奈峄县是个苦地方，想遍了城里城外各家店铺，都没有下手的去处。只有一家当铺，资本富足，可以诈得出的。便和稿案门丁商量，拿一个皮箱子，装满了砖头瓦石之类，锁上了，加了本县的封条，叫人抬了，门丁跟着到当铺里去要当八百银子。当铺的人见了，便说道：'当是可以当的，只是箱子里是甚么东西，总得要看看。'门丁道：'这是本县太爷亲手加封的，那个敢开！'当铺里人见不肯开看，也就不肯当。那门丁便叫人抬了回去。当铺里的伙计，大家商量，县太爷来当东西，如何好不应酬他；不过他那箱子封锁住了，不知是甚么东西，怎好胡乱当他的，倒是借给他点银子，也没甚要紧。我们在他治下，总有求他的时候，不如到衙门里探探口气，简直借给他几百银子罢。商量妥当，等到晚上关门之后，当铺的当事便到衙门里来，先寻见了门丁，说明来意。门丁道：'这件事要到帐房里和侄少爷商量。'当事的便到帐房里去。那侄少爷听见说是当铺里来的，登时翻转脸皮，大骂门上人都到那里去了，'可是瞎了眼睛，夤夜里放人闯到衙门里来！还不快点给我拿下！'左右的人听了这话，便七手八脚，把当事拿了，交给差役，往班房里一送。当铺里的人知道了，着急的了不得；又是年关在即，如何少得了一个当事的人。便连夜打了电报给东家讨主意。这东家是黄县姓丁的，是山东著名的富户，所有阖山东省里的当铺，十居六七是他开的。得了电报，便马上回了个电，说只要设法把人放出来，无论用多少钱都使得。当铺里人得了主意，便寻出两个绅士，去和侄少爷说情，到底被他诈了八百银子，方才把当事的放了出来。

"等过了年，那当铺的东家，便把这个情形，写了个呈子，到省里去告了。然而衙门里的事，自然是本官作主，所以告的是告县太爷，却不是告侄少爷。上头得了呈子，便派了两个委员到峄县去查办。这回派的委员，却又奇怪，是派了一文一武。那文的姓傅，我忘了他的官阶了；一个姓高的，却是个都司，就是本山东人。等两个委员到了峄县，那位姓朱的县太爷，方才知道侄少爷闯了祸，未免埋怨一番。正要设法弥缝，谁知那侄少爷私下先去见那两个委员。那姓傅的倒还圆通，不过是拿官场套语'再商量'三个字来敷衍；那姓高的却摆出了一副办公事的面目，口口声声，只说公事公办。那侄少爷见如此情形，又羞又怒又怕。回去之后，忽然生了一个‘无毒不丈夫’的主意来，传齐了本衙门的四十名练勇，桌上放着两个大元宝，问道：‘你们谁有杀人的胆量，杀人的本事，和我去杀一个人？这二百两银子，就是赏号；我还包他没事。’四十名练勇听了，有三十九名面面相觑；只有一个应声说道：‘我可以杀人！但不知杀的是谁？”侄少爷道：‘你可到委员公馆里去，他们要问你做甚么，你只说本县派来看守的；觑便把那高委员杀了，回来领赏。’那练勇答应下来，回去取一把尖刀，磨得雪亮飞快，带在身边，径奔委员公馆来。傅委员听了，倒不以为意；那高委员可不答应了，骂道：‘这还了得！省里派来的委员，都被他们看守了，这成了个甚么话！’倒是傅委员把他劝住。到了傍晚时，高委员到院子里小便，那练勇看见了，走到他后头，拔出尖刀，飕的一下，雪白的一把尖刀，便从他后心刺进去，那刀尖直从前心透出，拔了红刀子出来，翻身便走。一个家人在堂屋里看见，大喊道：‘不好了！练勇杀人啊！’这一声喊，惊起众家人出来看时，那练勇早出大门去了。众人见他握刀在手，又不敢追他。看那高委员时，只有双脚乱蹬了一阵，就直挺了。傅委员见此情形，急的了不得，忙喝众人道：‘怎么放那凶手跑了，还不赶上去拿了来！’说话时便迟，那时却是甚快，那练勇离了大门，不过几丈远，众人听傅委员的话，便硬着胆子赶上去。那练勇听见有人追来，却返身仗刀在手道：‘本官叫我来杀他的，谁能奈我何！你们要赶我，管叫你来一个死一个！’说罢，回身徜徉而去。众人谁敢向前，只得回报傅委员。傅委员听了，吓得魂不附体，暗想他能杀姓高的，便能杀我，这个虎口之地，如何住得！便连夜出城，就近飞奔到兖州府告变去了。

“兖州府得报，也吓得大惊失色。连忙委了本府经历厅，到峄县去摘了印绶，权时代理县事；另外委员去把姓朱的押送来府，暂时看管。因为原告呈子，词连稿案门丁，叫一并提了来。一面飞详上宪。等经历厅到峄县时，那侄少爷和那练勇，早不知逃到那里去了。不多几天，省里来了委员，把姓朱的上了刑具，提回省里，原来已经揭参出去了。可笑一向还说是侄儿子做的事，与他无涉；直到此时，方才悔恨起来。到了省城，审了两堂，他只供是侄儿子所做的，自己只承了个约束不严。上面便把他押着，一面悬赏缉凶。

“这件事本就可以延宕过去了，谁知那高委员也有个侄儿子，却是个翰林，一向在京供职，得了这个消息，不觉大怒，惊动了同乡，联合了山东同乡京官，会衔参了一折，坐定了是姓朱的主谋，奉旨着山东巡抚彻底根究，不得徇情回护。抚台接到了廷寄，看见词旨严厉，重新又把这个案提起来，严刑审讯。那门丁熬刑不过，便瘐死了。那姓朱的也备尝三木，终是熬不住痛苦，便承了主谋。这才定了案，拿他论抵。那时他还有些同寅朋友，平素有交情的，都到监里去看他，也有安慰他的，也有代他筹后事的，也有送饮食给他的。最有见识的一个，是劝他预先服毒自尽的。谁知他不以为忠言，倒以为和他取笑，说是正凶还没有缉着，焉见得就杀我。那劝他的人，倒不好再说了。他自从听了那朋友这句话之后，连人家送他的饮食也不敢入口，恐怕人家害他，天天只把囚粮果腹。直等到钉封文书到了，在监里提了出来绑了，历城县会了城守，亲自押出西关。他那忠告的朋友，化了几十吊钱，买了一点鹤顶红，搀在茶里面，等在西关外面，等到他走过时，便劝他吃一口茶；谁知他偏不肯吃。一直到了法场上，就在三年前头杀姓赵的地方，一样的伸着脖子，吃了一刀。”正是：

富贵浮云成一梦，葫芦依样只三年。

要知后事如何，且待下回再记。